圖說
Classic
經典 19

U0005342

西遊記

一 齊天大聖

原著
吳承恩

編撰
張富海

好讀出版

齊天大聖

西遊記

目次

霧失樓臺西遊記

主編 張富海

幼時初讀《西遊記》，印象最深刻的就是孫悟空，一棒在手，打盡不平，上至天宮，下至黃泉，沒有他不敢鬧的。說到可愛，則數豬八戒，離開高老莊之前，他仍對你做女婿過活。」這還不算，當四位菩薩試探唐僧師徒禪心的時候，這歐子竟然對菩薩說：「娘啊，既是他們不肯招我啊，你招了我罷！」

看到這些地方，常讓人忍俊不禁。及至年齡漸長，才發現孫悟空、豬悟能、沙悟淨從某種程度上說，是對男性類型化的高度概括，《西遊記》輕鬆且不露痕跡地達到這種地步，不愧是古代四大名著之一。

現代人對《西遊記》耳熟能詳，鮮有人仔細通讀原文。原因很簡單，作為白話小說的先行者，《西遊記》在誕生之初，正處於詩歌文化的顛峰，對於當時的人來說，詩歌是美和藝術的象徵，因此《西遊記》中夾雜了太多的詩詞歌賦。今天，這些當時人們眼中膾炙

人口的詩歌，卻變成了閱讀的障礙。現代人閱讀《西遊記》，逢詩歌段落便自然跳過，自有其原因。這樣閱讀，讓我們對《西遊記》有印象，但不全面，接受並迷惑著的感覺縈繞。

這樣的感覺並不奇怪。《西遊記》本身就有很多不確定的地方。從作者來說，現在我們都知道《西遊記》的作者是明代大文豪吳承恩，但對於專家學者來說，只能說《西遊記》的作者「很可能」是吳承恩。

《西遊記》最早的刻本是明萬曆二十年（即西元一五九二年）的金陵世德堂刻本，但這個版本的刻印者已經不知道作者的名字了，其時吳承恩去世僅十年。清代，更多人卻認爲作者是長春道人丘處機。事實上丘處機確實也寫過一部《西遊記》，記載的卻是自己如何跋涉萬里，拜訪成吉思汗鐵木眞的歷程，和唐僧取經的故事相差十萬八千里。爲什麼會有這樣的偏差呢？

與古人的生活習慣有關係，古人健身的一大流行方式是嗑藥，自晉朝以來，嗑藥而死的人不計其數，但古人煉丹的心得也愈發多樣。《西遊記》的思想，融合了佛、道、儒三教眞髓，對於如何煉丹記述得更加詳盡。因此在有清一代，不少學者都認爲《西遊記》是一部講述如何成仙的書。既然如此，那麼最有可能成爲作者的便是全眞道士丘處機了。再加上當時印刷手段相對落後，人們只知道丘處機寫了一本《西遊記》，卻不知道丘先生的《西遊記》記

述的是自己如何去西域拜見成吉思汗。在資訊傳遞不暢的時代，一個同名誤傳讓丘道長在很長一段時間裏，成了《西遊記》的作者。

民初五四時期，魯迅、胡適等人從作品中的方言文字，以及明天啓年間《淮安府志》記載吳承恩的作品有《西遊記》等事實，來判斷吳承恩比丘處機更有可能是作者。這也是現在大部分人都接受的主流觀點。

但最新的學者研究發現，《西遊記》中不但有淮安方言，還有吳地方言。也有個人書目中記載吳承恩的《西遊記》只是一篇山水遊記，這些可真麻煩，好在這些反對的證據並不充分確鑿。而且《西遊記》成書前早有說書等傳奇，吳承恩的創作是編輯、整理、創作並舉，因此現在我們不妨承認《西遊記》的作者確是吳承恩。

關於作者的爭議告一段落，對於小說本身的認識，不同的見解就更多了。中國白話小說發展得很早，用張愛玲的話說，叫「起了個大早，趕了個晚集」，規模乃至高度都難以與歐洲比肩。當時的讀書人面對《西遊記》這樣的神魔小說，更是不知道如何面對。

金陵世德堂的出版者「華陽洞天主人」是首先面對這個問題的人，他從詼諧的角度出發，聯想到了《史記》和老、莊。他說「太史公曰：『天道恢恢，豈不大哉！談言微中，

亦可以解紛。」莊子曰：『道在屎溺。』善乎立言！」他說莊子言「道」在尿裏都可能存

在，何況只是文字不夠莊重。還說「道之言不可以入俗也，故浪謔笑虐以恣肆」，在當時

他只能用莊老談諧來爲《西遊記》的存在價值辯護。同爲明代人的李卓吾更具現代性，他

主要從文學角度來批評《西遊記》，兼有心學，認爲作品的追求是「求放心」。他的評論

更接近作品本身。

清代對《西遊記》的批評有不少。首先是黃周星、汪象旭的《西遊證道書》，汪象旭

是出版商，掛名評作者，實際的批評者是黃周星；後者本名黃太鴻，明朝進士，官至户部

主事，明亡後堅持做遺民，研究道教，七十歲時於五月五日模仿屈原沉水自殺。周批《西

遊記》繼承了明代批評路線，認爲整部作品不過「收放心而已」〈西

遊證道書序〉。

黃周星的評論在清代並不流行，其後陳士斌的《西遊眞詮》從

名字就可以看出端倪，說自己的是眞詮，別人的見解自然是僞詮釋

了。陳士斌的《西遊眞詮》主要提出了三教同源的理論，其序是

曾被順治皇帝稱爲才子的尤侗寫的，他在序中先肯定《西遊記》

自明以來放心說有可取之處，最後又提出了「若悟一者，豈非三

教一大弟子乎？」即《西遊記》是融合了佛、道、儒三家思想的

書。

《西遊記》在清代影響最大的，是道士劉一明的《西遊原旨》。劉一明（西元一七三四～一八二一）是全眞道龍門派第十一代傳人，也是道家著述最多的人之一。以劉一明深厚的道學造詣，看了《西遊記》後，馬上認定《西遊記》的内涵是性命雙修之道。「其書闡三教一家之理，傳性命雙修之道，……悟之者在儒即可成聖，在釋即可成佛，在道即可成仙。」他批評了黃周星，認爲陳士斌的批評路線是對的，只是不夠專業，因此每回後他都用長達數千字的文字來闡述小說中的道學思想。

此外，清代張書紳在《新說西遊記圖像》中提出了《西遊記》「只是教人誠心爲學，不要退悔」，所謂「心不誠者，西天不可到，至善不可止」（〈西遊記總論〉）。

如果拘泥於前人的評述，也許你永遠不知道眞正的《西遊記》是什麼。只有回到小說本身，《西遊記》才能還原本來面目。要瞭解眞正的《西遊記》，首先要全面地進入小說本身。

本書則提供了不同的閱讀方法。首先是故事，如果時間倉促，你可以從插圖入手，本書的近千張插圖全然可以串聯起故事情節；本書插圖，從明代版畫到現代大家，可以說是《西遊記》插圖史的小小巡展。想要詳細瞭解原文，最好慢慢細讀原文以及注釋，注解中對於相關的佛、道知識盡可能作了詳細的解釋；到此時如果還有餘力，不妨再看看評論，則會幫助你對原文有更深入的認識。

李卓吾先生批評《西遊記》(以下簡稱李評)
山陰悟一子陳士斌允生甫詮解《西遊眞詮》(以下簡稱陳評)
悟元子劉一明解《西遊原旨》(以下簡稱劉評)
張書紳《新說西遊記圖像》(以下簡稱張評)
黃周星、汪象旭的《西遊證道書》(以下簡稱周評)

8

精緻彩圖：
名家繪圖、相關照片等精緻彩圖，使讀者融入小說情境

閱讀性高的原典：
將一百回原典分為五大分冊，版面美觀流暢、閱讀性強

名家評點：
選收不同名家之評點，隨文橫書於頁面的下方欄位，並於文中以◎記號標號，以供對照

列出各回回目
便於索引翻閱

詳細注釋：
解釋艱難字詞，隨文直書於奇數頁最左側，並於文中以※記號標號，以供對照

詳細圖說：
說明性和評點性的圖說，提供讓讀者理解

題詞

文不幻不文，幻不極不幻。是知天下極幻之事，乃極真之事；極幻之理，乃極真之理。故言真不如言幻，言佛不如言魔。魔非他，即我也。我化為佛，未佛皆魔。魔與佛力齊而位逼，絲髮之微，關頭匪細。摧挫之極，心性不驚。此《西遊》之所以作也。說者以為寓五行生剋之理，玄門修煉之道。余謂三教已括於一部，能讀是書者，於其變化橫生之處引而伸之，何境不通？何道不洽？而必問玄機於玉匱，探禪蘊於龍藏，乃始有得於心也哉？至於文章之妙，《西遊》、《水滸》實並馳中原。今日雕空鑿影，畫脂鏤冰，嘔心瀝血，斷數莖鬚而不得驚人隻字者，何如此書駕虛遊刃，洋洋纚纚數百萬言而不復一境，不離本宗：日見聞之，厭飫不起；日誦讀之，穎悟自開也！故閑居之士，不可一日無此書。

幔亭過客 白賓（原為陽文印），字令昭（原為陰文印）

按：「幔亭」、「白賓」、「令昭」均為明袁于令的字。

第一回

靈根育孕源流出　心性修持大道生

詩曰：

　混沌未分天地亂，茫茫渺渺無人見。
　自從盤古破鴻濛，開闢從茲清濁辨。
　覆載群生仰至仁，發明萬物皆成善。
　欲知造化會元功，須看《西遊釋厄傳》※1。◎1

蓋聞天地之數，◎2有十二萬九千六百歲為一元。將一元分為十二會，乃子、丑、寅、卯、辰、巳、午、未、申、酉、戌、亥之十二支也。每會該一萬八百歲。且就一日而論：子時得陽氣，而丑則雞鳴；寅不通光，而卯則日出；辰時食後，而巳則挨排；日午天中，而未則西蹉；申時晡後，而酉時落西；戌黃昏，而人定亥。譬于大數，若到戌會之終，則天地昏曚而萬物否矣。再去五千四百歲，交亥會之初，則當黑暗，而兩間※2人物俱無矣，故曰混沌。又五千四百歲，亥會將終，貞下起元，近子之會，而復逐漸開明。邵康節※3曰：「冬至子之半，天心無改移。一陽初動處，萬物未生時。」到此，天始有根。再五千四百歲，正當子會，輕清上

◆《新說西遊記圖像》描繪第一回精采場景：孫悟空初孕化，在花果山間跳躍，驚動了天神。（古版畫，選自《新說西遊記圖像》）

12

▲江蘇連雲港花果山水簾洞。（曾志／fotoe提供）

騰，有日，有月，有星，有辰，謂之四象。故曰，天開於子。◎3 又經五千四百歲，子會將終，近丑之會，而逐漸堅實。《易》※4曰：「大哉乾元！至哉坤元！萬物資生，乃順承天。」至此，地始凝結。再五千四百歲，正當丑會，重濁下凝，有水，有火，有山，有石，有土。水、火、山、石、土謂之五形。故曰，地闢於丑。又經五千四百歲，

丑會終而寅會之初，發生萬物。曆曰：「天氣下降，地氣上升；天地交合，群物皆生。」至此，天清地爽，陰陽交合。再五千四百歲，正當寅會，生人，生獸，生禽，正謂天地

註

※1 《西遊釋厄傳》：《西遊記》較早的傳世版本之一。今天知道以及能夠看到的有「大略堂」本、「書林劉蓮臺」本等。釋，本指佛教，這裏指唐僧，厄即災難，顧名思義，指唐僧在取經途中遭遇厄難的故事。

※2 兩間：天上和地下，包括上天的神佛以及地上凡人。

※3 邵康節：邵雍（西元一〇一一至一〇七七年），康節是他死後的諡號。北宋唯心主義哲學家、數學家。文中的「會元」，就是邵康節提出的所謂「元會運世」（三十年爲一世，十二世爲一運，三十運爲一會，十二會爲一元）的思想，也是中國古代影響很大的一種思想流派。詳見其所著《皇極經世書》中。

※4 《易》曰幾句：《易》指《易經》，中國古代地位很高的一本書，今天國粹派讚揚《易經》，而西化知識分子一般對《易經》缺乏認同感。《易經》主要包括六十四卦的卦辭和解釋卦詞的文字共兩大部分。這段文字以「乾」、「坤」分别爲兩個卦名，乾爲天，坤爲地：「大哉乾元」幾句係把乾、坤兩卦象辭綜合在一起，來形容天地的產生以及萬物的發展規律。

評點

◎1.「釋厄」二字，著眼。不能釋厄，不如不讀《西遊》。（李評）〔編者註：李卓吾評「著眼」處，爲精言要語之意。〕

◎2.起得直如此冠冕，竟似一篇大文字論冒，從來小說中有此否？（周評）

◎3.從大道理說起，是會白嚼舌者。（李評）

人，三才定位。故曰，人生於寅。

感盤古開闢，◎4三皇治世，五帝定倫，世界之間，遂分為四大部洲：曰東勝神洲，曰西牛賀洲，曰南贍部洲，曰北俱蘆洲。這部書單表東勝神洲，海外有一國土，名曰傲來國。國近大海，海中有一座名山，喚為花果山。此山乃十洲之祖脈，三島之來龍，自開清濁而立，鴻濛判後而成。真箇好山！有詞賦為證。賦曰：

勢鎮汪洋，威寧瑤海。勢鎮汪洋，潮湧銀山魚入穴；威寧瑤海，波翻雪浪蜃離淵。木火方隅高積土，東海之處聳崇巔。◎5丹崖怪石，削壁奇峰。丹崖上，彩鳳雙鳴；削壁前，麒麟獨臥。峰頭時聽錦雞鳴，石窟每觀龍出入。林中有壽鹿仙狐，樹上有靈禽玄鶴。瑤草奇花不謝，青松翠柏長春。仙桃常結果，修竹每留雲。一條澗壑藤蘿密，四面原堤草色新。正是百川會處擎天柱，萬劫無移大地根。

那座山，正當頂上，有一塊仙石。其石有三丈六尺五寸高，有二丈四尺圍圓。三丈六尺五寸高，按周天三百六十五度；二丈四尺圍圓，按政曆二十四氣。上有九竅八孔，按九宮八卦。◎6四面更無樹木遮陰，左右倒有芝蘭相襯。蓋自開闢以來，每受天真地秀，日精月華，感之既久，遂有靈通之意。內育仙胎，一日迸裂，產一石卵，似圓毬樣大。因見風，化作一個石猴，五官俱備，四肢皆全。便就學爬學走，拜了四方。目運兩道金光，◎7射沖斗府。驚動高天上聖大慈仁者玉皇大天尊玄穹高上帝，駕座金闕雲宮靈霄寶殿，聚集仙卿，見有金光燄燄，即命千里眼、順風耳開南天門觀看。二將果奉旨出門外，看的真，聽

評點

◎4.感得妙，不知何以報之？(周評)

◎5.凡《西遊》詩賦，只要好聽，原爲只說而設，若以文理求之，則腐矣。(李評)

◎6.此說心之始也，勿認說猴。(李評)

　　不過只是說心耳，卻鋪排得如此陸離光怪，然是奇肆。此是心之靈通。(周評)

◎7.此是火中眞金，不比尋常鉛汞。(周評)

的明。須臾回報道：「臣奉旨觀聽金光之處，乃東勝神洲海東傲來小國之界，有一座花果山，山上有一仙石，石產一卵，見風化一石猴，在那裏拜四方，眼運金光，射沖斗府。如今服餌水食，金光將潛息矣。」◎8玉帝垂賜恩慈曰：「下方之物，乃天地精華所生，不足為異。」

那猴在山中，卻會行走跳躍，食草木，飲澗泉，採山花，覓樹果；與狼蟲為伴，虎豹為群，獐鹿為友，獼猿為親；夜宿石崖之下，朝遊峰洞之中。真是「山中無甲子※5，寒盡不知年。」一朝天氣炎熱，與群猴避暑，都在松陰之下頑耍。你看他一個個：

跳樹攀枝，採花覓果；拋彈子，邶麼兒※6；跑沙窩，砌寶塔；趕蜻蜓，撲䖲蜡；參老天，拜菩薩；扯葛藤，編草帓；捉虱子，咬又掐；理毛衣，剔指甲；挨的挨，擦的擦；◎9推的推，壓的壓；扯的扯，拉的拉。青松林下任他頑，綠水澗邊隨洗濯。

一群猴子耍了一會，卻去那山澗中洗澡。見那股澗水奔流，真箇似滾瓜湧濺。古云：「禽有禽言，獸有獸語。」眾猴都道：「這股水不知是那裏的水。我們今日趕閑無事，順澗邊往上溜頭尋看源流，耍子去耶！」喊一聲，都拖男挈女，喚弟呼兄，一齊跑來，順澗爬山，直至源流之處，乃是一股瀑布飛泉。但見那：

※5 甲子：古代用十個天干和十二個地支相配來紀年，天干有甲、乙、丙、丁等，地支有子、丑、寅、卯等，一個週期有六十年。甲子分別為天干地支的第一個詞，因此用甲子比喻曆法。

※6 邶麼兒：邶，音瓦。邶麼兒是兒童抓小石子、果核的遊戲，也可稱為「抓子兒」，現在在一些偏遠地區仍有少部分兒童玩過此類遊戲。

評點

◎8.將字下得妙，及其稍長，或為氣稟所拘，或為人欲所蔽，則有時而昏矣。此句最為緊要，惟其不明，方有事於大學之道，而西方十萬八千之所以來也。（張評）
◎9.畫出老猴。（李評）

一派白虹起，千尋雪浪飛；海風吹不斷，江月照還依。

冷氣分青嶂，餘流潤翠微；瀟湲名瀑布，真似掛簾帷。

眾猴拍手稱揚道：「好水！好水！原來此處遠通山腳之下，直接大海之波。」又道：「那

一個有本事的，鑽進去尋個源頭出來，◎10不傷身體者，我等即拜他為王。」連呼了三聲，

忽見叢雜中跳出一個石猴，應聲高叫道：「我進去！我進去！」好猴！也是他⋯

今日芳名顯，時來大運通；有緣居此地，王遣入仙宮。

你看他瞑目蹲身，將身一縱，逕跳入瀑布泉中，忽睜睛抬頭觀看，那裏邊卻無水無

波，明明朗朗的一架橋梁。他住了身，定了神，仔細再看，原來是座鐵板橋。橋下之水，

沖貫於石竅之間，倒掛流出去，遮閉了橋門。卻又欠身上橋頭，再走再看，卻似有人家住

處一般，真箇好所在。但見那⋯

翠蘚堆藍，白雲浮玉，光搖片片烟霞。虛窗靜室，滑凳板生花。乳窟龍珠倚掛，縈迴

滿地奇葩。鍋竈傍崖存火跡，樽罍靠案見殽渣。石座石牀真可愛，石盆石碗更堪誇。又見

那一竿兩竿修竹，三點五點梅花。幾樹青松常帶雨，渾然像個人家。

看罷多時，跳過橋中間，左右觀看，只見正當中有一石碣。碣上有一行楷書大字，鐫

著「花果山福地，水簾洞洞天」。◎11石猴喜不自勝，急抽身往外便走，復瞑目蹲身，跳

出水外，打了兩個呵呵道：「大造化！大造化！」眾猴把他圍住，問道：「裏面怎麼樣？

水有多深？」石猴道：「沒水，沒水！原來是一座鐵板橋。橋那邊是一座天造地設的家

評點

◎10. 著眼。今世上那一個有本事鑽進去討出個源頭來？可嘆！可嘆！(李評)

◎11. 人人俱有此洞天福地，惜不曾看見耳！(李評)

◎12. 那個沒有個家當？只是不能受用。(李評)

◎13. 省得受老天之氣，如此說話，誰說得出？(李評)

當。」◎12眾猴道：「怎見得是個家當？」石猴笑道：「這股水乃是橋下沖貫石橋，倒掛下來遮閉門戶的。橋邊有花有樹，乃是一座石房。房內有石鍋、石竈、石碗、石盆、石牀、石凳。中間一塊石碣上，鐫著『花果山福地，水簾洞洞天』。真箇是我們安身之處。裏面且是寬闊，容得千百口老小。我們都進去住，也省得受老天之氣。◎13這裏邊：

刮風有處躲，下雨好存身。霜雪全無懼，雷聲永不聞。

◆石猴因為發現水簾洞而被眾猴尊為猴王，開始稱「千歲大王」。後將「石」字兒隱了，遂稱美猴王。（孟慶江繪）

烟霞常照耀，祥瑞每蒸熏。松竹年年秀，奇花日日新。

眾猴聽得，個個歡喜，都道：「你還先走，帶我們進去，進去！」那些猴有膽大的，都跳進去了；膽小的，一個個伸頭縮頸，抓耳撓腮，大聲叫喊，纏一會，也都進去了。跳過橋頭，一個個搶盆奪碗，佔竈爭牀，搬過來，移過去。正是猴性頑劣，再無一個寧時，只搬得力倦神疲方止。

石猿端坐上面道：「列位呵，『人而無信，不知其可。』◎14你們才說有本事進得來，出得去，不傷身體者，就拜他為王。我如今進來又出去，出去又進來，尋了這一個洞天，與列位安眠穩睡，各享成家之福，何不拜我為王？」眾猴聽說，即拱伏無違。一個個序齒※7排班，朝上禮拜，都稱「千歲大王」。自此，石猿高登王位，將「石」字兒隱了，◎15遂稱美猴王。有詩為證，詩曰：

三陽交泰產群生，仙石胞含日月精。
借卵化猴完大道，假他名姓配丹成。
内觀不識因無相，外合明知作有形。
歷代人人皆屬此，稱王稱聖任縱橫。◎16

美猴王領一群猿猴、獼猴、馬猴等，分派了君臣佐使，◎17朝遊花果山，暮宿水簾洞，合契同情，不入飛鳥之叢，不從走獸之類，獨自為王，不勝歡樂。是以：

春採百花爲飲食，夏尋諸果作生涯。秋收芋栗延時節，冬覓黃精度歲華。

美猴王享樂天真，何期有三五百載。一日，與群猴喜宴之間，忽然憂惱，墮下淚來。

眾猴慌忙羅拜道：「大王何為煩惱？」猴王道：「我雖在歡喜之時，卻有一點兒遠慮，故此煩惱。」眾猴又笑道：「大王好不知足！我等日日歡會，在仙山福地，古洞神州，不伏麒麟轄，不伏鳳凰管，又不伏人間王位所拘束，自由自在，乃無量之福。為何遠慮而憂也？」猴王道：「今日雖不歸人王法律，不懼禽獸威服，將來年老血衰，暗中有閻王老子管著，一旦身亡，可不枉生世界之中，不得久住天人之內？」眾猴聞此言，一個個掩面悲啼，俱以無常※8為慮。

只見那班部中，忽跳出一個通背猿猴，厲聲高叫道：「大王若是這般遠慮，真所謂道心開發也！如今五蟲※9之內，惟有三等名色，不伏閻王老子所管。」猴王道：「你知那三等人？」猿猴道：「乃是佛與仙與神聖三者，躲過輪迴※10，不生不滅，與天地山川齊壽。」猴王道：「此三者居於何所？」猿猴道：「他只在閻浮世界※11之中，古洞仙山之內。」猴王聞之，滿心歡喜道：「我明日就辭汝等下山，雲遊海角，遠涉天涯，務必訪此三者，學一個不老長生，常躲過閻君之難。」噫！這句話，頓教跳出輪迴網，致使齊天大

註

※7 序齒：齒，牙齒，借喻年齡；序，秩序、次序。用牙齒來看年齡，本是觀察動物年齡的手段，現在常用來指人和人之間分出年齡大小。

※8 無常：佛教用語，本意是世間的一切事物都處在生存、毀滅的變化之中，沒有規律可查。這裏是死亡的意思。

※9 五蟲：古人把人和動物分為五類，分別是：人類倮蟲、獸類毛蟲、禽類羽蟲、魚類鱗蟲，昆蟲介蟲。

※10 輪迴：佛教以為眾生輾轉在天、人、阿修羅、餓鬼、畜生、地獄六道中，生死不已，像車輪旋轉，永不停息，叫「輪迴」。

※11 閻浮世界：閻浮是梵語「贍部」的另一種翻譯稱謂，亦作「閻扶」，本來指南贍部洲，文中泛指人類世界。

評點

◎14. 老猴也曾讀《論語》？（李評）
◎15. 石中有火，然不能久，故必須隱了。石火既隱，則木火長生矣。（周評）
◎16. 此物原是外王內聖的，故有美猴王、齊天大聖之號。著眼！著眼！（李評）
　　假性配丹，有形無相，內聖外王、三教宗旨，和盤托出，真是金丹妙諦。（周評）
◎17. 以群小陪襯，更覺出類超群，寫得出類超群，方是大人的身分。（張評）

聖成。眾猴鼓掌稱揚，都道：「善哉！善哉！我等明日越嶺登山，廣尋此果品，大設筵送大王也。」

次日，眾猴果去採仙桃，摘異果，刨山藥，劚黃精；芝蘭香蕙，瑤草奇花，般般件件，整整齊齊，擺開石凳石桌，排列仙酒仙餚。但見那：

金丸珠彈，紅綻黃肥。金丸珠彈臘櫻桃，色真甘美；紅綻黃肥熟梅子，味果香酸。鮮龍眼，肉甜皮薄；火荔枝，核小囊紅。林檎碧實連枝獻，枇杷細苞帶葉擎。兔頭梨子雞心棗，消渴除煩更解醒。香桃爛杏，美甘甘似玉液瓊漿；脆李楊梅，酸蔭蔭如脂酥膏酪。紅囊黑子熟西瓜，四瓣黃皮大柿子。石榴裂破，丹砂粒現火晶珠；芋栗剖開，堅硬肉團金瑪瑙。胡桃銀杏可傳茶，椰子葡萄能做酒。榛松榧柰滿盤盛，橘蔗柑橙盈案擺。熟煨山藥，爛煮黃精，搗碎茯苓並薏苡，石鍋微火漫炊羹。人間縱有珍羞味，怎比山猴樂更寧？

群猴尊美猴王上坐，各依齒肩排於下邊，一個個輪流上前，奉酒，奉花，奉果，痛飲了一日。

次日，美猴王早起，教：「小的們，替我折些枯松，編作筏子，取個竹竿作篙，收拾些果品之類，我將去也。」果獨自登筏，◎18盡力撐開，◎19飄飄蕩蕩，徑向大海波中，趁天風，來渡南贍部洲地界。這一去，正是那：

天產仙猴道行隆，離山駕筏趁天風。飄洋過海尋仙道，立志潛心建大功。有分有緣休俗願，無憂無慮會元龍※12。料應必遇知音者，說破源流萬法通。

✦雲南維西縣，白馬雪山自然保護區的滇金絲猴。（查拉獨幾／雲圖／fotoe提供）

◆美猴王教小猴們折枯松編作筏子，自己登筏出海，求問長生之道。（朱寶榮繪）

※12 元龍：元，本源：龍，這裏指核心、本質的意思。元龍、元陽都是道教對「得道」的一種別稱。

※13 妝個𧍙虎：妝，同「裝」；𧍙，音阿。做出兇猛野獸的樣子。

也是他運至時來，自登木筏之後，連日東南風緊，將他送到西北岸前，乃是南贍部洲地界。持篙試水，偶得淺水，棄了筏子，跳上岸來，只見海邊有人捕魚、打雁、挖蛤、淘鹽。他走近前，弄個把戲，妝個𧍙虎※13，嚇得那些人丟筐棄網，四散奔跑。剝了他衣裳，穿州過府，也學人穿在身上，搖搖擺擺，在市廛中，學人禮，學人話。朝餐夜宿，一心裏訪問佛仙神聖之道，覓個長生不老之方。見世人都是為名為利之徒，更無一個為身命者。正是那：

爭名奪利幾時休？早起遲眠不自由！◎20騎著驢騾思駿馬，官居宰相望王侯。只愁衣食耽勞碌，何怕閻君就取勾？繼子蔭孫圖富貴，更無一個肯回頭！◎21

猴王參訪仙道，無緣得遇。在於南贍部洲，串長城，遊小縣，不覺八九年餘。忽行至西洋大海，他想著海外必有神仙。獨自個依前作筏，又飄過西海，直至西牛

◎18.如此勇決，自然跳出生死。可羨，可法。（李評）
◎19.只此八字，可想其勇猛精進，誰人能及？（周評）
◎20.世人可惜，世人可嘆，不及那猴王多矣。（李評）
◎21.說得南贍部洲如此可憐。苦惱，苦惱。（周評）

賀洲地界。登岸遍訪多時，忽見一座高山秀麗，林麓幽深。他也不怕狼蟲，不懼虎豹，

登山頂上觀看。果是好山：

千峰排戟，萬仞開屏。日映嵐光輕鎖翠，雨收黛色冷含青。枯藤纏老樹，

古渡界幽程。奇花瑞草，修竹喬松。修竹喬松，萬載常青欺福地；奇花瑞

草，四時不謝賽蓬瀛※14。幽鳥啼聲近，源泉響溜清。重重谷壑芝蘭繞，處

處巉崖苔蘚生。起伏巒頭龍脈好，必有高人隱姓名。

正觀看間，忽聞得林深之處，有人言語。急忙趨步，穿入林中，側耳而

聽，原來是歌唱之聲。歌曰：

「觀棋柯爛，伐木丁丁，雲邊谷口徐行，賣薪沽酒，狂笑自陶情。蒼徑

秋高，對月枕松根，一覺天明。認舊林，登崖過嶺，持斧斷枯藤。收來成一

擔，行歌市上，易米三升。更無些子爭競，時價平平。不會機謀巧算，◎22沒榮

辱，恬淡延生。相逢處，非仙即道，靜坐講《黃庭》※15。」

美猴王聽得此言，滿心歡喜道：「神仙原來藏在這裏！」急忙跳入裏面，仔細再看，乃是

一個樵子，在那裏舉斧砍柴。◎23但看他打扮非常：

頭上戴箬笠，乃是新笋初脫之籜。身上穿布衣，乃是木綿撚就之紗。腰間繫環絛，乃

是老蠶口吐之絲。足下踏草履，乃是枯莎搓就之爽※16。手執衡鋼斧，擔挽火麻繩。扳松劈

枯樹，爭似此樵能！

◆《西遊記》神話人物菩提祖師，是傳授孫悟空法術的師父，據說乃從釋迦牟尼十大弟子中的須菩提虛構而出。圖為十九世紀西洋版畫中的須菩提像。

猴王近前叫道：「老神仙！弟子起手※17。」那樵漢慌忙丟了斧，轉身答禮道：「不當人※18，不當人！我拙漢衣食不全，怎敢當『神仙』二字？」猴王道：「你不是神仙，如何說出神仙的話來？」樵夫道：「我說甚麼神仙話？」猴王道：「我才來至林邊，只聽的你說：『相逢處非仙即道，靜坐講《黃庭》。』《黃庭》乃道德真言，非神仙而何？」樵夫笑道：「實不瞞你說，這個詞名作〈滿庭芳〉，乃一神仙教我的。那神仙與我舍下相鄰。他見我家事勞苦，日常煩惱，教我遇煩惱時，即把這詞兒念念，一則散心，二則解困。我才有些不足處思慮，故此念念，不期被你聽了。」猴王道：「你家既與神仙相鄰，何不從他修行？學得個不老之方，卻不是好？」樵夫道：「我一生命苦，自幼蒙父母養育至八九歲，才知人事，不幸父喪，母親居孀。再無兄弟姊妹，只我一人，沒奈何，早晚侍奉。如今母老，一發不敢拋離。卻又田園荒蕪，衣食不足，只得斫兩束柴薪，挑向市塵之間，貨幾文錢，糴幾升米，自炊自造，安排些茶飯，供養老母，所以不能修行。」

猴王道：「據你說起來，乃是一個行孝的君子，向後必有好處。但望你指與我那神仙住處，卻好拜訪去也。」樵夫道：「不遠，不遠。此山叫作靈臺方寸山※19。◎24山中有座斜

※14 蓬瀛：即蓬萊山和瀛洲，傳說中神仙居住的地方。

※15 《黃庭》：道教的經典，經典典籍有《黃庭內景經》和《黃庭外景經》等，因此用《黃庭》泛指道家的經典。

※16 爽：簡寫字，指草鞋上之絞繩。

※17 起手：出家人的禮貌用語，相當於打擾了。

※18 不當人：當不起，罪過的意思。表示對尊長或者神聖有不尊敬時的自我譴責之語。

※19 靈臺、方寸：都是「心」的別稱。

◎22.好快活！(李評)

◎23.此人確是神仙。(周評)

◎24.靈臺方寸，心也。一部《西遊》，此是宗旨。(李評)

月三星洞※20。◎25那洞中有一個神仙，稱名須菩提※21祖師。◎26那祖師出去的徒弟，也不計

其數，見今還有三四十人從他修行。你順那條小路兒，向南行七八里遠近，即是他家了。」樵夫

猴王用手扯住樵夫道：「老兄，你便同我去去。若還得了好處，決不忘你指引之恩。」樵夫

道：「你這漢子，甚不通變。我方才這般與你說了，你還不省？假若我與你去了，卻不誤了

我的生意？老母何人奉養？我要斫柴，你自去。」

猴王聽說，只得相辭。出深林，找上路徑，過一山坡，約有七八里遠，果然望見一座洞

府。挺身觀看，真好去處！但見：

烟霞散彩，日月搖光。千株老柏，萬節修篁。千株老柏，帶雨半空青冉冉；萬節修篁，

含烟一壑色蒼蒼。門外奇花佈錦，橋邊瑤草噴香。石崖突兀青苔潤，懸壁高張翠蘚長。時聞

仙鶴唳，每見鳳凰翔。仙鶴唳時，聲振九皋霄漢※22遠；鳳凰翔起，翎毛五色彩雲光。玄猿

白鹿隨隱見，金獅玉象任行藏。細觀靈福地，真箇賽天堂！

又見那洞門緊閉，靜悄悄杳無人跡。忽回頭，見崖頭立一石牌，約有三丈餘高、八尺餘闊，

上有一行十個大字，乃是「靈臺方寸山，斜月三星洞」。美猴王十分歡喜道：「此間人果是

樸實。果有此山此洞。」看耍多時，不敢敲門。且去跳上松枝梢頭，摘松子吃了頑耍。

少頃間，只聽得呀的一聲，洞門開處，裏面走出一個仙童，◎27真箇丰姿英偉，像貌清

奇，比尋常俗子不同。但見他：

鬚髻※23雙絲綰，寬袍兩袖風。貌和身自別，心與相俱空。

◎25.斜月像一勾，三星像三點，也是心。言學仙不必在遠，只在此心。（李評）

◎26.此即《金剛經》中之須菩提也。神仙、祖師，合而為一，方是仙佛同源。（周評）

◎27.此童子是什麼人？自思之。（李評）

物外長年客，山中永壽童。一塵全不染，甲子任翻騰。

那童子出得門來，高叫道：「甚麼人在此搔擾？」猴王撲的跳下樹來，上前躬身道：「仙童，我是個訪道學仙之弟子，更不敢在此搔擾。」仙童笑道：「你是個訪道的麼？」猴王道：「是。」童子道：「我家師父，正才下榻，登壇講道。還未說出原由，就教我出來開門，說：『外面有個修行的來了，可去接待接待。』想必就是你了。」猴王笑道：「是我，是你。」童子道：「你跟我進來。」

這猴王整衣端肅，隨童子徑入洞天深處觀看：一層層深閣瓊樓，一進進珠宮貝闕，說不盡那靜室幽居。直至瑤臺之下，見那菩提祖師端坐在臺上，兩邊有三十個小仙侍立臺下。果然是：

大覺金仙※24沒垢姿，西方妙相祖菩提：不生不滅三三行，全氣全神萬萬慈。
空寂自然隨變化，真如※25本性任為之：與天同壽莊嚴體，歷劫明心大法師。

美猴王一見，倒身下拜，磕頭不計其數，口中只道：「師父，師父！我弟子志心朝禮，志心朝禮！」祖師道：「你是那方人氏？且說個鄉貫姓名明白，再拜。」猴王道：

註

※20 「斜月三星」，是心字的形狀：斜月像心字的一勾，三星像心字的三點。

※21 須菩提：佛的十大弟子，道的一個人物。第二回「悟徹菩提」，菩提是覺悟的意思。這裏是糅合佛、道的一個人物。

※22 九皋霄漢：九，古代常用九表示極遠；漢，即銀河。九皋霄漢，即天空的極高處。

※23 磕頭：把頭髮挽起來的一種髮型。古代婦女、道士常用，現在的道士仍然這樣理髮。

※24 大覺金仙：佛的稱號，宋徽宗下旨，將佛改名為「大覺金仙」。

※25 真如：佛教術語，真，即真實；如，如常。是佛教中至高的境界。

「弟子乃東勝神洲傲來國花果山水簾洞人氏。」祖師喝令：「趕出去！他本是個撒詐搗虛之徒，那裏修甚麼道果！」猴王慌忙磕頭不住道：「弟子是老實之言，決無虛詐。」祖師道：「你既老實，怎麼說東勝神洲？那去處到我這裏，隔兩重大海，一座南贍部洲，如何就得到此？」猴王叩頭道：「弟子飄洋過海，登界遊方，有十數個年頭，方才訪到此處。」

祖師道：「既是逐漸行來的也罷。你姓甚麼？」猴王又道：「我無性。人若罵我，我也不惱；若打我，我也不嗔，只是陪個禮兒就罷了。一生無性。」祖師道：「不是這個性。你父母原來姓甚麼？」猴王道：「我也無父母。」祖師道：「既無父母，想是樹上生的？」猴王道：「我雖不是樹上生，卻是石裏長的。我只記得花果山上有一塊仙石，其年石破，我便生也。」祖師聞言，暗喜道：「這等說，◎29卻是個天地生成的。你起來走走我看。」猴王縱身跳起，拐呀拐的走了兩遍。祖師笑道：「你身軀雖是鄙陋，卻像個食松果的猢猻。我與你就身上取個姓氏，意思教你姓『猢』。猢字去了個獸傍，乃是個古月。古者，老也；月者，陰也。老陰不能化育，◎30教你姓

◆石猴尋仙訪道，終於來到菩提老祖的道觀外，看到一座石牌，上有十個大字：「靈臺方寸山，斜月三星洞」。（古版畫，選自李卓吾批評本《西遊記》）

26

『猻』倒好。猻字去了獸傍，乃是個子系。子者，兒男也；系者，嬰細也。正合嬰兒之本論。教你姓『孫』罷。」◎31猴王聽說，滿心歡喜，朝上叩頭道：「好！好！好！今日方知姓也。萬望師父慈悲，既然有姓，再乞賜個名字，卻好呼喚。」祖師道：「我門中有十二個字，分派起名，到你乃第十輩之小徒矣。」猴王道：「那十二個字？」祖師道：「乃廣、大、智、慧、真、如、性、海、穎、悟、圓、覺十二字。排到你，正當『悟』字。與你起個法名叫作『孫悟空』好麼？」猴王笑道：「好！好！好！自今就叫作孫悟空也！」

正是：

> 鴻濛初闢原無姓，打破頑空※26須悟空。

畢竟不知向後修此甚麼道果，且聽下回分解。

註

※26 頑空：本指外表結實，內在腐朽，容易毀壞的東西；文中比喻容易流逝的生命年華。

評點

◎28. 好提醒。(李評)

◎29. 著眼。無父母，就是自家作祖了。(李評)

◎30. 大道理。只是如今姓胡的，怎麼處？(李評)

◎31. 可謂信手拈來，頭頭是道，妙不可言。(周評)

讀《西遊記》者，不知作者宗旨，定作戲論。余為一一拈出，庶幾不理沒了作者之意。即如第一回，有無限妙處。若得其意，勝如鏨翻一大藏了也。篇中云：「《釋厄傳》」，見此書讀之，可釋厄也。若讀了《西遊》，厄仍不釋，卻不辜負了《西遊記》麼？何以言釋厄？只是能解脫便是。心不刖，入道味不深，不可以得道。心終刖，入道味之深，不可以得道。

蓋猴言心之動也，石言心之刖也。心終刖，入道之初，用得刖字著，故隱個「石」字，何可理沒「石」字。

又：「不入飛鳥之叢，不從走獸之類也。」見得人不為聖賢，即為禽獸。今既登王位，便不為禽獸了，所以不入飛鳥之叢，不從走獸之類也。人何可不為聖賢，而甘為禽獸乎？又曰：「子者，兒男也；系者，嬰細也。正合嬰兒之本論。」（李評）

又曰：「世人都是為名為利之徒，更無一個為身命者。」已是明白說了也。若如佛與仙與神聖三者，躲過輪迴之。（李評）

即是《莊子》「為嬰兒」、《孟子》「不失赤子之心」之意。又曰：「佛與仙與神聖三者，躲過輪迴，不遭罪罰，在上一句，為作者須自知往。」予特指《河》、《洛》無字之真經，未明《周易》、《參同》妙理；搜覽亦皆糟粕。所謂醞釀止知穰大，夏蟲難與語冰者也。示千萬世知音之嚆。

悟一子曰：此明大道之根源，乃陰陽之祖氣，即混元太極之先天，無中生有之真乙。能盡心知性而修持之，便成金身不壞，與天地齊壽也。俗儒下士，識淺學陋，不曉《河》、《洛》無字之真經，未明《周易》、《參同》妙理；膠執儒書，解悟未及一隅；搜覽亦皆糟粕。所謂醞釀止知穰大，夏蟲難與語冰者也。予特惘夫有志斯道而未得真詮，既味性命之源流，周達修持之歸要：揭數百年裏視之《西遊》，示千萬世知音之嚆往。但惜前人索解紛謬，聾聵已久，不得不逐節剖正，以指述津。如此提綱二語，最著意者，在上一句，為作者全部之統要。解者止提「心」字為主，妄揣混注，反昧卻大道之根源，是不知道也。（陳評節錄）

悟元子曰：人身難得，無常迅速，生生死死，輪迴不息：一失人身，永久思趣，可懼可怕。舉世之人，生不知來處，死不知去處，醉生夢死，碌碌一世：入於苦海而冥覽，陷諸火坑而不知，以苦為樂，以假為真。縱有金穴銀山，塵緣世事，無非喪命之井坑。他時閻王老子打算飯錢，當得甚非？縱有金穴銀山，群真道書？傳流後世，使人帶不得些個；孝子賢孫，替不得分毫。只落的罪孽隨身，萬般虛妄。所以歷代丹經，群真道書，傳流後世，使人尋文解義，脫火坑，出苦海，棄妄存真，以保性命。然而書愈多，人愈惑，其辭意幽深，終難窺其底蘊。（劉評節錄）

◆猴王進入三星洞，終於拜了菩提祖師為師。（朱寶榮繪）

第二回

悟徹菩提真妙理　斷魔歸本合元神※1

話表美猴王得了姓名，◎1怡然踴躍，對菩提前作禮啟謝。那祖師即命大眾引悟空出二門外，教他灑掃應對，進退周旋之節。眾仙奉行而出。悟空到門外，又拜了大眾師兄，就於廊廡之間，安排寢處。次早，與眾師兄學言語禮貌、講經論道、習字焚香，每日如此。閑時即掃地鋤園，養花修樹，尋柴燃火，挑水運漿。凡所用之物，無一不備。在洞中不覺候六七年，一日，祖師登壇高坐，喚集諸仙，開講大道。◎2真箇是：

> 天花亂墜，地湧金蓮。妙演三乘※2教，精微萬法全。慢搖塵尾噴珠玉，響振雷霆動九天。說一會道，講一會禪，三家配合本如然。開明一字皈誠理，指引無生了性玄。

孫悟空在旁聞講，喜得他抓耳撓腮，眉花眼笑，忍不住手之舞之，足之蹈之。忽被祖師看見，叫孫悟空道：「你在班中，怎麼顛狂躍舞，不聽我講？」悟空道：「弟子誠心聽講，聽到老師父妙音處，喜不自勝，故不覺作

◆《新說西遊記圖像》描繪第二回精采場景：孫悟空領悟了祖師的暗語，晚上偷偷到了祖師寢榻下，跪在榻前。（古版畫，選自《新說西遊記圖像》）

此踴躍之狀。望師父恕罪！」祖師道：「你既識妙音，我且問你，你到洞中多少時了？」

悟空道：「弟子本來懵懂，不知多少時節。只記得灶下無火，常去山後打柴，見一山好桃樹，我在那裏吃了七次飽桃矣。」祖師道：「那山喚名爛桃山。你既吃七次，想是七年了。◎3你今要從我學些甚麼道？」悟空道：「但憑尊師教誨，只是有些道氣兒，弟子便就學了。」

祖師道：「『道』字門中有三百六十傍門※3，傍門皆有正果。不知你學那一門哩？」

悟空道：「憑尊師意思。弟子傾心聽從。」祖師道：「我教你個『術』字門中之道，如何？」◎4悟空道：「術門之道怎麼說？」祖師道：「術字門中，乃是些請仙扶鸞※4、問卜揲蓍※5，能知趨吉避凶之理。」悟空道：「似這般可得長生麼？」祖師道：「不能！不能！」悟空道：「不學！不學！」

祖師又道：「教你『流』字門中之道，如何？」悟空又問：「流字門中，是甚義理？」祖師道：「流字門中，乃是儒家、釋家、道家、陰陽家、墨家、醫家，或看經，或念佛，並朝真降聖之類。」悟空道：「似這般可得長生麼？」祖師道：「若要長生，也似

註

※1元神：靈魂的超物質狀態，道教認為人的靈魂通過修煉可達到另一種境界，這種境界的人，元神可以離開肉體。

※2三乘：乘，是載運的意思，佛教術語可把修行的人載運到仙佛的世界中去。因修行程度和方法有所不同，這些佛教術語被分作大乘、中乘、小乘，總名叫「三乘」。

◎3傍門：道術教語：認為只有「金丹」是道，其餘皆是外道、傍門。傍門，即旁門。

※4扶鸞：兩人執丁字木拿「扶鸞」，認為行正路，或「扶乩」、「扶箕」，是一種迷信求神以問吉凶的方法。傍門上寫字叫「金丹」

※5揲蓍：音蛇詩。古代用五十根蓍草卜卦，先拿出一根，再把四十九根分作兩部分，然後四根一數：以定陰爻或陽爻。這種動作叫做「揲蓍」。

評點

◎1.了性明心，此句已扣定明德。(張評)
◎2.此道非別，蓋即大學之道也。承此一句，正爲本題領脈。(張評)
◎3.爛桃果，桃屬木，即花果之意。七者，二五之數。(周評)
◎4.術、流、動、靜四種，正是傍門。只舉四端，可以該三百六十。(周評)

『壁裏安柱』。」◎5悟空道：「師父，我是個老實人，不曉得打市語※6。怎麼謂之『壁裏安柱』？」祖師道：「人家蓋房，欲圖堅固，將牆壁之間，立一頂柱，有日大廈將傾，他必朽矣。」悟空道：「據此說，也不長久。不學！不學！」◎6

祖師道：「教你『靜』字門中之道，如何？」悟空道：「靜字門中，是甚正果？」祖師道：「此是休糧※7守谷※8，清靜無為，參禪打坐，戒語持齋，或睡功，或立功，並入定※9坐關※10之類。」悟空道：「這般也能長生麼？」祖師道：「也似『窰頭土坯』。」悟空笑道：「師父果有些滴達※11，一行※12說我不會打市語，怎麼謂之『窰頭土坯』？」祖師道：「就如那窰頭上造成磚瓦之坯，雖已成形，尚未經水火煅煉，◎7一朝大雨滂沱，他必濫矣。」悟空道：「也不長遠。不學！不學！」

◆菩提祖師講道，因為孫悟空挑剔，拿戒尺打了他三下，倒背著手走入裏面。（朱寶榮繪）

祖師道：「教你『動』字門中之道，如何？」悟空道：「動門之道，卻又怎樣？」祖師道：「此是有為有作，採陰補陽，攀弓踏弩，摩臍過氣，用方炮製，燒茅打鼎，進紅鉛，煉秋石※14，並服婦乳之類。」悟空道：「似這等也得長生麼？」祖師道：「此欲長生，亦如『水中撈月』。」◎8悟空道：「師父又來了！怎麼叫作『水中撈月』？」祖師道：「月在長空，水中有影，雖然看見，只是無撈摸處，到底只成空耳。」悟空道：「也不學！不學！」

祖師聞言，咄的一聲，跳下高臺，手持戒尺，指定悟空道：「你這猢猻，這般不學，那般不學，卻待怎麼？」走上前，將悟空頭上打了三下，◎9倒背著手，走入裏面，將中門關了，撇下大眾而去。諕得那一班聽講的，人人驚懼，皆怨悟空道：「你這潑猴，十分無

※6 市語：古代特有行幫使用的隱語。

※7 休糧：即「避穀」，停止進食。道家的修煉方法之一。

※8 守谷：谷，養。守谷，就是養五臟六神。道教認為可以達到不死的修煉方法之一。

※9 入定：佛教的說法，閉目打坐，就可以做到不生雜念，和鬼神相通。

※10 坐關：僧、道的修行方法之一，把自己禁閉在僅能容身的小屋中，在一定的、相當長的時間內與外界隔絕，叫做坐關。

※11 滴達：同「滴答」，嚕蘇、不爽快的意思。

※12 一行：一徑、一向、一直。有時也作已經解釋。

※13 紅鉛：明朝中葉開始流行的一種「接命神方」，以少女的月經製成，也是一種春藥。明人龔廷賢在《萬病回春》中說得更玄，尋找出生了妙方？記載：煉製紅鉛，最注重月經初潮時排出之物，明代龔廷賢在《攝生眾妙方》中說得更玄，尋找出生了五百四十八日前後的，因為古法有五百四十八日得首經之說。近現代武俠、玄幻小說的玄陰之體，均從此發展而來。

※14 秋石：同上的一種「接命神方」，用童男的小便煉製。

◎5.壁者土，柱者木，此木不能剋土，乃無氣之木，故不久。（周評）
◎6.明明指定不能長生，明明說出不學俱照釋、道、陰陽、醫、墨之道言。凡此者俱是黑道，信非明德學之何益？（張評）
◎7.道家只在水火既濟，才能得手。著眼。（李評）
◎8.月者太陰水精，影又在水中，有水無火，獨陰不成。（周評）
◎9.又打市語。（李評）

狀※15！師父傳你道法，如何不學，卻與師父頂嘴？這番沖撞了他，不知幾時才出來呵！」

此時俱報怨他，又鄙賤嫌惡他。悟空一些兒也不惱，◎10只是滿臉陪笑。原來那猴王已打

破盤中之謎，暗暗在心，所以不與眾人爭競，只是忍耐無言。祖師打他三下者，◎11教他三

更時分存心；倒背著手走入裏面，將中門關上者，教他從後門進步，秘處傳他道也。

卻與眾就寢，假合眼，定息存神。山中又沒打更傳箭※16，不知時分，只自家將鼻孔中出入

當日悟空與眾等，喜喜歡歡，在三星仙洞之前，盼望天色，急不能到。及黃昏時，

之氣調定。約到子時前後，輕輕的起身，穿了衣服，偷開前門，躲離大眾。走出外，抬頭

觀看。正是那：

月明清露冷，八極※17迥無塵。深樹幽禽宿，源頭水溜汾。

飛螢光散影，過雁字排雲。正直三更候，應該訪道真。

你看他從舊路徑至後門外，◎12只見那門兒半開半掩。悟空喜道：「老師父果然注意與我傳

道，故此開著門也。」即曳步近前，側身進得門裏，直走到祖師寢榻之下。見祖師蜷跼身

軀，朝裏睡著了。悟空不敢驚動，即跪在榻前。那祖師不多時覺來，舒開兩足，口中自吟

道：

「難！難！難！道最玄，莫把金丹作等閒。不遇至人傳妙訣，空言口困舌頭乾！」

悟空應聲叫道：「師父，弟子在此跪候多時。」祖師聞得聲音是悟空，即起披衣盤坐，喝

道：「這猢猻！你不在前邊去睡，◎13卻來我這後邊作甚？」悟空道：「師父昨日壇前對

衆相允，教弟子三更時候，從後門裏傳我道理，故此大膽徑拜老爺榻下。」祖師聽說，十分歡喜，暗自尋思道：「這廝果然是個天地生成的！不然，何就打破我盤中之暗謎也？」

悟空道：「此間更無六耳，止只弟子一人。望師父大捨慈悲，傳與我長生之道罷，永不忘恩！」祖師道：「你今有緣，我亦喜說。既識得盤中暗謎，你近前來，仔細聽之，當傳與你長生之妙道也。」悟空叩頭謝了，洗耳用心，跪於榻下。祖師云：

「顯密圓通眞妙訣，惜修性命無他說。都來總是精氣神，謹固牢藏休漏泄。

休漏泄，體中藏，汝受吾傳道自昌。口訣記來多有益，屏除邪欲得清涼。

得清涼，光皎潔，好向丹臺賞明月。月藏玉兔日藏烏，自有龜蛇相盤結。

相盤結，性命堅，卻能火裏種金蓮。攢簇五行顛倒用，功完隨作佛和仙。」◎14

此時說破根源，悟空心靈福至，切切記了口訣，對祖師拜謝深恩，即出後門觀看。但見東方天色微舒白，西路金光大顯明。依舊路，轉到前門，輕輕的推開進去，坐在原寢之處，故將牀鋪搖響道：「天光了，天光了！起耶！」那大衆還正睡哩，不知悟空已得了好事。

當日起來打混，暗暗維持，子前午後，自己調息。

卻早過了三年，◎15祖師復登寶座，與說法。談的是公案比語，論的是外像※18包皮

註

※15 無狀：沒有禮貌，張狂樣。

※16 傳箭：打更、傳箭，都是古代計算時間的方法，具體方法是用銅壺漏水，壺上刻著帶度數的箭，壺水退下之後，就會露出箭上度數，以此知道時刻。

※17 八極：古代對宇宙的認識，認爲九洲之外有八寅，八寅之外有八紘，八紘之外有八極，八極是八方最遠的地方。

※18 外像：像同相，是佛教中的術語，注意在這裏並非只是指外貌，還指善、惡、美、醜等外在的行爲，包括語言、行動等。

評點

◎10. 老猴聰明。（李評）

◎11. 師父到底打市語。（李評）

◎12. 前有一閉，此又一開，一閉一開，絕妙玄關。此不是後門開也，正是黑門開也。（張評）

◎13. 又打市語。（李評）

◎14. 仙佛同源，此處又明明説出。金丹活現矣。（周評）

◎15. 並前七年是十年矣。（周評）

※19. 忽問：「悟空何在？」悟空近前跪下：「弟子有。」祖師道：

「你這一向修些什麼道來？」悟空道：「弟子近來法性頗通，根源亦

漸堅固矣。」祖師道：「你既通法性，會得根源，已注神體，卻只是防備著

『三災利害』。」悟空聽說，沉吟良久道：「師父之言謬矣。我常聞道高德

隆，與天同壽；水火既濟，百病不生。卻怎麼有個『三災利害』？」祖

師道：「此乃非常之道：奪天地之造化，侵日月之玄機；丹成之後，鬼

神難容。雖駐顏益壽，但到了五百年後，天降雷災打你，須要見性明心，

預先躲避。躲得過，壽與天齊；躲不過，就此絕命。再五百年後，天降火災燒你。這火不

是天火，亦不是凡火，喚作『陰火』。◎16自本身湧泉穴※20下燒起，直透泥垣宮※21，五臟

成灰，四肢皆朽，把千年苦行，俱為虛幻。再五百年，又降風災吹你。這風不是東南西北

風，不是和熏金朔風，亦不是花柳松竹風，喚作『贔風』※22。自頂門中吹入六府※23，過丹

田※24，穿九竅※25，骨肉消疏，其身自解。所以都要躲過。」悟空聞說，毛骨悚然，叩頭

禮拜道：「萬望老爺垂憫，傳與躲避三災之法，到底不敢忘恩。」祖師道：「此亦無難，

只是你比他人不同，故傳不得。」悟空道：「我也頭圓頂天，足方履地，一般有九竅四

肢、五臟六腑，何以比人不同？」祖師道：「你雖然像人，卻比人少腮。」原來那猴子孤

拐面※26，凹臉尖嘴。悟空伸手一摸，笑道：「師父沒成算！我雖少腮，卻比人多這個素袋

※27，亦可准折過也。」祖師說：「也罷，你要學那一般？有一般天罡※28數，該三十六般變

化；有一般地煞※29數，該七十二般變化罷。」祖師道：「既如此，上前來，傳與你口訣。」遂附耳低言，將七十二般變化都學了。

這猴王也是他一竅通時百竅通，當時習了口訣，自修自煉，將七十二般變化都學成了。

忽一日，祖師與眾門人在三星洞前戲翫晚景。祖師道：「悟空，事成了未曾？」悟空道：「多蒙師父海恩，弟子功果完備，已能霞舉飛升也。」祖師道：「你試飛舉我看。」悟空弄本事，將身一聳，打了個連扯跟頭，跳離地有五六丈，踏雲霞去骸有頓飯之時，返復不上三里遠近，落在面前，抆手道：「師父，這就是飛舉騰雲了。」祖師笑道：「這個算不得騰雲，只算得爬雲而已。自古道：『神仙朝遊北海※30暮蒼梧※31。』似你這半日，去不上三里，即爬雲也還算不得哩！」祖師道：

※19 包皮：佛教術語，顧名思義，指人的肉體等外在事物。

※20 湧泉穴：足心的穴位。

※21 泥垣宮：指顱門，顖音信。就是頭頂最中心的穴位，又稱為「泥丸宮」。

※22 鼎風：鼎，音幣，佛、道家所謂三劫（災）中的風劫。

※23 六府：道教的說法，認為膽、胃腸、膀胱、三焦為六府。也作六腑。

※24 丹田：人體的穴位，在肚臍以下三寸的地方。

※25 九竅：人體的耳、鼻、眼、口及肛門、尿道口共有九竅。

※26 孤拐面：猴子的臉型上凸下尖，因此用孤拐面來形容。此外，本書中出現的拐子臉、孤拐臉、骨撾臉這些形容猴子的詞，都是相同原因。

※27 素袋：素作嗉，即動物的嗉囊，後文第三十九回的金丹，即從素袋中吐出。

※28 天罡：星名，即北斗七星的柄，道教稱它是北斗叢星中三十六星之神。

※29 地煞：星相家所稱主凶穀之星，常與天罡相互運用。

※30 北海：漢景帝時期設立，位於今廣州省。文中指北方的海，文中地理與現實不同但又有關聯。

※31 蒼梧：地名，在兩千多年前漢武帝時期設立，古人多用來比喻最南方的地名。這就是現在的廣西省梧州市。

評點

◎16. 說得極明白，人還不知，何也？（李評）

「凡騰雲之輩，早辰起自北海，遊過東海、西海、南海，復轉蒼梧。蒼梧者，卻是北海零陵之語話也。將四海之外，一日都遊遍，方算得騰雲。」悟空道：「這個卻難！卻難！」

祖師道：「世上無難事，只怕有心人。」悟空聞得此言，叩頭禮拜，啟道：「師父，為人須為徹，索性捨個大慈悲，將此騰雲之法，一發傳與我罷，決不敢忘恩。」祖師道：「凡諸仙騰雲，皆跌足而起，你卻不是這般。我才見你去，連扯方才跳上。我今只就你這個勢，傳你個觔斗雲罷。」悟空又禮拜懇求，祖師卻又傳個口訣道：「這朵雲，捻著訣，念動真言，攢緊了拳，對身一抖，跳將起來，一觔斗就有十萬八千里路哩！」大眾聽說，一個個嘻嘻笑道：「悟空造化！若會這個法兒，與人家當鋪兵※32、送文書、遞報單，不管那裏都尋了飯吃！」◎17師徒們天昏各歸洞府。這一夜，悟空即運神煉法，會了觔斗雲。逐日家無束無拘，自在逍遙此一長生之美。

一日，春歸夏至，大眾都在松樹下會講多時。大眾道：「悟空，你是那世修來的緣法？前日師父附耳低言，傳與你的躲三災變化之法，可都會麼？」悟空笑道：「不瞞諸兄長說，一則是師父傳授，二來也是我晝夜慇懃，那幾般兒都會了。」大眾道：「趁此良時，你試演演，讓我等看看。」悟空聞說，抖擻精神，賣弄手段道：「眾師兄請出個題目。要我變化甚麼？」大眾道：「就變棵松樹罷。」悟空捻著訣，念動咒語，搖身一變，就變作一棵松樹。真箇是：

鬱鬱含烟貫四時，凌雲直上秀貞姿。全無一點妖猴像，◎18盡是經霜耐雪枝。

大眾見了，鼓掌呵呵大笑，都道：「好猴兒！好猴兒！」不覺的嚷鬧，驚動了祖師。祖師急拽杖出門來問道：「是何人在此喧嘩？」大眾聞呼，慌忙檢束，整衣向前。悟空也現了本相，雜在叢中道：「啟上尊師，我等在此會講，更無外姓喧嘩。」祖師怒喝道：「你等大呼小叫，全不像個修行的體段！修行的人，口開神氣散，舌動是非生。如何在此嚷笑？」大眾道：「不敢瞞師父，適才孫悟空演變化耍子。教他變棵松樹，果然是棵松樹，弟子們俱稱揚喝采，故高聲驚冒尊師，望乞恕罪。」祖師道：「你等起去。」叫：「悟空，過來！我問你弄甚麼精神，變甚麼松樹？這個工夫，可好在人前賣弄？假如你見別人有，不要求他；別人見你有，必然求你。你若畏禍，卻要傳他；若不傳他，必然加害，你之性命又不可保。」◎19悟空叩頭道：「只望師父恕罪！」祖師道：「我也不罪你，但只是你去罷。」悟空聞此言，滿眼墮淚道：「師父教我往那裏去？」祖師道：「你從那裏來，便從那裏去就是了。」悟空頓然醒悟道：「我自東勝神洲傲來國花果山水簾洞來的。」祖師道：「你快回去，全你性命；若在此間，斷然不可！」悟空領罪，「上告尊師，我也離家有二十年矣，雖是回顧舊日兒孫，但念師父厚恩未報，不敢去。」祖師道：「那裏甚麼恩義？你只是不惹禍不牽帶我就罷了！」◎20

悟空見沒奈何，只得拜辭，與眾相別。祖師道：「你這去，定生不良。憑你怎麼惹禍行兇，卻不許說是我的徒弟。你說出半個字來，我就知之，把你這猢猻剝皮剉骨，將神魂

◎17. 眾人見識，定是如此。（李評）
◎18. 難道松樹不是猴？（李評）
◎19. 老成之語。（李評）
◎20. 可以爲師矣。（李評）

貶在九幽※33之處，教你萬劫不得翻身！」悟空道：「決不敢提起師父一字，只說是我自家會的便罷。」○21

悟空謝了。即抽身，捻著訣，丟個連扯，縱起觔斗雲，徑回東海。那裏消一個時辰，早看見花果山水簾洞。美猴王自知快樂，暗暗的自稱道：「

去時凡骨凡胎重，得道身輕體亦輕。舉世無人肯立志，立志修玄玄自明。

當時過海波難進，今日來回甚易行。別語叮嚀還在耳，何期頃刻見東溟。」

悟空按下雲頭，直至花果山。找路而走，忽聽得鶴唳猿啼，鶴唳聲沖霄漢外，猿啼悲切甚傷情。即開口叫道：「孩兒們，我來了也！」那崖下石坎邊、花草中，樹木裏，若大若小之猴，跳出千千萬萬，把個美猴王圍在當中，叩頭叫道：「大王，你好寬心！怎麼一去許久？把我們俱閃※34在這裏，望你誠如飢渴！近來被一妖魔在此欺虐，強要佔我們水簾洞府，是我等捨死忘生，與他爭鬥。這些時，被那廝搶了我們家火，捉了許多子侄，教我們晝夜無眠，看守家業。幸得大王再來，大王若再年載不來，我等連山洞盡屬他人矣！」悟空聞說，心中大怒，道：「是甚麼妖魔，輒敢無狀！你且細細說來，待我尋他報仇。」眾

◆悟空在眾師兄弟面前賣弄手段，炫耀自己會變化。眾人讓他變松樹，他就念動咒語，搖身一變，就變做一棵松樹。（朱寶榮繪）

猴叩頭：「告上大王，那廝自稱混世魔王，住居在直北下。」◎22悟空道：「此間到他那

裏，有多少路程？」眾猴道：「他來時雲，去時霧，或風或雨，或電或雷，我等不知有多

少路。」悟空道：「既如此，你們休怕，且自頑耍，等我尋他去來！」

好猴王，將身一縱，跳起去，一路觔斗，直至北下觀看，見一座高山，真是十分險

峻。好山：

筆峰挺立，曲澗深沉。筆峰挺立透空霄，曲澗深沉通地戶。兩崖花木爭奇，幾處松篁

※35鬥翠。左邊龍，熟熟馴馴；右邊虎，平平伏伏。每見鐵牛耕，常有金錢種。幽禽睍睆

※36聲，丹鳳朝陽立。石磷磷，波淨淨，古怪嶢嶬真惡獰。世上名山無數多，花開花謝還

眾。爭如此景永長存，八節※37四時渾不動。誠爲三界※38坎源山※39，滋養五行水臟洞！

美猴王正默觀看景致，只聽得有人言語。徑自下山尋見，原來那陡崖之前，乃是那水臟

洞。◎23洞門外有幾個小妖跳舞，見了悟空就走。悟空道：「休走！借你口中言，傳我心內

事。我乃正南方花果山水簾洞洞主。你家甚麼混世鳥魔，屢次欺我兒孫，我特尋來，要與

他見個上下！」

※33 九幽：指極深暗的地下。
※34 閃：放人鴿子，把人撇下的意思。
※35 篁：音黃，竹林，泛指竹子。
※36 睍睆：音縣緩。形容鳥鳴清和婉轉。
※37 八節：指二十四節氣中的八個主要節氣：立春、春分、立夏、夏至、立秋、秋分、立冬、冬至。
※38 三界：佛教術語，認爲一般的人生死往來的世界，分爲三界：欲界（包括所謂的地獄在內）、色界、無色界。此處即指人間世界。
※39 坎源山：坎，八卦之一，意爲水。《西遊記》中經常用《周易》來寓意，坎源山、水臟洞，以及後文多處這樣的用法。其中坎源山比喻人體背部腎臟處，五行水臟洞寓意人體腹腔下丹田。

評點

◎21.如今弟子都是如此。（李評）
◎22.直北者水也，正南者火也，水火相剋成魔，水火既濟則成舟。此魔不能相濟，安得不除？（周評）
◎23.水而曰臟，是膀胱之水，非太陰眞水也，與水簾自有宵壤之別。（周評）

那小妖聽說，疾忙跑入洞裏，報道：「大王！禍事了！」魔王道：「有甚禍事？」小

妖道：「洞外有猴頭稱為花果山水簾洞洞主。他說你屢次欺他兒孫，特來尋你，見個上下

哩。」魔王笑道：「我常聞得那些猴精說他有個大王，出家修行去，想是今番來了。你們見

他怎生打扮，有甚兵器？」小妖道：「他也沒甚麼器械，光著個頭，穿一領紅色衣，勒一條

黃絛，足下踏一對烏靴，不僧不俗，又不像道士神仙，赤手空拳，在門外叫哩。」魔王聞

說：「取我披掛兵器來！」那小妖即時取出。那魔王穿了甲冑，綽※40刀在手，與眾妖出得

門來，即高聲叫道：「那個是水簾洞洞主？」悟空急睜睛觀看，只見那魔王：

頭戴烏金盔，映日光明；身掛皂羅袍，迎風飄蕩。下穿著黑鐵甲，緊勒皮條；足踏著

花褶靴，雄如上將。腰廣十圍，身高三丈。手執一口刀，鋒刃多明亮。稱為混世魔，磊落

兇模樣。

猴王喝道：「這潑魔這般眼大，看不見老孫！」魔王見了笑道：「你身不滿四尺，年不過三

旬，手內又無兵器，怎麼大膽猖狂，要尋我見甚上下？」悟空罵道：「你這潑魔，原來沒

眼！你量我小，要大卻也不難。你量我無兵器，我兩隻手，勾著天邊月哩！你不要怕，只吃

老孫一拳！」縱一縱，跳上去，劈臉就打。那魔王伸手架住道：「你這般矬矮，我這般高

長，你要使拳，我要使刀，使刀就殺了你，也吃人笑。待我放下刀，與你使路拳看。」悟空

道：「說得是。好漢子！走來！」那魔王丟開架子便打，這悟空鑽進去相撞相迎。他兩個拳

搥腳踢，一衝一撞。原來長拳空大，短簇堅牢。那魔王被悟空掏短脅，撞了襠，幾下筋節，

把他打重了。他閃過，拿起那板大的鋼刀，望悟空劈頭就砍。悟空急撤身，他砍了一個空。

悟空見他兇猛，即使身外身法，拔一把毫毛，丟在口中嚼碎，望空噴去，叫一聲：「變！」即變作三二百個小猴，周圍攢簇。

原來人得仙體，出神變化無方。不知這猴王自從了道之後，身上有八萬四千毛羽，根根能變，應物隨心。那些小猴，眼乖會跳，刀來砍不著，鎗去不能傷。你看他前踴後躍，鑽上去，把個魔王圍繞；抱的抱，扯的扯，鑽襠的鑽襠，扳腳的扳腳，踢打撈毛，摳眼睛，捻鼻子，抬鼓弄※41，直打作一個攢盤。這悟空才去奪得他的刀來，分開小猴，照頂門一下，砍為兩段。◎24領眾殺進洞中，將那大小妖精盡皆剿滅。卻把毫毛一抖，收上身來。又見那收不上身者，卻是那魔王在水簾洞中擒去的小猴。悟空道：「汝等何為到此？」約有三五十個，都含淚道：「我等因大王修仙去後，這兩年被他爭吵，

註

※40 綽：抄、抓、提等意思。

※41 抬鼓弄：眾人把一個人翻倒捆綁起來的意思。

◆孫悟空變出眾多小猴，前踴後躍鑽到混世魔王身上，抱的抱，扯的扯，鑽襠的鑽襠，扳腳的扳腳，踢打撈毛，摳眼睛，捻鼻子，抬鼓弄，直把混世魔王打做一個攢盤。（古版畫，選自李卓吾批評本《西遊記》）

評點

◎24.不滅此魔，終不成道。（李評）

把我們都攝將來。那不是我們洞中的家火？石盆、石碗都被這廝拿來也。」悟空道：「既是我們的家火，你們都搬出外去。」隨即洞裏放起火來，把那水臟洞燒得枯乾，盡歸了一體。◎25對眾道：「汝等跟我回去。」眾猴道：「大王，我們來時，只聽得耳邊風響，虛飄飄到於此地，更不識路徑，今怎得回鄉？」悟空道：「這是他弄的個術法兒，有何難也！我如今一竅通百竅通，我也會弄。你們都合了眼，休怕！」

好猴王！念聲咒語，駕陣狂風，雲頭落下。叫：「孩兒們，睜眼！」眾猴腳躧實地，認得是家鄉，個個歡喜，都奔洞門舊路。那在洞眾猴，都一齊簇擁同入，分班序齒，禮拜猴王。安排酒果，接風賀喜，啟問降魔救子之事。悟空備細言了一遍，眾猴稱揚不盡道：「大王去到那方，不意學得這般手段！」悟空又道：「我當年別汝等，隨波逐流，飄過東洋大海，徑至南贍部洲，學成人像，著此衣，穿此履，擺擺搖搖，雲遊了八九年餘，更不曾有道；◎26又渡西洋大海，到西牛賀洲地界，訪問多時，幸遇一老祖，傳了我與天同壽的真功果，不死長生的大法門。」眾猴稱賀，都道：「萬劫難逢也！」悟空又笑道：「小的們，又喜我這一門皆有姓氏。」眾猴道：「大王姓甚？」悟空道：「我今姓孫，法名悟空。」眾猴聞說，鼓掌忻然道：「大王是老孫，我們都是二孫、三孫、細孫、小孫、一家孫……一國孫、一窩孫矣！」都來奉承老孫，大盆小碗的，椰子酒、葡萄酒、仙花、仙果，真箇是合家歡樂。咦！

◆混世魔王長相兇悍，頭戴烏金盔，映日光明；身掛皂羅袍，迎風飄蕩。下穿著黑鐵甲，緊勒皮條；足踏著花褶靴，身高三丈。手執一口刀，鋒刃多明亮。（葉雄繪）

畢竟不知怎生結果，居此界終始如何？且聽下回分解。

貫通一姓身歸本，只待榮遷仙錄※42名。

註

※42錄：音錄，指薄書、薄冊。道家認為普通人「得道」之後，被用素（帛）書記載到仙冊上，叫做「登仙錄」。

悟一子曰：此發明金丹大道真妙真傳，微示取坎填離，使知「歸本合元神」之大意。提出「精徹」二字，方著心上來。言真妙之理，須要大悟大徹，得真師傳授，方好下手。非謂此心即道，悟了方可得道。且問悟自甚麼？此又是「靜」門中參坐工夫，總水中撈月，到底成空耳。故篇中先以「斷魔」一事微示「歸本合元神」之意，直向大洞中取得金箍棒，則大暢「歸本合元神」之義矣。書中如此筆墨，非洞察陰陽，深明造化，而孫孫不何從測說乎！此所謂「斷魔歸本合元神」也。非，與天同壽的真功夫，不死長生的大法門「乎！純陽一得，而孫孫不絕」，變化無窮，又何天地幽冥之得以拘束之哉！（陳評節錄）

本合無神」之意，直向大洞中取得金箍棒，則大暢

悟元子曰：上回已提出大道之根源，心性之修持，終未言其如何修，如何持。故此回逐節發明，使學者急求師訣，大甚！是特仙翁示人先須該拜明師，究性命之理，求作用之真，不使一毫有疑惑耳。學者得師口訣，欲成大道，先宜降除欲魔，倘姑息不斷，任魔自混，縱有與天同壽的真功果，不死長生的大法門，前路阻滯，何益於事？（劉評節錄）

評《西遊》者，以首回至此，便以為悟空已修成大道，而了性了命，何其誤

樣樣不學，只學長生，猴且如此，而況人乎！世人豈惟不學長生，且學短生之術也。世人有能離此四者，誰乎？《西遊記》極多寓言，讀者切勿草放過。如此回中：酒、色、財、氣，俱戒除不生。「世上無難事，只怕有心人。」「水火既濟，百病不生。」「口開神氣散，舌動是非生。」俱極其微言也。篇中譏剌南瞻部洲人極毒，縱螫南瞻部洲人亦極慈。曰：「你從那裏來，便從那裏去。」見得南瞻部洲人，只會著衣、穿履、搖擺搖搖而已。蓋道高一尺，魔高一丈，理勢然也。若成道之後，道非由其道也。所以於小猴歸處，露二語曰：「腳踏實地，認得是家鄉。」此滅魔成道之真光景也。讀者察之。老師父數句市語，遂為今日方士騙人秘訣。（李評）

◎25. 去卻邪火，獨存真火金丹。（周評）
◎26. 原來南瞻部洲無道。（李評）

四海千山皆拱伏　九幽十類盡除名

卻說美猴王榮歸故里，◎1自剿了混世魔王，◎2奪了一口大刀，逐日操演武藝。教小猴砍竹為標，削木為刀，治旗幡，打哨子，一進一退，安營下寨。頑耍多時，忽然靜坐處思想，道：「我等在此，恐作耍成真，或驚動人王，或有禽王、獸王認此犯頭※1，說我們操兵造反，興師來相殺，汝等都是竹竿木刀，如何對敵？須得鋒利劍戟方可。如今奈

◆《新說西遊記圖像》描繪第三回精采場景：四海龍王懼怕孫悟空的淫威，湊夠了一套精美的鎧甲：一雙藕絲步雲履、一副鎖子黃金甲、一頂鳳翅紫金冠。悟空將金冠、金甲、雲履穿戴在身。（古版畫，選自《新說西遊記圖像》）

何？」眾猴聞說，個個驚恐道：「大王所見甚長，只是無處可取。」正說間，轉上四個老猴——兩個是赤尻馬猴，兩個是通背猿猴，走在面前道：「大王，若要治鋒利器械，甚是容易。」悟空道：「怎見容易？」四猴道：「我們這山，向東去，有二百里水面，那廂乃傲來

國界。那國界中有一王位，滿城中軍民無數，必有金銀銅鐵等匠作。大王若去那裏，或買

或造些兵器，教演我等，守護山場，誠所謂保泰長久之機也。」悟空聞說，滿心歡喜道：

「汝等在此頑耍，待我去來。」

好猴王，急縱觔斗雲，霎時間過了二百里水面。果然那廂有座城池，六街三市，萬戶

千門，來來往往，人都在光天化日之下。悟空心中想道：「這裏定有現成的兵器，待我下

去買他幾件，還不如使個神通，覓他幾件倒好。」他就捻起訣來，念動咒語，向巽※2地上

吸一口氣，呼的吹將去，便是一陣風，飛沙走石，好驚人也：

炮雲起處蕩乾坤，黑霧陰霾大地昏。江海波翻魚蟹怕，山林樹折虎狼奔。

諸般買賣無商旅，各樣生涯不見人。殿上君王歸內院，階前文武轉衙門。

千秋寶座都吹倒，五鳳高樓幌動根。

風起處，驚散了那傲來國君王，三街六市都慌得關門閉戶，無人敢走。悟空才按下雲頭，

徑闖入朝門裏。直尋到兵器館武庫中，打開門扇看時，那裏面無數器械：刀、鎗、劍、

戟、斧、鉞、毛、鐮、鞭、鈀、撾、簡、弓、弩、叉、矛，件件俱備。一見甚喜道：「我

一人能拿幾何？還使個分身法，搬將去罷。」好猴王！即拔一把毫毛，入口嚼爛，噴將出

去，念動咒語，叫聲：「變！」變作千百個小猴，都亂搬亂搶；有力的拿五七件，力小的

註

※1 認此犯頭：犯，冒犯、觸犯；犯頭，冒犯的由頭。這是淮安方言，文中不少淮安方言也證實了作者的身分。

※2 巽：音訊，八卦之一，代表風。

評點

◎1.到家語便已喝起，全神照定榮邊之意矣。（張評）
◎2.剿，即克也，掃除塵情，了悟大法便得克明之意。（張評）

拿三件，盡數搬個罄淨。經踏雲頭，弄個攝法，喚轉狂風，帶領小猴，俱回本處。

卻說那花果山大小猴兒，正在那洞門外頑耍，忽聽得風聲響處，見半空中，丫丫叉

叉，無邊無岸的猴精，諕得都亂跑亂躲。少時，美猴王按落雲頭，收了雲霧，將身一抖，

收了毫毛，將兵器亂堆在山前，叫道：「小的們！都來領兵器！」眾猴看時，只見悟空獨

立在平陽之地，俱跑來叩頭問故。悟空將前使狂風、搬兵器一應事，說了一遍。眾猴稱謝

畢，都去搶刀奪劍，撾斧爭鎗，扯弓扳弩，吆吆喝喝，耍了一日。◎3

次日，依舊排營。悟空會集群猴，計有四萬七千餘口。早驚動滿山怪獸，都是些狼、

蟲、虎、豹、麖※3、麂、獐、犯、狐、狸、獾、狢、獅、象、猱猊※4、猩猩、熊、鹿、

野豕、山牛、羚羊、青兕※5、狡兔、神獒……各樣妖王，共有七十二洞，都來參拜猴王為

尊。每年獻貢，四時點卯※6。也有隨班操備的，也有隨節征糧的，齊齊整整，把一座花果

山造得似鐵桶金城。各路妖王，又有進金鼓、進彩旗、進盔甲的，紛紛攘攘，日逐家習舞

興師。

美猴王正喜間，忽對眾說道：「汝等弓弩熟諳，兵器精通，奈我這口刀著實榔槺※7，

不遂我意，奈何？」四老猴上前啟奏道：「大王乃是仙聖，凡兵是不堪用；但不知大王

水裏可能去得？」悟空道：「我自聞道之後，有七十二般地煞變化之功；觔斗雲有莫大

的神通；善能隱身遁身，起法攝法；上天有路，入地有門；步日月無影，入金石無礙；水

不能溺，火不能焚。那些兒去不得！」四猴道：「大王既有此神通，我們這鐵板橋下，

◆江蘇連雲港花果山的猴子。（曾志／fotoe提供）

◆重慶武隆縣江口鎮芙蓉洞「海底龍宮」。（影哥／fotoe提供）

水通東海龍宮。大王若肯下去，尋著老龍王，問他要件甚麼兵器，卻不趁心？」悟空聞言甚喜道：「等我去來。」

好猴王！跳至橋頭，使一個閉水法，捻著訣，撲的鑽入波中，分開水路，徑入東洋海底。正行間，忽見一個巡海的夜叉，擋住問道：「那推水來的，是何神聖？說個明白，好通報迎接。」悟空道：「吾乃花果山天生聖人孫悟空，◎4是你老龍王的緊鄰，◎5為何不識？」那夜叉聽說，急轉水晶宮，傳報道：「大王，外面有個花果山天生聖人孫悟空，口稱是大王緊

※3 麕：音京，鹿的一種。

※4 狻猊：音酸尼，傳說中的一種猛獸，狀似獅子，《穆天子傳》裏有記載。

※5 青兕：兕，音四，古書上所說的雌犀牛。《論語·季氏》有「虎兕出於柙，龜玉毀於櫝中，是誰之過與？」

※6 點卯：古代官署辦公，從卯時開始工作，主管官到時點名，稱為「點卯」。

※7 郎槺：形容過於笨重、粗大，不方便使用。也作榔槺、狼犺、郎伉。

◎3.這些兵器何能克得，先為金箍棒一襯。（張評）

◎4.人生大德無累，那個不是聖人？皆因氣拘物蔽就成了個小人。（張評）
　天生聖人，如此名號從何處得來，互古互今，不可有兩。（周評）

◎5.該用通家眷弟帖子。（周評）

鄰，將到宮也。」東海龍王敖廣，即忙起身，與龍子龍孫、蝦兵蟹將出宮迎道：「上仙請進，請進。」直至宮裏相見，上坐獻茶畢，問道：「上仙幾時得道，授何仙術？」悟空道：「我自生身之後，出家修行，得一個無生無滅之體。近因教演兒孫，守護山洞，奈何沒件兵器。久聞賢鄰享樂瑤宮貝闕，必有多餘神器，特來告求一件。」龍王見說，不好推辭，即著鱖都司◎6取出一把大桿刀奉上。悟空道：「老孫不會使刀，乞另賜一件。」龍王又著鮊大尉領鱔力士，抬出一桿九股叉來。悟空跳下來，接在手中，使了一路，放下道：「輕，輕！輕！又不稱手！再乞另賜一件。」龍王笑道：「上仙，你不看看。這叉有三千六百斤重哩！」悟空道：「不稱手！不稱手！」龍王心中恐懼，又著鯾提督、鯉總兵抬出一柄畫桿方天戟，那戟有七千二百斤重。悟空見了，跑近前接在手中，丟幾個架子，撒兩個解數，插在中間道：「也還輕，輕！輕！」老龍王一發怕道：「上仙，我宮中只有這根戟最重，再沒甚麼兵器了。」悟空笑道：「古人云：『愁海龍王沒寶哩！』你再去尋尋看，若有可意的，一一奉價。」龍王道：「委的※8再無。」

正說處，後面閃過龍婆、龍女道：「大王，觀看此聖，決非小可。我們這海藏中，那一塊天河底的神珍鐵，這幾日霞光豔豔，瑞氣騰騰，敢莫是※9該出現，遇此聖也？」龍王道：「那是大禹治水之時，定江海淺深的一個定子，是一塊神鐵，能中何用？」龍婆道：「莫管他用不用，且送與他，憑他怎麼改造，送出宮門便了。」老龍王依言，盡向悟空說了。悟空道：「拿出來我看。」龍王搖手道：「扛不動！抬不動！須上仙親去看看。」悟空

道：「在何處？你引我去。」龍王果引導至海藏中間，忽見金光萬道。龍王指定道：「那放

光的便是。」悟空撩衣上前，摸了一把，乃是一根鐵柱子，約有斗來粗，二丈有餘長。他盡

力兩手撾過道：「忒粗忒長些！再短細些方可用。」說畢，那寶貝就短了幾尺，細了一圍。

◎7 悟空又顛一顛道：「再細些更好！」那寶貝真箇又細了幾分。悟空十分歡喜，拿出海藏

看時，原來兩頭是兩個金箍，中間乃一段烏鐵，緊挨箍有鐫成的一行字，喚作「如意金箍

棒，重一萬三千五百斤」。心中暗喜道：「想必這寶貝如人意！」一邊走，一邊心思口念，

手顛著道：「再短細些更妙！」拿出外面，只有二丈長短，碗口粗細。◎8

你看他弄神通，丟開解數，打轉水晶宮裏。諕得老龍王膽戰心驚，小龍子魂飛魄散；

龜鼈黿鼉※10皆縮頸，魚蝦鼈蟹盡藏頭。悟空將寶貝執在手中，坐在水晶宮殿上，對龍王

笑道：「多謝賢鄰厚意。」龍王道：「不敢，不敢。」悟空道：「這塊鐵雖然好用，還有

一說。」龍王道：「上仙還有甚說？」悟空道：「當時若無此鐵，倒也罷了；如今手中既

拿著他，身上無衣服相稱。沒奈何，你這裏若有披掛，索性送我一件，一總奉謝。」龍王

道：「這個卻是沒有。」悟空道：「『一客不犯二主。』若沒有，我也定不出此門。」龍王

王道：「煩上仙再轉一海，或者有之。」悟空道：「『走三家不如坐一家。』千萬告求

一件。」龍王道：「委的沒有；如有，即當奉承。」悟空道：「真箇沒有，就和你試試此

註

※8 委的：真的、確實的意思。

※9 敢莫是：也許是、可能是。

※10 龜鼈黿鼉
　鼈，音元，大鼈。
　鼉，音駝，爬行動物，吻短，體長二米多，背部、尾部均有鱗甲；穴居江河岸邊，皮可以蒙鼓，亦稱「揚子鱷」、「鼉龍」、「豬婆龍」。

評點

◎6. 種種官名俱趣，但不知有驚相公否？（周評）
◎7. 此亦是說心，其神通靈妙如此。（周評）
◎8. 心之妙如此。（周評）

鐵！」龍王慌了道：「上仙，切莫動手！切莫動手！待我看舍弟處可有，當送一副。」

悟空道：「令弟何在？」龍王道：「舍弟乃南海龍王敖欽、北海龍王敖順、西海龍王敖閏是也。」悟空道：「我老孫不去，不去！

◎9俗語謂『賒三不敵見二』，只望你隨高就低的送一副便了。」老龍道：「不須上仙去。我這裏有一面鐵鼓，一口金鐘；凡有緊急事，擂得鼓響，撞得鐘鳴，舍弟們就頃刻而至。」悟空道：「既如此，快些去擂鼓撞鐘！」真箇那鼈將便去撞鐘，鼉帥即來擂鼓。

霎時，鐘鼓響處，果然驚動那三海龍王，須臾來到，一齊在外面會著。敖欽道：「大哥，有甚緊事，擂鼓撞鐘？」老龍道：「賢弟，不好說！有一個花果山甚麼天生聖人，早間來認我作鄰居，後要求一件兵器，獻鋼叉嫌小，奉畫戟嫌輕；將一塊花果山天河定底神珍鐵，自己拿出手，丟了些解數。如今坐在宮中，又要索甚麼披掛。我處無有，故響鐘鳴鼓，請賢弟來。你們可有甚麼披掛，送他一副，打發他出門去罷了。」敖欽聞言，大怒道：「我

◆猴王走出洞外，將寶貝攥在手中，使一個法像地的神通，把腰一躬，叫聲：「長！」他就長的高萬丈，頭如泰山，腰如峻嶺；手中那棒，上抵三十三天，下至十八層地獄。（朱寶榮繪）

✦悟空拿了定海神針鐵，高興地在龍王面前揮舞，龍王嚇得心驚膽戰。（孟慶江繪）

◎9.有識見。（李評）

兄弟們，點起兵，拿他不是！」老龍道：「莫說拿，莫說拿！那塊鐵，挽著些兒就死，磕

著些兒就亡，挨挨兒皮破，擦擦兒筋傷！」西海龍王敖閏說：「二哥不可與他動手。且只

湊副披掛與他，打發他出了門，啟表奏上上天，天自誅也。」北海龍王敖順道：「說得

是。我這裏有一雙藕絲步雲履哩。」西海龍王敖閏道：「我帶了一副鎖子黃金甲哩。」南

海龍王敖欽道：「我有一頂鳳翅紫金冠哩。」老龍大喜，引入水晶宮相見了，以此奉上。

悟空將金冠、金甲、雲履都穿戴停當，使動如意棒，一路打出去，對眾龍道：「聒噪※11！

聒噪！」四海龍王甚是不平，一邊商議進表上奏不題。

你看這猴王，分開水道，徑回鐵板橋頭，擅將上去。只見四個老猴領著眾猴，都在橋

邊等候。忽然見悟空跳出波外，身上更無一點水濕，金燦燦的，走上橋來。諕得眾猴一齊

跪下道：「大王，好華彩耶！好華彩耶！」悟空滿面春風，高登寶座，將鐵棒豎在當中。

那些猴不知好歹，都來拿那寶貝，卻便似蜻蜓撼鐵樹，分毫也不能禁動。一個個咬指伸舌

道：「爺爺呀！這般重，虧你怎的拿將來也！」悟空近前，舒開手，一把攞起，對眾笑道：

「物各有主。這寶貝鎮於海藏中，也不知幾千百年，可可的※12今歲放光。龍王只認作是

塊黑鐵，又喚作『天河鎮底神珍』。那廝每※13都扛抬不動，請我親去拿之。那時此寶有

二丈多長，斗來粗細；被我搵※14他一把，意思嫌大，他就小了許多；再教小些，他又小

了許多；急對天光看處，上有一行字，乃『如意金箍棒，一

萬三千五百斤』。你都站開，等我再叫他變一變看。」他將那寶貝顛在手中，叫：「小！

小！小！」即時就小作一個繡花針兒相似，可以搜※15在耳朵裏面藏下。◎10眾猴駭然，叫道：「大王！還拿出來耍耍！」猴王真箇去耳朵裏拿出，托放掌上叫：「大！大！大！」即又大作斗來粗細，二丈長短。他弄到歡喜處，跳上橋，走出洞外，將寶貝攢在手中，使一個法天像地的神通，把腰一躬，叫聲「長！」他就長的高萬丈，頭如泰山，腰如峻嶺，眼如閃電，口似血盆，牙如劍戟；◎11手中那棒，上抵三十三天，下至十八層地獄，把些虎豹狼蟲、滿山群怪、七十二洞妖王都諕得磕頭拜禮，戰兢兢魂散魄飛。霎時，收了法像，將寶貝還變作個繡花針兒，藏在耳內，復歸洞府。慌得那各洞妖王，都來參賀。

此時遂大開旗鼓，響振銅鑼。廣設珍羞百味，滿斟椰液萄漿，與眾飲宴多時。卻又依前教演。喚作馬、流二元帥；兩個通背猿猴，封為健將。將那四個老猴，安營下寨，賞罰諸事，都付與四健將維持。他放下心，日逐騰雲駕霧，遨遊四海，行樂千山。施武藝，遍訪英豪；弄神通，廣交賢友。此時又會了個七弟兄，乃牛魔王、蛟魔王、鵬魔王、獅駝王、獼猴王、猳狨※16王，◎12連自家美猴王七個。日逐講文論武，走斝※17傳觴※18，絃歌吹舞，朝去暮回，無般兒不樂。把那個萬里

註

※11 聒噪：本意吵鬧，這裏是打擾的意思。
※12 可可的：剛好、恰好。
※13 每：同們。習見於元明小說、戲曲中。
※14 撾：音抓；打、敲打：如鞭撾、撾鼓、撾殺。
※15 搋：同塞，按捺進入。
※16 狨：音容，哺乳動物，猿猴類，體矮小，形似松鼠，黃色絲狀軟毛，尾長，棲樹上。亦稱「金線狨」。
※17 斝：音假，古代青銅製的酒器，圓口，三足。
※18 觴：音商，古代酒器。常見詞語有：舉觴稱賀、觴酌、觴飲、觴詠（飲酒賦詩）。

評點

◎10. 此棒也有些猴氣。（李評）
　　心之靈妙如此。猴即是猴，棒即是棒。（周評）
◎11. 只是口太小了。（李評）
◎12. 六王之內，後來只有牛魔王出現猙做對頭，可見禽獸之性，始為兄弟，終為仇敵，舉一牛可以例其餘。（周評）

55

之遙，只當庭闈※19之路，所謂點頭徑過三千里，扭腰八百有餘程。

一日，在本洞分付四健將安排筵宴，請六王赴飲，殺牛宰馬，祭天享地，著眾怪跳舞歡歌，俱吃得酩酊大醉。送六王出去，卻又賞勞大小頭目，倚在鐵板橋邊松陰之下，霎時間睡著。◎13四健將領眾圍護，不敢高聲。只見那美猴王睡裏見兩人拏一張批文，上有「孫悟空」三字，走近身，不容分說，套上繩，就把美猴王的魂靈兒索了去，踉踉蹌蹌，直帶到一座城邊。猴王漸覺酒醒，◎14忽抬頭觀看，那城上有一鐵牌，牌上有三個大字，乃「幽冥界」。美猴王頓然醒悟道：「幽冥界乃閻王所居，何為到此？」那兩人道：「你今陽壽該終，我兩人領批，勾你來也。」猴王聽說，道：「我老孫超出三界之外，不在五行之中，已不伏他管轄，怎麼朦朧※20，又敢來勾我？」那兩個勾死人※21只管扯扯拉拉，定要拖他進去。那美猴王惱起性來，耳朵中掣出寶貝，◎15幌一幌，碗來粗細，略舉手，把兩個勾死人打為肉醬。自解其索，丟開手，輪著棒，打入城中。諕得那牛頭鬼，東躲西藏；馬面鬼，南奔北跑。眾鬼卒奔上森羅殿，

◆悟空親自拿筆在生死簿上勾掉了自己的名字，甚至連所有與猴相關的，都一概勾之。（朱寶榮繪）

報著：「大王！禍事，禍事！◎16外面一個毛臉雷公打將來了！」慌得那十代冥王急整衣來看，見他相貌兇惡，即排下班次，應聲高叫道：「上仙留名！上仙留名！」猴王道：「你既認不得我，怎麼差人來勾我？」十王道：「不敢！不敢！想是差人差了。」猴王道：「我本是花果山水簾洞天生聖人孫悟空。你等是甚麼官位？」十王躬身道：「我等是陰間天子十代冥王。」悟空道：「快報名來，免打！」十王道：「我等是秦廣王、楚江王、宋帝王、忤官王、閻羅王、平等王、泰山王、都市王、卞城王、轉輪王。」悟空道：「汝等既登王位，乃靈顯感應之類，為何不知好歹？我老孫修仙了道，與天齊壽，超升三界之外，跳出五行之中，為何著人拘我？」十王道：「上仙息怒。普天下同名同姓者多，或是那勾死人※21錯走了也？」悟空道：「胡說！胡說！常言道：『官差吏差，來人不差。』你快取生死簿子來我看！」十王聞言，即請上殿查看。

悟空執著如意棒，徑登森羅殿上，正中間南面坐上。十王即命掌案的判官取出文簿來查。那判官不敢怠慢，便到司房裏，捧出五六簿文書並十類簿子，逐一查看。贏蟲、毛蟲、羽蟲、昆蟲、鱗介之屬，俱無他名。又看到猴屬之類，原來這猴似人相，不入人名，似贏蟲，不居國界；似走獸，不伏麒麟管；似飛禽，不受鳳凰轄，另有個簿子。悟空親自檢閱，直到那魂字一千三百五十號上，◎18方注著孫悟空名字，乃天產石猴，該

※19 庭闈：庭，庭院；闈，音爲，古代宮室兩側的小門。庭闈，庭院的意思。
※20 朦朧：本意模糊，看不清楚，這裏是糊塗、做錯事的意思。
※21 勾死人：傳說中閻羅王派來捉拿人靈魂的鬼。又作勾司人。

◎13. 有私而不克，克之而不盡，此德亦不能長明，以視前意又追一層，所謂則有時而昏也。(張評)
◎14. 此時還能放下心否？(周評)
◎15. 此寶貝夢中亦帶去耶？(周評)
◎16. 森羅殿前報禍事，真是奇聞。(周評)
◎17. 閻王也怕惹人。(李評)
◎18. 三四一千二，三五一百五，正合三三之數。(周評)

壽三百四十二歲，善終。◎19悟空道：「我也不記壽數幾何，且只消了名字便罷！取筆過

來！」◎20那判官慌忙捧筆，飽掭※22濃墨。悟空拿過簿子，把猴屬之類，但有名者，一概勾

之。捽下簿子道：「了帳！了帳！今番不伏你管了！」一路棒打出幽冥界。◎21那十王不敢

相近，都去翠雲宮，同拜地藏王菩薩，商量啟表，奏聞上天，不在話下。

這猴王打出城中，忽然絆著一個草紇繸※23，跌了個蹺蹊※24，猛的醒來，乃是南柯一

夢※25。才覺伸腰，只聞得四健將與眾猴高叫道：「大王吃了多少酒，睡這一夜，還不醒

來？」悟空道：「睡還小可，我夢見兩個人，來此勾我，把我帶到幽冥界城門之外，卻才

醒悟。是我顯神通，直嚷到森羅殿，與那十王爭吵，將我們的生死簿看了，但有我等名

號，俱是我勾了，都不伏那廝所轄也。」眾猴磕頭禮謝。——自此，山猴都有不老者，以陰

司無名故也。——美猴王言畢前事，四健將報知各洞妖王，都來賀喜。不幾日，六個義兄

弟，又來拜賀；一聞銷名之故，又個個歡喜，每日聚樂不題。

卻表啟那個高天上聖大慈仁者玉皇大天尊玄穹高上帝，一日，駕坐金闕雲宮靈霄寶

殿，聚集文武仙卿早朝之際，忽有丘弘濟※26真人啟奏道：「萬歲，通明殿外，有東海龍王

敖廣進表，聽天尊宣詔。」玉皇傳旨：「著宣來。」敖廣宣至靈霄殿下，禮拜畢。旁有引奏仙

童，接上表文。玉皇從頭看過。表曰：

　「水元下界東海小龍臣敖廣，啟奏大天聖主玄穹高上帝君：近因花果山生、

水簾洞住妖仙孫悟空者，欺虐小龍，強坐水宅，索兵器，施法施威；要披掛，騁兇騁勢。

驚傷水族，諕走龜鼉；南海龍戰戰兢兢；西海龍淒淒慘慘；北海龍縮首歸降；臣敖廣舒身

下拜。獻神珍之鐵棒，鳳翅之金冠，與那鎖子甲、步雲履，以禮送出。他仍弄武藝，顯神

通，但云『聒噪！聒噪！』果然無敵，甚為難制。臣今啓奏，伏望聖裁。懇乞天兵，收此

妖孽，庶使海岳清寧，下元※27安泰。奉奏。

聖帝覽畢，傳旨：「著龍神回海，朕即遣將擒拿。」老龍王頓首謝去。下面又有葛仙翁天

師啟奏道：「萬歲，有冥司秦廣王齎奉幽冥教主地藏王菩薩表文進上。」旁有傳言玉女，

接上表文，玉皇亦從頭看過。表曰：

「幽冥境界，乃地之陰司。天有神而地有鬼，陰陽輪轉；禽有生而獸有死，反復雌

雄。生生化化，孕女成男，此自然之數，不能易也。今有花果山水簾洞天產妖猴孫悟空，

逞強行兇，不服拘喚。弄神通，打絕九幽鬼使；恃勢力，驚傷十代慈王。大鬧森羅，強銷

名號。致使猴屬之類無拘，獼猴之畜多壽；寂滅輪迴，各無生死。貧僧具表，冒瀆天威。

伏乞調遣神兵，收降此妖，整理陰陽，永安地府。謹奏。」

※22 撈：與舐、舔同義。這裏指用筆舐墨。

※23 草紇縫：紇縫，同瘧瘩，草紇縫就是草結。

※24 蹧踵：音龍種，立足不穩要跌倒，接連搶步支撐站住的動作。

※25 南柯一夢：唐代小說家李公佐著《南柯記》，敘述淳于棼夢中在大槐安國作南柯太守二十年，歷盡榮華富貴的故事。後來便把「南柯」作為夢的代稱。

※26 丘弘濟：「弘濟」是元室後來給丘處機的賜號，《西遊記》中把丘處機、張道陵、葛仙翁和許旌陽四人列為玉帝殿前「四大天師」。

※27 下元：道教把天空、陸地、水域依次稱作上元、中元、下元。因此道家有三官，天官、地官、水官。

◎19. 荒唐極矣，說來卻似逼真。奇絕，奇絕。三百者，十個三十也，又加三個十、三個四，恰是三百四十二，亦是三三之數。(周評)

◎20. 奧利，的是妙人。(李評)

◎21. 前番水晶宮前一路棒，此番森羅殿又是一路棒。總來把柄在手，任從登山下海，上天入地，橫衝直撞，無所不可。(周評)

玉皇覽畢，傳旨：「著冥君回歸地府，朕即遣將擒拿。」秦廣王亦頓首謝去。

大天尊宣眾文武仙卿，問曰：「這妖猴是幾年生育，何代出生，卻就這般有道？」一言未已，班中閃出千里眼、順風耳道：「這猴乃三百年前天產石猴。當時不以為然，不知這幾年在何方修煉成仙，降龍伏虎，強銷死籍也。」玉帝道：「那路神將，下界收伏？」言未已，班中閃出太白長庚星，俯伏啟奏道：「上聖三界中，凡有九竅者，皆可修仙。奈此猴乃天地育成之體，日月孕就之身，他也頂天履地，服露餐霞；今既修成仙道，有降龍伏虎之能，與人何以異哉？臣啟陛下，可念生化之慈恩，降一道招安聖旨，把他宣來上界，授他一個大小官職，與他籍名在籙，一則不動眾勞師，二則收仙有道拘束此間。若受天命，後再陞賞；若違天命，就此擒拿。」玉帝聞言甚喜，道：「依卿所奏。」即著文曲星官修詔，著太白金星招安。[22]

金星領了旨，出南天門外，按下祥雲，直至花果山水簾洞，對眾小猴道：「我乃天差天使，有聖旨在此，請你大王上界。快快報知！」洞外小猴，一層層傳至洞天深處，道：「大王，外面有一老人，背著一角文書，言是上天差來的天使，有聖旨請你也。」美

◆金星領了旨，出南天門外，按下祥雲，直至花果山水簾洞。（古版畫，選自李卓吾批評本《西遊記》）

猴王聽得大喜，道：「我這兩日，正思量要上天走走，卻就有天使來請。」叫：「快請進來！」猴王急整衣冠，門外迎接。金星徑入當中，面南立定道：「我是西方太白金星，奉玉帝招安聖旨，下界請你上天，拜受仙籙。」悟空笑道：「多感老星降臨。」教：「小的們！安排筵宴款待。」金星道：「聖旨在身，不敢久留。就請大王同往，待榮遷之後，再從容敘也。」悟空道：「承光顧，空退！空退！」即喚四健將，分付：「謹慎教演兒孫，待我上天去看看路，卻好帶你們上去同居住也。」四健將領諾。這猴王與金星縱起雲頭，升在空霄之上。正是那：

畢竟不知授個甚麼官爵，且聽下回分解。

總批

高邊上品天仙※28位，名列雲班寶錄中。

篇中云：「凡有九竅者，皆可修仙。」今人且把自家身上檢看，誰人沒有九竅？所云一竅不通者，非耶？坐在龍王家裏要兵器，要披掛，不肯出門，極有主張。但此是妖仙秘法，何今日世上，此法流行，盛至此耶？妖矣！妖矣！把生死薄子一筆勾消，此等舉動，不可及也。彼自以為天生聖人，非妄也。常言：「鬼怕惡人。」奈何世上反有怕鬼之人乎？若怕鬼之人，定非人也，亦鬼耳！
（李評）

悟一子曰：此發明金丹大道，乃水中金之一物，能得其竅，則凡地下之自近而遠，自顯而幽，無所障礙，一如我意之展施也。老君曰：「玄化之門，是調造化根。」眾夫蹈以出，蠕動莫不由，蓋能盡其性，則能盡人物之性，而一如我知，未免又有一番私解。不曰「放心」；而曰「放下心」，不曰「心放下」，而曰「放下心」。其中妙義，非世人所知也。（陳評節錄）

悟元子曰：上回已言得師真傳，足以破妄歸真，然雖非神不昧矣，不能攢簇五行，和合四象，終非金丹大道，猶是一己之陰，更何能脫生死，出輪迴哉？故仙翁急於此回發明還丹之妙旨，細演作用之神通，使人不落中下二乘之途耳。（劉評節錄）

◎22.老長庚所見甚是。「收仙有道」四字，杜撰得妙。（周評）

第四回 官封弼馬心何足　名注齊天意未寧◎１

那太白金星與美猴王，同出了洞天深處，一齊駕雲而起。原來悟空勅斗雲比眾不同，十分快疾，把個金星撇在腦後，先至南天門外。正欲收雲前進，被增長天王領著龐、劉、苟、畢、鄧、辛、張、陶，一路大力天丁，鎗刀劍戟，擋住天門，不肯放進。猴王道：「這個金星老兒，乃奸詐之徒！既請老孫，如何教人動刀動鎗，阻塞門路？」正嚷間，金星倏到。悟空就覿※１面發狠道：

「你這老兒，怎麼哄我？◎２被你說奉玉帝招安旨意來請，卻怎麼教這些人阻住天門，不放老孫進去？」金星笑道：

「大王息怒。你自來未曾到此天堂，卻又無名，眾天丁又與你素不相識，他怎肯放你擅入？等如今見了天尊，授了仙籙，注了官名，向後隨你出入，誰復擋也？」悟空道：

「這等說，也罷，我不進去了。」金星又用手扯住道：

「你還同我進去。」

將近天門，金星高叫道：「那天門天將，大小吏兵，放開路者。此乃下界仙人，我奉玉帝聖旨，宣他來也。」

◆《新說西遊記圖像》描繪第四回精采場景：孫悟空受招安，得了一個弼馬溫的官職，猴王因為不懂官位高低，高高興興去上任。同行者為木德星君。（古版畫，選自《新說西遊記圖像》）

62

這增長天王與眾天丁俱才斂兵退避。猴王始信其言，同金星緩步入裏觀看。真箇是：

初登上界，乍入天堂。金光萬道滾紅霓，瑞氣千條噴紫霧。只見那南天門，碧沉沉，琉璃造就；明幌幌，寶玉妝成。兩邊擺數十員鎮天元帥，一員員頂梁靠柱，持銑擁旄；四下列十數個金甲神人，一個個執戟懸鞭，持刀仗劍。外廂猶可，入內驚人：裏壁廂有幾根大柱，柱上纏繞著金鱗耀日赤鬚龍；又有幾座長橋，橋上盤旋著彩羽凌空丹頂鳳。明霞幌幌映天光，碧霧濛濛遮斗口。這天上有三十三座天宮，乃遣雲宮、毗沙宮、五明宮、太陽宮、花樂宮……一宮宮脊吞金穩獸；又有七十二重寶殿，乃朝會殿、凌虛殿、寶光殿、天王殿、靈官殿……一殿殿柱列玉麒麟。壽星臺上，有千千年不卸的名花；煉藥爐邊，有萬萬載常青的瑞草。又至那朝聖樓前，絳紗衣，星辰燦爛；芙蓉冠，金璧

★古代版畫中的天界：環繞紅霓瑞氣的南天門。（古版畫，選自李卓吾批評本《西遊記》）

評點

◎1.天生聖人忽降而爲弼馬溫，弼馬溫忽陞而爲齊天大聖。如此升沉，瞬息宵壤，其實不過吾心中一念之起伏耳。（周評節錄）

◎2.哄即欺也，未寫自欺，先講人欺，此是傍面。（張評）

輝煌。玉簪珠履，紫綬金章。金鐘撞動，三曹神表進丹墀※2；天鼓鳴時，萬聖朝王參玉帝。又至那靈霄寶殿，金釘攢玉戶，彩鳳舞朱門。複道迴廊，處處玲瓏剔透；三簷四簇，層層龍鳳翱翔。上面有個紫巍巍、明幌幌、圓丟丟、亮灼灼，大金葫蘆頂：下面有天妃懸掌扇，玉女捧仙巾。惡狠狠，掌朝的天將；氣昂昂，護駕的仙卿。正中間，琉璃盤內，放許多重重疊疊太乙丹；瑪瑙瓶中，插幾枝彎彎曲曲珊瑚樹。正是天宮異物般般有，世上如他件件無。金闕銀鑾並紫府，琪花瑤草暨瓊葩。朝王玉兔壇邊過，參聖金烏著底飛。猴王有分來天境，不墮人間點污泥。

太白金星領著美猴王，到於靈霄殿外，不等宣詔，直至御前，朝上禮拜。悟空挺身在旁，且不朝禮，但側耳以聽金星啟奏。金星奏道：「臣領聖旨，已宣妖仙到了。」◎3玉帝垂簾問曰：「那個是妖仙？」悟空卻才躬身答應道：「老孫便是！」◎4仙卿們都大驚失色道：「這個野猴，怎麼不拜伏參見，輒敢這等答應道：『老孫便是！』卻該死了！該死了！」玉帝傳旨道：「那孫悟空乃下界妖仙，初得人身，◎5不知朝禮，且姑恕罪。」眾仙卿叫聲：「謝恩！」猴王卻才朝上唱個大喏※4。玉帝宣文選、武選仙卿，看那處少甚官職，著孫悟空去除授。旁邊轉過武曲星君，啟奏道：「天宮裏各宮各殿，各方各處，都不少官，只是御馬監缺個正堂管事。」玉帝傳旨道：「就除他做個『弼馬溫』※5罷。」◎6眾臣叫：「謝恩！」他也只朝上唱個大喏。玉

◆漢墓壁畫——天馬行空（複製品）。河南博物院藏。（聶鳴／fotoe提供）

帝又差木德星君送他去御馬監到任。

當時猴王歡歡喜喜，與木德星官逕去到任。事畢，木德星官回宮。他在監裏，會聚了

監丞、監副、典簿、力士、大小官員人等，查明本監事務，止有天馬千匹。◎7乃是：

驊騮※6騄駬，騕褭騑驪；龍媒紫燕，挾翼驌驦；駃騠銀騔，騕褭飛黃；駒騟翻羽，赤

兔超光；踰輝彌景，騰霧勝黃；追風絕地，飛翮奔霄；逸飄赤電，銅爵浮雲；驄瓏虎※，

絕塵紫鱗；四極大宛，八駿九逸，千里絕群：——此等良馬，一個個嘶風逐電精神壯，踏

霧登雲氣力長。

這猴王查看了文簿，點明了馬數。◎8本監中典簿管征備草料；力士官管刷洗馬匹、扎

草※7、飲水、煮料；監丞、監副輔佐催辦；弼馬晝夜不睡，滋養馬匹。日間舞弄猶可，

夜間看管慇懃，但是馬睡的，趕起來吃草；走的，捉將來靠槽。那些天馬見了他，泯耳

攢蹄※9，倒養得肉肥膘滿。◎9不覺的半月有餘，一朝閑暇，眾監官都安排酒席，一則

※2 丹墀：墀，音池，臺階上的空地，亦指臺階。丹墀，指用紅漆塗的臺階。

※3 琪花瑤草：古人想像的仙境中的奇花異草。琪：音其，美玉，珍異。

※4 唱個大喏：一面拱揖，一面口中稱「喏」，這樣敬禮。喏聲很大、腰彎得很低，叫做唱個大喏或唱個肥喏。

※5 弼馬溫：「弼馬瘟」是辟馬瘟的諧音。根據歷史學家、掌故家蘇同炳先生《「弼馬溫」釋義》一文中考證：「明人趙南星所撰文集中，曾有這麼一段話，說：『《馬經》言，馬廄畜母猴辟馬瘟疫，逐月有天癸流草上，馬食之永無疾病矣。』吳承恩給雄性的孫猴子安上這麼一個怪頭銜，是一種幽默。

※6 驊騮：音華留。傳說中周穆王（西元前九七六至前九二二年）擁有八駿，這是其中之一。以下至「紫鱗」，全是古代名駿馬的名字。其中漢文帝馬名「騄駬」。燕昭王馬名「駃騠」。

※7 扎草：扎同鍘。用鍘刀把草鍘成寸段餵馬。

※8 泯耳：泯是消減，喪失的意思。這裏指馬聽話的意思。

※9 攢蹄：攢是積聚、積蓄的意思。這裏指馬在原地踏步，俯首貼耳的樣子。

評點

◎3.妖仙之名甚新，然亦甚確。(周評)

◎4.猴孫不知體體固矣，如今又有一等君子猢猻，就在禮體內作耍。(李評)

◎5.四字多少包含，可謂大哉王言。(周評)

◎6.老孫該造個同(公)卿第矣。(李評)

◎7.未得意馬，先見天馬，天馬千匹，何如意馬一匹。馬屬火畜，以猿牧馬，亦是以火濟火，安得長久。(周評)

◎8.老孫卻不尸位素餐。(李評)

◎9.可見猿馬原不相離，意馬未到，天馬已馴矣。(周評)

與他接風，二則與他賀喜正在歡飲之間，猴王忽停杯問曰：「我這『弼馬溫』，是個甚麼官銜？」眾曰：「官名就是此了。」又問：「此官是個幾品？」眾道：「沒有品從。」猴王道：「沒品，想是大之極也。」眾道：「不大，不大，只喚作『未入流』。」猴王道：「怎麼叫作『未入流』？」眾道：「末等。這樣官兒，最低最小，只可與他看馬。似堂尊到任之後，◎10這等慇懃，喂得馬肥，只落得道聲『好』字，如稍有些尪羸※10，還要見責；再十分傷損，還要罰贖問罪。」猴王聞此，不覺心頭火起，咬牙大怒道：「這般藐視老孫！老孫在那花果山稱王稱祖，怎麼哄我來替他養馬？養馬者，乃後生小輩，下賤之役，豈是待我的？不做他！不做他！我將去也！」◎11唿喇的一聲，把公案推倒，耳中取出寶貝，幌一幌，碗來粗細，一路解數，直打出御馬監，徑至南天門。眾天丁知他受了仙籙，乃是個弼馬溫，不敢阻當，讓他打出天門去了。

須臾，按落雲頭，回至花果山上。只見那四健將與各洞妖王，在那裏操演兵卒。這猴王厲聲高叫道：「小的們！老孫來了！」一群猴都來叩頭，迎接進洞天深處，請猴王高登寶位，一壁廂辦酒接風。都道：「恭喜大王，上界去十數年，想必得意榮歸也？」猴王道：「我才半月有餘，那裏有十數年？」眾猴道：「大王，你在天上一日，就是下界一年哩。◎12請問大王，官居何職？」猴王搖手道：「不好說！不好說！活活的羞殺人！那玉帝不會用人，◎13他見老孫這般模樣，封我做個甚麼『弼馬溫』，原來是與他養馬，未入流品之類。我初到任時不知，只在御馬監中頑耍。及今日問我同寮，始知是

評點

◎10. 堂尊之稱妙，光景如在目前。(周評)

◎11. 大官便做，小官便不做。此猴尚有揀擇，在行。(李評)

◎12. 如此說來，天上日子亦甚難過。(周評)

◎13. 玉帝也不會用人，奈何！(李評)

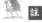

這等卑賤。老孫心中大惱，推倒席面，不受官銜，因此走下來了。」眾猴道：「來得好！來得好！大王在這福地洞天之處為王，多少尊重快樂，怎麼肯去與他做馬夫？」教：「小的們！快辦酒來，與大王釋悶。」

正飲酒歡會間，有人來報道：「大王，門外有兩個獨角鬼王，要見大王。」猴王道：「教他進來。」那鬼王整衣跑入洞中，倒身下拜。美猴王問他：「你見我何幹？」鬼王道：「久聞大王招賢，無由得見；今見大王授了天籙，得意榮歸，◎14特獻赭黃袍一件，與大王稱慶。肯不棄鄙賤，收納小人，亦得效犬馬之勞。」猴王大喜，將赭黃袍穿起，眾等忻然排班朝拜，即將鬼王封為前部總督先鋒。鬼王謝恩畢，復啟道：「大王在天許久，所授何職？」猴王道：「玉帝輕賢，封我做個甚麼『弼馬溫』！」鬼王聽言，又奏道：「大王有此神通，如何與他養馬？就做個『齊天大聖』，有何不可？」◎15猴王聞說，歡喜不勝，連道幾個「好！好！好！」教四健將：「就替我快置個旌旗，旗上寫『齊天大聖』四大字，◎16立竿張掛。自此以後，只稱我為齊天大聖，不許再稱大王。◎17亦可傳與各洞妖王，一體知悉。」此不在話下。

卻說那玉帝次日設朝，只見張天師引御馬監監丞、監副，在丹墀下拜奏道：「萬歲，新任弼馬溫孫悟空，因嫌官小，昨日返下天宮去了。」正說間，又見南天門外增長天王領眾天丁，亦奏道：「弼馬溫不知何故，走出天門去了。」玉帝聞言，即傳旨：「著兩路神元，各

註

※10起羸：起，音汪，跛，脊背骨骼彎曲；羸，瘦弱。起羸，指馬有殘疾或瘦弱。

◎14. 鬼王亦勢利。（李評）
◎15. 鬼王太阿諛。（李評）
◎16. 爽快！要做便自家做了，何必在他人喉下取氣。（李評）
◎17. 較之天生聖人又進一級矣。後來果受此銜，鬼王推戴之功不小。（周評）

歸本職。朕遣天兵，擒拿此怪。」班部中，閃上托塔李天王與哪吒三太子，越班奏上道：「萬歲，微臣不才，請旨降此妖怪。」玉帝大喜，即封托塔天王李靖為降魔大元帥，◎18哪吒三太子為三壇海會※11大神，即刻興師下界。

李天王與哪吒叩頭謝辭，逕至本宮，點起三軍，帥衆頭目，著巨靈神為先鋒，魚肚將掠後，藥叉將催兵。一霎時，出南天門外，逕來到花果山。選平陽處安了營寨，傳令教巨靈神挑戰。巨靈神得令，結束整齊，輪著宣花斧，到了水簾洞外。只見那洞門外許多妖魔，都是些狼蟲虎豹之類，丫丫叉叉，輪鎗舞劍，在那裏跳鬥咆哮。這巨靈神喝道：「那業畜！快早去報與弼馬溫知道，吾乃上天大將，奉玉帝旨意，到此收伏；教他早早出來受降，免致汝等皆傷殘也。」那些怪奔奔波波，傳報洞中道：「禍事了！禍事了！」猴王問：「有甚禍事？」衆妖道：「門外有一員天將，口稱大聖官銜，道奉玉帝聖旨，來此收伏；◎19教早早出去受降，免傷我等性命。」猴王聽說，教：「取我披掛來！」就戴上紫金冠，貫上黃金甲，登上步雲鞋，手執

◆猴王返下天界之後，打出了「齊天大聖」四大字，以此自稱。
（朱寶榮繪）

68

如意金箍棒，領眾出門，擺開陣勢。這巨靈神睜睛觀看，真好猴王：

身穿金甲亮堂堂，頭戴金冠光映映。手舉金箍棒一根，足踏雲鞋皆相稱。

一雙怪眼似明星，兩耳過肩查※12又硬。挺挺身材變化多，聲音響亮如鐘磬。

尖嘴咨牙※13弼馬溫，心高要做齊天聖。

巨靈神厲聲高叫道：「那潑猴！你認得我麼？」大聖聽言，急問道：「你是那路毛神，老孫不曾會你，你快報名來。」巨靈神道：「我把你那欺心的猢猻！◎20你是認不得我，我乃高上神霄托塔李天王部下先鋒，巨靈天將！今奉玉帝聖旨，到此收降你。你快卸了裝束，歸順天恩，免得這滿山諸畜遭誅；若道半個『不』字，教你頃刻化為齏粉！」猴王聽說，心中大怒道：「潑毛神，休誇大口，少弄長舌！我本待一棒打死你，恐無人去報信；且留你性命，快早回天，對玉皇說：他甚不用賢！老孫有無窮的本事，為何教我替他養馬？你看我這旌旗上字號。若依此字號陞官，◎21我就不動刀兵，自然的天地清泰；如若不依，時間就打上靈霄寶殿，教他龍牀定坐不成！」這巨靈神聞此言，急睜睛迎風觀看，果見門外豎一高竿，竿上有旌旗一面，上寫著「齊天大聖」四大字。巨靈神冷笑三聲道：「這潑猴，這等不知人事，輒敢無狀，你就要做齊天大聖！好好的吃吾一斧！」劈頭就砍將去。那猴王正是會家不忙，將金箍棒應手相迎。這一場好殺：

註

※11 海會：佛教術語，形容很多聚會，聚會上聖賢眾多，所以叫做「海會」。

※12 查：音黎，這裏作張開、分開的意思，屬於方言用法。又如：查耳（張開耳朵）、查沙（方言，張開、伸開）。

※13 咨牙：齜牙，張開嘴露出牙齒。

◎18. 降魔即是收心，此元帥不離方寸。（周評）

◎19. 非收猴，乃收心耳。（周評）

◎20. 欺心猴罵得妙，猶云猴猻自欺猴猻也。（周評）

◎21. 連「依此字號陞官」，也是多的。（李評）

棒名如意，斧號宣花。他兩個乍相逢，不知深淺；斧和棒，左右交加。一個暗藏神妙，一個大口稱誇。使動法，噴雲嗳霧；展開手，播土揚沙。天將神通就有道，猴王變化實無涯。棒舉卻如龍戲水，斧來猶似鳳穿花。巨靈名望傳天下，原來本事不如他。大聖輕輕輪鐵棒，著頭一下滿身麻。

巨靈神抵敵他不住，被猴王劈頭一棒，慌忙將斧架隔，挖扠的一聲，把個斧柄打作兩截，急撤身敗陣逃生。猴王笑道：「膿包！膿包！◎22我已饒了你，你快去報信！快去報信！」

巨靈神回至營門，徑見托塔天王，忙哈哈跪下道：「弼馬溫果是神通廣大！未將戰他不得，敗陣回來請罪。」李天王發怒道：「這廝剉吾銳氣，推出斬之！」旁邊閃出哪吒太子，拜告：「父王息怒，且恕巨靈之罪，待孩兒出師一遭，便知深淺。」天王聽諫，且教回營待罪管事。

這哪吒太子，甲胄齊整，跳出營盤，撞至水簾洞外。那孫悟空正來收兵，見哪吒來的勇猛。好太子：

總角才遮顖，披毛未蓋肩。神奇多敏悟，骨秀更清妍。誠為天上麒麟子，果是烟霞彩鳳仙。龍種自然非俗相，妙齡端不類塵凡。身帶六般神器械，飛騰變化廣無邊。今受玉皇金口詔，敕封海會號三壇。

悟空迎近前來問曰：「你是誰家小哥？闖近吾門，有何事幹？」哪吒喝道：「潑妖猴！豈

不認得我？我乃托塔天王三太子哪吒是也。今奉玉帝欽差，至此捉你。」悟空笑道：「小太子，你的奶牙尚未退，胎毛尚未乾，怎敢說這般大話？◎23我且留你的性命，不打你。你只看我旌旗上是甚麼字號，拜上玉帝：是這般官銜，再也不須動眾，我自皈依；若是不遂我心，定要打上靈霄寶殿。」哪吒抬頭看處，乃「齊天大聖」四字。哪吒道：「這妖猴能有多大神通，就敢稱此名號！不要怕，吃吾一劍！」悟空道：「我只站下不動，任你砍幾劍罷。」那哪吒奮怒，大喝一聲，叫：「變！」即變作三頭六臂，惡狠狠，手持著六般兵器，乃是斬妖劍、砍妖刀、縛妖索、降妖杵、繡毬兒、火輪兒，丫丫叉叉，撲面來打。悟空見了，心驚道：「這小哥倒也會弄些手段！莫無禮，看我神通！」好大聖，喝聲：「變！」也變作三頭六臂；把金箍棒幌一幌，也變作三條；六隻手拿著三條棒架住。◎24這場鬥，真是個地動山搖，好殺也：

六臂哪吒太子，天生美石猴王，相逢真對手，正遇本源流。那一個，欺心鬧斗牛。這一個，欺心鬧斗牛。斬妖寶劍鋒芒快，砍妖刀狠鬼神愁；縛妖索子如飛蟒，降魔大杵似狼頭；火輪掣電烘烘豔，往往來來滾繡毬。大聖三條如意棒，前遮後擋運機謀。苦爭數合無高下，太子心中不肯休；把那六件兵器多教變，百千萬億照頭丟。猴王不懼呵呵笑，鐵棒翻騰自運籌：以一化千千化萬，滿空亂舞賽飛虬。諕得各洞妖王都閉戶，遍山鬼怪盡藏頭。神兵怒氣雲慘慘，金箍鐵棒響颼颼。那壁廂，天丁吶喊人人怕；這壁廂，猴怪搖旗個個憂。發狠兩家齊鬥勇，不知那個剛強那個柔。

三太子與悟空各騁神威，鬥了個三十回合。那太子六般兵器，變作千千萬萬；孫悟空金箍

◎22.值得賣弄。(李評)
◎23.如今偏是奶牙未退、胎毛未乾的會大話。(李評)
◎24.三頭六臂，總是一心。即金箍棒萬萬千千，亦總是一心。只覺得小太子六般兵器之心煩。(周評)

棒，變作萬萬千千。半空中似雨點流星，不分勝負。原來悟空手疾眼快，正在那混亂之

時，他拔下一根毫毛，叫聲：「變！」就變作他的本相，手挺著棒，演※14著哪吒；他的

真身卻一縱，趕至哪吒腦後，著左膊上一棒打來。哪吒正使法間，聽得棒頭風響，急躲閃

時，不能措手，被他著了一下，負痛逃走。收了法，把六件兵器依舊歸身，敗陣而回。

那陣上李天王早已看見，急欲提兵助戰。不覺太子倏至面前，戰兢兢報道：「父王！

弼馬溫真箇有本事！孩兒這般法力，也戰他不過，已被他打傷膊也。」天王大驚失色道：

「這廝恁的※15神通！如何取勝？」太子道：「他洞門外豎一竿旗，上寫『齊天大聖』四

字，親口誇稱，教玉帝就封他做齊天大聖，萬事俱休；若還不是此號，定要打上靈霄寶殿

哩！」天王道：「既然如此，且不要與他相持，◎25且去上界，將此言回奏，再多遣天兵圍

捉這廝，未為遲也。」太子負痛，不能復戰，故同天王回天啟奏不題。

你看那猴王得勝歸山，那七十二洞妖王與那六弟兄，俱來賀喜。在洞天福地，飲樂無

比。他卻對六弟兄說：「小弟既稱齊天大聖，你們亦可以大聖稱之。」◎26內有牛魔王忽

然高聲叫道：「賢弟言之有理，我即稱作個平天大聖。」蛟魔王道：「我稱覆海大聖。」

鵬魔王道：「我稱混天大聖。」獅駝王道：「我稱移山大聖。」獼猴王道：「我稱通風大

聖。」獀猳王道：「我稱驅神大聖。」◎27此時七大聖自作自為，自稱自號，耍樂一日，各

散訖。◎28

卻說那李天王與三太子領著眾將，直至靈霄寶殿，啟奏道：「臣等奉聖旨出帥下界，

◆孫悟空與三太子交戰，雙方都變作三頭六臂，猶如六人在作戰。（朱寶榮繪）

註

※14 演：就是後文所說的「掩樣法」，一種騙人和迷惑人的幻象。第三十二回的「演樣」，第三十四回的「演到廚中」，義同。

※15 怎的：這樣之意，有時又作怎樣解釋。

收伏妖仙孫悟空，不期他神通廣大，不能取勝，仍望萬歲添兵剿除。」玉帝道：「諒一妖猴，有多少本事，還要添兵？」太子又近前奏道：「望萬歲赦臣死罪！那妖猴使一條鐵棒，先敗了巨靈神，又打傷臣臂膊。洞門外立一竿旗，上書『齊天大聖』四字，道是封他這官職，即便休兵來投；若不是此官，還要打上靈霄寶殿也。」玉帝聞言，驚訝道：「這妖猴何敢這般狂妄！著眾將即刻誅之。」正說間，班部中又閃出太白金星，奏道：「那妖猴只知出言，不知大小。欲加兵與他爭鬥，想一時不能收伏，反又勞師；不若萬歲大捨恩慈，還降招安旨意，就教他做個齊天大聖。只是加他個空銜，有官無祿便了。」◎29玉帝道：「怎麼喚作『有官無祿』？」金星道：「名是齊天大聖，只不與他事管，不與他俸祿；◎30且養在天壤之間，收他的邪心，◎31使不生狂妄，庶乾坤安靖，海宇得清寧也。」玉帝聞言道：「依卿所奏。」即命降了詔書，仍著金星領去。

評點

◎25.還天王有主張。（李評）

◎26.公道平等。（李評）

◎27.何聖之多也？極像講道學先生，人人以聖自居，卻不令人笑殺。（李評）

◎28.聖人千萬世不得一見，今一時便有七大聖，怪不得陽明弟子說滿街上都是聖人矣。（周評）

◎29.好計較。（李評）

◎30.世上那個不爲虛名所使？（李評）

◎31.收邪心是一部書中大主意，於此輕輕逗出。（周評）

金星復出南天門，直至花果山水簾洞外觀看。這番比前不同，威風凜凜，殺氣森森，各樣妖精，無般不有。一個個都執劍拈鎗，拿刀弄杖的，在那裏咆哮跳躍。一見金星，皆上前動手。金星道：「那眾頭目來，累你去報你大聖知之。吾乃上帝遣來天使，有聖旨在此請他。」眾妖即跑入報道：「外面有一老者，他說是上界天使，雖是官爵不堪，卻也

天上走了一次，認得那天門內外之路。今番又來，定有好意。」教眾頭目大開旗鼓，擺隊迎接。大聖即帶引群猴，頂冠貫甲，甲上罩了赭黃袍，足踏雲履，急出洞門，躬身施禮，高叫道：「老星請進，恕我失迎之罪。」◎32

金星趨步向前，徑入洞內，面南立著道：「今告大聖，前者因大聖嫌惡官小，躲離御馬監，當有本監中大小官員奏了玉帝。玉帝傳旨道：『凡授官職，皆由卑而尊，為何嫌小？』即有李天王領哪吒下界取戰。不知大聖神通，故遭敗北，回天奏道：『大聖立一竿旗，要做齊天大聖。』眾武將還要支吾，是老漢力為大聖冒罪奏聞，免興師旅，請大王授籙。玉帝准奏，因此來請。」悟空笑道：「前番動勞，今又蒙愛，多謝！多謝！但不知上天可有此『齊天大聖』之官銜也？」金星道：「老漢以此銜奏准，方敢領旨而來；如有不遂，只坐罪老漢便是。」

◆猴王在水簾洞外豎立起了「齊天大聖」的旗幟，正式打出了自己的名號。（古版畫，選自李卓吾批評本《西遊記》）

74

悟空大喜，懇留飲宴不肯，遂與金星縱著祥雲，到南天門外。那些天丁天將，都拱手相迎。徑入靈霄殿下，金星拜奏道：「臣奉詔宣弼馬溫孫悟空已到。」玉帝道：「那孫悟空過來。今宣你做個『齊天大聖』，官品極矣，但切不可胡為！」這猴亦止朝上唱個喏，道聲：「謝恩！」玉帝即命工幹官張、魯二班，在蟠桃園右首起一座齊天大聖府，◎33府內設個二司，一名安靜司，一名寧神司。◎34司俱有仙吏，左右扶持。又差五斗星君送悟空去到任，外賜御酒二瓶、金花十朵，著他安心定志，再勿胡為。那猴王信受奉行，即日與五斗星君到府，打開酒瓶，同衆盡飲。送星官回轉本宮，他才遂心滿意，喜地歡天，在於天宮快樂，無掛無礙。正是：

仙名永注長生錄，不墮輪迴萬古傳。

畢竟不知向後如何，且聽下回分解。

總批

定要做齊天大聖，到底名根不斷：所以還受人束縛，受人驅使，畢竟並此四字抹殺，方得自由自在。齊天大聖府內，設安靜、寧神兩司，極有深意。若能安靜、寧神，便是齊天大聖；若不能安靜、寧神，還是個猴王。讀者大須著眼。（李評）

悟一子曰：此發明能了金液還丹大道，壽與天齊，沖舉九天之上，由其出入，天亦不得而拘束之也。觀天之道，執天之行，運化陰陽，神明合德。萬化生身而與天為伍，何也？金者，歷劫而不壞。丹者，日月之精神。渾是一圈陽氣。天地之所迴轉者，氣也；金丹之所變化者，亦氣也。天地之氣，無所不包；金丹之氣，無所不有。故《參同契》曰：「含精養神，通德三光。」「衆邪辟除，正氣常存。」（陳評節錄）

評點

◎32. 此猴又知禮體矣。（李評）
◎33. 不知官銜腳色上亦寫「原任弼馬溫」否？（周評）
◎34. 「安靜」、「寧神」四字可味。（李評）

亂蟠桃大聖偷丹　反天宮諸神捉怪◎1

話表齊天大聖到底是個妖猴，更不知官銜品從，也不較俸祿高低，但只注名便了。那齊天府下二司仙吏，早晚伏侍，只知日食三餐，夜眠一榻，無事牽縈，自由自在。◎2閑時節，會友遊宮，交朋結義。見三清※1，稱個「老」字；逢四帝※2，道個「陛下」。與那九曜星、五方將、二十八宿、四大天王、十二元辰、五方五老、普天星相、河漢群神，俱只以弟兄相待，彼此稱呼。今日東遊，明日西蕩，雲去雲來，行踪不定。

一日，玉帝早朝，班部中閃出許旌陽※3真人，頫顙忻然而至，道：「陛下，詔老孫有何陞賞？」玉帝道：「今有齊天大聖，無事閑遊，結交天上眾星宿，不論高低，俱稱朋友。恐後閑中生事，不若與他一件事管，庶免別生事端。」玉帝聞言，即時宣詔。那猴王欣忻然而至，道：「陛下，詔老孫有何陞賞？」玉帝道：「朕見你身閑無事，與你件執事。你且權管那蟠桃園，早晚好生在意。」大聖歡喜謝恩，朝上唱喏而退。

※4啟奏道：「今有齊天大聖，無事閑遊，結交天上眾星宿，不論高低，俱稱朋友。恐後閑中生事，不若與他一件事管，庶免別生事端。」玉帝聞言，即時宣詔。那猴王欣

◎3早晚好生在意。」大聖歡喜謝恩，朝上唱喏而退。他等不得窮忙，即入蟠桃園內查勘。本園中有個土

◆《新說西遊記圖像》描繪第五回精采場景：七仙女去蟠桃園摘桃子，被掌管蟠桃園的大聖呵斥，七仙女連忙跪下解釋，不想惹起了又一場風雨。（古版畫，選自《新說西遊記圖像》）

地，攔住問道：「大聖何往？」大聖道：「吾奉玉帝點差，代管蟠桃園，今來查勘也。」

那土地連忙施禮，即呼那一班鋤樹力士、運水力士、修桃力士、打掃力士◎4都來見大聖磕頭，引他進去。但見那：

天天※5灼灼，顆顆株株。天天灼灼花盈樹，顆顆株株果壓枝。果壓枝頭垂錦彈，花盈樹上簇胭脂。時開時結千年熟，無夏無冬萬載遲。先熟的，酡※6顏醉臉；還生的，帶蒂青皮。凝烟肌帶綠，映日顯丹姿。樹下奇葩並異卉，四時不謝色齊齊。左右樓臺並館舍，盈空常見罩雲霓。不是玄都凡俗種，瑤池王母自栽培。

大聖看翫多時，問土地道：「此樹有多少株數？」土地道：「有三千六百株：前面一千二百株，花微果小，三千年一熟，人吃了成仙了道，體健身輕；中間一千二百株，層

註

※1　三清：本指道教天神所居的聖境，後逐步演變為指居住在三清境的道教三位最高神，分別為玉清元始天尊、上清靈寶天尊、太清道德天尊。

※2　四御：即四御，四御是道教所崇奉的地位僅次於三清的四位天帝的合稱。第一位是玉皇大帝，全稱昊天金闕無上至尊自然妙有彌羅至真玉皇上帝，統御諸星和四時氣候的神靈；第二位是中央紫微北極太皇大帝，被視為輔助玉皇大帝執掌天經地緯、日月星辰，統御諸星和四時氣候的神靈；第三位是勾陳上宮天皇大帝，被視為輔助玉皇大帝掌管南北極和天、地、人三才，並主宰人世間兵革的神靈；第四位是后土皇地祇，被視為掌管陰陽生育、萬物之美和大地河山之秀的女神。

※3　許旌陽：原名許遜（西元二三九至三七四年），字敬之，豫章南昌人，東晉道士，創淨明道派。是中國歷史上的傳奇道士。因為在旌陽擔任十年縣令，居官清廉，政績卓著，被人們親切稱為「許旌陽」。《西遊記》中，他成了四大天師之一。

※4　類顙：音俯信，磕頭的意思，類同俯。

※5　天天：草木茂盛美麗的樣子，《詩經》中有「桃之天天」的句子。

※6　酡：音駄，紅色，專指喝酒時的臉紅，此處形容桃熟之色。

評點

◎1.《西遊記》筆墨之縱橫，只此回而極矣。前既以天生聖人命心猿，而又旹以齊天大聖之封號，至矣盡矣，無以復加矣。文字至此，已覺水盡山窮，乃忽然轉出蟠桃園一段，絕處逢生，恍然別有天地，令人心曠神搖。(周評節錄)

◎2.閒居絕妙，講閒居爽亮，然已照定結尾。(張評)

◎3.著他管蟠桃園，分明使貓管魚，和尚守婦人也。(李評)

◎4.小人都用力，不似大聖之閒居也。(張評)

花甘實，六千年一熟，人吃了霞舉飛升，長生不老；後面一千二百株，紫紋緗※7核，九千年一熟，人吃了與天地齊壽，日月同庚。」大聖聞言，歡喜無任，當日查明了株樹，點看了亭閣，回府。自此後，三五日一次賞翫，也不交友，也不他遊。◎5

一日，見那老樹枝頭桃熟大半，他心裏要吃個嘗新。奈何本園土地、力士並齊天府仙吏緊隨不便。忽設一計道：「汝等且出門外伺候，讓我在這亭上少憩片時。」那眾仙果退。只見那猴王脫了冠服，爬上大樹，◎6揀那熟透的大桃，摘了許多，就在樹枝上自在受用。吃了一飽，◎7卻才跳下樹來，簪冠著服，喚眾等儀從回府。遲三二日，又去設法偷桃，盡他享用。

一朝，王母娘娘設宴，大開寶閣，瑤池中做「蟠桃勝會」，即著那紅衣仙女、青衣仙女、素衣仙女、皂※8衣仙女、紫衣仙女、黃衣仙女、綠衣仙女各頂花籃，去蟠桃園摘桃建會。◎8七衣仙女直至園門首，只見蟠桃園土地、力士同齊天府二司仙吏，都在那裏把門。

仙女近前道：「我等奉王母懿※9旨，到此摘桃設宴。」土地道：「仙娥且住。今歲不比往年了，玉帝點差齊天大聖在此督理，須是報大聖得知，方敢開園。」仙女道：「大聖何在？」土地道：「大聖在園內，因困倦，自家在亭子上睡哩。」仙女道：「既如此，尋他去來，不可遲誤。」土地即與同進，尋至花亭不見，只有衣冠在亭，不知何往。四下裏都

沒尋處。原來大聖耍了一會，吃了幾個桃子，變作二寸長的個人兒，在那大樹梢頭濃葉之下睡著了。

評點

◎5.可謂得其所哉，得其所哉，俗語所云「一跤跌在蜜缸裏」也。（周評）

◎6.這是本色。（李評）
可謂露出本相。（周評）

◎7.比爛桃山七次何如？（周評）

◎8.以王母開宴崑崙瑤池，豈無蟠桃，而乃遠求之天上乎？且以天上之桃，請天上之人，如此主人，亦落得做。（周評）

七衣仙女道：「我等奉旨前來，尋不見大聖，怎敢空回？」旁有仙吏道：「仙娥既奉旨來，不必遲疑。我大聖閑遊慣了，想是出園會友去了。汝等且去尋桃，我們替你回話便是。」那仙女依言，入樹林之下摘桃。先在前樹摘了二籃；到後樹上摘取，只見那樹上花果稀疏，止有幾個毛蒂青皮的。原來熟的都是猴王吃了。七仙女張望東西，只見向南枝上，止有一個半紅半白的桃子。青衣女用手扯下枝來，紅衣女摘了，卻將枝子望上一放。原來那大聖變化了，正睡在此枝，被他驚醒。大聖即現本相，耳朵內掣出金箍棒，幌一幌，碗來粗細，咄的一聲道：「你是那方怪物，敢大膽偷摘我桃！」慌得那七仙女一齊跪下道：「大聖息怒。我等不是妖怪，乃王母娘娘差來的七衣仙女，摘取仙桃，大開寶閣，做『蟠桃勝會』。適至此間，先見了本園土地等神，尋大聖不見。我等恐遲了王母懿旨，是以等不得大聖，故先在此摘桃，萬望恕罪。」大聖聞言，回嗔作喜道：「仙娥請起。王母開閣設宴，請的是誰？」仙女道：「上會自有舊規。請的是西天佛老、菩薩、聖僧、羅漢，南方南極觀音，東方崇恩聖帝，十洲三島仙翁，北方北極玄靈，中央黃極黃角大仙，這個是五方五老。還有五斗星君，上八洞三清、四帝、太乙天仙※10等眾，中八洞玉皇、九壘、海岳神仙，下八洞幽冥教主、注世地仙。各宮各殿大小尊神，俱一齊

註

※7 緗：音鄉，淺黃色。

※8 皂：音造，黑色。古代政府差役人員多穿黑色衣服，因此皂隸也專以稱衙門裏的差役。

※9 懿：音義，美好，多指德行，比如嘉言懿行、懿範、懿德、懿旨，或專指皇后和太后的詔令。

※10 太乙天仙：道教中地位次於三清四帝的神仙。有兩個太乙天尊，此外，一些自己修煉的神仙也能達到太乙的境界，但略低於兩位天尊。

赴蟠桃嘉會。」大聖笑道：「可請我麼？」◎9仙女說：「不曾聽得說。」大聖道：「我乃齊天大聖，就請我老孫做個尊席，有何不可？」仙女道：「此是上會舊規，今會不知如何。」大聖道：「此言也是，難怪汝等。你且立下，待老孫先去打聽個消息，看可請老孫不請。」

好大聖，捻著訣，念聲咒語，對眾仙女道：「住！住！住！」這原來是個定身法，把那七衣仙女一個個睞睞睜睜※11，白著眼，都站在桃樹之下。

大聖縱朵祥雲，跳出園內，徑奔瑤池路上而去。正行時，只見那壁廂※12：

一天瑞靄光搖曳，五色祥雲飛不絕。白鶴聲鳴振九皋，紫芝色秀分千葉。中間現出一尊仙，相貌天然丰采別。神舞虹霓幌漢霄，腰懸寶籙無生滅。名稱赤腳大羅仙，特赴蟠桃添壽節。

那赤腳大仙驀面撞見大聖。大聖低頭定計，賺哄真仙，他要暗去赴會，卻問：「老道何往？」大仙道：「蒙王母見招，去赴蟠桃嘉會。」大聖道：「老道不知。玉帝因老孫勸斗雲疾，著老孫五路邀請列位，先至通明殿下演禮，後方去赴宴。」大仙是個光明正大之人，就以他的誑語作真，道：「常年就在瑤池演禮謝恩，如何先去通明殿演禮，方去瑤池赴會？」無奈，只得撥轉祥雲，徑往通明殿去了。

◆赤腳大羅仙：白鶴聲鳴振九皋，紫芝色秀分千葉。中間現出一尊仙，相貌天然丰采別。（葉雄繪）

※11 眵眵睜睜：眵音偘。眵眵睜睜，睜眼發呆、發直狀。亦可寫作「梭掙」。

※12 壁廂：邊兒、旁邊。

※13 辰：音乙，古代宮殿內設在門和窗之間的大屏風。

※14 珍羞：也作珍饈，珍奇名貴的食物。

上海小校場石版古年畫：孫行者大鬧蟠桃會。（fotoe提供）

大聖駕著雲，念聲咒語，搖身一變，就變作赤腳大仙模樣，前奔瑤池。◎10不多時，直至寶閣，按住雲頭，輕輕移步，走入裏面。只見那裏：

　　瓊香繚繞，瑞靄繽紛。瑤臺鋪彩結，寶閣散氤氳。鳳翥鸞騰形縹緲，金花玉萼影浮沉。上排著九鳳丹霞辰※13，八寶紫霓墩。五彩描金桌，千花碧玉盆。桌上有龍肝和鳳髓，熊掌與猩唇。珍羞※14百味般般美，異果嘉殽色色新。

那裏鋪設得齊齊整整，卻還未有仙來。這大聖點看不盡，忽聞得一陣酒香撲鼻；忽轉頭，見右壁廂長廊之下，有幾個造酒的仙官、盤糟的力士，領幾個運水的道人、燒火的童子，在

◎9.猴頭貪嘴。（李評）
◎10.比《水滸傳》中柴進簪花入禁苑何如？（周評）

81

那裏洗缸刷甕，已造成了玉液瓊漿、香醪佳釀。大聖止不住口角流涎，就要去吃，奈何那些人都在這裏。他就弄個神通，把毫毛拔下幾根，丟入口中嚼碎，噴將出去，念聲咒語，叫：「變！」即變作幾個瞌睡蟲，奔在眾人臉上。你看那夥人，手軟頭低，閉眉合眼，丟了執事，都去盹睡。大聖卻拿了些百味八珍、佳餚異品，走入長廊裏面，就著缸，挨著甕，放開量，痛飲一番。吃殼了多時，酕醄※15醉了。◎11自揣自摸道：「不好！不好！再過會，請的客來，卻不怪我？一時拿住，怎生是好？不如早回府中睡去也。」

好大聖！搖搖擺擺，仗著酒，任情亂撞，◎12一會把路差了；不是齊天府，卻是兜率天宮。◎13一見了，頓然醒悟道：「兜率宮是三十三天之上，乃離恨天太上老君之處，如何錯到此間？——也罷！也罷！一向要來望此老，不曾得來，今趁此殘步※16，就望他一望也好。」即整衣撞進去，那裏不見老君，四無人跡。原來那老君與燃燈古佛在三層高閣朱陵丹臺上講道，眾仙童、仙將、仙官、仙吏都侍立左右聽講。這大聖直至丹房裏面，尋訪不遇，但見丹竈之旁，爐中有火。爐左右安放著五個葫蘆，葫蘆裏都是煉就的金丹。大聖喜道：「此物乃仙家之至寶。老孫自了道以來，識破了內外相同之理，也要煉些金丹濟人，不期到家無暇；今日有緣，卻又撞著此物，趁老子不在，等我吃他幾丸嘗新。」他就把那葫蘆都傾出來，就都吃了，如吃炒豆相似。◎14

一時間丹滿酒醒，又自己揣度道：「不好！不好！這場禍，比天還大；若驚動玉帝，性命難存。走，走，走！不如下界為王去也！」他就跑出兜率宮，不行舊路，從西天門使

個隱身法逃去。即按雲頭，回至花果山界。但見那旌旗閃灼，戈戟光輝，原來是四健將與七十二洞妖王在那裏演習武藝。大聖高叫道：「小的們！我來也！」眾怪丟了器械，跪倒道：「大聖好寬心！丟下我等許久，不來相顧。」大聖道：「沒多時，沒多時！」且說且行，徑入洞天深處。四健將打掃安歇，叩頭禮拜畢，俱道：「大聖在天這百十年，實受何職？」大聖笑道：「我記得才半年光景，怎麼就說百十年話？」健將道：「在天一日，即在下方一年也。」大聖道：「且喜這番玉帝相愛，果封做『齊天大聖』，起一座齊天府，又設安靜、寧神二司，司設仙吏侍衛。向後見我無事，著我看管蟠桃園。近因王母娘娘設『蟠桃大會』，未曾請我，是我不待他請，先赴瑤池，把他那仙品、仙酒都是我偷吃了。但恐玉帝見罪，方才走出天門來也。」

眾怪聞言大喜。即安排酒果接風，將椰酒滿斟一石碗奉上。大聖喝了一口，即咨牙倸嘴[17]道：「不好吃！不好吃！」崩、芭二將道：「大聖在天宮吃了仙酒仙殽，是以椰酒不甚美口。常言道：『美不美，鄉中水。』」大聖道：「你們就是『親不親，故鄉人』。我今早在瑤池中受用時，見那長廊之下有許多瓶罐，都是那玉液瓊漿，你們都不曾嘗著。待我再去偷他幾瓶回來，○15你們各飲半杯，一個個也長生不老。」眾猴歡喜不勝。大聖即出

走出瑤池，踉踉蹡蹡，誤入老君宮闕，又把他五個葫蘆金丹也偷吃了。

註

※ 15 醄醄：音毛陶，大醉狀。

※ 16 踐步：順路、便道。

※ 17 倸嘴：音來，呀嘴，嘴角張開。

評
點

◎11. 此一醉真是千古未有之醉。（周評）

◎12. 此猴從來駕雲來往，何曾步行，此與後面二調芭蕉扇步行遇魔一例。不如此，不見文字波瀾之妙。（周評）

◎13. 錯得妙！聚六州四十二縣之鐵，鑄不成此一錯。（周評）

◎14. 此猴可惡，又可喜也。（李評）

◎15. 此轉更出意外，匪夷所思。（周評）

洞門，又翻一觔斗，使個隱身法，徑至蟠桃會上。進瑤池宮闕，只見那幾個造酒、盤糟、運水、燒火的，還鼾睡未醒。他將大的從左右脅下挾了兩個，兩手提了兩個，◎16即撥轉雲頭回來。會眾猴在於洞中，就做個「仙酒會」，各飲了幾杯，快樂不題。

卻說那七衣仙女，自受了大聖的定身法術，一周天方能解脫。各提花籃，回奏王母道：「齊天大聖使法術困住我等，故此來遲。」王母問道：「汝等摘了多少蟠桃？」仙女道：「只有兩籃小桃，三籃中桃。至後面，大桃半個也無，想都是大聖偷吃了。及正尋間，不期大聖走將出來，行兇拷打，又問設宴請誰。我等把上會事說了一遍，他就定住我等，不知去向。直到如今，才得醒解回來。」

王母聞言，即去見玉帝，備陳前事。說不了，又見那造酒的一班人，同仙官等來奏：「不知甚麼人，攪亂了『蟠桃大會』，偷吃了玉液瓊漿，其八珍百味，亦俱偷吃了。」又有四個大天師來奏上：「太上道祖來了。」玉帝即同王母出迎。老君朝禮畢，道：「老道宮中，煉了些『九轉金丹』，伺候陛下做『丹元大會』，不期被賊偷去，◎17特啟陛下知之。」玉帝見奏，悚懼。少時，又有齊天府仙吏叩頭道：「孫大聖不守執事，自昨日出遊，至今未轉，更不知去向。」◎18玉帝又添疑思。只見那赤腳大仙又頻顪上奏道：「臣蒙王母詔昨日赴會，偶遇齊天大聖，對臣言萬歲有旨，著他邀臣等先赴通明殿演禮，方去赴會。臣依他言語，即返至通明殿外，不見萬歲龍車鳳輦，又急來此俟候。」玉帝越發大驚道：「這廝假傳旨意，賺哄賢卿，快著糾察靈官緝訪這廝蹤跡！」

靈官領旨，即出殿遍訪，盡得其詳細，回奏道：「攬亂天宮者，乃齊天大聖也。」

又將前事盡訴一番。◎19玉帝大惱，◎20即差四大天王協同李天王並哪吒太子，點二十八宿

※18、九曜※19星官、十二元辰、五方揭諦※20、四值功曹※21、東西星斗、南北二神、五岳四

瀆※22、普天星相，共十萬天兵，佈一十八架天羅地網下界，去花果山圍困，定捉獲那廝處

治。眾神即時興師，離了天宮。這一去，但見那：

黃風滾滾遮天暗，紫霧騰騰罩地昏。只為妖猴欺上帝，致令眾聖降凡塵。四大天王，羅睺

星為頭檢點，計都星隨後崢嶸。太陰星精神抖擻，太陽星照耀分明。五行星偏能豪傑，九

曜星最喜相爭。元辰星子午卯酉，一個個都是大力天丁。五瘟※23五岳東西擺，六丁六甲

※18 二十八宿：又叫二十八舍或二十八星，是古人為觀測日、月、五星運行而劃分的二十八個星區，用來說明日、月、五星運行所到的位置。古人認為分別有二十八個神管理著這裏星辰。關於二十八宿，自西向東排列為：東方蒼龍七宿（角、亢、氐、房、心、尾、箕）；北方玄武七宿（斗、牛、女、虛、危、室、壁）；西方白虎七宿（奎、婁、胃、昴、畢、觜、參）；南方朱雀七宿（井、鬼、柳、星、張、翼、軫）。

※19 九曜：傳說九曜乃太陽，月亮，金星，木星，水星，火星，土星，羅睺星、計都星。屬於古印度天文曆法，在唐代跟隨佛教傳入中國。

※20 五方揭諦：道教中的護衛神將，分別是：金光揭諦、銀頭揭諦、波羅揭諦、波羅僧揭諦、摩訶揭諦。

※21 四值功曹：為道教所信奉的天庭中值年、值月、值日、值時的四位小神，他們分別掌管著年、月、日、時四種時間。

※22 四瀆：源於中國古代對河流的崇拜，其與山岳神一樣，起源甚早，且地域性很強，所以沒有統一的河神或水神。四瀆指長江、黃河、淮河、濟水，為中國民間信仰的河流神之代表。另外，四瀆對應在天界則是古星辰。屬四瀆宿，共四星，在麒麟座內。《晉書‧天文志》：「東井南垣之東四星曰四瀆，江、河、淮、濟之精也。」可見四瀆，在天為星辰，在地為河流。

※23 五瘟：佛教認為色、受、行、想、識是五蘊之氣。中國古代還有五瘟使者，分別為：春瘟張元伯、夏瘟劉元達、秋瘟趙公明、冬瘟鍾仕貴，總管中瘟史文業。農曆九月初三為五瘟誕辰。《西遊記》中雜糅了這些知識。

評點

◎16. 何不拔把毫毛，變作千百小猴，撇個罄淨乎？(周評)
◎17. 這是自不小心，不干賊事。(周評)
◎18. 從前作過事，今日一起來。(李評)
◎19. 一句收拾乾淨。(周評)
◎20. 玉帝還惱，如道力何！(李評)

※24左右行。四瀆龍神分上下，二十八宿密層層。

角亢氐房為總領，奎婁胃昴慣翻騰。斗牛女虛危室

壁，心尾箕星個個能，井鬼柳星張翼軫，輪鎗舞劍

顯威靈。停雲降霧臨凡世，花果山前扎下營。

詩曰：

天產猴王變化多，偷丹偷酒樂山窩。

只因攪亂蟠桃會，十萬天兵佈網羅。

當時李天王傳下令，著眾天兵扎了營，把那花果

山圍得水泄不通。上下佈了十八架天羅地網，先差九

曜惡星出戰。九曜即提兵徑至洞外，只見那洞外大小

群猴跳躍頑耍。星官厲聲高叫道：「那小妖！你那大聖在那裏？我等乃上界差調的天神，

到此降你這造反的大聖。教他快快來歸降；若道半個『不』字，教汝等一概遭誅！」那小

妖慌忙傳入道：「大聖，禍事了！禍事了！外面有九個兇神，口稱上界來的天神，收降大

聖。」那大聖正與七十二洞妖王並四健將，分飲仙酒，一聞此報，公然不理，道：「今朝

有酒今朝醉，莫管門前是與非！」◎21說不了，一起小妖又跳來道：「那九個兇神，惡言潑

語，在門前罵戰哩！」大聖笑道：「莫睬他。『詩酒且圖今日樂，功名休問幾時成。』」

說猶未了，又一起小妖來報：「爺爺！那九個兇神已把門打破，殺進來也！」大聖怒道：

◆李天王帶領天兵包圍了花果山，孫悟空帶領衆妖衆猴出門迎敵。（古版畫，選自李卓吾批評本《西遊記》）

「這潑毛神，老大無禮！本待不與他計較，如何上門來欺我？」即命獨角鬼王領帥七十二洞妖王出陣，老孫領四健將隨後。那鬼王疾帥妖兵，出門迎敵，卻被九曜惡星一齊掩殺，抵住在鐵板橋頭，莫能得出。

正嚷間，大聖到了。叫一聲：「開路！」掣開鐵棒，幌一幌，碗來粗細，丈二長短，丟開架子，打將出來。九曜星那個敢抵，一時打退。那九曜星立住陣勢道：「你這不知死活的弼馬溫！你犯了十惡之罪，先偷桃，後偷酒，攪亂了蟠桃大會，又竊了老君仙丹，又將御酒偷來此處享樂。你罪上加罪，豈不知之？」大聖笑道：「這幾樁事，實有，實有！但如今你怎麼？」九曜星道：「吾奉玉帝金旨，帥眾到此收降你，快早皈依！免教這些生靈納命。不然，就躧平了此山，掀翻了此洞也！」大聖大怒道：「量你這些毛神，有何法力，敢出浪言。不要走，請吃老孫一棒！」這九曜星一齊踴躍。那美猴王不懼分毫，輪起金箍棒，左遮右擋，把那九曜星戰得筋疲力軟，一個個倒拖器械，敗陣而走，急入中軍帳下，對托塔天王道：「那猴王果十分驍勇！我等戰他不過，敗陣來了。」李天王即調四大天王與二十八宿，一路出師來鬥。大聖也公然不懼，調出獨角鬼王、七十二洞妖王與四健將，就於洞門外列成陣勢。你看這場混戰，好驚人也…

◎21. 好度量！(李評)

註

※24　六丁六甲：十二個有名有姓的低級神將，傳說是真武大帝的手下。其中六甲是男性，六丁是女性。六丁六甲神還有姓名，分別是：甲子神將王文卿、甲戌神將展子江、甲申神將扈文長、甲午神將韋玉卿、甲辰神將孟非卿、甲寅神將明文章，丁卯神將司馬卿、丁丑神將趙子任、丁亥神將張文通、丁酉神將臧文公、丁未神將石叔通、丁巳神將崔石卿。

寒風颯颯，怪霧陰陰。那壁廂旌旗飛彩，這壁廂戈戟生輝。滾滾盔明，層層甲亮。滾滾盔明映太陽，如撞天的銀磬；層層甲亮砌巖崖，似壓地的冰山。大捍刀，飛雲掣電，楷白鎗，度霧穿雲。方天戟，虎眼鞭，麻林擺列：青銅劍，四明鏟，密樹排陣。彎弓硬弩雕翎箭，短棍蛇矛挾了魂。大聖一條如意棒，翻來覆去戰天神。殺得那空中無鳥過，山內虎狼奔：揚砂走石乾坤黑，播土飛塵宇宙昏。只聽兵兵朴朴驚天地，煞煞威威振鬼神。

這一場自辰時佈陣，混殺到日落西山。那獨角鬼王與七十二洞妖怪，盡被眾天神捉拿去了，止走了四健將與那群猴，深藏在水簾洞底。這大聖一條棒，抵住了四大天神與李托塔、哪吒太子，俱在半空中，——殺殺多時，大聖見天色將晚，即拔毫毛一把，丟在口中，嚼碎了，噴將出去，叫聲：「變！」就變了千百個大聖，都使的是金箍棒，打退了哪吒太子，戰敗了五個天王。

大聖得勝，收了毫毛，急轉身回洞，早又見鐵板橋頭，四個健將領眾叩迎那大聖，哽哽咽咽大哭三聲，又唏唏哈哈大笑三聲。大聖道：「汝等見了我，又哭又笑，何也？」健將道：「今早帥眾將與天王交戰，把七十二洞妖王與獨角鬼王，盡被眾神捉了，我等逃生，故此該哭；這見大聖得勝回來，未曾傷損，故此該笑。」大聖道：「勝負乃兵家之常。古人云：『殺人一萬，自損三千。』況捉了去的頭目，乃是虎豹狼蟲、獲獐狐狢之類，我同類者未傷一個，何須煩惱？他雖被我使個分身法殺退，他還要安營在我山腳下。我等且緊緊防守，飽餐一頓，安心睡覺，養養精神。天明看我使個大神通，拿這些天將，

與眾報仇。」四將與眾猴將椰酒吃了幾碗，安心睡覺不題。

那四大天王收兵罷戰，眾各報功：有拿住虎豹的，有拿住獅象的，有拿住狼蟲狐貉的，更不曾捉著一個猴精。當時果又安轅營，下大寨，賞勞了得功之將，分付了天羅地網之兵，各各提鈴喝號，圍困了花果山，專待明早大戰。各人得令，一處處謹守。此正是：

妖猴作亂驚天地，佈網張羅晝夜看。

畢竟天曉後如何處治，且聽下回分解。

◆大聖奮起神勇，打退了哪吒太子等神將。（朱寶榮繪）

第六回 觀音赴會問原因 小聖施威降大聖

且不言天神圍繞，大聖安歇。話表南海普陀落伽山大慈大悲救苦救難靈感觀世音菩薩，自王母娘娘請赴蟠桃大會，與大徒弟惠岸行者，同登寶閣瑤池，見那裏荒荒涼涼，席面殘亂；雖有幾位天仙，俱不就座，都在那裏亂紛紛講論。菩薩與眾仙相見畢，眾仙備言前事。

菩薩道：「既無盛會，又不傳杯，◎1汝等可跟貧僧去見玉帝。」眾仙怡然隨往。至通明殿前，早有四大天師、赤腳大仙等眾俱在此，迎著菩薩，即道玉帝煩惱，調遣天兵，擒怪未回等因。菩薩道：「我要見見玉帝，煩為轉奏。」天師丘弘濟即入靈霄寶殿，啟知宣入。時有太上老君在上，王母娘娘在後。

菩薩引眾同入裏面，與玉帝禮畢，又與老君、王母相見，各坐下。便問：「蟠桃盛會如何？」玉帝道：「每年請會，喜喜歡歡，今年被妖猴作亂，甚是虛邀也。」菩薩道：「妖猴是何出處？」玉帝道：「妖猴乃東勝神洲傲來國花果山石卵化生的。當時生出，即目運金光，射沖斗

◆《新說西遊記圖像》描繪第六回精采場景：二郎神帶領七兄弟出營挑戰大聖，被奚落了一頓，真君大怒帶領眾人圍攻大聖。（古版畫，選自《新說西遊記圖像》）

府。始不介意，繼而成精，降龍伏虎，自削死籍。當有龍王、閻王啟奏，朕欲擒拿，是長庚星啟奏道：『三界之間，凡有九竅者，可以成仙。』◎2朕即施教育賢，宣他上界，封為御馬監弼馬溫官。那廝嫌惡官小，反了天宮。即差李天王與哪吒太子收降；又降詔撫安，宣至上界，就封他個『齊天大聖』，只是有官無祿。他因沒事幹管理，東遊西蕩。朕又恐別生事端，著他代管蟠桃園。他又不遵法律，將老樹大桃，盡行偷吃。及至設會，他乃無祿人員，不曾請他，◎3他就設計賺哄赤腳大仙，卻自變他相貌入會，將仙殽仙酒盡偷吃了，又偷老君仙丹，又偷御酒若干，去與本山眾猴享樂。朕心為此煩惱，故調十萬天兵，天羅地網收伏。這一日不見回報，不知勝負如何。」菩薩聞言，即命惠岸行者道：「你可快下天宮，到花果山打探軍情如何。如遇相敵，可就相助一功，務必的實※1回話。」

惠岸行者整整衣裙，執一條鐵棍，駕雲離闕，徑至山前。見那天羅地網，密密層層，各營門提鈴喝號，將那山圍繞的水泄不通。惠岸立住，叫：「把營門的天丁，煩你傳報。我乃李天王二太子木叉，南海觀音大徒弟惠岸，特來打探軍情。」那營裏五岳神兵，即傳入轅門之內。早有虛日鼠、昴日雞、星日馬、房日兔※2將言傳到中軍帳下，李天王發下令旗，教開天羅地網，放他進來。此時東方才亮，惠岸隨旗進入，見四大天王，與李天王下拜。拜訖，李天王道：「孩兒，你自那廂來者？」惠岸道：「愚男隨菩薩赴蟠桃會，菩薩

◎1.原來上界神佛，都不戒酒。(李評)
◎2.著眼，只難爲九竅皆通者耳。(李評)
◎3.原不該有許多名色分別，還是玉皇不是。(李評)

見勝會荒涼，瑤池寂寞◎4，引眾仙並愚男去見玉帝。玉帝備言父王等下界

收伏妖猴，一日不見回報，勝負未知，菩薩因命愚男到此打聽虛實。」李天

王道：「昨日到此安營下寨，著九曜星挑戰，被這廝大弄神通，九曜星俱敗

走而回。後我等親自提兵，那廝也排開陣勢。我等十萬天兵，與他混戰至

晚，他使個分身法戰退。及收兵查勘時，止捉得些狼蟲虎豹之類，不曾捉得

他半個妖猴。今日還未出戰。」

說不了，只見轅門外有人來報道：「那大聖引一群猴精，在外面叫

戰。」四大天王與李天王並太子正議出兵。木叉道：「父王，愚男蒙菩薩分

付，下來打探消息，就說若遇戰時，可助一功。今不才願往，看他怎麼個大

聖！」天王道：「孩兒，你隨菩薩修行這幾年，想必也有些神通，切須在意。」

好太子！雙手輪著鐵棍，束一束繡衣，跳出轅門，高叫：「那個是齊天大

聖挺如意棒，應聲道：「老孫便是。你是甚人，輒敢問我？」木叉道：「吾乃李天王第

二太子木叉，今在觀音菩薩寶座前為徒弟護教，法名惠岸是也。」大聖道：「你不在南海

修行，卻來此見我做甚？」木叉道：「我蒙師父差來打探軍情，見你這般猖獗，特來擒

你！」大聖道：「你敢說那等大話！且休走，吃老孫這一棒！」木叉全然不懼，使鐵棒劈

手相迎。他兩個立那半山中，轅門外，這場好鬥：◎5

棍雖對棍鐵各異，兵縱交兵人不同。一個是太乙散仙呼大聖，一個是觀音徒弟正元

◆山西五臺山塑像：觀音騎朝天犼，天王李靖，
　木叉太子。（羅小韻／fotoe提供）

龍，渾鐵棍乃千鎚打，六丁六甲運神功；如意棒是天河定，鎮海神珍法力洪。兩個相逢眞對手，往來解數實無窮。這個的陰手棍，萬千兇，繞腰貫索疾如風；那個的夾鎗棒，不放空，左遮右擋怎相容？那陣上旌旗閃閃，這陣上鼉鼓鼕鼕。萬員天將團團繞，一洞妖猴簇簇叢。怪霧愁雲漫地府，狼烟煞氣射天宮。昨朝混戰還猶可，今日爭持更又兇。堪羨猴王眞本事，木叉復敗又逃生。

這大聖與惠岸戰經五六十合，惠岸臂膊酸麻，不能迎敵，虛幌一幌，敗陣而走。大聖也收了猴兵，安扎在洞門之外。只見天王營門外，大小天兵接住了太子，讓開大路，徑入轅門，對四天王、李托塔、哪吒，氣哈哈的，喘息未定：「好大聖，好大聖！著實神通廣大！孩兒戰不過，又敗陣而來也！」李天王見了心驚，◎6即命寫表求助，便差大力鬼王與木叉太子上天啟奏。

二人當時不敢停留，闖出天羅地網，駕起瑞靄祥雲。須臾，徑至通明殿下，見了四大天師，引至靈霄寶殿，呈上表章。惠岸又見菩薩施禮。菩薩道：「你打探的如何？」惠岸道：「始領命到花果山，叫開天羅地網門，見了父親，道師父差命之意。父王道：『昨日與那猴王戰了一場，止捉得他虎豹獅象之類，更未捉他一個猴精。』正講間，他又索戰，是弟子使鐵棍與他戰經五六十合，不能取勝，敗走回營。父親因此差大力鬼王同弟子上界求助。」菩薩低頭思忖。

♣玉皇大帝形象來自於人間的帝皇尊貴造型。
（意念圖庫提供）

評
點

◎4.尚未見其肺肝，先已見其不善。（張評）
◎5.公然對敵，正爲見君子作覩。（張評）
◎6.天王都害怕，不善尤爲獨絕。（張評）

卻說玉帝拆開表章，見有求助之言，笑道：「叵耐※3這個猴精能有多大手段，就敢敵過十萬天兵！李天王又來求助，卻將那路神兵助之？」言未畢，觀音合掌啟奏：「陛下寬心，貧僧舉一神，可擒這猴。」玉帝道：「所舉者何神？」菩薩道：「乃陛下令甥顯聖二郎真君，現居灌洲灌江口，享受下方香火。他昔日曾力誅六怪，又有梅山兄弟與帳前一千二百草頭神，神通廣大。奈他只是聽調不聽宣，◎7陛下可降一道調兵旨意，著他助力，便可擒也。」玉帝聞言，即傳調兵的旨意，就差大力鬼王齎調。

那鬼王領了旨，即駕起雲，徑至灌江口。不消半個時辰，直至真君之廟。早有把門的鬼判，傳報至裏道：「外有天使，捧旨而至。」二郎即與眾兄弟出門迎接旨意，焚香開讀。旨意上云：

「花果山妖猴齊天大聖作亂，因在宮偷桃、偷酒、偷丹，攪亂蟠桃大會，見著十萬天兵，一十八架天羅地網，圍山收伏，未曾得勝。今特調賢甥同義兄弟即赴花果山助力剿除。成功之後，高陞重賞。」

真君大喜道：「天使請回，吾當就去拔刀相助也。」鬼王回奏不題。

這真君即喚梅山六兄弟——乃康、張、姚、李四太尉，郭申、直健二將軍，聚集殿前道：「適才玉帝調遣我等往

◆「二郎真君」，又稱二郎神，名楊戩，傳其為玉皇大帝外甥，常住灌江口，具七十二般變化。要太保剪紙作品。（孔蘭平／fotoe提供）

94

花果山收降妖猴，同去去來。」眾兄弟俱忻然願往。即點本部神兵駕鷹牽犬，踏弩張弓，縱狂風，霎時過了東洋大海，徑至花果山。見那天羅地網，密密層層，不能前進，因叫道：「把天羅地網的神將聽著：吾乃二郎顯聖真君，蒙玉帝調來擒拿妖猴者，快開營門放行。」一時，各神一層層傳入。四大天王與李天王俱出轅門迎接。相見畢，問及勝敗之事，天王將上項事備陳一遍。真君笑道：「小聖來此，必須與他鬥個變化，列公將天羅地網不要幔了頂上，只四圍緊密，讓我賭鬥。若我輸與他，不必列公相助，我自有兄弟扶持；若我贏了他，也不必列公綁縛，我自有兄弟動手。只請托塔天王與我使個照妖鏡，住立空中。恐他一時敗陣，逃竄他方，切須與我照耀明白，勿走了他。」天王各居四維，眾天兵各挨排列陣去訖。

這真君領著四太尉、二將軍，連本身七兄弟，出營挑戰；分付眾將緊守營盤，收拾了鷹犬。眾草頭神得令。真君直到那水簾洞外，見那一群猴，齊齊整整，排作個蟠龍陣勢；中軍裏立一竿旗，上書「齊天大聖」四字。真君道：「那潑猴，怎麼稱得起齊天之職？」那營口小猴見了真君，急走去報知。那猴王即擎金箍棒，整黃金甲，登步雲履，按一按紫金冠，騰出營門，急睜睛觀看，那真君的相貌果是清奇，打扮得又秀氣。真簡是：

梅山六弟道：「且休讚嘆，叫戰去來。」

儀容清俊貌堂堂，兩耳垂肩目有光。

※3 叵耐：想不到、沒想到，有氣惱的意味。

◎7.君子便有身分，不似小人之不請而至者。（張評）

頭戴三山飛鳳帽，身穿一領淡鵝黃。

縷金靴襯盤龍襪，玉帶圍花八寶妝。

腰挎彈弓新月樣，手執三尖兩刃鎗。

斧劈桃山曾救母※4，彈打梭羅雙鳳凰。

力誅八怪聲名遠，義結梅山七聖行。

心高不認天家眷，性傲歸神住灌江。

赤城昭惠英靈聖，顯化無邊號二郎。

大聖見了，笑嘻嘻的，將金箍棒掣起，高叫道：「你是何方小將，輒敢大膽到此挑戰？」

真君喝道：「你這廝有眼無珠，認不得我麼！吾乃玉帝外甥，敕封昭惠靈顯王二郎是也。

今蒙上命，到此擒你這造反天宮的弼馬溫猢猻，你還不知死活！」大聖道：「我記得當年

玉帝妹子思凡下界，配合楊君，生一男子，曾使斧劈桃山的，是你麼？我待要罵你幾聲，

曾奈無甚冤仇；待要打你一棒，可惜了你的性命。你這郎君小輩，可急急回去，喚你四大

天王出來。」真君聞言，心中大怒道：「潑猴！休得無禮！吃吾一刀！」大聖側身躲過，

疾舉金箍棒，劈手相還。他兩個這場好殺：

昭惠二郎神，齊天孫大聖。這個心高欺敵美猴王，那個面生壓伏真梁棟。兩個乍相

逢，各人皆賭興。從來未識淺和深，今日方知輕與重。鐵棒賽飛龍，神鋒如舞鳳。左擋右

攻，前迎後映。這陣上，梅山六弟助威風；那陣上，馬流四將傳軍令。搖旗擂鼓各齊心，

吶喊篩鑼都助興。兩個鋼刀有見機，一來一往無絲縫。金箍棒是海中珍，變化飛騰能取

勝；若還身慢命該休，但要差池爲蹭蹬※5。

真君與大聖鬥經三百餘合，不知勝負。那真君抖擻神威，搖身一變，變得身高萬丈，兩隻手舉著三尖兩刃神鋒，好便似華山頂上之峰，青臉獠牙，朱紅頭髮，惡狠狠，望大聖著頭就砍。這大聖也使神通，變得與二郎身軀一樣，嘴臉一般，舉一條如意金箍棒，卻就是崑崙※6頂上擎天之柱，抵住二郎神。諕得那馬、流元帥戰兢兢，搖不得旌旗；崩、芭二將虛怯怯，使不得刀劍。這陣上，康、張、姚、李、郭申、直健傳號令，撒放草頭神，向他那水簾洞外縱著鷹犬，搭弩張弓，一齊掩殺。可憐沖散妖猴四健將，捉拿靈怪二三千！那些猴，拋戈棄甲，撒劍拋鎗，跑的跑，喊的喊；上山的上山，歸洞的歸洞。好似夜貓驚宿鳥，飛灑滿天星。眾兄弟得勝不題。

卻說真君與大聖變作法天象地的規模，正鬥時，大聖忽見本營中妖猴驚散，自覺心慌，◎8收了法象，掣棒抽身就走。真君見他敗走，大步趕上道：「那裏走！趁早歸降，饒你性命！」大聖不戀戰，只情※7跑起。將近洞口，正撞著康、張、姚、李四太尉，郭申、直健二將軍，一齊帥眾擋住道：「潑猴！那裏走！」大聖慌了手腳，就把金箍棒捏作繡花

※4 劈山救母：古代神話傳說：楊二郎爲了救出他被玉帝貶謫的母親，用仙斧劈開桃山。
※5 蹭蹬：點背、倒楣之意。
※6 崑崙：傳說古時這裏是道教崑崙宗派的發源地；是西王母宴請諸神之地；亦是姜子牙、濟公活佛修仙之地。
※7 只情：只管的意思。

◎8.一慌則亂，一亂則敗。(周評)

針，藏在耳內，搖身一變，變作個麻雀兒，飛在樹梢頭釘住。那六兄弟慌慌張張，前後尋

覓不見，一齊吆喝道：「走了這猴精也！走了這猴精也！」

正嚷處，真君到了，問：「兄弟們，趕到那廂不見了？」眾神道：「才在這裏圍住，

就不見了。」二郎圓睜鳳眼觀看，見大聖變了麻雀兒，釘在樹上，就收了法象，撇了神

鋒，卸下彈弓，搖身一變，變作個餓鷹兒，抖開翅，飛將去撲打。大聖見了，抖的一翅飛

起，去變作一隻大鶿老，沖天而去。二郎見了，急抖翎毛，搖身一變，變作一隻大海鶴，

鑽上雲霄來嗛。大聖又將身按下，入澗中，變作一個魚兒，淬※8入水內。二郎趕至澗邊，

不見蹤跡。心中暗想道：「這猢猻必然下水去也，定變作魚蝦之類。等我再變變拿他。」

果一變變作個魚鷹兒，飄蕩在下溜頭※9波面上，等待片時。那大聖變魚兒，順水正游，

忽見一隻飛禽，◎9似青鷂，毛片不青；似鷺鷥※10，頂上無纓；似老鸛※11，腿又不紅：◎10

「想是二郎變化了等我哩！」急轉頭，打個花※12就走。二郎看見道：「打花的魚兒，似鯉

魚，尾巴不紅；似鱖魚，花鱗不見；似黑魚，頭上無星；似魴魚，腮上無針。◎11他怎麼見

了我就回去了？必然是那猴變的。」趕上來，刷的啄一嘴。那大聖就攛出水中，一變，變

作一條水蛇，遊近岸，鑽入草中。二郎因嗛他不著，他見水響中，見一條蛇攛出去，認得

是大聖，急轉身，又變了一隻朱繡頂的灰鶴，伸著一個長嘴，與一把尖頭鐵鉗子相似，徑

來吃這水蛇。水蛇跳一跳，又變作一隻花鴇，◎12木木樗樗※13的，立在蓼汀之上。二郎見他

變得低賤，──花鴇乃鳥中至賤至淫之物，不拘鸞※14、鳳、鷹、鴉都與交群※15──故此不

去攏傍，即現原身，走將去，取過彈弓拽滿，一彈子把他打個躘踵。

那大聖趁著機會，滾下山崖，伏在那裏又變，變一座土地廟兒；大張著口，似個廟門；牙齒變作門扇，舌頭變作菩薩，眼睛變作窗櫺。◎13只有尾巴不好收拾，豎在後面，變作一根旗竿。◎14真君趕到崖下，不見打倒的鴇鳥，只有一間小廟，急睜鳳眼，仔細看之，見旗竿立在後面，笑道：「是這猢猻了！他今又在那裏哄我。我也曾見廟宇，更不曾見一個旗竿豎在後面的。斷是這畜生弄詭※16！他若哄我進去，他便一口咬住。我怎肯進去？等我掣拳先搗窗櫺，後踢門扇！」大聖聽得，心驚道：「好狠！好狠！門扇是我牙齒，窗櫺是我眼睛；若打了牙，搗了眼，卻怎麼是好？」撲的一個虎跳，又冒在空中不見。

真君前前後後亂趕，只見四太尉、二將軍一齊擁至道：「兄長拿住大聖了麼？」真君笑道：「那猴兒才自變座廟宇哄我。我正要搗他窗櫺，踢他門扇，他就縱一縱，又渺無蹤跡。可怪！可怪！」眾皆愕然，四望更無影形。真君道：「兄弟們在此看守巡邏，等我上去尋他。」急縱身駕雲，起在半空，見那李天王高擎照妖鏡，與哪吒住立雲端。真君道：

註

※8 淬：本意指鑄刀劍的時候，將燒紅的鋼鐵放在水中冷卻。這裏指淬入水裏。
※9 下溜頭：水下流處的意思。溜，迅急的水流。
※10 鷺鷥：鳥類的一科，翼大尾短，嘴直而尖。頸和腿很長，常見的有「白鷺」。
※11 老鸛：音灌，鳥，羽毛灰白色或黑色，嘴長而直，形似白鶴，生活在江湖池沼近旁，捕食魚蝦等。
※12 花：漩渦。
※13 木木樗樗：樗，音梳。木木樗樗，形容痴呆、孤單的樣子。
※14 鷺：傳說中鳳凰一類的鳥。
※15 交群：禽、獸交配叫「交群」。
※16 弄詭：弄玄虛、耍花招兒。

評點

◎9.老(文)思飛湧。(李評)
◎10.這叫做三合湊。(周評)
◎11.這叫做四不像。(周評)
◎12.老猴做了老鸛，粉頭定是老豬做了。(李評)
◎13.匪夷所思。(李評)
◎14.尾巴作了旗杆，身子與四肢安在？(周評)

「天王，曾見那猴王麼？」天王道：「不曾上來。我這裏照著他哩。」真君把那賭變化、

弄神通、拿群猴一事說畢，卻道：「他變廟宇，正打處，就走了。」李天王聞言，又把照

妖鏡四方一照，呵呵的笑道：「真君，快去！快去！那猴使了個隱身法，走出營圍，往你

那灌江口去也。」二郎聽說，即取神鋒，回灌江口來趕。

卻說那大聖已至灌江口，搖身一變，變作二郎爺爺的模樣，按下雲頭，徑入廟裏。

◎15鬼判不能相認，一個個磕頭迎接。他坐中間，點查香火：見李虎拜還的三牲，張龍許下

的保福，趙甲求子的文書，錢丙告病的良願。正看處，有人報：「又一個爺爺來了。」眾

鬼判急急觀看，無不驚心。真君卻道：「有個甚麼齊天大聖，才來這裏否？」眾鬼判道：

「不曾見甚麼大聖，只有一個爺爺在裏面查點哩。」真君撞進門，大聖見了，現出本相

道：「郎君不消嚷，廟宇已姓孫了。」◎16這真君即舉三尖兩刃神鋒，劈臉就砍。那猴王

使個身法，讓過神鋒，掣出那繡花針兒，幌一幌，碗來粗細，趕到前，對面相還。兩個嚷

嚷鬧鬧，打出廟門，半霧半雲，且行且戰，復打到花果山，慌得那四大天王等眾，提防愈

緊。這康、張太尉等迎著真君，合心努力，把那美猴王圍繞不題。

話表大力鬼王既調了真君與六兄弟提兵擒魔去後，卻上界回奏。玉帝與觀音菩薩、王

母並眾仙卿，正在靈霄殿講話，道：「既是二郎已去赴戰，這一日還不見回報。」觀音合

掌道：「貧僧請陛下同道祖出南天門外，親去看看虛實何如？」玉帝道：「言之有理。」

即擺駕，同道祖、觀音、王母與眾仙卿至南天門，早有些天丁、力士接著。開門遙觀，只

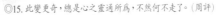

見眾天丁佈羅網，圍住四面；李天王與哪吒擎照妖鏡，立在空中；真君把大聖圍繞中間，紛紛賭鬥哩。菩薩開口對老君說：「貧僧所舉二郎神如何？」——果有神通，已把那大聖圍困，只是未得擒拿。我如今助他一功，決拿住他也。」老君道：「菩薩將甚兵器？怎能助他？」菩薩道：「我將那淨瓶楊柳拋下去，打那猴頭；即不能打死，也打個一跌，教二郎小聖好去拿他。」老君道：「你這瓶是個磁器，准打著他便好；如打不著他的頭，或撞著他的鐵棒，卻不打碎了？你且莫動手，等我老君助他一功。」菩薩道：「你有甚麼兵

◆本回末，猴王苦戰七聖的時候，被天上墜下的兵器打中，跌了一跤，剛爬起來，又被二郎的細犬照腿肚子上一口。（朱寶榮繪）

評
點

◎15. 此變更奇，總是心之靈通所為，不然何不走了。（周評）
◎16. 此廟卻非猴頭，亦有猴頭之意。（周評）

器？」老君道：「有，有，有。」捋起衣袖，左膊上取下一個圈子，說道：「這件兵器乃錕鋼摶煉的，被我將還丹點成，養就一身靈氣，善能變化，水火不侵，又能套諸物；一名『金鋼琢』，又名『金鋼套』。◎17當年過函關，化胡為佛※17，甚是虧他，早晚最可防身。等我丟下去，打他一下。」

話畢，自天門上往下一觀，滴流流徑落花果山營盤裏，可可的著猴王頭上一下。猴王只顧苦戰七聖，卻不知天上墜下這兵器，打中了天靈，立不穩腳，跌了一跤，爬將起來就跑；被二郎爺爺的細犬趕上，照腿肚子上一口，又扯了一跌。他睡倒在地，罵道：「這個亡人！你不去妨家長，卻來咬老孫！」急翻身爬不起來，被七聖一擁按住，即將繩索捆綁，使勾刀穿了琵琶骨，再不能變化。◎18

那老君收了金鋼琢，請玉帝同觀音、王母、眾仙等，俱回靈霄殿。這下面四大天王與李天尊洪福，俱收兵拔寨，近前向小聖賀喜，都道：「此小聖之功也！」小聖道：「此乃天尊洪福，眾神威權，我何功之有？」康、張、姚、李道：「兄長不必多敘，且押這廝去上界見玉帝，請旨發落上也。」真君道：「賢弟，汝等未受天籙，不得面見玉帝。教天甲神兵押著，我同天王等上界回旨。你們帥眾在此搜山，搜淨之後，仍回灌口。待我請了賞，討了功，回來同樂。」四太尉、二將軍依言領諾。這真君與眾即駕雲頭，唱凱歌，得

◎17. 若論嘗理火能起金，金豈能勝火？然此金與凡金不同，錕鋼摶煉，還丹點成，便與金丹無異，何難收伏妄心。(周評)
◎18. 此法從何處得來？(周評)

102

勝朝天。不多時，到通明殿外。天師啟奏道：「四大天王等眾，已捉了妖猴齊天大聖了。」玉帝傳旨，即命大力鬼王與天丁等眾押至斬妖臺，將這廝碎剁其屍。咦！正是：

欺誑今遭刑憲苦，英雄氣概等時休。

畢竟不知那猴王性命如何，且聽下回分解。

總批

千變萬化，到大士手內即住，亦有微意。蓋菩薩只是「自在」兩字，由他千怪萬怪，到底跳不出自在圈子。此作者之意也。世上只有自在好，千怪萬怪無益也。徒自作醜態耳。（李評）

悟一子曰：此發明陰陽盈虛消息之理，泰極而否，大往小來，與時推移，以見大聖之神化不測，正順用之中而不失先天之道也。篇中蘊義無窮，不著文閒話，予不識當日仙師命意下筆時，何以能信手拈來，頭頭是道若是。總由其道臻絕頂，心如太虛，天人渾化，文亦如之。淺者得其淺，深者得其深，一聽世人學識之所自至，而惜乎世人之從來不識也！（陳評節錄）

篇中千餘言，歷歷說來，總歸到「順而止之」一句。這一句妙用，以之用於還丹，而還丹結；以之用於大丹，而大丹凝。還丹大丹皆藉此而成就矣。先天之氣自虛無凝結矣。此回仙翁一意雙關，順逆並寫，非僅言其順行之道，學者能於此回悟得透徹，則內外二事，可得其大半矣。（劉評節錄）

註

※17 化胡為佛：太上老君即老子，姓李名耳，字伯陽，傳說他過函關去天竺點化佛祖，使之成佛。因此老子被稱為「太上老君」或「道德天尊」。

第七回

八卦爐中逃大聖　五行山下定心猿

富貴功名，前緣分定，爲人切莫欺心。正大光明，忠良善果彌深。些些狂妄天加譴，眼前不遇待時臨。問東君※1因甚，如今禍害相侵。只爲心高圖周極※2，不分上下亂規箴。

話表齊天大聖被衆天兵押去斬妖臺下，綁在降妖柱上，○1刀砍斧剁，鎗刺劍刴，莫想傷及其身。南斗星奮令火部衆神放火煨燒，亦不能燒著。又著雷部衆神以雷屑釘打，越發不能傷損一毫。那大力鬼王與衆啟奏道：「萬歲，這大聖不知是何處學得這護身之法，臣等用刀砍斧剁，雷打火燒，一毫不能傷損，卻如之何？」玉帝聞言道：「這廝這等妖力……如何處治？」太上老君○2即奏道：「那猴吃了蟠桃，飲了御酒，又盜了仙丹──我那五壺丹，有生有熟，被他都吃在肚裏，運用三昧火，煅成一塊，所以渾作金鋼之軀，急不能傷。不若與老道領去，放在八卦爐中，

◆《新說西遊記圖像》描繪第七回精采場景：大聖衝出八卦爐，蹬倒八卦爐，打翻太上老君，大鬧天宮。（古版畫，選自《新說西遊記圖像》）

◎3以文武火煅煉。煉出我的丹來，他身自為灰燼矣。」玉帝聞言，即教六丁、六甲將他解下，付與老君。老君領旨去訖。一壁廂宣二郎顯聖，賞賜金花百朵、御酒百瓶、還丹百粒、異寶明珠、錦繡等件，教與義兄弟分享。真君謝恩，回灌江口不題。

那老君到兜率宮，將大聖解去繩索，放了穿琵琶骨之器，推入八卦爐中，命看爐的道人、架火的童子將火煽起煅煉。原來那爐是乾、坎、艮、震、巽、離、坤、兌八卦。他即將身鑽在「巽宮」位下。◎4巽乃風也，有風則無火。只是風攪得烟來，把一雙眼熰※3紅了，弄作個老害病眼，◎5故喚作「火眼金睛」。

真箇光陰迅速，不覺七七四十九日，老君的火候俱全。忽一日，開爐取丹，那大聖雙手侮※4著眼，正自揉搓流涕，只聽得爐頭聲響。猛睜睛看見光明，他就忍不住，將身一縱，跳出丹爐，唿喇的一聲，蹬倒八卦爐，往外就走。◎6慌得那架火、看爐與丁甲一班人來扯，被他一個個都放倒，好似癲癇的白額虎，風狂的獨角龍。老君趕上抓一把，被他一摔，摔了個倒栽葱，脫身走了。

即去耳中掣出如意棒，迎風幌一幌，碗來粗細，依然拿在手中，不分好歹，卻又大亂天宮，◎7打得那九曜星閉門閉戶，四天王無影無形。好猴精！

◎8有詩為證，詩曰：

註

※1 東君：傳說中太陽神爲東君。
※2 周極：無邊無界。這裏形容望太多沒有邊際。
※3 熰：音炒，原爲火炒之意，在此處作煙熏。
※4 侮：同捂，掩住。

◎1.雖綁得其身，只怕綁不住心。起筆盧籠止字恰是定字的正面。(張評)
◎2.即本來之理也，已伏定結尾。(張評)
◎3.乃三德五道一段至善之理，爲人所當止之處也。(張評)
◎4.何不鑽在「坎宮」？(周評)
◎5.此目已壞，無怪其不識本來，是爲知字一反。(張評)
◎6.原來不成灰燼。(周評)
◎7.形容。(李評)
◎8.暢極，暢極，先前不過攪亂蟠桃會耳，此番才是大閙天宮。文字到此，始覺淋漓盡致。(周評)

混元體正合先天，萬劫千番只自然。

渺渺無為渾太乙，如如※5不動號初玄。

爐中久煉非鉛汞，物外長生是本仙。

變化無窮還變化，三皈五戒※6總休言。◎9

又詩：

一點靈光徹太虛，那條拄杖亦如之：

或長或短隨人用，橫豎橫排任捲舒。

又詩：

猿猴道體配人心，心即猿猴意思深。

大聖齊天非假論，官封弼馬是知音。

馬猿合作心和意，緊縛牢拴莫外尋。

萬相歸真從一理，如來同契住雙林※7。◎10

這一番，猴王不分上下，使鐵棒東打西敵，更無一神可擋。直打到通明殿裏，靈霄殿外。幸有佑聖真君的佐使王靈官執殿，他見大聖縱橫，掣金鞭近前擋住道：「潑猴何往！有吾在此，切莫猖狂！」這大聖不由分說，舉棒就打。那靈官鞭起相迎。兩個在靈霄殿前，廝渾一處。好殺：

赤膽忠良名譽大，欺天誑上聲名壞。一低一好幸相持，豪傑英雄同賭賽。鐵棒兇，金

鞭快，正直無私怎忍耐？這個是太乙雷聲應化尊，那個是齊天大聖猿猴怪。金鞭鐵棒兩家

能，都是神宮仙器械。今日在靈霄寶殿弄威風，各展雄才真可愛。一個欺心要奪斗牛宮，

一個竭力匡扶玄聖界。苦爭不讓顯神通，鞭棒往來無勝敗。

他兩個鬥在一處，勝敗未分，早有佑聖真君，又差將佐發文到雷府，調三十六員雷將齊

來，把大聖圍在垓心，各騁兇惡鏖戰。那大聖全無一毫懼色，使一條如意棒，左遮右擋，

後架前迎。一時，見那眾雷將的刀鎗劍戟、鞭簡撾鎚、鉞斧金瓜、旄鐮月鏟來的甚緊，他

即搖身一變，變作三頭六臂；把如意棒幌一幌，變作三條。六隻手使開三條棒，好便似紡

車兒一般，滴流流，在那垓心裏飛舞。眾雷神莫能相近。真箇是：

圓陀陀，光灼灼，互古常存人怎學？入火不能焚，入水何曾溺？光明一顆摩尼※8珠，

劍戟刀鎗傷不著。也能善，也能惡，眼前善惡憑他作。◎11善時成佛與成仙，惡處披毛並帶

角。無窮變化鬧天宮，雷將神兵不可捉。◎12

當時眾神把大聖攢在一處，卻不能近身，亂嚷亂鬥，早驚動玉帝。遂傳旨，著遊弈靈官同

翊聖真君，上西方請佛老降伏。

那二聖得了旨，徑到靈山勝境，雷音寶剎之前，對四金剛、八菩薩禮畢，即煩轉達。

註

※5 如如：佛教術語，形容「妙道」的圓融、沒有凝滯。
※6 三皈五戒：三皈，指大道皈依三寶，即佛、法、僧三者皈依。五戒，不殺生、不偷盜、不邪淫、不妄想、不飲酒為佛教五戒。
※7 雙林：佛教傳說中佛祖死亡的地方，又叫娑羅雙樹。
※8 摩尼：又叫牟尼、末尼，梵語譯音，泛指珠寶。

評點

◎9.時人要識真鉛汞，不是凡砂及水銀，已明明點破。（周評）
◎10.此處又將猿馬合說，有意無意，得飛星過水之法。（周評）
◎11.和盤托出。（李評）
◎12.此是心之圖，心之贊，亦是心之箴銘。（周評）

◆位於山西大同市武周山南麓的雲岡石窟，是北魏石雕的代表作品群。圖為其中佛像的傑作。（美工圖書社：中國圖片大系提供）

眾神隨至寶蓮臺下啟知，如來召請。二聖禮佛三匝，侍立臺下。如來問：「玉帝何事，煩二聖下臨？」二聖即啟道：「向時花果山產一猴，在那裏弄神通，聚眾猴攪亂世界。玉帝降招安旨，封為『弼馬溫』，他嫌官小返去。當遣李天王、哪吒太子擒拿未獲，復招安他，封作『齊天大聖』，先有官無祿。著他代管蟠桃園，他即偷桃；又走至瑤池，偷殽、偷酒、攪亂大會；仗酒又暗入兜率宮，偷老君仙丹，反出天宮。玉帝復遣十萬天兵，亦不能收伏。後觀世音舉二郎真君同他義兄弟追殺，他變化多端，虧老君拋金鋼琢打重，二郎方得拿住。解赴御前，即命斬之。刀砍斧剁，火燒雷打，俱不能傷。老君奏領去，以火煅煉。四十九日開鼎，他卻又跳出八卦爐，打退天丁，逕入通明殿裏，靈霄殿外；被佑聖真君的佐使王靈官擋住苦戰，又調三十六員雷將，把他困在垓心，終不能相近。因此玉帝特請如來救駕。」如來聞說，即對眾菩薩道：「汝等在此穩坐法堂，休得亂了禪位，待我煉魔救駕去來。」◎13

評點

◎13. 不曰降妖，而曰煉魔，便妙。（周評）
◎14.「村野」二字，含蓄有致。（周評）
◎15. 說得是。（李評）
◎16. 只為初世為人，所以敢出大言。（李評）
◎17. 一篇議論，無限慈悲，無限棒喝。非佛祖不能為此言。（周評）

如來即喚阿難、迦葉二尊者相隨，離了雷音，徑至靈霄門外。忽聽得喊聲振耳，乃

三十六員雷將圍困著大聖哩。佛祖傳法旨：「教雷將停息干戈，放開營所，叫那大聖出

來，等我問他有何法力。」眾將果退。大聖也收了法象，現出原身近前，怒氣昂昂，厲聲

高叫道：「你是那方善士，敢來止住刀兵問我？」如來笑道：「我是西方極樂世界釋迦牟

尼尊者，南無※9阿彌陀佛。今聞你猖狂村野，◎14屢反天宮，不知是何方生長，何年得道，

為何這等暴橫？」大聖道：「我本……

天地生成靈混仙，花果山中一老猿。水簾洞裏爲家業，拜友尋師悟太玄。

煉就長生多少法，學來變化廣無邊。因在凡間嫌地窄，立心端要住瑤天。

靈霄寶殿非他久，歷代人王有分傳。◎15強者爲尊該讓我，英雄只此敢爭先。」

佛祖聽言，呵呵冷笑道：「你那廝乃是個猴子成精，焉敢欺心，要奪玉皇上帝尊位？他自

幼修持，苦歷過一千七百五十劫。每劫該十二萬九千六百年。你算，他該多少年數，方能

享受此無極大道？你那個初世爲人的畜生，如何出此大言！◎16不當人子，不當人子！折

了你的壽算。趁早皈依，切莫胡說！但恐遭了毒手，性命頃刻而休，可惜了你的本來面

目！」◎17大聖道：「他雖年劫修長，也不應久佔在此。常言道：『皇帝輪流做，明年到我

家。』只教他搬出去，將天宮讓與我，便罷了；若還不讓，定要攪亂，永不清平！」佛祖

道：「你除了長生變化之法，再有何能，敢佔天宮勝境？」大聖道：「我的手段多哩！我

※9 南無：音那摩，頂禮、致敬之意。

◆《西遊記》郵票套票，以四段著名的精采故事作為主題。（中華郵政公司提供）

有七十二般變化，萬劫不老長生。會駕觔斗雲，一縱十萬八千里。如何坐不得天位？」佛祖道：「我與你打個賭賽：你若有本事，一觔斗打出我這右手掌中，算你贏，再不用動刀兵，苦爭戰，就請玉帝到西方居住，把天宮讓你；若不能打出手掌，你還下界為妖，再修幾劫，卻來爭吵。」◎18

那大聖聞言，暗笑道：「這如來十分好獃！我老孫一觔斗去十萬八千里，他那手掌，方圓不滿一尺，如何跳不出去？」急發聲道：「既如此說，你可做得主張？」佛祖道：「做得！做得！」伸開右手，卻似個荷葉大小。那大聖收了如意棒，抖擻神威，將身一縱，站在佛祖手心裏，卻道聲：「我出去也！」你看他一路雲光，無影無形去了。佛祖慧眼觀看，見那猴王風車子一般相似不住，只管前進。大聖行時，忽見有五根肉紅柱子，撐著一股青氣。他道：「此間乃盡頭路了，這番回去，如來作證，靈霄宮定是我坐也。」又思量說：「且住，等我留下些記號，方好與如來說話。」◎19拔下一根毫毛，吹口仙氣，叫：「變！」變作一管濃墨雙毫筆，在那中間柱子上寫一行大字云：「齊天大聖，到此一遊。」◎20寫畢，收了毫毛。又不莊尊，卻在第一根柱子根下撒了一泡猴尿。翻轉觔斗雲，徑回本處，站在如來掌內道：「我已去，今來了。你教玉帝讓天宮與我。」

如來罵道：「我把你這個尿精猴子！你正好不曾離了我掌哩！」大聖道：「你是不知。我去到天盡頭，見五根肉紅柱，撐著一股青氣，我留個

記在那裏，你敢和我同去看麼？」如來道：「不消去，你只自低頭看看。」那大聖睜圓火眼金睛，低頭看時，原來佛祖右手中指寫著「齊天大聖，到此一遊」；大指丫裏，還有些猴尿臊氣。◎21大聖大吃了一驚，道：「有這等事！有這等事！我將此字寫在撐天柱子上，如何卻在他手指上？莫非有個未卜先知的法術？我決不信！不信！等我再去來！」

好大聖，急縱身又要跳出，被佛祖翻掌一撲，把這猴王推出西天門外，將五指化作金、木、水、火、土五座聯山，喚名「五行山」，◎22輕輕的把他壓住。◎23眾雷神與阿難、迦葉，一個個合掌稱揚道：「善哉！善哉！」

當年卵化學為人，立志修行果道真。
萬劫無移居勝境，一朝有變散精神。
欺天罔上思高位，凌聖偷丹亂大倫。
惡貫滿盈今有報，不知何日得翻身。

如來佛祖殄滅了妖猴，即喚阿難、迦葉同轉西方極樂世界。時有天蓬、天佑急出靈霄寶殿道：「請如來少待，我主大駕來也。」佛祖聞言，回首瞻仰。須臾，果見八景鸞輿，九光寶蓋；聲奏玄歌妙樂，詠哦無量神章；散寶花，噴真香，直至佛前謝曰：「多蒙大法收殄妖邪。望如來少停一日，請諸仙做一會筵奉謝。」如來不敢違悖，即合掌謝道：「老僧承大天尊宣命來此，有何法力？還是天尊與眾神洪福，敢勞致謝？」玉帝傳旨，即著雷

◎18. 說得溫和之極，不動一毫聲色。（周評）
◎19. 趣甚，妙甚。何物文人，思筆變幻乃耳！（李評）
◎20. 文字奇妙至此，真正筆歌墨舞，天花亂墜，頑石點頭矣。（周評）
◎21. 翻論上字，天然奇絕。（張評）
◎22. 乃仁、義、禮、智、信人生當止之處也。後傳五章俱從此立案。（張評）
◎23. 到此方把他壓住，畢竟虧五行之力。（周評）

◆孫悟空想縱身跳出佛掌，佛祖將手掌一翻，五指化作五座山，喚名「五行山」，輕輕的把他壓住。（朱寶榮繪）

部眾神，分頭請三清、四御、五老※10、六司※11、七元※12、八極※13、九曜、十都※14、千真萬聖，來此赴會，同謝佛恩。又命四大天師、九天仙女※15，大開玉京金闕、太玄寶宮、洞陽玉館，請如來高坐七寶靈臺。調設各班座位，安排龍肝鳳髓、玉液蟠桃。

不一時，那玉清元始天尊、上清靈寶天尊、太清道德天尊、五炁真君、五斗星君、三官四聖、九曜真君、左輔右弼、天王、哪吒、玄虛一應靈通，對對旌旗，雙雙幡蓋，都捧著明珠異寶，壽果奇花，向佛前拜獻曰：「感如來無量法力，收伏妖猴。蒙大天尊設宴，呼喚我等皆來陳謝。請如來將此會立一名，如何？」如來領眾神之托，曰：「今欲立名，可作個『安天大會』。」○24各仙老異口同聲，俱道：「好個『安天大會』！好個『安天大會』！」言訖，各坐座位，走斝傳觴，簪花鼓瑟，果好會也！有詩為證，詩曰：

◎24.安，即定也，從此定而不亂矣。（張評）

宴設蟠桃猴攪亂，安天大會勝蟠桃。

龍旗鸞輅祥光藹，寶節幢幡瑞氣飄。

仙樂玄歌音韻美，鳳簫玉管響聲高。

瓊香繚繞群仙集，宇宙清平賀聖朝。

眾皆暢然喜會。只見王母娘娘引一班仙子仙娥、美姬毛女，飄飄蕩蕩舞向佛前，施

禮曰：「前被妖猴攪亂蟠桃一會，請眾仙眾佛，俱未成功。今蒙如來大法鏈鎖頑猴，喜慶

『安天大會』，無物可謝，今是我淨手親摘大株蟠桃數顆奉獻。」真箇是：

半紅半綠噴甘香，豔麗仙根萬載長。堪笑武陵源上種，爭如天府更奇強！

紫紋嬌嫩寰中少，細核清甜世莫雙。延壽延年能易體，有緣食者自非常。

※5 五老：早期道教尊奉的五位天神：東方安寶華林青靈始老君（簡稱青靈始老蒼帝君）、中央玉寶元靈元老君（簡稱元靈元老黃帝君），西方七寶金門皓靈皇老君（簡稱皓靈皇老君，北方洞陰朔單鬱絕五靈玄老君（簡稱五靈玄老黑帝君）。

※6 六司：道教認爲南斗六星分別掌管六司：南斗第一天府司命上將鎮國真君、南斗第二天相司祿上相鎮岳真君、南斗第三天梁延壽保命真君、南斗第四天同益算保生真君、南斗第五天樞度厄文昌鍊魂真君、南斗第六天機上生監簿大理真君。

※7 七元：道教稱北斗七星爲「七元解厄星君」，居北斗七宮，即：北斗第一陽明貪狼星君、北斗第二陰精巨門星君、北斗第三真人祿存星君、北斗第四玄冥文曲星君、北斗第五丹元廉貞星君、北斗第六北極武曲星君以及北斗第七天關破軍星君。

※8 八仙：一說是八仙，鐵拐李、漢鍾離、呂洞賓、何仙姑、藍采和、韓湘子、曹國舅、張果老。按照字面意思，八極應該並不特指頂哪位神靈，指的是八個方向：坎、離、兌、震、巽、乾、坤、艮。從小說內容來看，應該是八位掌管方位的神仙。

※9 九天仙女：通俗傳說中爲王母娘娘的女兒，主要掌管九天的禮樂。

※10 五老。

※11 六司。

※12 七元。

※13 八極。

※14 十都：指的是十殿閻君。

佛祖合掌向王母謝訖。王母又著仙姬、仙子唱的唱，舞的舞。滿會群仙，又皆賞贊。正是：

縹緲天香滿座，繽紛仙蕊仙花。

玉京金闕大榮華，異品奇珍無價。

對對與天齊壽，雙雙萬劫增加。

桑田滄海任更差，他自無驚無訝。

王母正著仙姬仙子歌舞，觥籌交錯。不多時，忽又聞得：

一陣異香來鼻噢，驚動滿堂星與宿。天仙佛祖把杯停，各各抬頭迎目候。

霄漢中間現老人，手捧靈芝飛藹繡。葫蘆藏蓄萬年丹，寶籙名書千紀壽。

洞裏乾坤任自由，壺中日月隨成就。遨遊四海樂清閑，散淡十洲容輻輳。

曾赴蟠桃醉幾遭，醒時明月還依舊。長頭大耳短身軀，南極之方稱老壽。

壽星又到。見玉帝禮畢，又見如來，申謝曰：「始聞那妖猴被老君引至兜率宮煅煉，必致平安，不期他又反出。幸如來善伏此怪，設宴奉謝，故此聞風而來。更無他物可獻，特具紫芝瑤草、碧藕金丹奉上。」詩曰：

◆如來降伏孫悟空之後，眾神開會慶祝，會名「安天大會」。（古版畫，選自李卓吾批評本《西遊記》）

碧藕金丹奉釋迦，如來萬壽若恆沙。

清平永樂三乘錦，康泰長生九品花。

無相門中真法主，色空天上是仙家。

乾坤大地皆稱祖，丈六金身福壽賒※16。◎26

如來忻然領謝。壽星得座，依然走戾傳觴。只見赤腳大仙又至。向玉帝前頫顙禮

畢，又對佛祖謝道：「深感法力，降伏妖猴。無物可以表敬，特具交梨二顆、火棗數枚奉

獻。」詩曰：

大仙赤腳棗梨香，敬獻彌陀壽算長。

七寶蓮臺山樣穩，千金花座錦般妝。

壽同天地言非謬，福比洪波話豈狂。

福壽如期真箇是，清閒極樂那西方。

如來又稱謝了。叫阿難、迦葉將各所獻之物一一

收起，方向玉帝前謝宴。眾各酩酊。只見個巡視

靈官來報道：「那大聖伸出頭來了。」佛祖道：

「不妨，不妨。」袖中只取出一張帖子，上有六個

金字：「唵、嘛、呢、叭、𠺗、吽」※17，遞與阿

註

※16 賒：音射，這裏是長，遠的意思，古詩有「長笛起誰家，秋涼夜漏賒」、「萬里休言道路賒」等句。

※17 唵、嘛、呢、叭、𠺗、吽：梵語蓮花珠的譯音，即藏傳佛教的六字真言。

◆「西王母乘鳳駕返瑤池」刺繡，明人繪製。

評點

◎25.仙佛同源，處處照映。（周評）

◎26.定而不亂，真有無窮之美。（張評）

115

難，叫貼在那山頂上。這尊者即領帖子，拿出天門，到那五行山頂上，緊緊的貼在一塊四方石上。那座山即生根合縫，可運用呼吸之氣，手兒爬出，可以搖掙搖掙。阿難回報道：

「已將帖子貼了。」

如來即辭了玉帝、眾神，與二尊者出天門之外，又發一個慈悲心，念動真言咒語，將五行山召一尊土地神祇，會同五方揭諦，居位此山監押。但他飢時，與他鐵丸子吃；渴時，與他溶化的銅汁飲。◎27待他災愆滿日，自有人救他。正是：

妖猴大膽反天宮，卻被如來伏手降。

渴飲溶銅捱歲月，飢餐鐵彈度時光。

◆三教圖，清代丁雲鵬繪。釋、道、儒三教祖師：釋迦牟尼（中）、太上老君（右）、孔子（左）。太上老君在《西遊記》中地位特殊，不可因為孫悟空從他的八卦爐中跑出而忽視他。

天災苦困遭磨蟄，人事淒涼喜命長。
若得英雄重展掙※18，他年奉佛上西方。

又詩曰：

伏逞豪強大勢興，降龍伏虎弄乖能。
偷桃偷酒遊天府，受籙承恩在玉京。
惡貫滿盈身受困，善根不絕氣還升。
果然脫得如來手，且待唐朝出聖僧。

畢竟不知向後何年何月，方滿災殃，且聽下回分解。

齊天勛斗，只在如來掌上見，出不得如來手也。如來非他，此心之常便是；妖猴非他，此心之變便是。饒他千怪萬變，到底不離本來面目。常固常，變亦常耳。萬千變態何益！何益！人可不自省？又批：妖猴刀砍斧剁，雷打火燒，一毫不能傷損，亦有微意見。此性不壞，變亦常耳，故《記》中亦已明言之矣。《記》曰：「光明一顆摩尼珠，劍戟刀鎗傷不著。也能善，也能惡，眼前善惡憑他作。善時成佛與成仙，惡處披毛並帶角。」蓋不音詳哉其言，只要讀者著眼耳。（李評）

悟一子曰：此結上文，先天真乙之氣自無而有，自有而無。自無而復有，復而泰。先天煉於後天之中，後天秘有先天之妙。仙師所由，以後天之八卦、五行，揭示世人，欲人觀察曉悟，修出一氣，以脫生死也。大聖者，真種子也。蓋有為者，無為之本。必先有為，而後歸於無為。倘先有所為，而未能超脫，則性地功方了無上至真之妙道。若先無所為，而徒事定、靜，則命基不固，終落空亡。偏先有所為，而後能超脫，則性地功坤，坤而復。終始始，萬劫常存。紫陽真君曰：「始於有作人難見，及至無為眾皆知。」但見無為為要妙，豈知有作是根基。」有作而又無為者，五行山下之定心猿是也。彼解作妄心偏勝，藉五行制住者，誠強猜臆度之見。（陳評節錄）

※18 展掙：掙扎。

◎27.鐵丸、銅汁，非真火不能剋化。（周評）

第八回

我佛造經傳極樂 觀音奉旨上長安

試問禪關，參求無數，往往到頭虛老。磨磚作鏡※1，積雪爲糧，迷了幾多年少？毛吞大海，芥納須彌※2，金色頭陀微笑。悟時超十地※3三乘，凝滯了四生※4六道※5。誰聽得絕想崖前，無陰樹下，杜宇一聲春曉？曹溪※6路險，鷲嶺※7雲深，此處故人音杳。千丈冰崖，五葉蓮開※8，古殿簾垂香裊。那時節，識破源流，便見龍王三寶※9。◎1

這一篇詞，名〈蘇武慢〉。話表我佛如來辭別了玉帝，回至雷音寶刹，但見那三千諸佛、五百阿羅、八大金剛、無邊菩薩，一個個都執著幢幡寶蓋，異寶仙花，擺列在靈山仙境，娑羅雙林之下接迎。如來駕住祥雲，對衆道：「我以

甚深般若，遍觀三界。根本性原，畢竟寂滅。同虛空相，一無所有。珍伏乖猴，是事莫識。名生死始，法相如是。」◎2

說罷，放舍利之光，滿空有白虹四十二道，南北通連。大衆見了，皈身禮拜。少頃間，聚慶雲彩霧，登上品蓮臺，

◆《新説西遊記圖像》描繪第八回精采場景：菩薩領了如來旨意，去東土尋找取經人，隨行的是惠岸行者。圖為兩個人下靈山的場景。（古版畫，選自《新説西遊記圖像》）

◎3端然坐下。那三千諸佛、五百羅漢、八金剛、四菩薩合掌近前禮畢，問曰：「鬧天宮攪亂蟠桃者，何也？」如來道：「那廝乃花果山產的一妖猴，罪惡滔天，不可名狀。概天※10神將，俱莫能降伏；雖二郎捉獲，老君用火煅煉，亦莫能傷損。我去時，正在雷將中間，揚威耀武，賣弄精神；被我止住兵戈，問他來歷。他言有神通，會變化，又駕觔斗雲，一去十萬八千里。我與他打了個賭賽，他出不得我手，卻將他一把抓住，指化五行山，封壓他在那裏。玉帝大開金闕瑤宮，請我坐了首席，立安天大會謝我，◎4卻方辭駕而回。」大眾聽言喜悅，極口稱揚。謝罷，各分班而退，各執乃事，共樂天真。果然是：

瑞靄漫天竺，虹光擁世尊。西方稱第一，無相法王門！常見玄猿獻果，麋鹿啣花；青鸞舞，彩鳳鳴：靈龜捧壽，仙鶴擒芝。安享淨土祇園※11，受用龍宮法界。日日花開，時時

註

※1 磨磚作鏡：佛教典故。馬祖嘗禪坐，懷讓問：「圖什麼？」對曰：「圖作佛！」懷讓乃磨磚不語，馬祖怪之而問，則曰：「圖作鏡！」馬祖曰：「磨磚豈能作鏡！」懷讓對曰：「磨磚既不能作鏡，坐禪豈能成佛！」

※2 芥納須彌：芥，芥菜，一年或二年生草本植物，因為微小，常用來比喻輕微纖細的事物，須彌是佛教傳說高達三百三十六萬里的大山。這句話說佛法廣大，可以藏須彌山於芥子之中。上句的毛吞大海，與這個意思相同。

※3 十地：佛教術語：指菩薩修行所經歷的十種境界，叫做：歡喜地、離垢地、發光地、燄慧地、難勝地、現前地、遠行地、不動地、善慧地、法雲地。

※4 四生：佛教的說法，指胎生、卵生、濕生和化生。

※5 六道：佛教以地獄、餓鬼、畜生、阿修羅、人間、天上為六道。認為行善入天道，作惡下地獄，報應循環，始終輪迴，升沉在這六道之中。

※6 曹溪：水名，源出江西省曲江縣。溪的上流有寶林寺，是佛教禪宗六祖慧能宣傳佛法的地方。

※7 鷲嶺：鷲音就，也稱靈山，位於中印度。相傳如來佛在此講過《法華經》。

※8 五葉蓮開：禪宗自六祖後，分為五派，每個派別發展得都很好。

※9 龍王三寶：人們都知道龍王有寶，但沒有確定是什麼寶，這裏明言三寶的意思，指的是佛、法、僧。

※10 概天：概，所有的意思。概天，滿天。

※11 祇園：祇樹給孤獨園，傳說佛祖在此講經二十年。

評點

◎1.詞中無窮趣味，如聞緱山笙鶴之音。（周評）

◎2.「是事莫識」四字，深妙不可思議。（周評）

◎3.先寫自新，是從題前入脈。（張評）

◎4.安康也，海宇清平共安樂，康寧，是籠首句。（張評）

果熟。習靜歸眞，參禪果正。不滅不生，不增不減。烟霞縹緲隨來往，寒暑無侵不記年。

詩曰：

去來自在任優遊，也無恐怖也無愁。

極樂場中俱坦蕩，大千之處沒春秋。

佛祖居於靈山大雷音寶刹之間，一日，喚聚諸佛、阿羅、揭諦、菩薩、金剛、比丘僧尼等眾，曰：「自伏乖猿安天之後，我處不知年月，料凡間有半千年矣。今值孟秋望日，◎5我有一寶盆，盆中具設百樣奇花、千般異果等物，◎6與法等享此『盂蘭盆會』，如何？」概眾一個個合掌，禮佛三匝領會。如來卻將寶盆中花果品物，著阿難捧定，著迦葉

◆《五百羅漢圖》之《應身觀音》。圖中央畫一位十一面觀音，坐於方椅上，左右有四位羅漢。周季常、林庭珪繪，生卒年不詳，約活動於西元1178至1188年間，南宋佛像畫家。美國波士頓藝術博物館藏。（fotoe提供）

佈散。◎7大眾感激，各獻詩伸謝。

福詩曰：

福星光耀世尊前，福納彌深遠更綿。

福德無疆同地久，福緣有慶與天連。

福田廣種年年盛，福海洪深歲歲堅。

福滿乾坤多福蔭，福增無量永周全。

祿詩曰：

祿重如山彩鳳鳴，祿隨時泰視長庚。

祿添萬斛身康健，祿享千鍾世太平。

祿俸齊天還永固，祿名似海更澄清。

祿思遠繼多瞻仰，祿爵無邊萬國榮。

壽詩曰：

壽星獻彩對如來，壽域光華自此開。

壽果滿盤生瑞靄，壽花新採插蓮臺。

壽詩清雅多奇妙，壽曲調音按美才。

壽命延長同日月，壽如山海更悠哉。

眾菩薩獻畢，因請如來明示根本，指解源流。那如來微開善口，敷演大法，宣揚正

◆如來給了菩薩五件寶貝，命令菩薩去尋找取經人，菩薩合掌聽命。圖為觀音菩薩的女性化形象。（意念圖庫提供）

◎5.既說不知年月，緣何又說孟秋望日？（李評）
◎6.按下本末終始。而光蕊、陳萼萬花已發於此矣。（張評）
◎7.新鮮花果彼不新者焉能享此？（張評）

果，講的是三乘妙典，五蘊楞嚴※12。但見那天龍圍繞，花雨繽紛。正是：禪心朗照千江

月，真性涵涵萬里天。

如來講罷，對眾言回：「我觀四大部洲，眾生善惡，各方不一：東勝神洲者，敬

天禮地，心爽氣平；北俱蘆洲者，雖好殺生，只因糊口，性拙情疏，無多作踐；我西牛賀

洲者，不貪不殺，養氣潛靈，雖無上真，人人固壽；但那南贍部洲者，貪淫樂禍，多殺多

爭，正所謂口舌凶場，是非惡海。我今有三藏真經，可以勸人為善。」◎8諸菩薩聞言，

合掌皈依，向佛前問曰：「如來有那三藏真經？」如來曰：「我有《法》一藏，談天；

《論》一藏，說地；《經》一藏，度鬼。三藏共計三十五部，該一萬五千一百四十四卷，

乃是修真之徑，正善之門。我待要送上東土，叵耐那方眾生愚蠢，毀謗真言，不識我法門

之旨要，怠慢了瑜迦之正宗※13。怎麼得一個有法力的，去東土尋一個善信，教他苦歷千

山，遠經萬水，◎9到我處求取真經，永傳東土，勸化眾生，卻乃是個山大的福緣，海深

的善慶。誰肯去走一遭來也。」當有觀音菩薩行近蓮臺，禮佛三匝道：「弟子不才，願上東

土，尋一個取經人來也。」諸眾抬頭觀看，那菩薩：

理圓四德※14，智滿金身。纓絡垂珠翠，香環結寶明。烏雲巧疊盤龍髻，繡帶輕飄彩鳳

翎。碧玉紐，素羅袍，祥光籠罩；錦絨裙，金落索，瑞氣遮迎。眉如小月，眼似雙星。玉

面天生喜，朱唇一點紅。淨瓶甘露年年盛，斜插垂楊歲歲青。解八難※15，度群生，大慈

憫：故鎮太山，居南海，救苦尋聲，萬稱萬應，千聖千靈。蘭心欣紫竹，蕙性愛香藤。他

是落伽山上慈悲主，潮音洞裏活觀音。

如來見了，心中大喜道：「別個是也去不得，須是觀音尊者，神通廣大，方可去得。」菩薩道：「弟子此去東土，有甚言語分付？」如來道：「這一去，要踏看路道，不許在霄漢中行，須是要半雲半霧，目過山水，謹記程途遠近之數，叮嚀那取經人。但恐善信難行，我與你五件寶貝。」即命阿難、迦葉，取出「錦襴袈裟」一領，「九環錫杖」一根，對菩薩言曰：「這袈裟、錫杖，可與那取經人親用。若肯堅心來此，穿我的袈裟，免墮輪迴；持我的錫杖，不遭毒害。」這菩薩皈依拜領。如來又取三個箍兒，遞與菩薩道：「此寶喚作『緊箍兒』，雖是一樣三個，但只是用各不同。我有金、緊、禁的咒語三篇。○10假若路上撞見神通廣大的妖魔，你須是勸他學好，跟那取經人做個徒弟。他若不伏使喚，可將此箍兒與他戴在頭上，自然見肉生根。各依所用的咒語念一念，眼脹頭疼，腦門皆裂，管教他入我門來。」

那菩薩聞言，踴躍作禮而退，即喚惠岸行者隨行。那惠岸使一條渾鐵棍，重有千斤，

※12 五蘊楞嚴：五蘊為佛教術語，分別是：色（形相）、受（情欲）、想（意念）、行（行為）、識（心靈）五種：佛教認為眾生都為這五種因素支配。《楞嚴》，佛經名。
※13 瑜迦之正宗：瑜迦宗，佛教中密教的總名。這裏泛指佛門、佛法而言。
※14 四德：佛教的說法，認為常（沒有變革生滅）、樂（寂滅永安、自在隨心）、我（體真實而用實在）、淨（解脫一切垢染）為四德。
※15 八難：佛教的說法，又叫「八無暇」，包括地獄、餓鬼、畜生等三惡道、世智辯聰（過分聰明的人）、聾盲瘖啞、佛前佛後（無緣見佛）和北俱盧洲（安東無苦的地方）等八種。意思說這八種情況，或苦，或樂，或殘廢，或過分聰明和沒有機會見佛的，都不能夠修道業，所以叫做「八難」。天（長壽安穩的地方）、長壽

◎8.那怕你萬藏真經。(李評)
◎9.如來忒也裝腔，然不裝腔不得，只為東土愚頑故耳。(李評)
◎10.「金」、「緊」、「禁」後來卻分作「空」、「熊」、「紅」。(周評)

123

只在菩薩左右作一個降魔的大力士。菩薩遂將錦襴袈裟作一個包裹，令他背了。菩薩將金

箍藏了，執了錫杖，徑下靈山。這一去，有分教：

佛子還來歸本願，金蟬長老裏栴檀。

那菩薩到山腳下，有玉真觀金頂大仙在觀門首接住，請菩薩獻茶。菩薩不敢久停，

曰：「今領如來法旨，上東土尋取經人去。」大仙道：「取經人幾時方到？」菩薩道：

「未定，約摸二三年間，或可至此。」遂辭了大仙，半雲半霧，約記程途。有詩為證，詩

曰：

萬里相尋自不言，卻云誰得意難全。

求人忽若渾如此，是我平生豈偶然？

傳道有方成妄語，說明無信也虛傳。

願傾肝膽尋相識，料想前頭必有緣。

師徒二人正走間，忽然見弱水三千，乃是流沙河界。菩薩道：「徒弟呀，此處卻是難

行。取經人濁骨凡胎，如何得渡？」惠岸道：「師父，你看河有多遠？」那菩薩停雲步看

時，只見：

東連沙磧，西抵諸番；南達烏戈，北通韃靼。徑過有八百里遠，上下有千萬里遠。水

流一似地翻身，浪滾卻如山聳背。洋洋浩浩，漠漠茫茫，十里遙聞萬丈洪。仙槎難到此，

蓮葉莫能浮。衰草斜陽流曲浦，黃雲影日暗長堤。那裏得客商來往？何曾有漁叟依棲？平

✦本回末，菩薩與惠岸行者路過流沙河，點化了沙僧，讓他保護唐僧去取經。圖為沙僧與菩薩告別。（朱寶榮繪）

沙無雁落，遠岸有猿啼。只是紅蓼花繁知景色，白蘋香細任依依。

菩薩正然點看，只見那河中潑剌一聲響亮，水波裏跳出一個妖魔來，十分醜惡。他生得：

青不青，黑不黑，晦氣色臉；長不長，短不短，赤腳筋軀。眼光閃爍，好似竈底雙燈；口角丫叉，就如屠家火鉢。獠牙撐劍刃，紅髮亂蓬鬆。一聲叱吒如雷吼，兩腳奔波似滾風。

那怪物手執一根寶杖，走上岸就捉菩薩。卻被惠岸掣渾鐵棒擋住，喝聲：「休走！」那怪物就持寶杖來迎。兩個在流沙河邊這一場惡殺，真箇驚人：

木叉渾鐵棒，護法顯神通；怪物降妖杖，努力逞英雄。雙條銀蟒河邊舞，一對神僧岸上沖。那一個，威鎮流沙施本事；這一個，力保觀音建大功。那一個，翻波躍浪；這一個，吐霧噴風。翻波躍浪乾坤暗，吐霧噴風日月昏。那個降妖杖，好便似出山的白虎；這個渾鐵棒，卻就如臥道的黃龍。那個使將來，尋蛇撥草；這個丟開去，撲鷂分松。只殺得昏漠漠，星辰燦爛；霧騰騰，天地朦朧。那個久住弱水惟他狠，這個初出靈山第一功。

他兩個來來往往戰上數十合，不分勝負。那怪物架住了鐵棒道：「你是那裏和尚，敢來與我抵敵？」木叉道：「我是托塔天王二太子木叉惠岸行者，今保我師父往東土尋取經人去。你是何怪，敢大膽阻路？」那怪方才醒悟道：「我記得你跟南海觀音，在紫竹林中修行，你為何來此？」木叉道：「那岸上不是我師父？」

怪物聞言，連聲喏喏，收了寶杖，讓木叉揪了去見觀音，納頭下拜。告道：「菩薩，

恕我之罪，待我訴告。我不是妖邪，我是靈霄殿下侍鑾輿的捲簾大將。只因在蟠桃會上，失手打碎了玻璃盞，玉帝把我打了八百，貶下界來，變得這般模樣；又叫七日一次，將飛劍來穿我胸脅百餘下回◎11，故此這般苦惱。沒奈何，飢寒難忍，三二日間，出波濤尋一個行人食用。不期今日無知，沖撞了大慈菩薩。」菩薩道：「你在天有罪，既貶下來，今又這等傷生，正所謂罪上加罪。我今領了佛旨，上東土尋取經人。你何不入我門來，皈依善果，跟那取經人做個徒弟，上西天拜佛求經？我叫飛劍不來穿你。那時節，功成免罪，復你本職，心下如何？」那怪道：「我願皈正果。」乃向前道：「菩薩，我在此間吃人無數，向來有幾次取經人來，都被我吃了。凡吃的人頭，拋落流沙，竟沉水底。這個水，鵝毛也不能浮，惟有九個取經人的骷髏，浮在水面，再不能沉。我以為異物，將索兒穿在一處，閑時拿來頑耍。這去，但恐取經人不得到此，卻不是反誤了我的前程也？」菩薩曰：「豈有不到之理？你可將骷髏兒掛在頭項下，等候取經人，自有用處。」怪物道：「既然如此，願領教誨。」菩薩方與他摩頂受戒，指沙為姓，就姓了沙；起個法名，叫作個沙悟淨。當時入了沙門，送菩薩過了河，他洗心滌慮，再不傷生，專等取經人。

菩薩與他別了，同木叉徑奔東土。行了多時，又見一座高山，山上有惡氣遮漫，不能步上。正欲駕雲過山，不覺狂風起處，又閃上一個妖魔。他生得又甚兇險，但見他：

捲臟蓮蓬吊搭嘴，耳如蒲扇顯金睛。獠牙鋒利如鋼釘，長嘴張開似火盆。金盔緊繫繫腮邊帶，勒甲絲絛蟒退鱗。手執釘鈀龍探爪，腰挎彎弓月半輪。糾糾威風欺太歲，昂昂志氣壓天神。

◎11. 今人飛劍，豈止七日一次。可憐，可憐！(李評)

◆《嫦娥執桂圖》，明中期
唐寅（唐伯虎）作。天蓬
元帥因調戲嫦娥而被打下
凡間。（fotoe提供）

他撞上來，不分好歹，望菩薩舉釘鈀就築，被木叉行者擋

住，大喝一聲道：「那潑怪，休得無禮！看棒！」妖魔

道：「這和尚不知死活！看鈀！」兩個在山底下一衝一

撞，賭鬥輸贏。真箇好殺：

　妖魔兇猛，惠岸威能。鐵棒分心搗，釘鈀劈面迎。
播土揚塵天地暗，飛砂走石鬼神驚。九齒鈀，光耀耀，
雙環響亮；一條棒，黑悠悠，兩手飛騰。這個是天王太
子，那個是元帥精靈。一個在普陀為護法，這個是山洞
作妖精。這場相遇爭高下，不知那個虧輸那個贏。

他兩個正殺到好處，觀世音在半空中拋下蓮花，隔

開鈀杖。怪物見了心驚，便問：「你是那裏和尚，敢弄甚

麼『眼前花』※16哄我？」木叉道：「我把你這個肉眼凡胎的潑物！我是南海菩薩的徒弟。

這是我師父拋來的蓮花，你也不認得哩！」那怪道：「南海菩薩，可是掃三災※17、救八難

的觀世音麼？」木叉道：「不是他是誰？」怪物撇了釘鈀，納頭下禮道：「老兄，菩薩在

那裏？累煩你引見一引見。」木叉仰面指道：「那不是？」怪物朝上磕頭，厲聲高叫道：

「菩薩，恕罪！恕罪！」

觀音按下雲頭，前來問道：「你是那裏成精的野豕，何方作怪的老彘，敢在此間擋

128

我？」那怪道：「我不是野豕，亦不是老彘，◎12我本是天河裏天蓬元帥。只因帶酒戲弄嫦娥，◎13玉帝把我打了二千鎚，貶下塵凡；一靈真性，逕來奪舍投胎，不期錯了道路，投在個母豬胎裏，變得這般模樣。是我咬殺母豬，打死群彘，在此處佔了山場，吃人度日。不期撞著菩薩，萬望拔救拔救。」菩薩道：「此山叫作甚麼山？」怪物道：「叫作福陵山。山中有一洞，叫作雲棧洞。洞裏原有個卵二姐。他見我有些武藝，招我做個家長，又喚作『倒蹅門』※18。不上一年，他死了，將一洞的家當盡歸我受用。在此日久年深，沒有個贍身的勾當，只是依本等吃人度日。萬望菩薩恕罪！」菩薩道：「古人云：『若要有前程，莫作沒前程。』你既上界違法，今又不改兇心，傷生造孽，卻不是二罪俱罰？」那怪道：「前程，前程！若依你，教我嗑風！常言道：『依著官法打殺，依著佛法餓殺。』◎14去也！去也！還不如捉個行人，肥膩膩的吃他家娘！管甚麼二罪，三罪，千罪，萬罪！」◎15菩薩道：「『人有善願，天必從之。』汝若肯歸依正果，自有養身之處。世有五穀，盡能濟飢，為何吃人度日？」怪物聞言，似夢方覺，向菩薩道：「我欲從正，奈何『獲罪于天，無所禱也』！」◎16菩薩道：「我領了佛旨，上東土尋取經人。你可跟他做個

註

※16 眼前花：古代格言，立業不思種德，如眼前花。眼前花指的是虛幻的把戲。

※17 三災：佛教以刀兵、疾疫、饑饉為三災。

※18 倒蹅門：男人去女家做上門女婿，現在淮安方言叫法與此類似。

評點
◎12.老豬開口便有天趣。（周評）
◎13.原來是風流過犯，所以種了好色之根。（周評）
◎14.今人見識，個個如此。（李評）
◎15.一團天趣，覺李逵、魯智深無此爽快。（周評）
◎16.讀文又妙。（周評）

徒弟，往西天走一遭來，將功折罪，管教你脫離災瘴。」那怪滿口道：「願隨！願隨！」菩薩才與他摩頂受戒，指身為姓，就姓了豬，替他起個法名，就叫作豬悟能。遂此領命歸真，持齋把素，斷絕了五葷※19三厭※20，專候那取經人。

菩薩卻與木叉辭了悟能，半興雲霧前來。正走處，只見空中有一條玉龍叫喚。菩薩近前問曰：「你是何龍，在此受罪？」那龍道：「我是西海龍王敖閏之子。因縱火燒了殿上明珠，我父王表奏天庭，告了忤逆※21。玉帝把我吊在空中，打了三百，不日遭誅。望菩薩搭救搭救。」觀音聞言，即與木叉撞上南天門裏。早有丘、張二天師接著，問道：「何往？」菩薩道：「貧僧要見玉帝一面。」二天師即忙上奏，玉帝遂下殿迎接。菩薩上前禮畢道：「貧僧領佛旨上東土尋取經人，路遇孽龍懸吊，特來啟奏，饒他性命，賜與貧僧，教他與取經人做個腳力。」玉帝聞言，即傳旨赦宥，差天將解放，送與菩薩。菩薩謝恩而出。這小龍叩頭謝活命之恩，聽從菩薩使喚。菩薩把他送在深澗之中，只等取經人來，變作白馬，上西方立功。小龍領命，潛身不題。

菩薩帶引木叉行者過了此山，又奔東土。行不多時，忽見金光萬道，瑞氣千條。木叉道：「師父，那放光之處，乃是五行山了，見有如來的『壓帖』在那裏。」菩薩道：「此卻是那攪亂蟠桃會大鬧天宮的齊天大聖，今乃壓在此也。」木叉道：「正是，正是。」師徒俱上山來，觀看帖子，乃是「唵嘛呢叭𡛡吽」六字真言。菩薩看罷，嘆惜不已，作詩一首。詩曰：◎17

堪嘆妖猴不奉公，當年狂妄逞英雄。

欺心攪亂蟠桃會，大膽私行兜率宮。

十萬軍中無敵手，九重天上有威風。

自遭我佛如來困，何日舒伸再顯功！

師徒們正說話處，早驚動了那大聖。大聖在山根下高叫道：「是那個在山上吟詩，揭我的短哩？」菩薩聞言，徑下山來尋看。只見那石崖之下，有土地、山神、監押大聖的天將，都來拜接了菩薩，引至那大聖面前。看時，他原來壓於石匣之中，口能言，身不能動。◎18菩薩道：「姓孫的，你認得我麼？」大聖睜開火眼金睛，點著頭兒高叫道：「我怎麼不認得你。你好的是那南海普陀落伽山救苦救難大慈大悲南無觀世音菩薩。◎19承看顧，承看顧！我在此度日如年，更無一個相知的來看我一看。你從那裏來也？」菩薩道：「我奉佛旨，上東土尋取經人去，從此經過，特留殘步看你。」大聖道：「如來哄了我，把我壓在此山，五百餘年了，不能展掙。萬望菩薩方便一二，救我老孫一救！」菩薩道：「你這廝罪業彌深，救你出來，恐你又生禍害，反為不美。」大聖道：「我已知悔了。但願大慈悲指條門路，情願修行。」這才是：

人心生一念，天地盡皆知。善惡若無報，乾坤必有私。

註

※19 五葷：佛教稱大蒜、小蒜、洋蔥、蔥、薤是五葷，列入戒條，不准食用。
※20 三厭：道教認為，天上的雁有夫婦的倫常，地上的狗有保衛家的好處，水中的烏魚有忠敬之心，把不吃這三種東西列為教條，叫「三厭」。厭，不忍食的意思。
※21 忤逆：叛逆，不孝敬父母。

◎17. 菩薩亦有詩興。(周評)
◎18. 至人不壓在石匣之中，也只是口能言，身不能動。何也？(李評)
◎19. 詳悉得妙，是患難中口吻。(周評)

那菩薩聞得此言，滿心歡喜，對大聖道：

「聖經云：『出其言善，則千里之外應之；出其言不善，則千里之外違之。』你既有此心，◎20待我到了東土大唐國，尋一個取經的人來，教他救你。你可跟他做個徒弟，秉教伽持，入我佛門，再修正果，如何？」大聖聲聲道：「願去！願去！」菩薩道：「既有善果，我與你起個法名。」大聖道：「我已有名了，叫作孫悟空。」菩薩又喜道：「我前面也有二人歸降，正是『悟』字排行；你今也是『悟』字，卻與他相合，甚好，甚好。這等也不消叮囑，我去也。」那大聖見性明心歸佛教，◎21這菩薩留情在意訪神僧。

他與木叉離了此處，一直東來。不一日就到了長安大唐國，斂霧收雲，師徒們變作兩個疥癩遊僧，入長安城裏。早不覺天晚，行至大市街旁，見一座土地廟祠，二人徑進，誑

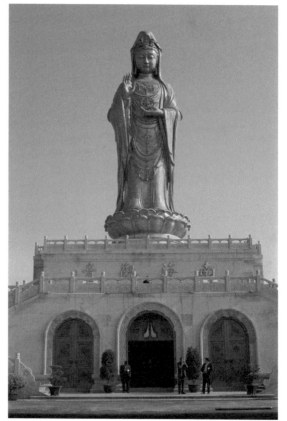

◆浙江舟山普陀山龍灣崗墩的南海觀音銅像。像高33公尺，重70多噸，採用仿金銅精密鑄造，由96塊銅壁板組成，1997年10月落成開光，成為普陀山新標誌性建築之一。攝於2005年11月。（謝光輝／CTPphoto／fotoe提供）

得那土地心慌，鬼兵膽戰。知是菩薩，叩頭接入。那土地又急跑報與城隍、社令及滿長安城各廟神祇，都知是菩薩，參見告道：「菩薩，恕眾接遲之罪。」菩薩道：「汝等切不可走漏一毫消息。我奉佛旨，特來此處尋訪取經人。借你廟宇權住幾日，待訪著真僧即回。」眾神各歸本處，把個土地趕在城隍廟裏暫住，他師徒們隱遁真形。

畢竟不知尋出那個取經人來，且聽下回分解。

老孫是名悟空，老豬是名悟能，老沙是名悟淨，如此提醒叫喚不止，三番四覆。空者何在？能者何在？淨者何在？「南贍部洲，正所謂口舌凶場，是非惡海，惡海內猛翻波浪，何耶？真可為之痛哭流涕者矣！（李評）

畢竟求一個悟的，真如龜之毛，兔之角也。可勝浩嘆！可勝浩漢！如來曰：「遍真佛語也。然此，猶從未取經之前言之，今大藏真經，儼然在也。何反從兜場中多起干戈，惡海內猛翻波浪。（陳評節錄）

悟一子曰：前七篇，明金丹大道是修煉先天真一之氣而成，其丹法、根源、火候、始終，下手秘訣、包括無遺。學道者靜觀密察，得師指示，即可共證菩提，立躋仙位。仙師恐世人愚昧，或謂仙佛乃系天生，非凡人可學而至。或謂參悟惟在一心，止自己可求而得。故下文提出玄奘一人，做個榜樣；提出悟空、悟淨、悟能、龍馬，做個作用。見得仙佛人人有分，非天生性成；彼我共濟，非一己孤修也。

如此回提綱曰：「我佛造經傳極樂，觀音奉旨上長安。」讀者見「我佛」二字，或疑為釋氏了性，一空而已。所謂「我佛造經傳極樂」者，道本無言，言以顯道，修道者必得乎佛法而後了道，皆此之謂也。所謂「觀音奉旨上長安」者，道本無為，為以有為，信受奉行，而修持此道也。造之、傳之、觀之、奉之，道本無作，而法有作。以無為體，以有為用，有無兼該，可以上長安而入於極樂之鄉。若只以空為事，傳極樂所傳者何事？上長安又將何為？（劉評節錄）

評點

◎20. 此心才是真心。（周評）
◎21. 此是人禽生死關頭，譬如花果山頂仙石育胎時也。（周評）

陳光蕊赴任逢災　江流僧復仇報本

◆《新説西遊記圖像》描繪附錄精采場景：殷小姐哭奠丈夫一番，又欲赴水自盡，慌得玄奘拚命扯住。正在倉皇之際，忽見水面上一個死屍浮來，後認得是丈夫的屍首，小姐一發嚎啕大哭不已。（古版畫，選自《新説西遊記圖像》）

話表陝西大國長安城，乃歷代帝王建都之地。自周、秦、漢以來，三州花似錦，八水繞城流，真箇是名勝之邦。彼時是大唐太宗皇帝登基，改元貞觀，已登極十三年，歲在己巳※1，天下太平，八方進貢，四海稱臣。忽一日，太宗登位，聚集文武衆官，朝拜禮畢，有

魏徵丞相出班奏道：「方今天下太平，八方寧靜，應依古法，開立選場，招取賢士，擢用人材，以資化理。」太宗道：「賢卿所奏有理。」就傳招賢文榜，頒布天下：各府州縣，不拘軍民人等，但有讀書儒流，文義明暢，三場精通者，前赴長安應試。

此榜行至海州地方，有一人姓陳名萼，表字光蕊，見了此榜，即時回家，對母張氏道：「朝廷頒下黃榜※2，詔開南省，考取賢才，孩兒意欲前去應試。倘得一官半職，顯親揚名，封妻蔭子，光耀門閭，乃兒之志也。特此稟告母親前去。」張氏道：「我兒讀書人，『幼而學，壯而行』，正該如此。但去赴舉，路上須要小心，得了官，早早回來。」光蕊便分付家僮收拾行李，即拜辭母親，趲程※3前進。到了長安，正值大開選場，光蕊就進場。考畢，中選。及廷試三策，唐王御筆親賜狀元，跨馬遊街三日。

不期遊到丞相殷開山門首，有丞相所生一女，名喚溫嬌，又名滿堂嬌，未曾婚配，正高結綵樓，拋打繡毬卜婿。◎1適值陳光蕊在樓下經過，小姐一見光蕊人材出眾，知是新科狀元，心內十分歡喜，就將繡毬拋下，恰打著光蕊的烏紗帽。猛聽得一派笙簫細樂，十數個婢妾走下樓來，把光蕊馬頭挽住，迎狀元入相府成婚。◎2那丞相和夫人即時出堂，喚賓人贊禮，將小姐配與光蕊。拜了天地，夫妻交拜畢，又拜了岳丈、岳母。丞相分付安排酒席，歡飲一宵。二人同攜素手，共入蘭房。

次日五更三點，太宗駕坐金鑾寶殿，文武眾臣趨朝。太宗問道：「新科狀元陳光蕊應授何官？」魏徵丞相奏道：「臣查所屬州郡，有江州缺官。乞我主授他此職。」太宗就命為江州州主，◎3即令收拾起身，勿誤限期。光蕊謝恩出朝，回到相府，與妻商議，拜辭岳

※1 歲在己巳：以上這一段文字，是清初汪憺猗從原刊本《西遊記》第九回中套用的。

※2 黃榜：古代黃色是皇家專用的顏色，因此皇帝的公告都用黃紙書寫，叫做「黃榜」。

※3 趲程：趲路。趲為慕趲、快走之意。

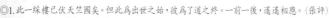

◎1.此一綵樓已伏天竺國矣。但此為出世之始，彼為了道之終。一前一後，遙遙相應。（張評）

◎2.真快活，狀元易中，此景難逢。（周評）

◎3.新民為主，所以次寫州主。（張評）

丈、岳母，同妻前赴江州之任。

離了長安登途，正是暮春天氣，和風吹柳綠，細雨點花紅。光蕊便道回家，同妻交拜母親張氏。張氏道：「恭喜我兒，且又娶親回來。」光蕊道：「孩兒叩賴母親福庇，忝※4中狀元，欽賜遊街；經過丞相殷府門前，遇拋打繡毬適中，蒙丞相即將小姐招孩兒為婿。朝廷除孩兒為江州州主，今來接取母親，同去赴任。」張氏大喜，收拾行程。在路數日，前至萬花店劉小二家安下，張氏身體忽然染病，與光蕊道：「我身上不安，且在店中調養兩日再去。」光蕊遵命。至次日早晨，見店門前有一人提著個金色鯉魚叫賣，光蕊即將一貫錢買了；欲待烹與母親吃，只見鯉魚閃閃睜※5眼，光蕊驚異道：「聞說魚蛇睜眼，必不是等閑之物！」遂問漁人道：「這魚那裏打來的？」漁人道：「離府十五里洪江內打來的。」光蕊就把魚送在洪江裏去放了生。回店，對母親道此事。張氏道：「放生好事，我心甚喜。」光蕊道：「此店已住三日了，欽限緊急，孩兒意欲明日起身，不知母親身體好否？」張氏道：「我身子不快，此時路上炎熱，恐添疾病。你可這裏賃間房屋與我暫住，付些盤纏在此，你兩口兒先上任去，候秋涼卻來接我。」光蕊與妻商議，

◆陳光蕊從漁人那裏買下魚，送在洪江裏去放了生。（朱寶榮繪）

【附　錄】　陳光蕊赴任逢災　江流僧復仇報本

136

就租了屋宇，付了盤纏與母親，同妻拜辭前去。

途路艱苦，曉行夜宿，不覺已到洪江渡口。只見稍水※6劉洪、李彪二人，撐船到岸迎接。也是光蕊前生合當有此災難，撞著這冤家。光蕊令家僮將行李搬上船去，夫妻正齊齊上船，那劉洪睜眼看見殷小姐面如滿月，眼似秋波，櫻桃小口，綠柳蠻腰，真箇有沉魚落雁之容，閉月羞花之貌，陡起狼心，遂與李彪設計，將船撐至沒人烟處，候至夜靜三更，先將家僮殺死，次將光蕊打死，把屍首都推在水裏去了。小姐見他打死了丈夫，也便將身赴水，劉洪一把抱住道：「你若從我，萬事皆休！若不從時，一刀兩斷！」那小姐尋思無計，只得權時應承，順了劉洪。那賊把船渡到南岸，將船付與李彪自管，他就穿了光蕊衣冠，帶了官憑，同小姐往江州上任去了。

卻說劉洪殺死的家僮屍首，順水流去，惟有陳光蕊的屍首，沉在水底不動。有洪江口巡海夜叉見了，星飛報入龍宮，正值龍王升殿。夜叉報道：「今洪江口不知甚人把一個讀書士子打死，將屍撇在水底。」龍王叫將屍抬來，放在面前，仔細一看道：「此人正是救我的恩人，如何被人謀死？常言道，恩將恩報。我今日須索※7救他性命，以報日前之恩。」即寫下牒文一道，差夜叉徑往洪州城隍、土地處投下，要取秀才魂魄來，救他的性命。城隍、土地遂喚小鬼把陳光蕊的魂魄交付與夜叉去，夜叉帶了魂魄到水晶宮，稟見了龍王。

註

※4 忝：辱，有愧於，常用作謙辭。
※5 睗：同眨，眨眼的意思。
※6 稍水：即船伕，亦作稍公、梢公、梢子。
※7 須索：必須要，一定要。

龍王問道：「你這秀才，姓甚名誰？因到此，被人打死？」光蕊施禮道：「小生陳蕚，表字光蕊，係海州弘農縣人。忝中新科狀元，叩※8授江州州主，同妻赴任，行至江邊上船，不料梢子劉洪貪謀我妻，將我打死拋屍。乞大王救我一救！」龍王聞言道：「原來如此。先生，你前者所放金色鯉魚，即我也。你是救我的恩人，你今有難，我豈有不救你之理？」就把光蕊屍身安置一壁，口內含一顆「定顏珠」，休教損壞了，日後好還魂報仇。又道：「汝今真魂，權且在我水府中做個都領。」光蕊叩頭拜謝，龍王設宴相待不題。

卻說殷小姐痛恨劉賊，恨不食肉寢皮，只因身懷有孕，未知男女，萬不得已，權且勉強相從。轉盼之間，不覺已到江州。吏書門皁，俱來迎接；所屬官員，公堂設宴相敘。劉洪道：「學生到此，全賴諸公大力匡持。」◎4屬官答道：「堂尊大魁高才，自然視民如子，訟簡刑清。我等合屬有賴，何必過謙？」公宴已罷，眾人各散。

光陰迅速。一日，劉洪公事遠出，小姐在衙思念婆婆、丈夫，在花亭上感嘆，忽然身體困倦，腹內疼痛，暈悶在地，不覺生下一子。◎5耳邊有人囑曰：「滿堂嬌，聽吾叮囑。吾乃南極星君，奉觀音菩薩法旨，特送此子與你，異日聲名遠大，非比等閒。◎6劉賊若回，必害此子，汝可用心保護。汝夫已得龍王相救，日後夫妻相會，子母團圓，雪冤報仇有日也。謹記吾言。快醒！快醒！」言訖而去。小姐醒來，句句記得，將子抱定，無計可施。忽然劉洪回來，一見此子，便要淹殺。小姐道：「今日天色已晚，容待明日拋去江

138

中。」

幸喜次早劉洪忽有緊急公事遠出，小姐暗思：「此子若待賊人回來，性命休矣！不如及早拋棄江中，聽其生死。倘或皇天見憐，有人救得，收養此子，他日還得相逢。」但恐難以識認，即咬破手指，寫下血書一紙，將父母姓名、跟腳※9原由，備細開載；又將此子左腳上一個小指，用口咬下，以為記驗；取貼身汗衫一件，包裹此子，乘空抱出衙門。幸喜官衙離江不遠，小姐到了江邊，大哭一場；正欲拋棄，忽見江岸側飄起一片木板，小姐即朝天拜禱，將此子安在板上，用帶縛住，血書繫在胸前，推放江中，聽其所之。小姐含淚回衙不題。

卻說此子在木板上，順水流去，一直流到金山寺腳下停住。那金山寺長老叫作法明和尚，修真悟道，已得無生妙訣。正當打坐參禪，忽聞得小兒啼哭之聲，一時心動，急到江邊觀看。只見涯邊一片木板，睡著一個嬰兒，長老慌忙救起，見了懷中血書，方知來歷；取個乳名，叫作江流，托人撫養，血書緊緊收藏。光陰似箭，日月如梭，不覺江流年長一十八歲。長老就叫他削髮修行，取法名為玄奘，◎7摩頂受戒，堅心修道。

一日，暮春天氣，眾人同在松陰之下，講經參禪，談說奧妙。那酒肉和尚恰被玄奘難倒。和尚大怒，罵道：「你這業畜，姓名也不知，父母也不識，◎8還在此搗甚麼鬼！」

玄奘被他罵出這般言語，入寺跪告師父，眼淚雙流道：「人生於天地之間，稟陰陽而資五

註

※8叼：承受，如叼光。

※9跟腳，來歷、底細之意。

評點

◎4.此賦亦能通文。(周評)

◎5.由花結果矣，花乃其未果，乃其本荂，乃其始果，乃其終。(張評)

◎6.成聖成真已兆於此矣。(張評)

◎7.玄奘之名，大有意義。(周評)

◎8.正是連本也不知。(張評)

行，盡由父生母養，豈有為人在世而無父母者乎？」再三哀告，求問父母姓名。長老道：「你真箇要尋父母，可隨我到方丈※10裏來。」玄奘就跟到方丈，長老到重梁之上，取下一個小匣兒，打開來，取出血書一紙、汗衫一件，付與玄奘。玄奘將血書拆開讀之，才備細曉得父母姓名，並冤仇事跡。

玄奘讀罷，不覺哭倒在地道：「父母之仇，不能報復，何以為人？十八年來，不識生身父母，至今日方知有母親。◎9此身若非師父撈救撫養，安有今日？容弟子去尋見母親，然後頂香盆，重建殿宇，報答師父之深恩也！」師父道：「你要去尋母，可帶這血書與汗衫前去；只做化緣，徑往江州私衙，才得你母親相見。」玄奘領了師父言語，就做化緣的和

◆江蘇鎮江金山寺。建於東晉，原名澤心寺，亦稱「龍遊寺」，是中國佛教誦經設齋、禮佛拜懺和追薦亡靈的水陸法會之發源地。《西遊記》中的金山寺，以此為原型。（向暉／fotoe提供）

尚，逕至江州。適值洪有事出外，也是天教他母子相會，玄奘就直至私衙門口抄化。那般小姐原來夜間得了一夢，夢見月缺再圓，暗想道：「我婆婆不知音信，我丈夫被這賊謀殺；我的兒子拋在江中，倘若有人收養，算來有十八歲矣，或今日天教相會，亦未可知……。」正沉吟間，忽聽私衙前有人念經，連叫「抄化」，小姐又乘便出來問道：「你是何處來的？」叫進衙來，將齋飯與玄奘吃。仔細看他舉止言談，好似與丈夫一般。小姐將從婢打發開去，問道：「你這小師父，還是自幼出家的？還是中年出家的？姓甚名誰？可有父母否？」玄奘答道：「我也不是自幼出家，我也不是中年出家，我說起來，冤有天來大，仇有海樣深！我父被人謀死，我母親被賊人佔了。我師父法明長老教我在江州衙內尋取母親。」※10小姐問道：「你母姓甚？」玄奘道：「我母姓殷，名喚溫嬌；我父姓陳，名光蕊。我小名叫作江流，法名取為玄奘。」小姐道：「溫嬌就是我。但你今有何憑據？」玄奘聽說是他母親，雙膝跪下，哀哀大哭……「我娘若不信，見有血書、汗衫為證！」溫嬌取過一看，果然是真，母子相抱而哭。就叫：「我兒快去！」玄奘道：「十八年不識生身父母，今朝才見母親，教孩兒如何割捨？」小姐道：「我兒，你火速抽身前去！劉賊若回，他必害你性命！我明日假裝一病，只說先年曾許捨百雙僧鞋，來你寺中還願。那時節，我有話與你說。」玄奘依言拜別。

※10 方丈：古代和尚居住的房間，長、寬都是一丈，因此把和尚住的屋子叫「方丈」；到後來變為對寺院主持者的代稱。文中用的是古代的含義。

◎9.「今日方知」四字，苦絕、痛絕。(周評)
◎10. 一口說出，妙。(周評)

卻說小姐自見兒子之後，心內一憂一喜，忽一日推病，茶飯不吃，臥於床上。劉洪歸衙，問其原故，小姐道：「我幼時曾許下一願，許捨僧鞋一百雙。昨五日之前，夢見個和尚，手執利刃，要索僧鞋，便覺身子不快。」劉洪道：「這些小事，何不早說？」隨升堂分付王左衙、李右衙：江州城內百姓，每家要辦僧鞋一雙，限五日內完納。

百姓俱依派完納訖。小姐對劉洪道：「僧鞋做完，這裏有甚麼寺院，好去還願？」劉洪道：「這江州有個金山寺、焦山寺，聽你在那個寺裏去。」小姐道：「久聞金山寺好個寺院，我就往金山寺去。」劉洪即喚王、李二衙辦下船隻。小姐帶了心腹人，同上了船，稍水將船撐開，就投金山寺去。

卻說玄奘回寺，見法明長老，把前項說了一遍。長老甚喜。次日，只見一個丫鬟先到，說夫人來寺還願，眾僧都出寺迎接。小姐徑進寺門，參了菩薩，大設齋襯，喚丫鬟將僧鞋暑襪，托於盤內。來到法堂，小姐拈心香禮拜，就教法明長老分俵※11與眾僧去訖。

玄奘見眾僧散了，法堂上更無一人，他卻近前跪下。小姐叫他脫了鞋襪看時，那左腳上果然少了一個小指頭。當時兩個又抱住而哭，拜謝長老養育之恩。法明道：「汝今母子相會，恐奸賊知之，可速速抽身回去，庶免其禍。」小姐道：「我兒，我與你一隻香環，你徑到洪州西北地方，約有一千五百里之程，那裏有個萬花店，當時留下婆婆張氏在那裏，是你父親生身之母。我再寫一封書與你，徑到唐王皇城之內，金殿左邊，殷開山丞相家，是你母生身之父母。你將我的書遞與外公，◎11叫外公奏上唐王，統領人馬擒殺此賊，與父

註

※11 分俵：分配、散發。

報仇，那時才救得老娘的身子出來。我今不敢久停，誠恐賊漢怪我歸遲。」便出寺登舟而去。

玄奘哭回寺中，告過師父，即時拜別，逕往洪州。來到萬花店，問那店主劉小二道：

「昔年江州陳客官有一母親住在你店中，如今好麼？」劉小二道：「他原在我店中，後來昏了眼，三四年並無店租還我，如今在南門頭一個破瓦窰裏，每日上街叫化度日。那客官一去許久，到如今杳無信息，不知為何。」玄奘聽罷，即時問到南門頭破瓦窰，尋著婆婆。婆婆道：「你聲音好似我兒陳光蕊。」玄奘道：「我不是陳光蕊，我是陳光蕊的兒子。溫嬌小姐是我的娘。」婆婆道：「你爹娘怎麼不來？」玄奘道：「我爹爹被強盜打死了，我娘被強盜霸佔為妻。」婆婆道：「你怎麼曉得來尋我？」玄奘道：「是我娘著我來尋婆婆。我娘有書在此，又有香環一隻。」那婆婆接了書並香環，放聲痛哭道：「我兒為功名到此，我只道他背義忘恩，那知他被人謀死！且喜得皇天憐念，不絕我兒之後，今日還有孫子來尋我。」玄奘問：「婆婆的眼，如何都昏了？」婆婆道：「我因思量你父親，終日懸望，不見他來，因此上哭得兩眼都昏了。」玄奘便跪倒向天禱告道：「念玄奘一十八歲，父母之仇不能報復。今日領母命來尋婆婆。天若憐鑒弟子誠意，保我婆婆雙眼復明！」祝罷，就將舌尖與婆婆舔眼。須臾之間，雙眼舔開，仍復如初。◎12婆婆覷了小和尚道：「你果是我的孫子！恰和我兒子光蕊形容無二！」婆婆又喜又悲。玄奘就領婆婆出

評點

◎11. 以阿嬌江流而論則光蕊又為本，外公又為末。（張評）
◎12. 至孝所感，故應有此異事。（周評）

了窯門，還到劉小二店內。將此二房錢賃屋一間與婆婆棲身，又將盤纏與婆婆道：「我此去只月餘就回。」

隨即辭了婆婆，逕往京城。尋到皇城東街殷丞相府上，與門上人道：「小僧是親戚，來探相公。」門上人稟知丞相，丞相道：「我與和尚並無親眷。」夫人道：「我昨夜夢見我女兒滿堂嬌來家，莫不是女婿有書信回來也。」丞相便教請小和尚來到廳上。小和尚見了丞相與夫人，哭拜在地，就懷中取出一封書來，遞與丞相。丞相拆開，從頭讀罷，放聲痛哭。夫人問道：「相公，有何事故？」丞相道：「這和尚是我與你的外孫。女婿陳光蕊被賊謀死，滿堂嬌被賊強佔為妻。」夫人聽罷，亦痛哭不止。丞相道：「夫人休得煩惱，來朝奏知主上，親自統兵，定要與女婿報仇。」

次日，丞相入朝，啟奏唐王曰：「今有臣婿狀元陳光蕊，帶領家小江州赴任，被稍水劉洪打死，佔女為妻，假冒臣婿，為官多年。事屬異變，乞陛下立發人馬，剿除賊寇。」唐王見奏大怒，就發御林軍六萬，著殷丞相督兵前去。丞相領旨出朝，即往教場內點了兵，逕往江州進發。曉行夜宿，星落鳥飛，不覺已到江州。殷丞相兵馬，俱在北岸下了營寨。星夜令金牌下戶喚到江州同知、州判二人，丞相對他說知此事，叫他提兵相助，一同過江而去。天尚未明，就把劉洪衙門圍了。劉洪正在夢中，聽得火炮一響，金鼓齊鳴，眾兵殺進私衙，劉洪措手不及，早被擒住。丞相傳下軍令，將劉洪一千人犯綁赴法場，令眾軍俱在城外安營去了。

陳光蕊赴任逢災　江流僧復仇報本

丞相直入衙內正廳坐下，請小姐出來相見。小姐欲待要出，羞見父親，就要自縊。玄奘聞知，急急將母解救，雙膝跪下，對母道：「兒與外公統兵至此，與父報仇。今日賊已擒捉，母親何故反要尋死？母親若死，孩兒豈能存乎？」丞相亦進衙勸解。小姐道：「吾聞婦人從一而終。痛夫已被賊人所殺，豈可靦顏從賊？止因遭腹在身，只得忍恥偷生。今幸兒已長大，又見老父提兵報仇，為女兒者，有何面目相見！惟有一死以報丈夫耳！」

◎13 丞相道：「此非我兒以盛衰改節，皆因出乎不得已，何得為恥！」父子相抱而哭。玄奘亦哀哀不止。丞相拭淚道：「你二人且休煩惱。我今已擒捉仇賊，且去發落去來。」即起身到法場，恰好江州同知亦差哨兵拿獲水賊李彪解到。丞相大喜，就令軍牢押過劉洪、李彪，每人痛打一百大棍，取了供狀，招了謀死陳光蕊情由，先將李彪釘在木驢上，推去市曹，剮了千刀，梟首示眾訖；把劉洪拿至洪江渡口先年打死陳光蕊處。丞相與小姐、玄奘，三人親到江邊，望空祭奠，活剜取劉洪心肝，祭了光蕊，燒了祭文一道。

三人望江痛哭，早已驚動水府，有巡海夜叉將祭文呈與龍王。龍王看罷，就差鱉元帥去請光蕊來到，道：「先生、恭喜！恭喜！今有先生夫人、公子同岳丈俱在江邊祭你，我今送你還魂去也。再有『如意珠』一顆、『走盤珠』二顆，絞綃十端、明珠玉帶一條奉送。你今日便可夫妻子母相會也。」光蕊再三拜謝。龍王就令夜叉將光蕊身屍送出江口還魂，夜叉領命而去。

卻說殷小姐哭奠丈夫一番，又欲將身赴水而死，慌得玄奘拚命扯住。正在倉皇之際，

◎13. 自是侃侃正論，然而所處不同，死易，立孤難，豈獨男子為然。（周評）

忽見水面上一個死屍浮來，靠近江岸之旁。小姐忙向前認看，認得是丈夫的屍首，一發嚎啕大哭不已。眾人俱來觀看，只見光蕊舒拳伸腳，身子漸漸展動，忽地爬將起來坐下，眾人不勝驚駭。光蕊睜開眼，早見殷小姐與丈人殷丞相同著小和尚俱在身邊啼哭。光蕊道：「你們為何在此？」小姐道：「因汝被賊人打死，後來妾身生下此子，幸遇金山寺長老撫養長大，尋我相會。我教他去尋外公，父親得知，奏聞朝廷，統兵到此。適才生取心肝，望空祭奠我夫，不知我夫怎生又得還魂？」光蕊道：「皆因我與你昔年在萬花店時，買放了那尾金色鯉魚，誰知那鯉魚就是此處龍王。後來逆賊把我推在水中，全虧得他救我；方才又賜我還魂，送我寶物，俱在身上。更不想你生下這兒子，又得岳丈為我報仇。真是苦盡甘來，莫大之喜！」

眾官聞知，都來賀喜。丞相就令安排酒席，答謝所屬官員，即日軍馬回程。來到萬花店，那丞相傳令安營。光蕊便同玄奘到劉家店尋婆婆。那婆婆當夜得了一夢，夢見枯木開花，屋後喜鵲頻頻喧噪，想道：「莫不是我孫兒來也？……」說猶未了，只見店門外，光蕊父子齊到。小和尚指道：「這不是俺婆婆？」光蕊見了老母，連忙拜倒。母子抱頭痛哭一場，把上項事說了一遍。算還了小二店錢，起程回到京城。進了相府，光蕊同小姐與婆婆、玄奘都來見了夫人。夫人不勝之喜，分付家僮，大排筵宴慶賀。丞相道：「今日此宴可取名為『團圓會』。」[14]真正合家歡樂。

次日早朝，唐王登殿，殷丞相出班，將前後事情備細啟奏，並薦光蕊才可大用。唐王

◎14. 此相府團圓，乃小團圓，假團圓耳。到後來四聖成真，方才是真正大團圓。（周評）
◎15. 得止為終，故仍結出金山。（張評）

146

解。

准奏，即命陞陳萼為學士之職，隨朝理政。玄奘立意安禪，送在洪福寺內修行。後來殷小姐畢竟從容自盡。玄奘自到金山寺中報答法明長老。◎15不知後來事體若何，且聽下回分

袁守誠妙算無私曲　老龍王拙計犯天條

詩曰：

都城大國實堪觀，八水周流遶四山。

多少帝王興此處，古來天下說長安。

此單表陝西大國長安城，乃歷代帝王建都之地。自周、秦、漢以來，三州花似錦，八水遶城流。三十六條花柳巷，七十二座管絃樓。華夷圖上看，天下最為頭，真是個奇勝之方。今卻是大唐太宗文皇帝登基，改元龍集※1貞觀。此時已登極十三年，歲在己巳。且不說他駕前有安邦定國的英豪，與那創業爭疆的傑士。

卻說長安城外，涇河岸邊，有兩個賢人：一是漁翁，名喚張稍；一個是樵子，名喚李定。他兩個是不登科的進士，能識字的山人※2。

◎一日，在長安城裏賣了肩上柴，貨了籃中鯉，同入酒館之中，吃了半酣，各攜一瓶，順涇河岸邊徐步而回。張稍道：「李兄，我想那爭名的，因名喪體；奪利的，為利亡身；受

◆唐長安太極宮、東宮、掖庭宮和太倉，楊鴻勳摹宋代呂大防《長安城圖》。唐長安城規模極大，是現陝西省會西安的四倍。（楊鴻勳摹／fotoe提供）

※1 龍集：歲次、歲在。古稱歲星為木星，而木為蒼龍。

※2 山人：指隱士，另外舊時也稱卜卦、算命者以及道士等。

※3 蔆穗：蔆，音了，一年生草本植物，多生於水邊，亦稱「水蔆」。葉呈針狀，莖高一尺餘，夏秋之際開淡綠或淡紅色小花。

※4 蒹葭：指初生的蘆葦。

◆唐皇城正南門「朱雀門」。底下的朱雀大街，乃是皇室慶典的舉辦場所。

爵的，抱虎而眠；承恩的，袖蛇而走。◎2算起來，還不如我們水秀山青，逍遙自在，甘淡薄，隨緣而過。」李定道：「張兄說得有理。但只是你那水秀，不如我的山青。」張稍道：「你山青不如我的水秀。有一〈蝶戀花〉詞為證，詞曰：

烟波萬里扁舟小，靜依孤篷，西施聲音繞。
滌慮洗心名利少，閑攀蔆穗※3蒹葭※4草。

數點沙鷗堪樂道，柳岸蘆灣，妻子同歡笑。
一覺安眠風浪消，無榮無辱無煩惱。」

李定道：「你的水秀，不如我的山青。也有個〈蝶戀花〉詞為證，詞曰：

雲林一段松花滿，默聽鶯啼，巧舌如調管。
紅瘦綠肥春正暖，倏然夏至光陰轉。

又值秋來容易換，黃花香，堪供翫。

評點

◎1.山人進士，無非君子，此以無位者而言。（張評）
◎2.人人曉此，人人不曉此。（李評）

迅速嚴冬如指拈，逍遙四季無人管。」

漁翁道：「你山青不如我水秀，受用些好物，有一〈鷓鴣天〉為證：

青蘆筍，水荇芽，菱角雞頭更可誇。活剖鮮鱗烹綠鱉，旋蒸紫蟹煮紅蝦。嬌藕老蓮芹葉嫩，慈菇※5茭白※6鳥英花。」

樵子道：「你水秀不如我山青，受用些好物，亦有一〈鷓鴣天〉為證：

崔巍峻嶺接天涯，草舍茅庵是我家。醃臘雞鵝強蟹鱉，獐犯兔鹿勝魚蝦。香椿葉，黃楝芽，竹笋山茶更可誇。紫李紅桃梅杏熟，甜梨酸棗木樨花。」

漁翁道：「你山青真箇不如我的水秀。又有〈天仙子〉一首：

一葉小舟隨所寓，萬疊烟波無恐懼。垂鈎撒網捉鮮鱗，沒醬膩，偏有味，老妻稚子團圓會。魚多又貨長安市，換得香醪吃個醉。蓑衣當被臥秋江，鼾鼾睡，無憂慮，不戀人間榮與貴。」

樵子道：「你水秀還不如我的山青。也有〈天仙子〉一首：

茆舍數椽山下蓋，松竹梅蘭真可愛。穿林越嶺覓乾柴，沒人怪，從我賣，或少或多憑世界。將錢沽酒隨心快，瓦鉢磁甌殊自在。醺醺醉了臥松陰，◎3無掛礙，無利害，不管人間興與敗。」

漁翁道：「李兄，你山中不如我水上生意快活。有一〈西江月〉為證：

紅蓼花繁映月，黃蘆葉亂搖風。碧天清遠楚江空，牽攬一潭星動。

入網大魚作隊，吞鈎小鱖成叢。得來烹煮味偏濃，笑傲江湖打閧。」

樵子道：「張兄，你水上還不如我山中的生意快活。亦有〈西江月〉為證：

敗葉枯藤滿路，破梢老竹盈山。女蘿乾葛亂牽攀，折取收繩殺擔。

蟲蛀空心榆柳，風吹斷頭松枏。採來堆積備冬寒，換酒換錢從俺。」

漁翁道：「你山中雖可比過，還不如我水秀的幽雅。有一〈臨江仙〉為證：

潮落旋移孤艇去，夜深罷棹歌來。蓑衣殘月甚幽哉，宿鷗驚不起，天際彩雲開。

困臥蘆洲無個事，三竿日上還捱。隨心盡意自安排，朝臣寒待漏※7，怎似我寬懷？」

樵子道：「你水秀的幽雅，還不如我山青更幽雅。亦有〈臨江仙〉可證：

蒼徑秋高拽斧去，晚涼抬擔回來。野花插鬢更奇哉，撥雲尋路出，待月叫門開。

稚子山妻欣笑接，草床木枕欹捱。蒸梨炊黍旋鋪排，甕中新釀熟，真箇壯幽懷！」

漁翁道：「這都是我兩個生意，贍身的勾當，你卻沒有我閑時節的好處。有詩為證，詩曰：

閑看天邊白鶴飛，停舟溪畔掩蒼扉。

倚蓬教子搓釣線，罷棹同妻曬網圍。◎4

※5 慈菇：一種磨菇。
※6 茭白：生在淺水裏的菰的嫩莖，可以食用。
※7 待漏：漏，古代記時工具。參見第二回「傳箭」注。

評點

◎3.快活，快活，真快活！(李評)
◎4.快活。(李評)

性定果然知浪靜，身安自是覺風微。

綠蓑青笠隨時著，勝掛朝中紫綬衣。」

樵子道：「你那閑時，又不如我的閑時好也。亦有詩為證，詩曰：

閑觀縹緲白雲飛，獨坐茅庵掩竹扉。

無事訓兒開卷讀，有時對客把棋圍。

喜來策杖歌芳徑，興到攜琴上翠微。

草履麻縧粗布被，心寬強似著羅衣。」

張稍道：「李定，我兩個『真是微吟可相狎，不須檀板共金樽』※8。但散道詞章，不為稀

罕，且各聯幾句，看我們漁樵攀話，何如？」李定道：「張兄言之最妙，請兄先吟。」

「舟停綠水烟波內，家住深山曠野中。

龍門鮮鯉時烹煮，蟲蛙乾柴日燎烘。

偏愛溪橋春水漲，最憐嚴岫曉雲濛。

小舟仰臥觀飛雁，釣網多般堪瞻老，擔繩二事可容終。

溪邊掛曬繪如錦，草徑斜欹聽喚鴻。口舌場中無我分，是非海內少吾踪。◎5

魚多換酒同妻飲，秋月暉暉常獨釣，春山寂寂沒人逢。

呼兄喚弟邀船黟，柴剩沽壺共子叢。自唱自斟隨放蕩，長歌長嘆任顛風。

烹蝦煮蟹朝朝樂，炒鴨燒雞日日豐。愚婦煎茶情散淡，山妻造飯意從容。

挈友攜朋聚野翁。行令猜拳頻遞盞，拆牌道字※9漫傳鍾。

曉來舉杖淘輕浪，日出擔柴過大衝※10。雨後披蓑擒活鯉，風前弄斧伐枯松。

潛踪避世妝痴蠢，隱姓埋名作啞聾。」

張稍道：「李兄，我才僭先起句，今到我兄，也先起一聯，小弟亦當續之。」

「風月佯狂山野漢，江湖寄傲老餘丁。清閑有分隨瀟灑，口舌無聞喜太平。

月夜身眠茅屋穩，天昏體蓋篛蓑輕。忘情結識松梅友，樂意相交鷗鷺盟。◎6

名利心頭無算計，干戈耳畔不聞聲。隨時一酌香醪酒，度日三餐野菜羹。

兩束柴薪爲活計，一竿釣線是營生。閑呼稚子磨銅斧，靜喚憨兒補舊繒。

春到愛觀楊柳綠，時融喜看荻蘆青。夏天避暑修新竹，六月乘涼摘嫩菱。

霜降雞肥常日宰，重陽蟹壯及時烹。冬來日上還沉睡，數九天高自不寒。

八節山中隨放性，四時湖裏任陶情。採薪自有仙家興，垂釣全無世俗形。

門外野花香豔豔，船頭綠水浪平平。身安不說三公位，性定強如十里城。

十里城高防聞令，三公位顯聽宣聲。樂山樂水眞是罕，謝天謝地謝神明。」

他二人既各道詞章，又相聯詩句，行到那分路去處，躬身作別。張稍道：「李兄呵，途中保重！上山仔細看虎。假若有些兇險，正是『明日街頭少故人』！」李定聞言，大怒道：「你這廝慳懶※11！好朋友也替得生死，你怎麼咒我？我若遇虎遭害，你必遇浪翻

※8「眞是微吟可相狎，不須檀板共金樽」，是千古詠儔的名句。「眞是」原作「幸有」。此未兩句，是宋代林通（西元九六七至一○二八年）的〈山園小梅二首〉詩前一首的
※9拆牌道字：宋元時期文人的一種遊戲，利用拆字來作遊戲。
※10衙：同衙，就是大街。
※11慳懶：無賴、調皮、好笑的意思。

◎5.快活。(李評)
◎6.都數衍得好。(李評)

153

江！」張稍道：「我永世也不得翻江。」李定道：「『天有不測風雲，人有暫時禍福。』

你怎麼就保得無事？」張稍道：「李兄，你雖這等說，你還沒捉摸；不若我的生意有

捉摸，定不遭此等事。」李定道：「你那水面上營生，極凶極險，隱隱暗暗，有甚麼捉

摸？」張稍道：「你是不曉得。這長安城裏，西門街上，有一個賣卦的先生。我每日送他

一尾金色鯉，他就與我袖占一課，依方位，百下百著。今日我又去買卦，他教我在涇河灣

頭東邊下網，西岸拋鉤，定獲滿載魚蝦而歸。明日上城來，賣錢沽酒，再與老兄相敘。」

二人從此敘別。

這正是「路上說話，草裏有人」。◎7 原來這涇河水府有一個巡水的夜叉，聽見了百

下百著之言，急轉水晶宮，慌忙報與龍王道：「禍事了！禍事了！」◎8龍王問：「有甚

禍事？」夜叉道：「臣巡水去到河邊，只聽得兩個漁樵攀話。相別時，言語甚是利害。那

漁翁說：長安城裏西門街上，有個賣卦先生，算得最準；他每日送他鯉魚一尾，他就袖占

一課，教他百下百著。若依此等算準，卻不將水族盡情打下？何以壯觀水府，何以躍浪翻

波，輔助大王威力？」龍王甚怒，急提了劍就要上長安城，誅滅這賣卦的。旁邊閃過龍子

龍孫、蝦臣蟹士、鰣軍師、鱖少卿、鯉太宰，◎9一齊啟奏道：「大王且息怒。常言道：

『過耳之言，不可聽信。』大王此去，必有雲從，必有雨助，恐驚了長安黎庶，上天見

責。大王隱顯莫測，變化無方，但只變一秀士，到長安城內訪問一番。果有此輩，容加誅

滅不遲；若無此輩，可不是妄害他人也？」龍王依奏，遂棄寶劍，也不興雲雨，出岸上，

搖身一變，變作一個白衣秀士，真箇：

丰姿英偉，聲鬢吊霄。步履端祥，循規蹈矩。語言遵孔孟，禮貌體周文。身穿玉色羅襴服，頭戴逍遙一字巾。

上路來，拽開雲步，徑到長安城西門大街上。只見一簇人擠擠雜雜，鬧鬧哄哄，內有高談闊論的道：「屬龍的本命，屬虎的相沖。寅辰巳亥，雖稱合局，但只怕的是日犯歲君※12。」◎10龍王聞言，情知是那賣卜之處；走上前，分開眾人，望裏觀看，只見：

四壁珠璣，滿堂綺繡。寶鴨※13香無斷，磁瓶水恁清。兩邊羅列王維※14畫，座上高懸鬼谷※15形。端溪硯，金烟墨，相襯著霜毫大筆；火珠林※16，郭璞※17數，謹對了臺政新經。六爻※18熟諳，八卦精通。能知天地理，善曉鬼神情。一盤子午安排定，滿腹星辰佈列清。真箇那未來事，過去事，觀如月鏡；幾家興，幾家敗，鑒若神明。知凶定吉，斷死言生。開談風雨迅，下筆鬼神驚。招牌有字書名姓，神課先生袁守誠。

此人是誰？原來是當朝欽天監臺正先生袁天罡的叔父，袁守誠是也。◎11那先生果然相

※12 歲君：古稱木星為歲君，沖犯太歲為不利。

※13 寶鴨：鴨形的香爐。

※14 王維：王維（西元七〇一至七六一年），字摩詰，盛唐時期的著名詩人，崇信佛教，擅畫人物、叢竹、山水。

※15 鬼谷：鬼谷子，姓王名詡，春秋時人。常入雲夢山採藥修道，因隱居清溪之鬼谷，故自稱鬼谷先生。鬼谷子為縱橫家之鼻祖，蘇秦與張儀為其最傑出的兩名弟子。

※16 火珠林：納甲筮法，又稱為火珠林法，在民間也叫做六爻卦法與文王課金錢卜法，是繼周易之後在中國影響最大的一種預測筮法。

※17 郭璞：東晉有名的卜筮家。

※18 六爻：爻音搖，為組成八卦中每一卦的長短橫道，「—」乃陽卦，「--」乃陰爻。六十四卦中，每卦六劃，所以稱「六爻」。

評點

◎7.這是那裏說起。（周評）
◎8.如此轉彎也奇。（李評）
◎9.又是一班人物，與敫氏諸公不同。（周評）
◎10.閒語點綴自妙。（周評）
◎11.借天罡點出守誠。（周評）

雨有多少尺寸？」先生道：「明日辰時佈雲，巳時發雷，午時下雨，未時雨足，共得水三尺三寸零四十八點。」龍王笑曰：「此言不可作戲。如是明日有雨，依你斷的時辰數目，我送課金五十兩奉謝。若無雨，或不按時辰數目，我與你實說：定要打壞你的門面，扯碎你的招牌，即時趕出長安，不許在此惑眾！」先生忻然而答：「這個一定任你。請了，請了，明朝雨後來會。」

龍王辭別，出長安，回水府。大小水神接著，問曰：「大王訪那賣卦的如何？」龍王道：「有，有，有！但是一個掉嘴口※19討春※20的先生。◎12我問他幾時下雨，他就說明日

◆龍王憤怒，提了劍就要上長安城誅殺賣卦的，被旁邊的軍師鰍少卿、鯉太宰攔住。（葉雄繪）

貌稀奇，儀容秀麗，名揚大國，術冠長安。龍王入門來，與先生相見。禮畢，請龍上坐，童子獻茶。先生問曰：「公來問何事？」龍王曰：「請卜天上陰晴事如何？」先生即袖占一課，斷曰：「雲迷山頂，霧罩林梢。若占雨澤，準在明朝。」龍王曰：「明日甚時下雨？

下雨;;問他甚麼時辰，

甚麼雨數，他就說辰

時佈雲，巳時發雷，午

時下雨，未時雨足，

得水三尺三寸零四十八

點。我與他打了個賭

賽：若果如他言，送他

謝金五十兩；如略差

些，就打破他門面，趕

他起身，不許在長安惑

眾。」眾水族笑曰：

「大王是八河都總管，司雨大龍神。有雨無雨，惟大王知之，他怎敢這等胡言？那賣卦的定是輸了！定是輸了！」

此時龍子龍孫與那魚卿蟹士正歡笑談此事未畢，只聽得半空中叫：「涇河龍王接旨。」眾抬頭上看，是一個金衣力士，手擎玉帝敕旨，逕投水府而來。慌得龍王整衣端肅，焚香接了旨。金衣力士回空而去。龍王謝恩，拆封看時，上寫著：

註

※19 掉嘴口：耍貧嘴、善詭辯。
※20 討春：指以算命、卜卦為生者。

◆龍王變作白衣秀士，到長安城西門大街上賣卜之處親自查訪。（葉雄繪）

評
點

◎12.如今賣卜的，那一個不是討春的麼？（李評）

157

「敕命八河總，驅雷掣電行。明朝施雨澤，普濟長安城。」◎13

旨意上時辰數目，與那先生判斷者，毫髮不差，誑得那龍王魂飛魄散。少頃甦醒，對衆水族曰：「塵世上有此靈人！真箇是能通天地理，卻不輸與他呵！」鰣軍師奏云：「大王放心。要贏他有何難處？臣有小計，◎14管教滅那廝的口嘴。」龍王問計，軍師奏道：「行雨差了時辰，少些點數，◎15就是那廝斷卦不準，怕不贏他？那時摔碎招牌，趕他跑路，果何難也？」龍王依他所奏，果不擔憂。

至次日，點札※21風伯、雷公、雲童、電母，直至長安城九霄空上。他挨到那巳時方佈雲，午時發雷，未時落雨，申時雨止，卻只得三尺零四十點；改了他一個時辰，剋了他三寸八點。雨後發放衆將班師。他又按落雲頭，還變作白衣秀士，到那西門裏大街上，撞入袁守誠卦舖，不容分說，就把他招牌、筆、硯等一齊摔碎。◎16那先生坐在椅上，公然不動。這龍王又輪起門板便打，罵道：「這妄言禍福的妖人，擅惑衆心的潑漢！你卦又不靈，言又狂謬！說今日下雨的時辰、點數俱不相對，你還危然高坐，趁早去，饒你死罪！」守誠猶公然不懼分毫，仰面朝天冷笑道：「我不怕，我不怕！我無死罪，只怕你倒有個死罪哩！別人好瞞，只是難瞞我也。我認得你，你不是秀士，乃是涇河龍王。你違了玉帝敕旨，改了時辰，剋了點數，犯了天條。你在那『剮龍臺』上，◎17恐難免一刀，你還在此罵我？」

龍王見說，心驚膽戰，毛骨悚然。急丟了門板，整衣伏禮，向先生跪下道：「先生

※21 點札：指揮、調度。
※22 眭：目光深注的樣子。

休怪。前言戲之耳，豈知弄假成真，果然違犯天條，奈何？望先生救我一救！不然，我死也不放你。」守誠曰：「我救你不得，只是指條生路與你投生便了。」龍曰：「願求指教。」先生曰：「你明日午時三刻，該赴人曹官魏徵處聽斬。你果要性命，須當急急去告當今唐太宗皇帝方好。那魏徵是唐王駕下的丞相，若是討他個人情，方保無事。」龍王聞言，拜辭含淚而去。不覺紅日西沉，太陰星上。但見：

烟凝山紫歸鴉倦，遠路行人投旅店。渡頭新雁宿眭※22沙，銀河現，催更籌，孤村燈火光無焰。風嫋爐烟清道院，蝴蝶夢中人不見。月移花影上欄杆，◎18星光亂，漏聲換，不覺深沉夜已半。

這涇河龍王，也不回水府，只在空中等到子時前後，收了雲頭，斂了霧角，徑來皇宮門首。此時唐王正夢出宮門之外，步月花陰。忽然龍王變作人相，上前跪拜，口叫：「陛下，救我！救我！」太宗云：「你是何人？朕當救你。」龍王云：「陛下是真龍，臣是業龍。臣因犯了天條，該陛下賢臣人曹官魏徵處斬，故來拜求，望陛下救我一救！」太宗曰：「既是魏徵處斬，朕可以救你。你放心前去。」龍王歡喜，叩謝而去。

卻說太宗夢醒後，念念在心。早已至五鼓三點，太宗設朝，聚集兩班文武官員。但見那：

◎13.旨意竟是五言絕句一首，亦奇。（周評）
◎14.好計，可謂一計害三賢。（周評）
◎15.此等想頭，從何而來，可笑！可笑！（李評）
◎16.老龍也管閒事，尋閒氣，惹閒禍。今人都是如此。（李評）
◎17.豈天上特設此臺以剮龍耶？（周評）
◎18.忙中忽著此二韻語，冷絕，雋絕。（周評）〔編者註：黃周星本只有蝴蝶、月移兩句韻語。〕

烟籠鳳閣，香藹龍樓。光搖
丹扆※23動，雲拂翠華流。君臣相
契同堯舜，禮樂威嚴近漢周。侍
臣燈，宮女扇，雙雙映彩；孔雀
屏，麒麟殿，處處光浮。山呼※24
萬歲，華祝※25千秋。靜鞭※26三下
響，衣冠拜冕旒。宮花燦爛天香
襲，堤柳輕柔御樂謳。珍珠簾，
翡翠簾，金鉤高控；龍鳳扇，山河
扇，寶輦停留。文官英秀，武將抖擻。御道分高下，丹墀列品流。金章紫綬乘三象，地久
天長萬萬秋。

眾官朝賀已畢，各各分班。唐王閃鳳目龍睛，一一從頭觀看，只見那文官內是房玄齡、杜
如晦、徐世勣、許敬宗、王珪等，武官內是馬三寶、段志賢、殷開山、程咬金、劉洪紀、
胡敬德、秦叔寶等，一個個威儀端肅，卻不見魏徵丞相。唐王召徐世勣上殿道：「朕夜間
得一怪夢，夢見一人迎面拜謁，口稱是涇河龍王，犯了天條，該人曹官魏徵處斬，拜告寡
人救他，朕已許諾。今日班前獨不見魏徵，何也？」世勣對曰：「此夢告准，須喚魏徵來
朝，陛下不要放他出門。過此一日，可救夢中之龍。」唐王大喜，即傳旨，著當駕官宣魏

◆河龍王變作人形，來到皇宮門首，跪在散步的唐王面
前，口叫：「陛下，救我！救我！」（葉雄繪）

徵入朝。

卻說魏徵丞相在府，夜觀乾象，正熱寶香，只聞得九霄鶴唳，卻是天差仙使，捧玉帝金旨一道，著他午時三刻，夢斬涇河老龍。◎19這丞相謝了天恩，齋戒沐浴，在府中試慧劍，運元神，故此不曾入朝。一見當駕官齎旨來宣，惶懼無任，又不敢違遲君命，只得急整衣束帶，同旨入朝，在御前叩頭請罪。獨留魏徵，宣上金鑾，召入便殿，先議論安邦之策、定國之謀。唐王出旨道：「赦卿無罪。」那時諸臣尚未退朝，至此卻命捲簾散朝。將近巳末午初時候，卻命宮人取過大棋來，「朕與賢卿對弈一局。」眾嬪妃隨取棋枰，鋪設御案。魏徵謝了恩，即與唐王對弈。畢竟不知勝負如何，且聽下回分解。

總批

種種想頭，出人意表，大作手也。一味扯淡，又成一回矣。（劉評節錄）

說家荒唐，大率如此。然此亦具見才思，拘儒俗筆，政不能有此。漁樵之爭，只爭山水，不比世人名利之爭。所云其爭也君子，非乎？（李評）

悟一子曰：世人讀庸常平易之說，而指爲怪異不經，何哉？睹兔圍而不睹漆園，躡青雲而不躡青牛：所見者小，而所趨者下也。如是篇言貞觀之君相不能大觀，所作爲者，皆在夢中耳。人無有夢，無不知夢之幻，無不知世事如夢之幻，何獨于唐之君相夢相求救，夢斬業龍，遂疑爲荒唐不經耶？非物唐之君若相作是夢，即往古今來之人，亦無不可作是夢，又何疑於當日逢君之旨，丞相之意，而無不甘與之同夢耶？（陳評節錄）

悟元子曰：上回已言生身之由，叫人返本還元以修眞矣。然世事如棋，富貴盡假，若不先自勘破，而仙道難期。故此回極寫人生之假，使人從假處悟眞耳。

註

※23 丹辰：丹，紅色；辰，屏風。丹辰即紅色屏風，常置於帝王視朝處。

※24 山呼：漢武帝登嵩山，群臣三呼萬歲。因此，後來把朝見皇帝呼萬歲叫做「山呼」或「嵩呼」。

※25 華祝：古代傳說堯遊覽華山，看山人祝福他多壽、多富貴、多生子。後來就叫做「華封三祝」或「華祝」。

※26 靜鞭：封建時代皇帝儀仗的一種，振之作響，也叫鳴鞭。

評點

◎19. 原該夢斬，卻怪不得唐王。（周評）

第十回

二將軍宮門鎮鬼　唐太宗地府還魂

卻說太宗與魏徵在便殿對弈，一遞一著，擺開陣勢。

正合《爛柯經》※1云：

博弈之道，貴乎嚴謹。高者在腹，下者在邊，中者在角，此棋家之常法。法曰：「寧輸一子，不失一先。」◎一擊左則視右，攻後則瞻前。有先而後，有後而先。兩生勿斷，皆活勿連。闊不可太疏，密不可太促。與其戀子以求生，不若棄之而取勝；與其無事而獨行，不若固之而自補。彼眾我寡，務張其勢。善勝者不爭，善陣者不戰；善戰者不敗，善敗者不亂。夫棋始以正合，終以奇勝。凡敵無事而自補者，有侵絕之意；棄小而不救者，有圖大之心。隨手而下者，無謀之人；不思而應者，取敗之道。《詩》云：「惴惴小心，如臨于谷※2。」此之謂也。

詩曰：

棋盤為地子為天，色按陰陽造化全。

◆《新說西遊記圖像》描繪第十回精采場景：魏徵向唐太宗講述了自己如何在夢中斬殺一條龍。（古版畫，選自《新說西遊記圖像》）

下到玄微通變處，笑誇當日爛柯仙。

君臣兩個對弈，此棋正下到午時三刻，一盤殘局未終，魏徵忽然俯伏在案邊，鼾鼾盹睡。太宗笑曰：「賢卿真是匡扶社稷之心勞，創立江山之力倦，所以不覺盹睡。」太宗任他睡著，更不呼喚。不多時，魏徵醒來，俯伏在地道：「臣該萬死！臣該萬死！卻才倦困，不知所為，望陛下赦臣慢君之罪。」魏徵謝了恩，卻才拈子在手，只聽得朝門外大呼小叫。原來是秦叔寶、徐茂功等，將著一個血淋淋的龍頭，擲在帝前，啟奏道：「陛下，海淺河枯曾有見，這般異事卻無聞。」太宗與魏徵起身道：「此物何來？」叔寶、茂功道：「千步廊南，十字街頭，雲端裏落下這顆龍頭，微臣不敢不奏。」唐王驚問魏徵：「此是何說？」魏徵轉身叩頭道：「是臣才一夢斬的。」唐王聞言大驚道：「賢卿盹睡之時，又不曾見動身動手，又無刀劍，如何卻斬此龍？」魏徵奏道：「主公，臣的

身在君前，夢離陛下。身在君前對殘局，合眼朦朧；夢離陛下乘瑞雲，出神抖擻。那條龍，在剮龍臺上，被天兵將綁縛其中。是臣道：『你犯天條，合當死罪。我奉天命，斬汝殘生。』龍聞哀苦，臣抖精神。龍聞哀苦，伏爪收鱗甘受死；臣抖精神，撩衣進步舉霜鋒。抆扠一聲刀過處，龍頭因此落虛空。」

註

※1 爛柯：傳說晉代王質入山打柴，遇見兩個童子下圍棋，王在旁邊觀看，一局棋終，王質打柴的斧頭柄都爛了，等他回到山下，發現已經過了一百多年。故此，《爛柯經》即指圍棋經。

※2 「惴惴小心，如臨于谷」：見《詩經·小宛》：像站在深谷邊上一樣小心翼翼，害怕掉下去。

評點

◎1.世界如棋局，做人如下棋，不獨言弈已也。（李評）

太宗聞言，心中悲喜不一。喜者，誇獎魏徵好臣，朝中有此豪傑，愁甚江山不穩？悲者，謂夢中曾許救龍，不期竟致遭誅。只得強打精神，傳旨著叔寶將龍頭懸掛市曹，曉諭長安黎庶。一壁廂賞了魏徵，眾官散訖。

當晚回宮，心中只是憂悶，想那夢中之龍，哭啼啼哀告求生，豈知無常，難免此患。思念多時，漸覺神魂倦怠，身體不安。當夜二更時分，只聽得宮門外有號泣之聲，太宗愈加驚恐。正朦朧睡間，又見那涇河龍王，手提著一顆血淋淋的首級，高叫：「唐太宗，還我命來！還我命來！你昨夜滿口許諾救我，怎麼天明時反宣人曹官來斬我？你出來！你出來！我與你到閻君處折辨折辨！」他扯住太宗，再三嚷鬧不放；太宗箝口難言，只掙得汗流遍體。正在那難分難解之時，只見正南上香雲繚繞，彩霧飄颻，有一個女真人上前，將楊柳枝用手一擺，那沒頭的龍，悲悲

註

啼啼，徑往西北而去。原來這是觀音菩薩，領佛旨上東土尋取經人，此住長安城都土地廟裏，夜聞鬼泣神號，特來喝退業龍，救脫皇帝。那龍徑到陰司地獄具告不題。

卻說太宗甦醒回來，只叫：「有鬼！有鬼！」慌得那三宮皇后、六院嬪妃，與近侍太監，一夜無眠。不覺五更三點，那滿朝文武多官，都在朝門外候朝。等到天明，猶不見臨朝，諕得一個驚懼踟躕。及日上三竿，方有旨意出來道：「朕心不快，眾官免朝。」不覺候五七日，眾官憂惶，都正要撞門見駕問安，只見太后有旨，召醫官入宮用藥。眾人在朝門等候討信。少時醫官出來，眾問何疾。醫官道：「皇上脈氣不正，虛而又數※3，狂言見鬼；又診得十動一代※4，五臟無氣，恐不諱※5只在七日之內矣。」眾官聞言，大驚失色。

正悵惶間，又聽得太后有旨，宣徐茂功、護國公、尉遲恭見駕。三公奉旨急入，到分宮樓下。拜畢，太宗正色強言道：「賢卿，寡人十九歲領兵，南征北伐，東擋西除，苦歷

※3 虛而又數：數爲中醫術語，特徵是呼吸間心臟跳動的次數。虛而又數，指脈搏虛弱卻頻率加速，有危殆之況。
※4 十動一代：中醫術語，心跳跳動十次停歇一次。按照中醫是危症。
※5 不諱：對死亡避諱的稱呼。

◆唐太宗自以為必死，魏徵手扯龍衣，告訴太宗，有辦法讓太宗安然無恙。（葉雄繪）

數載，更不曾見半點邪祟。今日之下，卻反見鬼！」尉遲恭道：「創立江山，殺人無數，

何怕鬼乎？」太宗道：「卿是不信。朕這寢宮門外，入夜就拋磚弄瓦，鬼魅呼號，著然※6

難處。白日猶可，昏夜難禁。」叔寶道：「陛下寬心，今晚臣與敬德把守宮門，看有甚麼

鬼祟。」太宗准奏，茂功謝恩而出。當日天晚，各取披掛，他兩個介冑整齊，執金瓜鉞

斧，在宮門外把守。好將軍！你看他怎生打扮：

頭戴金盔光爍爍，身披鎧甲龍鱗。護心寶鏡幌祥雲，獅蠻收緊扣，繡帶彩霞新。這一

個，鳳眼朝天星斗怕；那一個，環睛映電月光浮。他本是英雄豪傑舊勳臣，只落得千年稱

戶尉，萬古作門神※7。

二將軍侍立門旁，一夜天曉，更不曾見一點邪祟。是夜，太宗在宮，安寢無事；曉來

宣二將軍，重重賞勞道：「朕自得疾，數日不能得睡，今夜仗二將軍威勢，甚安。卿且

請出，安息安息，待晚間再一護衛。」二將謝恩而出。遂此二三夜把守俱安。只是御膳減

損，病轉覺重。太宗又不忍二將辛苦，又宣叔寶、敬德與杜、房諸公入宮，分付道：「這

兩日朕雖得安，卻只難為秦、胡二將軍徹夜辛苦。朕欲召巧手丹青，傳二將真容，貼於

門上，免得勞他，如何？」眾臣即依旨，選兩個會寫真的，著胡、秦二公依前披掛，照樣

畫了，貼在門上。夜間也即無事。

如此二三日，又聽得後宰門乒乓乒乓，磚瓦亂響。曉來急宣眾臣曰：「連日前門幸喜

無事，今夜後門又響，卻不又驚殺寡人也！」茂功進前奏道：「前門不安，是敬德、叔寶

護衛；後門不安，該著魏徵護衛。」太宗准奏，又宣魏徵今夜把守後門。徵領旨，當夜結

束整齊，提著那誅龍的寶劍，◎2侍立在後宰門前，真箇的好英雄也！他怎生打扮：

熟絹青巾抹額，錦袍玉帶垂腰。兜風氅袖采霜飄，壓賽壘茶※8神貌。

腳踏烏靴坐折，手持利刃兇驍。圓睜兩眼四邊瞧，那個邪神敢到？

一夜通明，也無鬼魅。雖是前後門無事，只是身體漸重。一日，太后又傳旨，召眾臣

商議殯殮後事。太宗又宣徐茂功，分付國家大事，叮囑仿劉蜀主托孤之意。言畢，沐浴更

衣，待時而已。旁閃魏徵，手扯龍衣，奏道：「陛下寬心，臣有一事，管保陛下長生。」

太宗道：「病勢已入膏肓※9，命將危矣，如何保得？」徵云：「臣有書一封，進與陛下，

捎去到冥司，付酆都※10判官崔珏。」太宗道：「崔珏是誰？」徵云：「崔珏乃是太上先皇

帝駕前之臣，先受茲州令，後升禮部侍郎。在日與臣八拜為交，相知甚厚。他如今已死，

現在陰司做掌生死文簿的酆都判官，夢中常與臣相會。◎3此去若將此書付與他，他念微臣

薄分，必然放陛下回來，管教魂魄還陽世，定取龍顏轉帝都。」太宗聞言，接在手中，籠

入袖裏，遂瞑目而亡。那三宮六院、皇后嬪妃、侍長儲君※11及兩班文武，俱舉哀戴孝；又

※6 著然：確實。

※7 門神：門神信仰由來已久，中國各地過年都有貼門神的風俗。最初的門神是刻桃木為人形，掛在人的旁邊，後來是畫成門神人像張貼於門。傳說中的神茶、鬱壘兄第二人專門管鬼，有他們守住門戶，大小惡鬼不敢入門為害。唐代以後，又有畫猛將秦叔寶，胡敬德二人像為門神的，還有畫關羽、張飛的。

※8 壘茶：即神茶、鬱壘——最古老的門神，詳細記載見《山海經》。茶，這裏讀ㄕㄨ，參見上一條。

※9 已入膏肓：形容病到了無法醫治的地步。中國古代醫學上把心尖脂肪叫做膏，把心臟和隔膜之間叫做肓，脚尖為膏，迷信傳說指陰曹地府。

※10 酆都：酆，音風，迷信傳說指陰曹地府。

※11 儲君：太子。

◎2.夢中斬龍，何嘗有劍？（周評）
◎3.魏丞相會說鬼話。（李評）

◆重慶市酆都縣是有名的「鬼城」，在旅客駐足之處常可見鬼怪造像，營造出詭異的氣氛。（美工圖書社：中國圖片大系提供）

在白虎殿上，停著梓宮不題。

卻說太宗渺渺茫茫，魂靈徑出五鳳樓前，只見那御林軍※12馬，請大駕出朝採獵。太宗忻然從之，縹渺而去。行多時，人馬俱無，獨自個散步荒郊草野之間。正驚惶難尋道路，只見那一邊，有一人高聲大叫道：「大唐皇帝，往這裏來！往這裏來！」太宗聞言，抬頭觀看，只見那：

　頭頂烏紗，腰圍犀角。頭頂烏紗飄軟帶，腰圍犀角顯金廂。手擎牙笏凝祥靄，身著羅袍隱瑞光。腳踏一雙粉底靴，登雲促霧；懷揣一本生死簿，注定存亡。舞繞腮旁。昔日曾爲唐國相，如今掌案侍閻王。

太宗行到那邊，只見他跪拜路旁，口稱：「陛下，赦臣失誤遠迎之罪！」太宗問曰：「你是何人？因甚事前來接拜？」那人道：「微臣半月前，在森羅殿上，見涇河鬼龍告陛下許救反誅之故，第一殿秦廣大王即差鬼使催請陛下，要三曹對案※13。臣已知之，故來此間候接，不期今日來遲，望乞恕罪，恕罪。」太宗道：「你姓甚名誰？是何官職？」那人道：「微臣存日，在陽曹侍先君駕前，為茲州令，後拜禮部侍郎，姓崔名珏。今在陰司，得受酆都掌案判官。」太宗大喜，近前來，御手忙攙道：「先生遠勞。朕駕前魏徵有書一封，

※
13
三曹對案：三曹就是三方面，指原告、被告、證佐三方。三方對質，鑿清案情。

※
12
御林軍：皇帝的侍衛隊，又作羽林軍。

◆唐太宗受龍王索命。叔寶與敬德各取披掛，手執金瓜鉞斧，在宮門外把守，唐太宗才睡了一個安穩覺。（朱寶榮繪）

正寄與先生，卻好相遇。」判官謝恩，問書在何處。太宗即袖中取出遞與崔珏，

珏拜接了，拆封而看。其書曰：

「辱愛弟魏徵，頓首書拜大都案契兄崔老先生臺下：憶昔交遊，音容如在。倏

爾數載，不聞清教。常只是遇節令設蔬品奉祭，未卜享否？又承不棄，夢中臨示，始知我

兄長大人高遷。奈何陰陽兩隔，天各一方，不能面覿。今因我太宗文皇帝倏然而故，料是

對案三曹，必然得與兄長相會。◎4萬祈俯念生日交情，方便一二，放我陛下回陽，殊為愛

也。容再修謝。不盡。」

太宗稱謝了。

那判官看了書，滿心歡喜道：「魏人曹前日夢斬老龍一事，臣已早知，甚是誇獎不盡。又

蒙他早晚看顧臣的子孫，今日既有書來，◎5陛下寬心，微臣管送陛下還陽，重登玉闕。」

太宗遂與崔判官並二童子舉步前進。忽見一座城，城門上掛著一面大牌，上寫著

「幽冥地府鬼門關」七個大金字。那青衣將幢幡搖動，引太宗徑入城中，順街而走。只見

那街旁邊有先主李淵，先兄建成，故弟元吉，上前道：「世民來了！世民來了！」◎6那建

成、元吉就來揪打索命。太宗躲閃不及，被他扯住。◎7幸有崔判官喚一青面獠牙鬼使，喝

退了建成、元吉，太宗方得脫身而去。行不數里，見一座碧瓦樓臺，真箇壯麗。但見：

二人正說間，只見那邊有一對青衣童子，執幢幡※14寶蓋，高叫道：「閻王有請，有

請。」

飄飄萬疊彩霞堆，隱隱千條紅霧現。耿耿簷飛怪獸頭，輝輝瓦疊鴛鴦片。

門鑽幾路赤金釘，檻設一橫白玉段。牖※15近光放曉烟，簾櫳※16幌亮穿紅電。

樓臺高聳接青霄，廊廡平排連寶院。獸鼎香雲襲御衣，絳紗燈火明宮扇。

左邊猛烈擺牛頭，右下崢嶸羅馬面。接亡送鬼轉金牌，引魄招魂垂素練。

喚作陰司總會門，下方閻老森羅殿。

太宗正在外面觀看，只見那壁廂環佩叮噹，仙香奇異，外有兩對提燭，後面卻是十代閻王降階而至。是那十代閻君：秦廣王、楚江王、宋帝王、仵官王、閻羅王、平等王、泰山王、都市王、卞城王、轉輪王。

十王出在森羅寶殿，控背※17躬身迎迓太宗。太宗謙下，不敢前行。十王道：「陛下是陽間人王，我等是陰間鬼王，分所當然，何須過讓？」太宗道：「朕得罪麾下，豈敢論陰陽人鬼之道？」遜之不已。太宗前行，徑入森羅殿上，與十王禮畢，分賓主坐定。

約有片時，秦廣王拱手而進言曰：「涇河鬼龍告陛下許救而反殺之，何也？」太宗道：「朕曾夜夢老龍求救，實是允他無事；不期他犯罪當刑，該我那人曹官魏徵處斬。朕宣魏徵在殿著棋，不知他一夢而斬。這是那人曹官出沒神機，又是那龍王犯罪當死，豈是朕之過也？」十王聞言，伏禮道：「自那龍未生之前，南斗星死簿上已注定該遭殺于人

註

※14 幢幡：幢音床，古代原指支撐帳幕、傘蓋、旌旗的木竿，後借指帳幕、傘蓋、旌旗。幡，用竹竿等挑起來直著掛的長條形旗子。

※15 牖：音有，指窗戶。

※16 簾櫳：亦作「簾籠」。窗簾和窗櫳，也泛指門窗的簾子。

※17 控背：躬身敬禮。

評點

◎4.荒唐極矣！可發一笑。（李評）
◎5.原來陰司亦說分上。（李評）
◎6.此等點綴，妙不可言。（李評）
◎7.此時卻無敬德救駕，奈何？（周評）

曹之手，我等早已知之。◎8但只是他在此折辨，定要陛下來此三曹對案，是我等將他送入輪藏，轉生去了。◎9今又有勞陛下降臨，望乞恕我催促之罪。」言畢，命掌生死簿判官：「急取簿子來，看陛下陽壽天祿該有幾何？」崔判官急轉司房，將天下萬國國王天祿總簿，先逐一檢閱，只見南贍部洲大唐太宗皇帝注定貞觀一十三年。崔判官吃了一驚，急取濃墨大筆，將「一」字上添了兩畫，◎10卻將簿子呈上。十王從頭看時，見太宗名下注定三十三年，閻王道：「陛下登基多少年了？」太宗道：「朕即位，今一十三年了。」閻王道：「陛下寬心勿慮，還有二十年陽壽。此一來已是對案明白，請返本還陽。」太宗聞言，躬身稱謝。十閻王差崔判官、朱太尉◎11二人，送太宗還魂。太宗出森羅殿，又起手問十王道：「朕宮中老少，安否如何？」十王道：

◆崔判官為唐太宗作弊，改了生死簿，太宗因此多了二十年壽命。
（葉雄繪）

172

「俱安，但恐御妹壽似不永。」太宗又再拜啟謝：「朕回陽世，無物可酬謝，惟答瓜果而已。」十王喜曰：「我處頗有東瓜、西瓜，只少南瓜。」◎12太宗道：「朕回去即送來，即送來。」◎13從此遂相揖而別。

那太尉執一首引魂幡，在前引路；崔判官隨後保著太宗，徑出幽司。太宗舉目而看，不是舊路，問判官曰：「此路差矣？」判官道：「不差。陰司裏是這般，有去路，無來路。如今送陛下自轉輪藏出身，一則請陛下遊觀地府，一則教陛下轉托超生。」太宗只得隨他兩個，引路前來。徑行數里，忽見一座高山，陰雲垂地，黑霧迷空。太宗道：「崔先生，那廂是甚麼山？」判官道：「乃幽冥背陰山。」太宗悚懼道：「朕如何去得？」判官道：「陛下寬心，有臣等引領。」太宗戰戰兢兢，相隨二人，上得山巖，抬頭觀看。只見：

形多凸凹，勢更崎嶇。峻如蜀嶺，高似盧巖。非陽世之名山，實陰司之險地。荊棘叢叢藏鬼怪，石崖磷磷隱邪魔。耳畔不聞歌鳥噪，眼前惟見鬼妖行。陰風颯颯，黑霧漫漫。陰風颯颯，是神兵口內哨來烟；黑霧漫漫，是鬼崇暗中噴出氣。一望高低無景色，相看左右盡猖亡。那裏山也有，峰也有，嶺也有，洞也有，澗也有：只是山不生草，峰不插天，嶺不行客，洞不納雲，澗不流水。岸前皆魍魎※18，嶺下盡神魔。洞中收野鬼，澗底隱邪魂。◎14山前山後，牛頭馬面亂喧呼；半掩半藏，餓鬼窮魂時對泣。催命的判官，急急忙忙

※18 魍魎：鬼怪。

◎8.若然，即不犯天條，亦不免見殺，與改刻時辰、雨數何干。(周評)
◎9.何不云原告逃脫、被告免提耶？(周評)
◎10.判官作弊，如何定罪？(李評)
◎11.朱太尉又是何人？(周評)
◎12.南瓜宣佳品耶？(周評)
◎13.如此十個南瓜，便可作一場預修矣。一笑！(李評)
◎14.誰知陽間人，尚作千年料。(李評)

傳信票；追魂的太尉，吆吆喝喝趲公文。急腳子，旋風滾滾；勾司人，黑霧紛紛。

太宗全靠著那判官保護，過了陰山前進。又歷了許多衙門，一處處俱是悲聲振耳，惡怪驚心。太宗又道：「此是何處？」判官道：「此是陰山背後『十八層地獄』。」◎15太宗道：「是那十八層？」判官道：「你聽我說：

吊筋獄、幽枉獄、火坑獄，寂寂寥寥，煩煩惱惱，盡皆是生前作下千般業，死後通來受罪名。酆都獄、拔舌獄、剝皮獄，哭哭啼啼，淒淒慘慘，只因不忠不孝傷天理，佛口蛇心墮此門。磨捱獄、碓搗獄、車崩獄，皮開肉綻，抹嘴咨牙，乃是瞞心昧己不公道，巧語花言暗損人。寒冰獄、脫殼獄、抽腸獄，垢面蓬頭，愁眉皺眼，都是大斗小秤欺痴蠢，致使災屯累自身。◎16油鍋獄、黑暗獄、刀山獄，戰戰兢兢，悲悲切切，皆因強暴欺良善，藏頭縮頸苦伶仃。血池獄、阿鼻獄、秤桿獄，脫皮露骨，折臂斷筋，也只為謀財害命，宰畜屠生，墮落千年難解釋，沉淪永世不翻身。一個個緊縛牢拴，繩纏索綁，差些赤髮鬼、黑臉鬼，長鎗短劍；牛頭鬼、馬面鬼，鐵簡銅鎚。只打得皺眉苦面血淋淋，叫地叫天無救應。正是人生卻莫把心欺，神鬼昭彰放過誰？善惡到頭終有報，只爭來早與來遲。」

太宗聽說，心中驚慘。進前又走，不多時，見一夥鬼卒各執幢幡，路旁跪下道：「橋梁使者來接。」判官喝令：「起去！」上前引著太宗，從金橋而過。太宗又見那一邊有一座銀

橋，橋上行幾個忠孝賢良之輩、公平正大之人，亦有幢幡接引；那壁廂又有一橋，寒風滾

滾，血浪滔滔，號泣之聲不絕。太宗問道：「那座橋是何名色？」判官道：「陛下，那叫

作『奈河橋』。」若到陽間，切須傳記。那橋下都是些：

奔流浩浩之水，險峻窄窄之路。儼如足練搭長江，卻似火坑浮上界。陰氣逼人寒透

骨，腥風撲鼻味鑽心。波翻浪滾，往來並沒渡人船：赤腳蓬頭，出入盡皆作業鬼。橋長數

里，闊只三釐※19：高有百尺，深卻千重。◎17上無扶手欄杆，下有搶人惡怪。枷杻纏身，

打上奈河險路。你看那橋邊神將甚兇頑，河內孽魂真苦惱，枒杈樹上，掛的是青紅黃紫色

絲衣：◎18壁斗崖前，蹲的是毀罵公婆淫潑婦。銅蛇鐵狗任爭餐，永墮奈河無出路。」

詩曰：

時聞鬼哭與神號，血水渾波萬丈高。

無數牛頭並馬面，猙獰把守奈河橋。

正說間，那幾個橋梁使者早已回去了。太宗心又驚惶，點頭暗嘆，默默悲傷，相隨著

判官、太尉，早過了奈河惡水，血盆苦界。前又到枉死城，只聽哄哄人嚷，分明說：「李

世民來了！李世民來了！」太宗聽叫，心驚膽戰。見一夥拖腰折臂、有足無頭的鬼魅，◎19

上前攔住，都叫道：「還我命來！還我命來！」慌得那太宗藏藏躲躲，只叫：「崔先生救

我！崔先生救我！」判官道：「陛下，那些人都是那六十四處烟塵、七十二處草寇，眾王

※19 釐：音離，用大拇指與食指伸展開量物尺寸。

◎15. 壹是之中士農工商三教九流醫卜星相富貴貧窮善惡邪正所指者甚廣，書中不能遍寫，故尋一十八層陰曹地獄以括之。（張評）
◎16. 人人看看，勝翻三藏十二部也。（李評）
◎17. 形容奈河橋，只是沒奈何耳！（李評）
◎18. 誤人。（李評）
◎19. 好點綴。（李評）

◆中國神話中的地獄想像圖。分為十層，由十殿判官統治著。人的鬼魂先被閻羅王審核，再分到下一級法庭審判，判官們對鬼魂施用各種酷刑。只有好人和常向觀音進獻供品的人不用下地獄。（fotoe提供）

【第十回】二將軍宮門鎮鬼 唐太宗地府還魂

子、眾頭目的鬼魂；盡是枉死的冤業，無收無管，不得超生，又無錢鈔盤纏，都是孤寒餓鬼。陛下得些錢鈔與他，我才救得哩。」太宗道：「寡人空身到此，卻那裏得有錢鈔？」判官道：「陛下，陽間有一人，金銀若干，在我這陰司裏寄放。

道：「他是河南開封府人氏，姓相名良。他有十三庫金銀在此，陛下若借用過他的，到陽間還他便了。」太宗甚喜，情願出名借用。遂立了文書與判官，借他金銀一庫，著太尉盡行給散。判官復分付道：「這些金銀，汝等可均分用度，放你大唐爺爺過去。他的陽壽還早哩。我領了十王鈞語，送他還魂，教他到陽間做一個『水陸大會』※20，度汝等超生，再休生事。」眾鬼聞言，得了金銀，俱唯唯而退。判官令

陛下可出名立一約，小判可作保，且借他一庫，◎20給散這些餓鬼，方得過去。」太宗問曰：「此人是誰？」判官道：

太尉搖動引魂幡，領太宗出離了枉死城中，奔上平陽大路，飄飄蕩蕩而去。畢竟不知從那條路出身，且聽下回分解。

總批

說雖荒唐，然說地獄處亦能喚醒愚人，有大功德也。只是愚人雖喚不醒耳。可奈何！可奈何！只是崔判官作弊，不曾與太宗說得。這叫作「出了燈油錢，卻在暗裏坐」。如何？如何？（李評）

悟一子曰：此篇正言唐王之入夢，以明陰陽感應之道，即男女贈答之理；有感必應，有果必報，毫髮不爽也。唐高祖曾夢身死，墜在床下，爲群蛆所食。智蒲禪師解爲億兆趨附之象。太宗是夢，未之前聞。然晝之所爲，即夜之所夢。地府之遊，其「貞觀」之幽隱乎。幽隱之惡，造於心而形諸夢，此處正宜提「心」字作主，以見人心之陰，即成地獄之陰。如影隨身，不可泯滅。（陳評節錄）

悟元子曰：上回已言世事之假，是叫人在生前打點，早修陽世之正果。此回寫地獄之苦，是叫人知死後報應，先作根本之善因。（劉評節錄）

註

※20 水陸大會：又稱「七七齋」、「水陸道場」、「悲齋會」、「水陸會」、「水陸齋儀」等，是一種超度死者亡靈的大法會，主要源於佛教信仰。在佛教的輪迴轉世觀念中，人死後在七七四十九日內，分七階段隨業力受生，七七追薦便是爲了替死者消罪免禍、誦經修佛，以投入善良之家，因而延請和尚設齋念經，禮佛拜懺，追薦亡靈。

評點

◎20.陰間亦有處借債，窮人不愁矣。或曰：窮人陽間尚無借處，況陰司乎？大笑！（李評）

第十一回　還受生唐王遵善果　度孤魂蕭瑀正空門

詩曰：

百歲光陰似水流，一生事業等浮漚※1。

昨朝面上桃花色，今日頭邊雪片浮。

白蟻陣殘方是幻，子規※2聲切早回頭。

古來陰騭能延壽，善不求憐天自周。

卻說唐太宗隨著崔判官、朱太尉，自脫了冤家債主，前進多時，卻來到「六道輪迴」之所，又見那騰雲的，身披霞帔；受籙的，腰掛金魚。僧尼道俗，走獸飛禽，魍魅魍魎，滔滔都奔走那輪迴之下，各進其道。◎1唐王問曰：「此意何如？」

判官道：「陛下明心見性，是必記了，傳與陽間人知。這喚作『六道輪迴』：行善的，升化仙道；盡忠的，超生貴道；行孝的，再生福道；公平的，還生人道；積德的，轉生富道；惡毒的，沉淪鬼道。」唐王聽說，點頭嘆曰：

「善哉，真善哉！作善果無災。善心常切切，善道大開開。莫教興惡念，是必少刁乖。休言不報應，神鬼有安排。」◎2

◆《新說西遊記圖像》描繪第十一回精采場景：枉死城前眾多鬼怪，嚇得唐太宗驚慌失措，陰司的冤魂也擋住了唐太宗回陽世的路。（古版畫，選自《新說西遊記圖像》）

判官送唐王直至那「超生貴道門」，拜呼唐王道：「陛下呵，此間乃出頭之處，小判告回，著朱太尉再送一程。」唐王謝道：「有勞先生遠跐※3。」判官道：「陛下到陽間，千萬做個『水陸大會』，◎3超度那無主的冤魂，切勿忘了。若是陰司裏無報怨之聲，陽世間方得享太平之慶。凡百不善之處，俱可一一改過。普諭世人為善，管教你後代綿長，江山永固。」唐王一一准奏，辭了崔判官，隨著朱太尉，同入門來。那太尉見門裏有一匹海騮馬，鞍韉齊備，急請唐王上馬，太尉左右扶持。馬行如箭，早到了渭水河邊，只見那水面上有一對金色鯉魚，在河裏翻波跳鬥。唐王見了心喜，兜馬貪看不捨。太尉道：「陛下，趲動些，趁早趕時辰進城去也。」那唐王只管貪看，不肯前行，被太尉攝著腳，高呼道：「還不走，等甚！」撲的一聲，望那渭河推下馬去。卻就脫了陰司，徑回陽世。

卻說那唐朝駕下，有徐茂功、秦叔寶、胡敬德、段志賢、程咬金、高士廉、虞世南、房玄齡、杜如晦、蕭瑀、傅奕、張道源、張士衡、王珪等兩班文武，俱保著那東宮太子，與皇后、嬪妃、宮娥、侍長，都在那白虎殿上舉哀。一壁廂議傳哀詔，要曉諭天下，欲扶太子登基。時有魏徵在旁道：「列位且住。不可！不可！不可！假若驚動州縣※4，恐生不測。且再按候一日，我主必還魂也。」下邊閃上許敬宗道：「魏丞相言之甚謬。自古云：『潑水難收，人逝不返。』你怎麼還說這等虛言，惑亂人心，是何道理！」魏徵道：

註

※1 浮漚：指水上泡沫。
※2 子規：杜鵑的別名。
※3 跐：音伯，踄、涉之意。
※4 州縣：這裏指皇帝。

評 點

◎1.從天子串出，壹是無不精妙。（張評）
◎2.人到陰司，惟善可解，故日本。（張評）
◎3.遊地府全屬生出這句，回抱兩頭，照應全部，下回亦從此生矣。（張評）

「不瞞許先生說，下官自幼得授仙術，推算最明，管取陛下不死。」◎4

正講處，只聽得棺中連聲大叫道：「淹※5殺我耶！淹殺我耶！」諕得個文官武將心慌，皇后嬪妃膽戰。一個個：

面如秋後黃桑葉，腰似春前嫩柳條。儲君腳軟，難扶喪杖盡哀儀；侍長魂飛，怎戴梁冠遵孝禮？嬪妃打跌※6，綵女歁※7斜。嬪妃打跌，卻如狂風吹倒敗芙蓉；綵女歁斜，好似驟雨沖歪嬌菡萏。眾臣悚懼，骨軟筋麻。戰戰兢兢，痴痴瘂瘂。把一座白虎殿，卻像斷梁橋；鬧喪臺，就如塌寺。

※8。

此時眾宮人走得精光，那個敢近靈扶柩。多虧了正直的徐茂功，理列的魏丞相，有膽量的秦瓊，忒猛撞的敬德，上前來扶著棺材，叫道：「陛下有甚麼放不下心處，說與我等，不要弄鬼，驚駭了眷族。」魏徵道：「不是弄鬼，此乃陛下還魂也。快取器械來！」打開棺蓋，果見太宗坐在裏面，還叫：「淹死我了！是誰救撈？」茂功等上前扶起道：「陛下甦醒莫怕，臣等都在此護駕哩。」唐王方才開眼道：「朕適才好苦，躲過陰司惡鬼難，又遭

◆那太尉見門裏有一匹海騮馬，鞍轡齊備，急請唐王上馬，太尉左右扶持。馬行如箭，早到了渭水河邊。（古版畫，選自李卓吾批評本《西遊記》）

180

水面喪身災。」眾臣道：「陛下寬心勿懼，有甚水災來？」唐王道：「朕騎著馬，正行至渭水河邊，見雙頭魚戲；被朱太尉欺心，將朕推下馬來，跌落河中，幾乎淊死。」◎5魏徵道：「陛下鬼氣尚未解。」急著太醫院進安神定魄湯藥，◎6又安排粥膳。連服一二次，方才反本還原，知得人事。一計唐王死去，已三晝夜，復回陽間為君。◎7詩曰：

萬古江山幾變更，歷來數代敗和成。

周秦漢晉多奇事，誰似唐王死復生？

★太宗講述自己在陰間的經歷，眾臣聞此言，無不稱賀。
（葉雄繪）

當日天色已晚，眾臣請王歸寢，各各散訖。

次早，脫卻孝衣，換了綵服。一個個紅袍烏帽，一個個紫綬金章，在那朝門外等候宣召。卻說太

註

※5 淊：同「淹」。
※6 打跌：拌倒。
※7 欹：音七，古同「鼓」，傾斜。
※8 痴痴瘂瘂：驚嚇而變得痴呆，說話遲疑的樣子。

評點

◎4.不可必者事而有，可必者理是：亦有所本。若作善者不生，則作惡者亦可以不死。（張評）
◎5.洗淨塵凡，滌去污垢，寫修身絕妙。（張評）
◎6.神安魄定，自可起死回生。（周評）
◎7.我卻不曾見《通鑒》中有此事。（周評）

宗自服了安神定魄之劑，連進了數次粥湯，被眾臣扶入寢室，一夜穩睡，保養精神，◎8直至天明方起，抖擻威儀。你看他怎生打扮：

戴一頂沖天冠，穿一領赭黃袍。繫一條藍田碧玉帶，踏一對創業無憂履。貌堂堂，賽過當朝；威烈烈，重興今日。好一個清平有道的大唐王，起死回生的李陛下！

唐王上金鑾寶殿，◎9聚集兩班文武，山呼已畢，依品分班。只聽得傳旨道：「有事出班來奏，無事退朝。」那東廂閃過徐世勣、魏徵、王珪、杜如晦、房玄齡、袁天罡、李淳風、許敬宗等，西廂閃過殷開山、劉洪基、馬三寶、段志賢、程咬金、秦叔寶、胡敬德、薛仁貴等，一齊上前，在白玉階前俯伏啟奏道：「陛下前朝一夢，如何許久方覺？」太宗道：「日前接得魏徵書，自覺神魂出殿，只見羽林軍請朕出獵。正行時，人馬無蹤，又見那先君父王與先兄弟爭嚷。正難解處，見一人烏帽皂袍，乃是判官崔玨，喝退先兄弟。朕將魏徵書傳遞與他。正看時，又見青衣者執幢幡，引朕入內，到森羅殿上，與十代閻王敘坐。他說那涇河龍誣告我許救轉殺之事，是朕將前言陳具一遍。他說已三曹對過案了，急命取生死文簿，檢看我的陽壽。時有崔判官傳上簿子。閻王看了道，寡人有三十三年天祿，才過得一十三年，還該我二十年陽壽。即著朱太尉、崔判官送朕回來。朕與十王作別，允了送他瓜果謝恩。自出了森羅殿，見那陰司裏，不忠不孝、非禮非義、作踐五穀、明欺暗騙、大斗小秤、奸盜詐偽、淫邪欺罔之徒，受那些磨燒舂剉之苦，煎熬吊剝之刑，有千千萬萬，看之不足。◎10又過著枉死城中，有無數的冤魂，盡都是六十四處烟塵的草

寇，七十二處叛賊的魂靈，擋住了朕之來路。幸虧崔判官作保，借得河南相老兒的金銀一庫，買轉鬼魂，方得前行。崔判官教朕回陽世，千萬作一場『水陸大會』，超度那無主的孤魂，將此言叮嚀分別。出了那六道輪迴之下，有朱太尉請朕上馬，飛也相似，行到渭水河邊。我看見那水面上有雙頭魚戲，正歡喜處，他將我撮著腳，推下水中，朕方得還魂也。」眾臣聞此言，無不稱賀，遂此編行傳報天下，各府縣官員上表稱慶不題。

卻說太宗又傳旨赦天下罪人，又查獄中重犯。時有審官將刑部絞斬罪人，查有四百餘名呈上。太宗放赦回家，拜辭父母兄弟，托產與親戚子侄，明年今日赴曹，仍領應得之罪。眾犯謝恩而退。又出恤孤榜文，又查宮中老幼綵女共有三千人，出旨配軍。自此內外俱善，有詩為證，詩曰：

大國唐王恩德洪，道過堯舜萬民豐。
死囚四百皆離獄，怨女三千放出宮。
天下多官稱上壽，朝中眾宰賀元龍。
善心一念天應佑，福蔭應傳十七宗。

太宗既放宮女、出死囚已畢，又出御製榜文，遍傳天下。榜曰：

「乾坤浩大，日月照鑒分明；宇宙寬洪，天地不容奸黨。使心用術，果報只在今生；善佈淺求，獲福休言後世。千般巧計，不如本分為人；萬種強徒，怎似隨緣節儉。心行慈善，何須努力看經？意欲損人，空讀如來一藏！」

◎8.保養精神，亦是長生要訣。(周評)
◎9.煥然一新，其修身可想而知也。只寫自新便已照定下意。(張評)
◎10.陰司果報借帝王之口說出，無限悚切。(周評)

自此時，蓋天下無一人不行善者。◎11一壁廂又出招賢榜，招人進瓜果到陰司裏去；一壁廂將寶藏庫庫金銀一庫，差鄂國公胡敬德上河南開封府，訪相良還債。榜張數日，有一赴命進瓜果的賢者，本是均州人，姓劉名全；家有萬貫之資。只因妻李翠蓮在門首拔金釵齋僧，劉全罵了他幾句，說他不遵婦道，擅出閨門。李氏忍氣不過，自縊而死；撇下一雙兒女年幼，晝夜悲啼。劉全又不忍見，無奈，遂捨了性命，棄了家緣，撇下兒女，情願以死進瓜；◎12將皇榜揭了，來見唐王。王傳旨意，教他去金亭館裏，頭頂一對南瓜，◎13袖帶黃錢，口噙藥物。

那劉全果服毒而死。一點魂靈，頂著瓜果，早到鬼門關上。把門的鬼使喝道：「你是甚人，敢來此處？」劉全道：「我奉大唐太宗皇帝欽差，特進瓜果與十代閻王受用的。」那鬼使忻然接引。劉全徑至森羅寶殿，見了閻王，將瓜果進上道：「奉唐王旨意，遠進瓜果，以謝十王寬宥之恩。」閻王大喜道：「好一個信有德的太宗皇帝！」遂此收了瓜果。便問那進瓜的人姓名，那方人氏。劉全道：「小人是均州城民籍，姓劉名全。因妻李氏縊死，撇下兒女無人看管，小人情願捨家棄子，捐軀報國，特與我王進貢瓜果，謝眾大王厚恩。」十王聞言，即命查勘劉全妻李氏。那鬼使速取來在森羅殿下，

◆劉全的魂靈頂著瓜果，到了鬼門關上，道：「我奉大唐太宗皇帝欽差，特進瓜果與十代閻王受用的。」閻王大喜，遂此收了瓜果。（葉雄繪）

與劉全夫妻相會。訴罷前言，回謝十王恩宥。那閻王卻檢生死簿子看時，他夫妻們都有登仙之壽，急差鬼使送回。鬼使啟上道：「李翠蓮歸陰日久，屍首無存，魂將何附？」閻王道：「唐御妹李玉英，今該促死；你可借他屍首，教他還魂去也。」◎14那鬼使領命，即將劉全夫妻二人還魂。帶定出了陰司，那陰風遶遶，徑到了長安大國，將劉全的魂靈，推入金亭館裏；將翠蓮的靈魂，帶進皇宮內院。只見那玉英宮主正在花陰下，將翠蓮的魂靈，推入玉英身內。鬼使回轉陰司不題。

卻說宮院中的大小侍婢，見玉英跌死，急走金鑾殿，報與三宮皇后道：「宮主娘娘跌死也！」皇后大驚，隨報太宗。太宗聞言，點頭嘆曰：「此事信有之也。朕曾問十代閻君：『老幼安乎？』他道：『俱安，但恐御妹壽促。』果中其言。」合宮人都來悲切，盡到花陰下看時，只見那宮主微微有氣。唐王道：「莫哭！莫哭！休驚了他。」遂上前將御手扶起頭來，叫道：「御妹，甦醒甦醒。」那宮主忽的翻身，叫：「丈夫慢行，等我一等！」太宗道：「御妹，是我等在此。」宮主抬頭睜眼觀看道：「你是誰人，敢來扯我？」太宗道：「是你皇兄、皇嫂。」宮主道：「我那裏得個甚麼皇兄、皇嫂！我娘家姓李，我的乳名喚作李翠蓮，我丈夫姓劉名全；兩口兒都是均州人氏。因為我三個月前，拔金釵在門首齋僧，我丈夫怪我擅出內門，不遵婦道，罵了我幾句，是我氣塞胸堂，將白綾帶懸梁縊死，撇下一雙兒女，晝夜悲啼。今因我丈夫被唐王欽差，赴陰司進瓜果，閻王憐

◎11. 何以得此？其三五之世乎！(周評)
◎12. 此等想頭奇甚。(李評)
◎13. 如此送禮之法甚奇。(周評)
◎14. 一對南瓜換得一個翠蓮，禮物甚輕，賞封甚重，千古第一美差。(周評)

憫，放我夫妻回來。他在前走，因我來遲，趕不上他，我絆了一跌。你等無禮！不知姓名，怎敢扯我！」太宗聞言，與眾宮人道：「想是御妹跌昏了，胡說哩。」傳旨教太醫院進湯藥，將玉英扶入宮中。

唐王當殿，忽有當駕官奏道：「萬歲，今有進瓜果人劉全還魂，在朝門外等旨。」唐王大驚，急傳旨將劉全召進，俯伏丹墀。太宗問道：「進瓜果之事何如？」劉全道：「臣頂瓜果，徑至鬼門關，引上森羅殿，見了那十代閻君，將瓜果奉上，備言我王慇懃致謝之意。閻君甚喜，多多拜上我王，道：『真是個有信有德的太宗皇帝！』」唐王道：「你在陰司見此甚麼來？」劉全道：「臣不曾遠行，沒見甚的，只聞得閻王問臣鄉貫姓名。臣將棄家捨子、因妻縊死、願來進瓜之事，說了一遍。他急差鬼使，引過我妻，就在森羅殿下相會。一壁廂又檢看死生文簿，說我夫妻都有登仙之壽，便差鬼使送回。臣在前走，我妻後行，幸得還魂。但不知妻投何所？」唐王驚問道：「那閻王可曾說你妻甚麼？」劉全道：「閻王不曾說甚麼，只聽得鬼使說：『李翠蓮歸陰日久，屍首無存。』閻王道：『唐御妹李玉英，花陰下跌死，教翠蓮即借玉英屍還魂去罷。』臣不知『唐御妹』是甚地方，家居何處，我還未曾得去尋哩。」

唐王聞奏，滿心歡喜，當對多官道：「朕別閻君，曾問宮中之事。他言老幼俱安，但恐御妹壽促。卻才御妹玉英，花陰下跌死，朕急扶看，須臾甦醒，口叫：『丈夫慢行，等我一等！』朕只道是他跌昏了胡言。又問他詳細，他說的話，與劉全一般。」魏徵奏道：

186

「御妹偶爾壽促，少甦醒即說此言，此是劉全妻借屍還魂之事。此事也有。可請宮主出來，看他有甚話說。」唐王道：「朕才命太醫院去進藥，不知何如？」便教妃嬪入宮去請。那宮主在裏面亂嚷道：「我吃甚麼藥！這裏那是我家！我家是清涼瓦屋，不像這個害黃病※9的房子，花狸狐哨※10的門扇。◎15放我出去！放我出去！」

正嚷處，只見四五個女官，兩三個太監，扶著他直至殿上。唐王道：「你可認得你丈夫麼？」玉英道：「說那裏話，我兩個從小兒的結髮夫妻，與他生男育女，怎的不認得？」唐王叫內官攙他下去。那宮主下了寶殿，直至白玉階前，見了劉全，一把扯住道：「丈夫，你往那裏去，就不等我一等！我跌了一跤，被那些沒道理的人圍住我嚷，這是怎的說！」那劉全聽他說的話是妻之言，觀其人非妻之面，不敢相認。唐王道：「這正是山崩地裂有人見，捉生替死卻難逢！」好一個有道的君王！即將御妹的妝奩、衣物、首飾，盡賞賜了劉全，就如陪嫁一般；又賜與他永免差徭的御旨，著他帶領御妹回去。他夫妻兩個便在階前謝了恩，歡歡喜喜還鄉。◎16有詩為證：

　　人生人死是前緣，短短長長各有年。

劉全進瓜回陽世，借屍還魂李翠蓮。

卻說那尉遲恭將金銀一庫，上河南開封府訪看，相良原來賣水為活，同妻張氏，在門

他兩個辭了君王，逕來均州城裏，見舊家業兒女俱好，兩口兒宣揚善果不題。

※9 害黃病：黃疸病，此處形容皇宮顏色。
※10 花狸狐哨：指裝潢過分花俏。

首販賣烏盆瓦器營生；但賺得此錢兒，只以盤纏為足，其多少齋僧佈施，買金銀紙錠，記庫焚燒，故有此善果臻身。陽世間是一條好善的窮漢，那世裏卻是個積玉堆金的長者。

◎17尉遲恭將金銀送上他門，諕得那相公、相婆魂飛魄散；又兼有本府官員，茅舍外車馬駢集，那老兩口子如痴如瘂跪在地下，只是磕頭禮拜。尉遲恭道：「老人家請起。我雖是個欽差官，卻齎著我王的金銀，送來還你。」他戰兢兢的答道：「小的沒有甚麼金銀放債，如何敢受這不明之財？」尉遲恭道：「我也訪得你是個窮漢，只是你齋僧佈施，盡其所用，就買辦金銀紙錠，燒記陰司，陰司裏有你積下的錢鈔。是我太宗皇帝，死去三日，還魂復生，曾在那陰司裏借了你一庫金銀，今此照數送還與你。你可一一收了，等我好去回旨。」那相良兩口兒只是朝天禮拜，那裏敢受，道：「小的若受了這些金銀，就死得快了。雖然是燒紙記庫，此乃冥冥之事；況萬歲爺爺那世裏借了金銀，有何憑據？我決不敢受。」尉遲恭道：「陛下說，借你的東西，有崔判官作保可證。你收下罷。」相良道：「就死也是不敢受的。」

尉遲恭見他苦苦推辭，只得具本差人啟奏。太宗見了本，知相良不受金銀，道：「此誠為善良長者。」即傳旨教胡敬德將金銀與他修理寺院，起蓋生祠，請僧作善，就當還

◆唐太宗李世民像。李世民崇尚道教，熱中於長生不老，因此小說中有此附會。

◆唐御妹李玉英突然死在花陰下，鬼使活捉了她的魂，卻將翠蓮的魂靈推入玉英身內。（朱寶榮繪）

◎17. 世間慳貪愚人，聞此亦少警醒否？（周評）

他一般，旨意到日，敬德望闕謝恩宣旨，眾皆知之。遂將金銀買到城裏軍民無礙的地基一段，周圍有五十畝寬闊，在上興工，起蓋寺院，名「敕建相國寺」。左有相公、相婆的生祠，鐫碑刻石，上寫著「尉遲恭監造」，即今大相國寺是也。◎18

工完回奏，太宗甚喜。卻又聚集多官，出榜招僧，修建「水陸大會」，超度冥府孤魂。榜行天下，著各處官員推選有道的高僧，上長安做會。那消個月之期，天下多僧俱到。唐王傳旨，著太史丞傅奕選舉高僧，修建佛事。傅奕聞旨，即上疏止浮圖，以言無佛。◎19表曰：

「西域之法，無君臣父子，以三塗※11六道，蒙誘愚蠢；追既往之罪，窺將來之福；口誦梵言，以圖偷免。且生死壽夭，本諸自然；刑德威福，係之人主。今聞俗徒矯托，皆云由佛。自五帝三王，未有佛法，君明臣忠，年祚長久。至漢明帝始立胡神，然惟西域桑門※12，自傳其教，實乃夷犯中國，不足為信。」

太宗聞言，遂將此表擲付群臣議之。時有宰相蕭瑀，出班俯顙奏曰：「佛法興自屢朝，弘善遏惡，冥助國家，理無廢棄。佛，聖人也。非聖者無法，請置嚴刑。」傅奕與蕭瑀論辨，◎20言：「禮本于事親事君，而佛背親出家，以匹夫抗天子，以繼體悖所親；蕭瑀不生于空桑，乃遵無父之教，正所謂非孝者無親。蕭瑀但合掌曰：「地獄之設，正為是人。」太宗召太僕卿張道源、中書令張士衡，問佛事營福，其應何如。二臣對曰：「佛在清淨仁恕，果正佛空。周武帝以三教分次：大慧禪師有贊幽遠，歷眾供養而無不顯；五祖投胎，

◎18.此窮漢竟千秋萬歲矣。（周評）
◎19.傅奕大是秀才氣。（李評）
◎20.傅奕，傅奕，憑你會說，只是免地獄不得。（李評）

達摩現像。自古以來，皆云三教至尊而不可毀，不可廢。伏乞陛下聖鑒明裁。」太宗甚喜道：「卿之言合理。再有所陳者，罪之。」遂著魏徵與蕭瑀、張道源邀請諸佛，選舉一名有大德行者作壇主，設建道場。眾皆頓首謝恩而退。自此時出了法律：但有毀僧謗佛者，斷其臂。

次日，三位朝臣聚眾僧在那山川壇裏，逐一從頭查選。內中選得一名有德行的高僧。你道他是誰人？

靈通本諱號金蟬，只為無心聽佛講。

轉托塵凡苦受磨，降生世俗遭羅網。

投胎落地就逢凶，未出之前臨惡黨。

父是海州陳狀元，外公總管當朝長。

出身命犯落江星，順水隨波逐浪泱。

海島金山有大緣，遷安和尚將他養。

※11 三塗：塗同途。佛教認為作惡的人不外有三條路：一是地獄路，二是畜生路，三是餓鬼路。

※12 桑門：沙門，佛門的代稱。

191

♦河南省開封市大相國寺，始建於北齊天保六年（西元555年），有一千四百多年的歷史。是漢傳佛教十大
　名寺之一。（周沁軍／fotoe提供）

年方十八認親娘，特赴京都求外長。

總管開山調大軍，洪州剿寇誅兇黨。

狀元光蕊脫天羅，子父相逢堪賀獎。

復謁當今受主恩，凌烟閣上賢名響。

恩官不受願為僧，洪福沙門將道訪。

小字江流古佛兒，法名喚作陳玄奘。

當日對眾舉出玄奘法師。這個人自幼為僧，出娘胎就持齋受戒。他外公見是當朝一路總管殷開山，他父親陳光蕊中狀元，官拜文淵殿大學士。一心不愛榮華，只喜修持寂滅。查得他根源又好，德行又高，千經萬典，無所不通；佛號仙音，無般不會。當時三位引至御前，揚塵舞蹈，拜罷奏曰：「臣瑀等，蒙聖旨，選得高僧一名陳玄奘。」太宗聞其名，沉思良久道：「可是學士陳光蕊之兒玄奘否？」江流兒叩頭曰：「臣正是。」太宗喜道：「果然舉之不錯，誠為有德行有禪心的和尚。朕賜你左僧

綱、右僧綱，天下大闡都僧綱※13之職。」玄奘頓首謝恩，受了大闡官爵。又賜五彩織金袈裟一件，毗盧帽※14一頂。教他用心再拜明僧，排次闍黎※15班首；書辦旨意，前赴化生寺，擇定吉日良時，開演經法。

玄奘再拜領旨而出，遂到化生寺裏，聚集多僧，打造禪榻，裝修功德，整理音樂。選得大小明僧共計一千二百名，分派上中下三堂。諸所佛前，物件皆齊，頭頭有次。選到本年九月初三日，黃道良辰，開啟做七七四十九日「水陸大會」。即具表申奏，太宗及文武國戚皇親，俱至期赴會，拈香聽講。畢竟不知聖意如何，且聽下回分解。

第十二回　玄奘秉誠建大會　觀音顯像化金蟬

詩曰：

龍集貞觀正十三，王宣大眾把經談。

道場開演無量法，雲霧光乘大願龕。

御敕垂恩修上刹，金蟬脫殼化西涵。

普施善果超沉沒，秉教宣揚前後三。

貞觀十三年，歲次己巳，九月甲戌，初三日，癸卯良辰。陳玄奘大闡法師，聚集一千二百名高僧，都在長安城化生寺開演諸品妙經。那皇帝早朝已畢，帥文武多官，乘鳳輦龍車，出離金鑾寶殿，逕上寺來拈香。怎見那鑾駕？真箇是：

一天瑞氣，萬道祥光。仁風輕淡蕩，化日麗非常。千官環佩分前後，五衛旌旗列兩旁。執金瓜，擎斧鉞，雙雙對對；絳紗燭，御爐香，靄靄堂堂。龍飛鳳舞，鶼鶼※1鷹揚。聖明天子正，忠義大臣良。介福千年過舜禹，昇平萬代賽堯湯。又見那曲柄傘，滾龍袍，輝光相射；玉連環，彩鳳扇，瑞靄飄揚。珠冠玉帶，紫綬

◆《新說西遊記圖像》描繪第十二回精采場景：貞觀十三年，陳玄奘大闡法師，在長安城化生寺開演諸品妙經。皇帝早朝已畢，也去觀摩。（古版畫，選自《新說西遊記圖像》）

金章。護駕軍千隊，扶輿將兩行。這皇帝沐浴虔誠尊敬佛，皈依善果喜拈香。◎1

唐王大駕，早到寺前，分付住了音樂響器。下了車輦，引著多官，拜佛拈香。三匝已畢，抬頭觀看，果然好座道場。但見：

幢幡飄舞，寶蓋飛輝。幢幡飄舞，凝空道道彩霞搖；寶蓋飛輝，映日翩翩紅電徹。世尊金像貌臻臻※2，羅漢玉容威烈烈。瓶插仙花，爐焚檀降。瓶插仙花，錦樹輝輝漫寶刹；爐焚檀降，香雲靄靄透清霄。時新果品砌朱盤，奇樣糖酥堆彩案。高僧羅列誦真經，願拔孤魂離苦難。

太宗文武俱各拈香，拜了佛祖金身，參了羅漢。又見那大闡都綱陳玄奘法師，引眾僧羅拜唐王。禮畢，分班各安禪位，法師獻上濟孤榜文與太宗看。榜曰：

「至德渺茫，禪宗寂滅。清淨靈通，周流三界。千變萬化，統攝陰陽。體用真常，無窮極矣。觀彼孤魂，深宜哀愍。此是奉太宗聖命，選集諸僧，參禪講法。大開方便門庭，廣運慈悲舟楫，普濟苦海群生，脫免沉疴六趣※3。引歸真路，普翫鴻濛；動止無為，混成純素。仗此良因，邀賞清都絳闕※4；乘吾勝會，脫離地獄凡籠。早登極樂任逍遙，來往西方隨自在。詩曰：

一爐永壽香，幾卷超生籙。

※1 鴞薦：漢孔融〈薦禰衡表〉：「鷙鳥累百，不如一鶚，使衡立朝，必有可觀。」後用鴞薦比喻舉薦賢才。
※2 臻臻：整齊之狀。
※3 沉疴六趣：沉疴，指久治不癒的重病，泛指災厄。六，指六道。趣，古代與趨字通，指趨向。
※4 清都絳闕：清都為天帝居所，絳闕為宮殿的紅門；兩者並陳，泛指神仙居息之地。

◎1.看他只寫得鄭重度誠，下文意誠之神自到。（張評）

無邊妙法宣，無際天恩沐。

冤孽盡消除，孤魂皆出獄。

願保我邦家，清平萬咸福。」

太宗看了，滿心歡喜，對眾僧道：「汝等秉立丹衷，◎2切休怠慢佛事。待後功成完備，各各福有所歸，朕當重賞，決不空勞。」那一千二百僧，一齊頓首稱謝。當日三齋已畢，唐王駕回；待七日正會，復請拈香。時天色將晚，各官俱退。怎見得好晚？你看那：

萬里長空淡落暉，歸鴉數點下棲遲。滿城燈火人烟靜，正是禪僧入定時。

一宿晚景題過。次早，法師又升坐，聚眾誦經不題。

卻說南海普陀山觀世音菩薩，◎3自領了如來佛旨，在長安城訪察取經的善人，日久未逢真實有德行者。忽聞得太宗宣揚善果，選舉高僧，開建大會；又見得法師壇主乃是江流兒和尚，正是極樂中降來的佛子，又是他原引送投胎的長老。菩薩十分歡喜，將佛賜的寶貝捧上長街，與木叉貨賣。你道他是何寶貝？有一件錦襴異寶袈裟、九環錫杖；還有那金緊禁三個箍兒，密密藏收，以俟後用。只將袈裟、錫杖出賣。長安城裏，有那選不中的愚僧，倒有幾貫村鈔※5。見菩薩變化個疥癩形容，身穿破衲，赤腳光頭，將袈裟捧定，豔豔生光。他上前問道：「那癩和尚，你的袈裟要賣多少價錢？」菩薩道：「袈裟價值五千兩，錫杖價值二千兩。」那愚僧笑道：「這兩個癩和尚是瘋子，是傻子！這兩件粗物，就賣得七千兩銀子？只是除非穿上身長生不老，就得成佛作祖，也值不得這許多！拿了去，

賣不成！」那菩薩更不爭吵，與木叉往前又走。行彀多時，來到東華門前，正撞著宰相蕭瑀散朝而回，眾頭踏※6喝開街道。那菩薩公然不避，當街上拿著袈裟，徑迎著宰相。宰相勒馬觀看，見袈裟豔豔生光，著手下人問那賣袈裟的要價幾何。菩薩道：「袈裟要五千兩，錫杖要二千兩。」蕭瑀道：「有何好處，值這般高價？」菩薩道：「袈裟有好處，有不好處；有要錢處，有不要錢處。」蕭瑀道：「何為好？何為不好？」菩薩道：

「著了我袈裟，不入沉淪，不墮地獄，不遭惡毒之難，不遇虎狼之災，便是好處；若貪淫樂禍的愚僧，不齋不戒的和尚，毀經謗佛的凡夫，難見我袈裟之面，這便是不好處。」

又問道：「何為要錢，不要錢？」菩薩道：「不遵佛法，不敬三寶，強買袈裟、錫杖，定要賣他七千兩，這便是要錢；若敬重三寶，見善隨喜，皈依我佛，承受得起，我將袈裟、錫杖情願送他，與我結個善緣，這便是不要錢。」蕭瑀聞言，倍添春色，知他是個好人。即便下馬，與菩薩以禮相見，口稱：「大法長老，恕我蕭瑀之罪。我大唐皇帝十分好善，滿朝的文武無不奉行。即今起建水陸大會，這袈裟正好與大都闡陳玄奘法師穿用。我和你入朝見駕去來。」

※5 有幾貫村鈔：猶如現在說「有幾個臭錢」。
※6 頭踏：官員出行時走在前面開路的儀仗隊。

◆陝西省西安，大雁塔玄奘塑像。玄奘身披袈裟。（肖殿昌／fotoe提供）

菩薩忻然從之，拽轉步，徑進東華門裏。黃門官轉奏，蒙旨宣至寶殿。見蕭瑀引著兩個疥癩僧人，立於階下，唐王問曰：「蕭瑀來奏何事？」蕭瑀俯伏階前道：「臣出了東華門前，偶遇二僧，乃賣袈裟與錫杖者。臣思法師玄奘可著此服，故領僧人啟見。」太宗大喜，便問那袈裟價值幾何。菩薩與木叉侍立階下，更不行禮，因問袈裟之價，答道：「袈裟五千兩，錫杖二千兩。」太宗道：「那袈裟有何好處，就值許多？」菩薩道：

「這袈裟，龍披一縷，免大鵬蠶噬之災；鶴掛一絲，得超凡入聖之妙。但坐處，有萬神朝禮；凡舉動，有七佛隨身。

這袈裟是冰蠶造練抽絲，巧匠翻騰為線。仙娥織就，神女機成。方方簇幅繡花縫，片片相幫堆錦蔟。玲瓏散碎鬥妝花，色亮飄光噴寶豔。穿上滿身紅霧遶，脫來一段彩雲飛。三天門外透元光，五岳山前生寶氣。重重嵌就西番蓮，灼灼懸珠星斗象。四角上有夜明珠，攢頂間一顆祖母綠。雖無全照原本體，也有生光八寶攢。

這袈裟，閒時折疊，遇聖才穿。閒時折疊，千層包裹透虹霓；遇聖才穿，驚動諸天神鬼怕。上邊有如意珠、摩尼珠、辟塵珠、定風珠；又有那紅瑪瑙、紫珊瑚、夜明珠、舍利子。偷月沁白，與日爭紅。條條仙氣盈空，朵朵祥光捧聖；條條仙氣盈空，照徹了天關；朵朵祥光捧聖，影遍了世界。照山川，驚虎豹；影海島，動魚龍。沿邊兩道銷金鎖，叩領連環白玉琮。」

詩曰：

198

三寶巍巍道可尊，四生※7六道盡評論。

明心解養人天法，見性能傳智慧燈。

護體莊嚴金世界，身心清淨玉壺冰。

自從佛製袈裟後，萬劫誰能敢斷僧？

唐王在那寶殿上聞言，十分歡喜。又問：「那和尚，九環杖有甚好處？」菩薩道：「我這錫杖，是那：

銅鑲鐵造九連環，九節仙藤永駐顏。入手厭看青骨瘦，下山輕帶白雲還。

摩呵五祖※8遊天闕，羅卜尋娘※9破地關。不染紅塵些子穢，喜伴神僧上玉山。

唐王聞言，即命展開袈裟，從頭細看，果然是件好物。道：「大法長老，實不瞞你，朕今大開善教，廣種福田，見在那化生寺聚集多僧，敷演經法。內中有一個大有德行者，法名玄奘。朕買你這兩件寶物，賜他受用。你端的※10要價幾何？」菩薩聞言，與木叉合掌皈依，道聲佛號，躬身上啟道：「既有德行，貧僧情願送他，決不要錢。」說罷，抽身便走。◎4唐王急著蕭瑀扯住，欠身立於殿上，問曰：「你原說袈裟五千兩，錫杖二千兩，你

註

※7四生：又叫「四生眾類」，佛教中泛指一切之有情眾生，或作為有情眾生之別稱。

※8摩呵五祖：佛教達摩祖師以下，是這樣流傳：二祖慧可、三祖僧璨、四祖道信、五祖弘忍。摩呵，為梵語譯音，盛大、眾多的意思，亦可引申為偉大。

※9羅卜尋娘：羅卜就是目連，目連救母的故事在戲曲中十分流行。故事大概是目連的母親墮入餓鬼道中，目連以法力從地獄中將母親救出。

※10端的：真的、果然的意思。這裏作「究竟」解釋。

評點

◎4.一件大事因緣付託得人，自然抽身便走。妙極、妙極。（周評）

見朕要買，就不要錢，敢是說朕心倚恃君位，強要你的物件？——更無此理。朕照你原價奉償，卻不可推避。」菩薩起手道：「貧僧有願在前，原說果有敬重三寶，見善隨喜，皈依我佛，不要錢，願送與他。今見陛下明德止善，◎5敬我佛門，況又高僧有德有行，宣揚大法，理當奉上，決不要錢。貧僧願留下此物告回。」唐王見他這等勸懇，甚喜，◎6隨命光祿寺大排素宴酬謝。菩薩又堅辭不受，暢然而去，依舊望都土地廟中隱避不題。

卻說太宗設午朝，著魏徵齎旨，宣玄奘入朝。那法師正聚眾登壇，諷經誦偈，一聞有旨，隨下壇整衣，與魏徵同往見駕。太宗道：「求證善事，有勞法師，無物酬謝。早間蕭瑀迎著二僧，願送錦襴異寶袈裟一件，九環錫杖一條。今特召法師領去受用。」玄奘叩頭謝恩。太宗道：「法師如不棄，可穿

◆玄奘法師將袈裟抖開披在身上，手持錫杖，侍立階前。（朱寶榮繪）

上與朕看看。」長老遂將袈裟抖開，披在身上，手持錫杖，侍立階前。君臣個個忻然。誠為

如來佛子，你看他：

凜凜威顏多雅秀，佛衣可體如裁就。輝光艷艷滿乾坤，結彩紛紛凝宇宙。朗朗明珠上下排，層層金線穿前後。兜羅四面錦沿邊，萬樣稀奇鋪綺繡。八寶妝花縛鈕絲，金環束領攀絨扣。佛天大小列高低，星象尊卑分左右。玄奘法師大有緣，現前此物堪承受。渾如極樂活羅漢，賽過西方真覺秀。錫杖叮噹鬥九環，毗盧帽映多豐厚。誠為佛子不虛傳，勝似菩提無詐謬。◎7

當時文武階前喝采，太宗喜之不勝，即著法師穿了袈裟，持了寶杖；又賜兩隊儀從，著多官送出朝門，教他上大街行道，往寺裏去，就如中狀元誇官的一般。這去玄奘再拜謝恩，在那大街上，烈烈轟轟，搖搖擺擺。你看那長安城裏，行商坐賈、公子王孫、墨客文人、大男小女，無不爭看誇獎，俱道：「好個法師！真是個活羅漢下降，活菩薩臨凡。」玄奘直至寺裏，僧人下榻來迎。一見他披此袈裟，執此錫杖，都道是地藏王來了，各各歸依，侍於左右。玄奘上殿，炷香禮佛，又對眾感述聖恩已畢，各歸禪座。又不覺紅輪西墜，正是：

日落烟迷草樹，帝都鐘鼓初鳴。叮叮三響斷人行，前後街前寂靜。上剎輝煌燈火，孤村冷落無聲。禪僧入定理殘經，正好煉魔養性。

光陰撚指，卻當七日正會。玄奘又具表，請唐王拈香。此時善聲遍滿天下。太宗即排

◎5.明德止至善，原是全部的章旨，一筆點出全神俱已呼動。（張評）
◎6.原是誠心送來，照應下意。（張評）
◎7.煥然一新，此特玄奘亦不舊，爲後修身伏案。（張評）

駕，率文武多官、后妃國戚，早赴寺裏。那一城人，無論大小尊卑，俱詣寺聽講。◎8當有菩薩與木叉道：「今日是水陸正會，以一七繼七七，可矣了。我和你雜在眾人叢中，一則看他那會如何，二則看金蟬子可有福穿我的寶貝，三則也聽他講的是那一門經法。」兩人隨投寺裏。正是有緣得遇舊相識，般若※11還歸本道場。入到寺裏觀看，真箇是天朝大國，果勝裟婆；賽過祇園舍衛，也不亞上剎招提※12。那一派仙音響亮，佛號喧嘩。這菩薩直至多寶臺邊，果然是明智金蟬之相。詩曰：

萬象澄明絕點埃，大典玄奘坐高臺。
超生孤魂暗中到，聽法高流市上來。
施物應機心路遠，出生隨意藏門開。
對看講出無量法，老幼人人放喜懷。

又詩曰：

因遊法界講堂中，逢見相知不俗同。
盡說目前千萬事，又談塵劫許多功。
法雲容曳舒群岳，教網張羅滿太空。
檢點人生歸善念，紛紛天雨落花紅。

那法師在臺上，念一會《受生度亡經》，談一會《安邦天寶篆》，又宣一會《勸修功卷》。這菩薩近前來，拍著寶臺，厲聲高叫道：「那和尚，你只會談小乘教法，◎9可會談

大乘麼？」玄奘聞言，心中大喜，翻身跳下臺來，對菩薩起手道：「老師父，弟子失瞻，

多罪。見前的蓋眾僧人，都講的是小乘教法，卻不知大乘教法如何？」菩薩道：「你這小

乘教法，度不得亡者超升，只可渾俗和光而已。我有大乘佛法三藏，能超亡者升天，能度

難人脫苦，能修無量壽身，能作無來無去。」

正講處，有那司香巡堂官急奏唐王道：「法師正講談妙法，被兩個疥癩遊僧扯下

來，亂說胡話。」王令擒來，只見許多人將二僧推擁進後法堂。見了太宗，那僧人手也不

起，拜也不拜，仰面道：「陛下問我何事？」唐王卻認得他，道：「你是前日送袈裟的和

尚？」菩薩道：「正是。」太宗道：「你既來此處聽講，只該吃些齋便了，為何與我法師

亂講，擾亂經堂，誤我佛事？」菩薩道：「你那法師講的是小乘教法，度不得亡者升天。

我有大乘佛法三藏，可以度亡脫苦，壽身無壞。」太宗正色喜問道：「你那大乘佛法，在

於何處？」菩薩道：「在大西天天竺國大雷音寺我佛如來處，能解百冤之結，能消無妄之

災。」太宗道：「你可記得麼？」菩薩道：「我記得。」太宗大喜道：「教法師引去，請

上臺開講。」

那菩薩帶了木叉，飛上高臺，遂踏祥雲直至九霄，現出救苦原身，◎10托了淨瓶楊柳。

左邊是木叉惠岸，執著棍，抖擻精神。喜的個唐王朝天禮拜，眾文武跪地焚香。滿寺中僧

尼道俗、士人工賈，無一人不拜禱道：「好菩薩！好菩薩！」有詞為證。但見：

註

※11 般若：梵語譯音，就是智慧。

※12 招提：梵語譯音，原本是四方的意思。文中是對佛寺的代稱。

◎8.本是無所不用，先說不人不來，更妙。(張評)
◎9.乃小學也，為大學一覷。(張評)
◎10.就是位無所不的君子。(張評)

瑞靄散繽紛，祥光護法身。九霄華漢裏，現出女真人。那菩薩，頭上戴

一頂：金葉紐，翠花鋪，放金光，生瑞氣的垂珠纓絡；身上穿一領：淡淡

色，淺淺妝，盤金龍，飛彩鳳的結素藍袍；胸前掛一面：對月明，舞清風，

雜寶珠，攢翠玉的砌香環佩；腰間繫一條：冰蠶絲，織金邊，登彩雲，促瑤

海的錦繡絨裙；面前又領一個：飛東洋，遊普世，感恩行孝，黃毛紅嘴白鸚

哥；手內托著一個施恩濟世的寶瓶，瓶內插著一枝灑青霄，撒大惡，掃開

殘霧垂楊柳。玉環穿繡扣，金蓮足下深。三天許出入，這才是救苦救難觀世

音。

喜的個唐太宗，忘了江山；愛的那文武官，失卻朝禮；蓋眾多人，都念

「南無觀世音菩薩」。太宗即傳旨，教巧手丹青描下菩薩真像。旨意一聲，

選出個圖神寫聖、遠見高明的吳道子——此人即後圖功臣于凌煙閣者。當時

展開妙筆，圖寫真形。那菩薩祥雲漸遠，霎時間不見了金光。只見那半空

中，滴溜溜落下一張簡帖，上有幾句頌子，寫得明白。頌曰：

「禮上大唐君，西方有妙文。程途十萬八千里，◎11大乘進慇懃。此經回上國，能超鬼

出群。若有肯去者，求正果金身。」◎12

太宗見了頌子，即命眾僧：「且收勝會，◎13待我差人取得大乘經來，再秉丹誠，重

修善果。」◎14眾官無不遵依。當時在寺中問曰：「誰肯領朕旨意，上西天拜佛求經？」問

◆河南洛陽白馬寺，是中國第一座佛教寺廟。（美工圖書社：中國圖片大系提供）

◆本回末，太宗道：「寧戀本鄉一捻土，莫愛他鄉萬兩金。」三藏方悟捻土之意，復謝恩飲盡，辭謝出關而去。（朱寶榮繪）

不了，旁邊閃過法師，帝前施禮道：「貧僧不才，願效犬馬之勞，與陛下求取真經，祈保我王江山永固。」唐王大喜，上前將御手扶起道：「法師果能盡此忠賢，不怕程途遙遠，跋涉山川，朕情願與你拜為兄弟。」◎15玄奘頓首謝恩。唐王果是十分賢德，就去那寺裏佛前，與玄奘拜了四拜，口稱「御弟聖僧」。玄奘感謝不盡道：「陛下，貧僧有何德何能，敢蒙天恩眷顧如此？◎16我這一去，定要捐軀努力，直至西天；如不到西天，不得真經，即死也不敢回國，永墮沉淪地獄。」隨在佛前拈香，以此為誓。唐王甚喜，即命回鑾，待選良利日辰，發牒出行。遂此駕回各散。

玄奘亦回洪福寺裏。◎17那本寺多僧與幾個徒弟，早聞取經之事，都來相見。因問：「發誓願上西天，實否？」玄奘道：「是實。」他徒弟道：「師父呵，嘗聞人言，西天路遠，更多虎豹妖魔；只怕有去無回，難保身命。」◎18玄奘道：「我已發了弘誓大願，不取真經，永墮沉淪地獄。大抵是受王恩寵，不得不盡忠以報國耳。

我此去真是渺渺茫茫，吉凶難定。」又道：「徒弟們，我去之後，或三二年，或五七年，但看那山門裏松枝頭向東，我即回來；不然，斷不回矣。」眾徒將此言切切而記。

次早，太宗設朝，聚集文武，寫了取經文牒，用了通行寶印。有欽天監奏曰：「今日是人專吉星，堪宜出行遠路。」唐王大喜。又見黃門官奏道：「御弟法師，朝門外候旨。」隨即宣上寶殿，道：「御弟，今日是出行吉日。這是通關文牒。朕又有一個紫金鉢盂，送你途中化齋而用。再選兩個長行的從者，又銀騘的馬一匹，送為遠行腳力。你可就此行程。」玄奘大喜，即便謝了恩，領了物事，更無留滯之意。唐王排駕，與多官同送至關外，◎19只見那洪福寺僧眾與諸徒將玄奘的冬夏衣服，俱送在關外相等。唐王見了，先教收拾行囊、馬匹俱備，然後著官人執壺酌酒。太宗舉爵，又問曰：「御弟雅號甚稱？」玄奘道：「貧僧出家人，未敢稱號。」太宗道：「當時菩薩說，西天有經三藏。御弟可指經取號，號作『三藏』何如？」◎20玄奘又謝恩，接了御酒，道：「陛下，酒乃僧家頭一戒。貧僧自為人，不會飲酒。」太宗道：「今日之行，比他事不同。此乃素酒，只飲此一杯，以盡朕奉餞之意。」三藏不敢不受，接了酒，方待要

◆菩薩帶了木叉飛上高臺，遂踏祥雲，直至九霄，現出救苦原身，托了淨瓶楊柳。左邊是木叉惠岸，執著棍，抖擻精神。（古版畫，選自李卓吾批評本《西遊記》）

206

飲，只見太宗低頭，將御指拾一撮塵土，彈入酒中。◎21三藏不解其意，太宗笑道：「御弟呵，這一去到西天，幾時可回？」三藏道：「只在三年，徑回上國。」太宗道：「日久年深，山遙路遠，御弟可進此酒：寧戀本鄉一捻土，莫愛他鄉萬兩金。」◎22三藏方悟捻土之意，復謝恩飲盡，辭謝出關而去。唐王駕回。畢竟不知此去何如，且聽下回分解。

總批

菩薩自在，佛祖如來，已將自性本來面目招由。只此已了，緣何又要取經？大有微意。蓋性教不可偏廢，天人斷當相湊。有性不學，也不濟事。所以取經者，見當從經論入也；不從論入者，此性光終不顯露。此孔夫子所以亦從學字說起。（李評）

悟一子曰：醯雞謂覺大，井蛙謂天小。非覺果大，天果小，局於觀也。若太宗之治績，貞觀矣，玄奘則進：傅奕之奏議，貞觀矣，蕭瑀則進：要當貞觀也。篇中復提「貞觀」二字，以志建會之始，見為即如太宗賜玄奘五彩織錦袈裟，以爲極華麗寵渥矣。豈知有佛賜錦襴袈裟，九環錫杖，爲巍巍絢麗之至寶。得菩薩一番讚美，而太宗前踢裂矣，未免削然無色。如太宗命玄奘集諸僧參禪講法，大開方便，謂之建大會矣。「菩薩拍著寶台，屬聲高叫：『和尚！你只會談小乘教法，可會談大乘教法麼？』」得菩薩將大乘三藏法指示，能超亡者昇天，能度難人脫體，能修無量壽身，能作無去無來，而玄奘素所得力參講之教法，已只可渾俗和光。何也？觀至美而美者失其美，觀至大而大者失其大也。（陳評節錄）

評點

◎19. 去從此去，回由此回，前後正相應。（張評）
◎20. 幸而經只三藏，可以取號，若是五藏奈何？（周評）
◎21. 捻指想頭亦奇。（李評）
◎22. 他鄉萬兩之金我能保其必無，只恐西梁女王留婚，天竺公主招婿耳！不知比本鄉上色何如？（周評）

陷虎穴金星解厄　雙叉嶺伯欽留僧

詩曰：

大有唐王降敕封，欽差玄奘問禪宗。
堅心磨琢尋龍穴，著意修持上鷲峰。
邊界遠遊多少國，雲山前度萬千重。
自今別駕投西去，秉教迦持悟大空。

卻說三藏自貞觀十三年九月望前三日，◎1蒙唐王與多官送出長安關外。一二日馬不停蹄，早至法門寺。本寺住持上房長老，滯頭眾僧※1有五百餘人，兩邊羅列，接至裏面，相見獻茶。茶罷進齋，齋後不覺天晚。正是那：

影動星河近，月明無點塵。雁聲鳴遠漢，砧韻響西鄰。
歸鳥棲枯樹，禪僧講梵音。蒲團一榻上，坐到夜將分。

眾僧們燈下議論佛門定旨，上西天取經的原由。有的說水遠山高，有的說路多虎豹，有的說峻嶺陡崖難度，有的說毒魔惡怪難降。三藏箝口不言，但以手指自心，點頭幾度。眾僧們莫解其意，合掌請問道：「法師指心點頭者，何也？」三藏答曰：「心生，種種魔生；

◆《新說西遊記圖像》描繪第十三回精采場景：三藏道：「貧僧的從人，已是被怪食了，只不知行李、馬匹在於何處？」老叟用杖指定道：「那廂不是一匹馬、兩個包袱？」三藏回頭看時，果是他的物件，心才略放下些。（古版畫，選自《新說西遊記圖像》）

◆陝西華山風光，玄奘西行所經歷的第一座大山川。
（美工圖書社：中國圖書大系提供）

心滅，種種魔滅。◎2我弟子曾在化生寺對佛設下洪誓大願，不由我不盡此心。這一去，定要到西天，見佛求經，◎3使我們法輪回轉，願聖主皇圖永固。」眾僧聞得此言，人人稱羨，個個宣揚，都叫一聲：「忠心赤膽大闡法師！」誇讚不盡，請師入榻安寢。

早又是竹敲殘月落，雞唱曉雲生。那眾僧起來，收拾茶水早齋。玄奘遂穿了袈裟，上正殿佛前禮拜道：「弟子陳玄奘，前往西天取經，但肉眼愚迷，不識活佛真形。今願立誓：路中逢廟燒香，遇佛拜佛，遇塔掃塔。◎4但願我佛慈悲，早現丈六金身，賜真經，留傳東土。」祝罷，回方丈進齋。齋畢，那二從者整頓了鞍馬，促趲行程。三藏出了山門，辭別眾僧。眾僧不忍分別，直送有十里之遙，噙淚而返。三藏遂直西前進。正是那季秋天氣，但見：

數村木落蘆花碎，幾樹楓楊紅葉墜。路途煙雨故人稀，黃菊麗，山骨細，水寒荷破人憔悴。白蘋紅蓼霜天雪，落霞孤鶩長空墜。依稀黯淡野雲飛，玄鳥去，賓鴻至，嘹嘹嚦嚦聲宵碎。◎5早有鞏州合屬官吏人等，迎接入城中。安歇一

師徒們行了數日，到了鞏州城。

註

※1 滯頭象僧：指留滯在寺院中修持的僧象們。

◎1.一路有編年紀月從此始。有年有月的奇文，有起有落的奇事，方寫去日，已寓來時。（張評）
◎2.一部金丹總不出此二語，即此便是活佛真經，何必遠求？（周評）
◎3.其心極正，其意極誠，便已籠起全面。（張評）
◎4.二語妙於伏案，為下文無限張本。（周評）
◎5.筆，固也，見其誠。（張評）

夜，次早出城前去。一路飢餐渴飲，夜住曉行者三日，又至河州衛。此乃是大唐的山河邊界。早有鎮邊的總兵與本處僧道，聞得是欽差御弟法師上西方見佛，無不恭敬；接至裏面供給了，著僧綱請往福原寺安歇。本寺僧人一一參見，安排晚齋。齋畢，分付二從者飽喂馬匹，天不明就行。及雞方鳴，隨喚從者，卻又驚動寺僧，整治茶湯齋供。齋罷，出離邊界。

這長老心忙，◎6太起早了。原來此時秋深時節，雞鳴得早，只好有四更天氣。一行三人，連馬四口，迎著清霜，看著明月，行有數十里遠近，見一山嶺，只得撥草尋路。說不盡崎嶇難走，又恐怕錯了路徑。正疑思之間，忽然失足，三人連馬都跌落坑坎之中。◎7三藏心慌，從者膽戰。卻才悚懼，又聞得裏面哮吼高呼，叫：「拿將來！拿將來！」只見狂風滾滾，擁出五六十個妖邪，將三藏、從者揪了上去。這法師戰戰兢兢的偷眼觀看，上面坐的那魔王，十分兇惡。◎8真箇是：

雄威身凜凜，猛氣貌堂堂。電目飛光豔，雷聲振四方。
鋸牙舒口外，鑿齒露腮旁。錦繡圍身體，文斑裹脊梁。
鋼鬚稀見肉，鉤爪利如霜。東海黃公※2懼，南山白額王。

藏心慌，從者膽戰。那魔王喝令綁了，眾妖一齊將三人用繩索綁縛。正說得個三藏魂飛魄散，二從者骨軟筋麻。魔王喝令綁了，眾妖一齊將三人用繩索綁縛。正要安排吞食，只聽得外面喧嘩，有人來報：「熊山君與特處士二位來也。」三藏聞言，抬頭觀看，前走的是一條黑漢。你道他是怎生模樣：

◎6.心忙則亂，亂則生魔。(周評)
◎7.不想正道，自然差入邪道。(張評)
◎8.西山白虎，驀地出現。(周評)
◎9.虎未嘗不能啖牛，此胖處士我替他甚擔干係。(周評)

210

雄豪多膽量，輕健夯※3身軀。涉水惟兇力，跑林逞怒威。

向來符吉夢，今獨露英姿。綠樹能攀折，知寒善諭時。

准靈惟顯處，故此號山君。

又見那後邊來的是一條胖漢。◎9你道怎生模樣：

嵯峨雙角冠，端肅聳肩背。性服青衣穩，蹄步多遲滯。

宗名父稱牯，原號母稱牸。能為田者功，因名特處士。

這兩個搖搖擺擺，走入裏面，慌得那魔王奔出迎接。熊山君道：「寅將軍，一向得意，可賀！可賀！」特處士道：「寅將軍丰姿勝常，真可喜！真可喜！」魔王道：「二公連日如何？」山君道：「惟守素耳。」◎10處士道：「惟隨時耳。」三個敘罷，各坐談笑。

只見那從者綁得痛切悲啼。那黑漢道：「此三者何來？」魔王道：「自送上門來者。」處士笑云：「可能待客否？」魔王道：「奉承！奉承！」山君道：「不可盡用，食其二，留其一可也。」◎11魔王領諾，即呼左右，將二從者剖腹剜心，剁碎其屍，將首級與心肝奉獻二客，其餘骨肉分給各妖。只聽得啯啅※4之聲，真似虎啖羊羔，霎時食盡。把一個長老，幾乎諕死。這才是初出長安第一場苦難。◎12

※2 東海黃公：晉朝葛洪在《西京雜記》記載：東海有個叫黃公的，年輕的時候學法術，能打老虎，後來年邁力衰，再加上飲酒過度，結果被虎吃了。

※3 夯：音ㄏㄤ，北方方言，指用力以肩扛物。或作脹滿、鼓脹之意

※4 啯啅：啯音郭；啅音卓，同「啄」。為狀聲詞，形容吃食物時候咀嚼的聲音。

評點

◎10.若能守素隨時，非畜類矣。(李評)
◎11.妖魔亦會說官話，卻又有文有理，奇矣。(周評)
◎12.破題兒第一夜。(周評)

正愴慌之間，漸漸的東方發白，那二怪至天曉方散，俱道：「今日厚擾，容日竭誠奉酬。」方一擁而退。不一時，紅日高升。三藏昏昏沉沉，也辨不得東西南北。正在那不得命處，忽然見一老叟，手持拄杖而來。走上前，用手一拂，繩索皆斷。對面吹了一口氣，三藏方甦，跪拜於地道：「多謝老公公搭救貧僧性命！」老叟答禮道：「你起來，你可曾疏失了甚麼東西？」三藏道：「貧僧的從人，已是被怪食了，只不知行李、馬匹在於何處？」老叟用杖指定道：「那廂不是一匹馬、兩個包袱？」三藏回頭看時，果是他的物件，並不曾失落，心才略放下些。問老叟曰：「老公公，此處是甚所在？公公何由在此？」老叟道：「此是雙叉嶺，乃虎狼巢穴處。你為何墮此？」三藏道：「貧僧雞鳴時出河州衛界，不料起得早了，冒霜撥露，忽失落此地。見一魔王，兇頑太甚，將貧僧與二從者綁了。又見一條黑漢，稱是熊山君；一條胖漢，稱那魔王是寅將軍。他三個把我二從者吃了，天光才散。不想我是那裏有這大緣大分，感得老公公來此救我？」老叟道：「處士者，是個野牛精；山君者，是個熊羆精；寅將軍者，是個老虎精。左右妖邪，盡都是山精樹鬼，怪獸蒼狼。只因你的本性元明，◎13所以吃不得你。你跟我來，引你

◆魔王道：「自送上門來者。」處士笑云：「可能待客否？」魔王道：「奉承！奉承！」山君道：「不可盡用，食其二，留其一可也。」（古版畫，選自李卓吾批評本《西遊記》）

▲西天太白星像。（葉雄繪）

上路。」

三藏不勝感激，將包袱捎在馬上，牽著繮繩，相隨老叟徑出了坑坎之中，走上大路。卻將馬拴在道旁草頭上，轉身拜謝那公公；那公公遂化作一陣清風，跨一隻朱頂白鶴，騰空而去。只見風飄飄遺下一張簡帖，書上四句頌子。頌子云：

「吾乃西天太白星，特來搭救汝生靈。前行自有神徒助，莫爲艱難報怨經。」

三藏看了，對天禮拜道：「多謝金星，度脫此難。」拜畢，牽了馬匹，獨自個孤孤悽悽，往前苦進。這嶺上，真箇是：

寒颯颯雨林風，響潺潺澗下水。香馥馥野花開，密叢叢亂石磊。鬧嚷嚷鹿與猿，一隊隊獐和麂。喧雜雜鳥聲多，靜悄悄人事靡。那長老，戰兢兢心不寧；這馬兒，力怯怯蹄難舉。

三藏捨身拚命，上了那峻嶺之間。行經半日，更不見個人烟村舍。一則腹中飢了，二則路又不平，正在危急之際，只見前面有兩隻猛虎咆哮，後邊有幾條長蛇盤繞。左有毒蟲，右有怪獸，三藏孤身無策，只得放下身心，聽天所命。◎14又無奈那馬腰軟蹄彎，即便跪下，伏倒在地，打又打不起，牽又牽不動。苦得個法師襯身無地，真箇有萬分悽楚，已自分必

評點

◎13. 只本性元明，自然魔不能唬。金丹大旨，如是如是。（周評）
◎14. 著眼。人能常持如此，則近道矣。（李評）

死，莫可奈何。卻說他雖有災迍，卻有救應。正在那不得命處，忽然見毒蟲奔走，妖獸飛逃，猛虎潛踪，長蛇隱跡。三藏抬頭看時，只見一人手執鋼叉，腰懸弓箭，自那山坡前轉出。果然是一條好漢，你看他：

頭上戴一頂艾葉花斑豹皮帽，身上穿一領羊絨織錦臣羅衣，腰間束一條獅蠻帶，腳下躧※5一對麂皮靴。環眼圓睛如弔客，圈鬚亂擾似河奎。懸一囊毒藥弓矢，拿一桿點鋼大叉。雷聲震破山蟲膽，勇猛驚殘野雉魂。

三藏見他來得漸近，跪在路旁，合掌高叫道：「大王救命！大王救命！」那條漢到跟前，放下鋼叉，用手攙起道：「長老休怕。我不是歹人，我是這山中的獵戶，姓劉名伯欽，綽號鎮山太保。我才自來，要尋兩隻山蟲食用，不期遇著你，多有沖撞。」三藏道：「貧僧是大唐駕下欽差往西天拜佛求經的和尚。適間來到此處，遇著些狼虎蛇蟲，四邊圍繞，不能前進。忽見太保來，眾獸皆走，救了貧僧性命。多謝，多謝！」伯欽道：「我在這裏住人，專倚打些狼虎為生，捉些蛇蟲過活，故此眾獸怕我走了。你既是唐朝來的，與我都是鄉里。此間還是大唐的地界，我也是唐朝的百姓，我和你同食皇王的水土，誠然是一國之人。◎15你休怕，跟我來，到我舍下歇馬，明朝我送你上路。」三藏聞言，滿心歡喜，謝了伯欽，牽馬隨行。

過了山坡，又聽得呼呼風響。伯欽道：「長老休走，坐在此間。風響處，是個山貓來了。等我拿他家去管待你。」三藏見說，又膽戰心驚，不敢舉步。那太保執了鋼叉，拽開

步，迎將上去。只見一隻斑斕虎，◎16對面撞見，他看見伯欽，急回頭就走。這太保霹靂

一聲，咄道：「那業畜！那裏走！」那虎見趕得急，轉身輪爪撲來。這太保三股叉舉手迎

敵，諕得個三藏軟癱在草地。這和尚自出娘肚皮，那曾見這樣凶險的勾當？太保與那虎在

那山坡下，人虎相持，果是一場好鬥。但見：

怒氣紛紛，狂風滾滾。怒氣紛紛，太保沖冠多膂力；狂風滾滾，斑彪逞勢噴紅塵。那

一個張牙舞爪，這一個轉步回身。三股叉擎天幌日，千花尾攪霧飛雲。這一個當胸亂刺，

那一個劈面來吞。閃過的再生人道，撞著的定見閻君。只聽那斑彪※6哮吼，太保聲哏，

※7。斑彪哮吼，振裂山川驚鳥獸；太保聲哏，喝開天府現星辰。那一個金睛怒出，這一個

壯膽生嗔。可愛鎮山劉太保，堪誇據地獸之君。人虎貪生爭勝負，些兒有慢喪三魂。

他兩個鬥了有一個時辰，只見那虎爪慢腰鬆，被太保舉叉平胸刺倒。可憐呵，鋼叉尖

穿透心肝，霎時間血流滿地。揪著耳朵，拖上路來。好男子！氣不連喘，面不改色，對三

藏道：「造化，造化！這隻山貓，彀長老食用幾日。」三藏誇讚不盡，道：「太保真山神

也！」伯欽道：「有何本事，敢勞過獎？這個是長老的洪福。去來！趕早兒剝了皮，煮些

肉，管待你也。」他一手執著叉，一隻手拖著虎，在前引路。三藏牽著馬，隨後而行。

迤邐行過山坡，忽見一座山莊。那門前真箇是：

註

※5 躧：音喜，本意是鞋，這裏做動詞用，穿、踏。

※6 斑彪：斑，一種顏色中夾雜別種顏色的點子或條紋；彪，虎身上的斑紋。這裏指老虎。

※7 哏：音厂ㄣˊ，狠。後文第十五回的哏哏，就是狠狠的意思。

評點

◎15.如今一家分為吳越，況伯欽與三藏，乃肯認為一國，所見遠矣。(李評)
◎16.安知不是寅將軍？(周評)

參天古樹，漫路荒藤。萬壑風塵冷，千崖氣象奇。一徑野花香襲體，數竿幽竹綠依依。草門樓，籬笆院，堪描堪畫；石板橋，白土壁，真樂真稀。秋容蕭索，爽氣孤高。道傍黃葉落，嶺上白雲飄。疏林內，山禽聒聒；莊門外，細犬嘹嘹。

伯欽到了門首，將死虎擲下，叫：「小的們何在？」只見走出三四個家僮，都是怪形惡相之類，上前拖拖拉拉，把隻虎扛將進去。伯欽分付教：「趕早剝了皮，安排將來待客。」復回頭迎接三藏進內。彼此相見，三藏又拜謝伯欽厚恩，憐憫救命。伯欽道：「同鄉之人，何勞致謝。」坐定茶罷，有一老嫗領著一個媳婦，對三藏禮。伯欽道：「此是家母、山妻。」三藏道：「請令堂上坐，貧僧奉拜。」老嫗道：「長老遠客，各請自珍，不勞拜罷。」伯欽道：「母親呵，他是唐王駕下差往西天見佛求經者，適間在嶺頭上遇著孩兒。孩兒念一國之人，請他來家歇馬，明日送他上路。」老嫗聞言，十分歡喜道：「好！好！好！就是請他，不得這般恰好。明日你父親週忌，就浼※8長老做些好事，念卷經文，到後日送他去罷。」這劉伯欽，雖是一個殺虎手，鎮山的太保，他卻有些孝順之心：聞得母言，就要安排香紙，留住三藏。

說話間，不覺的天色將晚。小的們排開桌凳，拿幾盤爛熟虎肉，熱騰騰的放在上面。伯欽請三藏權用，再另辦飯。三藏合掌當胸道：「善哉！貧僧不瞞太保說，自出娘胎，就做和尚，更不曉得吃葷。」伯欽聞得此說，沉吟了半晌道：「長老，寒家歷代以來，不曉得吃素。◎17就是有些竹笋，採此木耳，尋些乾

◆獵戶劉伯欽，綽號「鎮山太保」。（葉雄繪）

註

※8 溁：音美，請託之意。

菜，做些豆腐，也都是獐鹿虎豹的油煎，卻無甚素處。有兩眼鍋竈，也都是油膩透了，這等奈何？反是我請長老的不是。」三藏道：「太保不必多心，請自受用。我貧僧就是三五日不吃飯，也可忍餓，只是不敢破了齋戒。」伯欽道：「倘或餓死，卻如之何？」三藏道：「感得太保天恩，搭救出虎狼叢裏，就是餓死，也強如喂虎。」

◆劉伯欽帶唐僧到自己家裏休息，讓僕人把死虎扛進去剝洗。（朱寶榮繪）

伯欽的母親聞說，叫道：「孩兒不要與長老閑講，我自有素物，可以管待。」伯欽道：「素物何來？」母親道：「你莫管我，我自有素的。」叫媳婦將小鍋取下，著火

燒了油膩，刷了又刷，洗了又洗，卻仍安在灶上。先燒半鍋滾水別用，卻又將些山地榆葉子，著水煎作茶湯；然後將些黃粱粟米，煮起飯來，又把些乾菜煮熟，盛了兩碗，拿出來鋪在桌上。老母對著三藏道：「長老請齋。這是老身與兒婦，親自動手整理的些極潔極淨的茶飯。」三藏下來謝了，方才上坐。那伯欽另設一處，鋪排些沒鹽沒醬的老虎肉、香獐肉、蟒蛇肉、狐狸肉、兔肉，點剁鹿肉乾巴，滿盤滿碗的，陪著三藏吃齋。◎18 方坐下，心欲舉箸，只見三藏合掌誦經，諕得個伯欽不敢動箸，急起身立在旁邊。三藏念不數句，卻教「請齋」。伯欽道：「你是個念短頭經的和尚？」三藏道：「此非是經，乃是一卷揭齋之咒。」伯欽道：「你們出家人，偏有許多計較，吃飯便也念念誦。」

吃了齋飯，收了盤碗，漸漸天晚，伯欽引著三藏出中宅，到後邊走走。穿過夾道，有一座草亭。推開門，入到裏面，只見那四壁上掛幾張強弓硬弩，插幾壺箭；過梁上搭兩塊血腥的虎皮，牆根頭插著許多鎗刀叉棒，正中間設兩張坐器。伯欽請三藏坐坐。三藏見這般兒兇險腌臢，不敢久坐，遂出了草亭。又往後再行，是一座大園子，卻看不盡那叢叢菊蕊堆黃，樹樹楓楊掛赤。又見呼的一聲，跑出十來隻肥鹿，一大陣黃獐，見了人，呢呢痴痴，更不恐懼。三藏道：「這獐鹿想是太保養家了的？」伯欽道：「似你那長安城中人家，有錢的集聚財寶，有莊的集聚稻糧；似我們這打獵的，只得聚養些野獸，備天陰耳。」

※9，

他兩個說說話話閑行，不覺黃昏，復轉前宅安歇。

次早，那家老小都起來，就整素齋，管待長老，請開啟念經。這長老淨了手，同太

218

保家堂前拈了香，拜了家堂，三藏方敲響木魚，先念了淨口業的真言，又念了淨身心的神咒，然後開《度亡經》一卷。誦畢，伯欽又請寫薦亡疏一道，再開念《金剛經》※10、《觀音經》※11，一一朗音高誦。誦畢，吃了午齋。又念《法華經》※12、《彌陀經》。各誦幾卷，又念一卷《孔雀經》※13，及談苾蒭洗業※14的故事，早又天晚。獻過了種種香火，化了衆神紙馬，燒了薦亡文疏，佛事已畢，又各安寢。

卻說那伯欽的父親之靈，超薦得脫沉淪，鬼魂兒早來到東家宅內，托一夢與合宅長幼道：「我在陰司裏苦難難脫，日久不得超生。今幸得聖僧，念了經卷，消了我的罪業，閻王差人送我上中華富地長者人家托生去了。你們可好生謝送長老，不要怠慢，不要怠慢！我去也。」這才是：萬法莊嚴端有意，薦亡離苦出沉淪。那合家兒夢醒，又早太陽東上。

伯欽的娘子道：「太保，我今夜夢見公公來家，說他在陰司苦難難脫，日久不得超生。今幸得聖僧念了經卷，消了他的罪業，閻王差人送他上中華富地長者人家托生去。◎19教我們

註

※9 呢呢痴痴：動物不怕人、痴傻的樣子。

※10《金剛經》：《金剛經》，全稱《能斷金剛般若波羅蜜經》，般若，梵語，智慧意，波羅蜜，梵語，到彼岸意，以金剛比喻智慧，銳利、頑強、堅固，能斷一切煩惱，故名。《金剛經》是中國禪宗南宗的立宗典據。《金剛經》最後一偈曰：一切有為法，如夢幻泡影。如露亦如電，應作如是觀。

※11《觀音經》：高王觀世音經、觀世音所說行法經、觀世音三昧經等。其中高王觀世音經往生淨土本緣經、觀世音懺悔除罪咒經、觀世音菩薩救苦經、觀世音詠托生經。讀畢《金剛經》，世事當作如是觀。

※12《法華經》：全名為《妙法蓮華經》，《法華經》是釋迦牟尼佛晚年在王舍城靈鷲山所說，為大乘初期經典之一。

※13《孔雀經》：孔雀明王為本尊而修之法，稱之為孔雀經法或孔雀明王經法。此法之主要作用為息災、祈雨或止雨、安產等事。亦稱《孔雀真經》。

※14 苾蒭洗業：苾蒭，音畢芻，比丘的意思，印度對出家人的稱呼；業，宿業。佛教傳說如來佛祖在孤獨園北東一座塔下看見一個愁苦的人，問他為甚麼愁？他說：「有病無人看顧。」如來撫摩他，治好了他的病，並且為他盥洗、換衣服，勸他努力修行。這個故事就是佛教中苾蒭洗業的故事。

評點

◎18. 前面虎吃人，此處人吃虎，不知寅將軍與鎮山太保孰是孰非？(周評)

◎19. 可見中華難生，人奈何看得如許輕賤。(周評)

陝西榆林窟第三窟「玄奘西行求法」壁畫。（fotoe提供）

有何能處，敢勞致謝？」

伯欽把三口兒的夢話對三藏陳訴一遍，三藏也喜。早供給了素齋，又具白銀一兩為謝。三藏分文不受。一家兒又懇懇拜央，三藏畢竟分文未受，但道：「是你肯發慈悲送我一程，足感至愛。」伯欽與母妻無奈，急做了些粗麵燒餅乾糧，叫伯欽遠送。三藏歡喜收納。太保領了母命，又喚兩三個家僮，各帶捕獵的器械，同上大

好生謝那長老，不得怠慢他。說罷，徑出門，徉徜去了。我們叫他不應，留他不住，醒來卻是一夢。」伯欽道：「我也是那等一夢，與你一般。我們起去對母親說去。」他兩口子正欲去說，只見老母叫道：「伯欽孩兒，你來，我與你說話。」二人至前，老母坐在牀上道：「兒呵，我今夜得了個喜夢，夢見你父親來家，說多虧了長老超度，已消了罪業，上中華富地長者家去托生。」夫妻們俱呵呵大笑道：「我與媳婦皆有此夢，正來告稟；不期母親呼喚，也是此夢。」遂叫一家大小起來，安排謝意，替他收拾馬匹，都至前拜謝道：「多謝長老超薦我亡父脫難超生，報答不盡！」三藏道：「貧僧

路。看不盡那山中野景，嶺上風光。

行經半日，只見對面處有一座大山，真箇是高接青霄，崔巍險峻。三藏不一時，到了邊前。那太保登此山如行平地。正走到半山之中，伯欽回身立於路下道：「長老，你自前進，我卻告回。」三藏聞言，滾鞍下馬道：「千萬敢勞太保再送一程！」伯欽道：「長老不知，此山喚作兩界山，東半邊屬我大唐所管，西半邊乃是韃靼的地界。那廂狼虎，不伏我降，我卻也不能過界，你自去罷。」三藏心驚，輪開手，牽衣執袂，滴淚難分。正在那叮嚀拜別之際，只聽得山腳下叫喊如雷道：「我師父來也！我師父來也！」諕得個三藏痴獃，伯欽打掙※15。畢竟不知是甚人叫喊，且聽下回分解。

※15 打掙：愣住的樣子。

「心生，種種魔生；心滅，種種魔滅。」一部《西遊記》，只是如此，別無些子剩卻矣。劉太保是個爽直之人，比那等吃素而欺心者，天地懸隔。（李評）

悟一子曰：舜曰：「人心惟危！」莊子：「憤驕而不可繫者，其惟人心乎！」危也，憤驕也，深著人心之險也。《尚書》五子之歌曰「若朽索之取六馬」，以六馬喻人心也。御心在乎羈勒，不遭其陷阱也。此回乃了三藏西遊第一步，聖人所以成始而成終者也。故修行學道一步工夫，全要制御人心，論定旨，紛紛說得艱難。三藏曰：「心生，種種魔生；心滅，種種魔滅。」說者謂此二句了乎全部宗旨，別無些子剌卻。噫！認心為道，是認假為真，大錯了也！不知此心種種皆魔，務須斬滅除根，切要堅強剛斷而已。若心滅已了宗旨，何必又向西方取大乘真經耶？此便是肉眼愚迷，不識活佛真形有丈六金身之妙。如出門到山河邊界，忽然失足跌落坑坎之中矣。篇中顯已演出，故「心生」、「魔生」二語，不過指出人心之險，教人首先下手，為起腳之地耳。（陳評節錄）

第十四回

心猿※1歸正　六賊※2無踪

詩曰：

佛即心兮心即佛，心佛從來皆要物。

若知無物又無心，便是眞如法身佛。

法身佛，沒模樣，一顆圓光涵萬象。

無體之體即眞體，無相之相即實相。

非色非空非不空，不來不向不回向。

無異無同無有無，難捨難取難聽望。

內外靈光到處同，一佛國在一沙中。

一粒沙含大千界，一個身心萬法同。

知之須會無心訣，不染不滯爲淨業。

善惡千端無所爲，便是南無釋迦葉。◎1

卻說那劉伯欽與唐三藏驚驚慌慌，又聞得叫聲：「師父來也。」眾家僮道：「這叫的必是那山腳下石匣中老猿。」太保道：「是他！是他！」三藏問：「是甚麼老猿？」太保道：「這山舊名五行山，因我大唐王征西定國，改名兩界山。先年間曾聞得老人家說：

◆《新說西遊記圖像》描繪第十四回精采場景：只聞得一聲響喨，那猴早到了三藏的馬前，赤淋淋跪下，道聲：「師父，我出來也！」對三藏拜了四拜。（古版畫，選自《新說西遊記圖像》）

『王莽篡漢之時，◎2天降此山，下壓著一個神猴，不怕寒暑，不吃飲食，自有土神監押，教他飢餐鐵丸，渴飲銅汁。自昔到今，凍餓不死。』這叫必定是他。長老莫怕，我們下山去看來。」三藏只得依從，牽馬下山。行不數里，只見那石匣之間果有一猴，露著頭，伸著手，亂招手道：「師父，你怎麼此時才來？◎3來得好！來得好！救我出來，我保你上西天去也！」◎4這長老近前細看，你道他是怎生模樣：

尖嘴縮腮，金睛火眼。頭上堆苔蘚，耳中生薜蘿※3。鬢邊少髮多青草，頷下無鬚有綠莎。眉間土，鼻凹泥；十分狼狽；指頭粗，手掌厚，塵垢餘多。還喜得眼珠轉動，喉舌聲和。語言雖利便，身體莫能那※4。正是五百年前孫大聖，今朝難滿脫天羅。◎5

劉太保誠然膽大，走上前來，與他拔去了鬢邊草，頷下莎，問道：「你有甚麼說話？」那猴道：「我沒話說，教那個師父上來，我問他一問。」三藏道：「你問我甚麼？」那猴道：「你可是東土大王差往西天取經去的麼？」三藏道：「我正是，你問怎麼？」那猴道：「我是五百年前大鬧天宮的齊天大聖，◎6只因犯了誑上之罪，◎7被佛祖壓於此處。◎8前者有個觀音菩薩，領佛旨意，上東土尋取經人。我教他救我一救，他勸我再莫行兇，歸依佛法，盡慇懃保護取經人，往西方拜佛，功成後自有好處。故此晝夜提心，

註

※1 心猿：心猿意馬，比喻心魔。在本標題中用雙關的手法，指孫悟空跟隨唐玄奘。

※2 六賊：佛教認爲色、聲、香、味、觸、法六塵爲媒，而引動劫奪諸善之惡，故以賊喻之；稱色爲眼賊，香爲鼻賊，味爲舌賊，觸爲身賊等，故稱「六賊」。這裏是雙關的用法，參見前條注釋。

※3 薜蘿：泛指攀援的蔓生植物。

※4 那：同挪，挪動的意思。

評點

◎1.又要即心即佛，又要無佛無心，所以心猿法名悟空。(周評)

◎2.是個欲修其身而不正其心者，此是一人。(張評)

◎3.如怨如慕，極得正字之妙。(張評)

◎4.寫出歡喜踴躍之狀，令我眉舞肉飛。(周評)

◎5.此所謂今茅塞子之心矣，荒廢五百餘年，豈止爲間不用。(周評)

◎6.落得好個官銜腳色，可見學道人未有無來歷根器者。(周評)

◎7.「誑上」二字說得好輕巧。(周評)

◎8.只寫當年其心不正以致其身不修，此翻於題更妙。(張評)

晨昏弔膽，只等師父來救我脫身。我願保你取經，與你做個徒弟。」三藏聞言，滿心歡喜

道：「你雖有此善心，又蒙菩薩教誨，願入沙門，只是我又沒斧鑿，如何救得你出？」那

猴道：「不用斧鑿，你但肯救我，我自出來也。」三藏道：「我自救你，你怎得出？」

那猴道：「這山頂上有我佛如來的金字壓帖。你只上山去將帖兒揭起，我就出來了。」三

藏依言，回頭央浼劉伯欽道：「太保呵，我與你上山走一遭。」伯欽道：「不知真假何

如？」那猴高叫道：「是真！決不敢虛謬！」

伯欽只得呼喚家僮，牽了馬匹。他卻扶著三藏，復上高山。攀藤附葛，只行到那極巔

之處，果然見金光萬道，瑞氣千條，有塊四方大石，石上貼著一封皮，卻是「唵、嘛、

呢、叭、咪、吽」六個金字。三藏近前跪下，朝石頭看著金字，拜了幾拜，望西禱祝道：

「弟子陳玄奘，特奉旨意求經，果有徒弟之分，揭得金字，救出神猴，同證靈山；若無徒

弟之分，此輩是個兇頑怪物，哄賺弟子，不成吉慶，便揭不得起。」祝罷，又拜。拜畢，

上前將六個金字輕輕揭下。◎9只聞得一陣香風，劈手把壓帖兒刮在空中，叫道：「吾乃監

押大聖者。今日他的難滿，吾等回見如來，繳此封皮去也。」嚇得個三藏與伯欽一行人，

望空禮拜。徑下高山，又至石匣邊，對那猴道：「揭了壓帖矣，你出來麼。」那猴歡喜，

叫道：「師父，你請走開些，我好出來。莫驚了你。」

伯欽聽說，領著三藏一行人，回東即走。走了五七里遠近，又聽得那猴高叫道：「再

走！再走！」三藏又行了許遠，下了山，只聞得一聲響喨，真箇是地裂山崩，眾人盡皆悚

【第十四回】心猿歸正　六賊無蹤

◎9.真有趣，佛家所謂因緣時節到來，全不須費工夫矣。（周評）
◎10.赤身露體，此身之不修也久矣。（張評）
◎11.譬如花果山頂石卵此時方才迸裂，從前種種不必重提。（周評）
◎12.如此點綴，無限筆姿。（周評）
◎13.和尚又稱行者，亦是仙釋一家。（周評）
◎14.定然是此物開手。（周評）

224

註

懼。只見那猴早到了三藏的馬前，赤淋淋跪下，◎10道聲：「師父，我出來也！」◎11對三

藏拜了四拜，急起身，與伯欽唱個大喏道：「有勞大哥送我師父，又承大哥替我臉上薅※5

草。」謝畢，就去收拾行李，扣背馬匹。那馬見了他，腰軟蹄矬，戰兢兢的立站不住。

蓋因那猴原是弼馬溫，在天上看養龍馬的，有些法則，故此凡馬見他害怕。◎12三藏見他

意思，實有好心，真箇像沙門中的人物，便叫：「徒弟呵，你姓甚麼？」猴王道：「我姓

孫。」三藏道：「我與你起個法名，卻好呼喚。」猴王道：「不勞師父盛意，我原有個法

名，叫作孫悟空。」三藏歡喜道：「也正合我們的宗派。你這個模樣，就像那小頭陀一般，

我再與你起個混名，稱為『行者』，好麼？」◎13悟空道：「好，好，好！」自此時又稱為

孫行者。

那伯欽見孫行者一心收拾要行，卻轉身對三藏唱個喏道：「長老，你幸此間收得個好

徒，甚喜，甚喜。此人果然去得。我卻告回。」三藏躬身作禮相謝道：

「多有拖步，感激不勝。回府多多致意令堂老夫人、令荊夫人，貧僧在

府多擾，容回時踵謝。」伯欽回禮，遂此兩下分別。

卻說那孫行者請三藏上馬，他在前邊背著行李，赤條條拐步而行。不多時，過

了兩界山，忽然見一隻猛虎，咆哮剪尾※6而來，◎14三藏在馬上驚心。行者在

※5 薅：音蒿，拔除。
※6 剪尾：揮動尾巴狀。

◆悟空對唐僧自述身世，回想自己當年如何，
　資歷如何深等。（葉雄繪）

路旁歡喜道：「師父莫怕他，他是送衣服與我的。」◎15放下行者，耳朵裏拔出一個針兒，迎著風，幌一幌，原來是個碗來粗細一條鐵棒。他拿在手中，笑道：「這寶貝，五百餘年不曾用著他，今日拿出來，掙件衣服兒穿穿。」你看他拽開步，迎著猛虎，道聲：「業畜！那裏去！」那隻虎蹲著身，伏在塵埃，動也不敢動動。卻被他照頭一棒，就打得腦漿迸萬點桃紅，牙齒噴幾點玉塊，諕得那陳玄奘滾鞍落馬，咬指道聲：「天那！天那！劉太保前日打的斑斕虎，還與他鬥了半日；今日孫悟空不用爭持，把這虎一棒打得稀爛，正是『強中更有強中手』！」

行者拖將虎來道：「師父略坐一坐，等我脫下他的衣服來，穿了走路。」◎16三藏道：「他那裏有甚衣服？」行者道：「師父莫管我，我自有處置。」好猴王，把毫毛拔下一根，吹口仙氣，叫：『變！』變作一把牛耳尖刀，從那虎腹上挑開皮，往下一剝，剝下個囫圇皮來；剁去了爪甲，割下頭來，割個四四方方一塊虎皮，提起來量了一量道：「闊了些兒，一幅可作兩幅。」拿過刀來，又裁為兩幅。收起一幅，把一幅圍在腰間，路旁揪了一條葛藤，緊緊束定，遮了下體，道：「師父，且去，且去！到了人家，借些針線，再縫不遲。」他把條鐵棒捻一捻，依舊像個針兒，收在耳裏，背著行李，請師父上馬。

兩個前進，長老在馬上問道：「悟空，你才打虎的鐵棒，如何不見？」行者笑道：「師父，你不曉得。我這棍，本是東洋大海龍宮裏得來的，喚作『天河鎮底神珍鐵』，又喚作『如意金箍棒』。當年大反天宮，甚是虧他。隨身變化，要大就大，要小就小。剛

226

才變作一個繡花針兒模樣，收在耳內矣。但用時，方可取出。」三藏聞言暗喜。又問道：

「方才那隻虎見了你，怎麼就不動動？讓你自在※7打他，何說？」悟空道：「不瞞師父

說，莫道是隻虎，就是一條龍，見了我也不敢無禮。我老孫頗有降龍伏虎的手段，翻江攪

海的神通，見貌辨色，聆音察理，大之則量于宇宙，小之則攝于毫毛；變化無端，隱顯莫

測。剝這個虎皮，何為稀罕？見到那疑難處，看展本事麼！」三藏聞得此言，愈加放懷無

慮，策馬前行。師徒兩個走著路，不覺得太陽星墜。但見：

斂斂斜暉返照，天涯海角歸雲。千出鳥雀噪聲頻，覓宿投林成陣。

野獸雙雙對對，回窩族族群群。一鈎新月破黃昏，萬點明星光暈。

行者道：「師父走動些，天色晚了。那壁廂樹木森森，想必是人家莊院，我們趕早投宿去

來。」三藏果策馬而行，徑奔人家，到了莊院前下馬。行者撇了行李，走上前，叫聲：

「開門！開門！」那裏面有一老者扶筇※8而出，唿喇的開了門，看見行者這般惡相，腰繫

著一塊虎皮，好似個雷公模樣，諕得腳軟身麻，口出譖語※9道：「鬼來了！鬼來了！」三

藏近前攙住，叫道：「老施主，休怕。他是我貧僧的徒弟，不是鬼怪。」老者抬頭，見了

三藏的面貌清奇，方才立定，問道：「你是那寺裏來的和尚，帶這惡人上我門來？」三藏

道：「我貧僧是唐朝來的，往西天拜佛求經。適路過此間，天晚，特造檀府※10借宿一宵，

註

※7 自在：隨意。

※8 筇：音窮，一種竹名，產於今四川邛山，而稱為筇，此竹可作為拐杖。

※9 譖語：精神錯亂，說胡話。

※10 檀府：僧侶對施主府宅的敬稱。

評點

◎15.錦毛虎欲作彩霞衣，寫修字絕妙。(張評)

◎16.此所謂猴質虎皮。(李評)

明早不犯天光就行。萬望方便二三。」老者道：「你雖是個唐人，那個惡的卻非唐人。」

悟空厲聲高呼道：「你這個老兒全沒眼色！唐人是我師父，我是他徒弟！我也不是甚『糖人』、『蜜人』，我是齊天大聖。你們這裏人家，也有認得我的。我也曾見你來。」那老者道：「你在那裏見我？」悟空道：「你小時不曾在我面前扒柴？不曾在我臉上挑菜？」

老者道：「這廝胡說！你在那裏住？我在那裏住？我來你面前扒柴、挑菜！」悟空道：「我兒子便胡說！你是認不得我了，我本是這兩界山石匣中的大聖。你再認認看。」老者方才省悟道：「你倒有些像他，但是怎麼得出來的？」悟空將菩薩勸善，令我等待唐僧揭貼脫身之事，對那老者細說了一遍。老者卻才下拜，將唐僧請到裏面，即喚老妻與兒女都來相見，具言前事，個個欣喜。又命看茶。茶罷，問悟空道：「大聖呵，你也有年紀了？」悟空道：「你今年幾歲了？」老者道：「我痴長一百三十歲了。」行者道：「還是我重子重孫哩！我那生身的年紀，我不記得是幾時；但只在這山腳下，已五百餘年了。」

老者道：「是有，是有。我曾記得祖公公說，此山乃從天降下，就壓了一個神猴。只到如今，你才脫體。我那小時見你，是你頭上有草，臉上有泥，還不怕你；如今臉上無了泥，頭上無了草，卻像瘦了些，腰間又苦※11了一塊大虎皮，與鬼怪能差多少？」

一家兒聽得這般話說，都呵呵大笑。這老兒頗賢，即今安排齋飯。飯後，悟空道：「你家姓甚？」老者道：「舍下姓陳。」三藏聞言，即下來起手道：「老施主與貧僧是華宗※12。」行者道：「師父，你是唐姓，怎的和他是華宗？」三藏道：「我俗家也姓陳，

乃是唐朝海州弘農郡聚賢莊人氏。我的法名叫作陳玄奘。只因我大唐太宗皇帝賜我做御弟三藏，指唐為姓，故名唐僧也。」那老者見說同姓，又十分歡喜。行者道：「老陳，左右打攪你家。我有五百多年不洗澡了，◎17你可去燒些湯來，與我師徒們洗浴洗浴，一發臨行謝你。」那老兒即令燒湯拿盆，掌上燈火。師徒浴罷，坐在燈前，行者道：「老陳，還有一事累你，有針線借我用用。」那老兒道：「有，有，有。」即教媽媽取針線來，遞與行者。行者又有眼色，見師父洗浴，脫下一件白布短小直裰未穿，他即扯過來披在身上，卻將那虎皮脫下，聯接一處，打一個馬面樣的摺子，圍在腰間，勒了藤條，走到師父面前道：「老孫今日這等打扮，比昨日如何？」三藏道：「好，好，好！這等樣，才像個行者。」三藏道：「徒弟，你不嫌殘舊，那件直裰兒，你就穿了罷。」悟空唱個喏道：「承賜！承賜！」他又去尋些草料喂了馬。此時各各事畢，師徒與那老兒亦各歸寢。

次早，悟空起來，請師父走路。三藏著衣，教行者收拾鋪蓋行李。正欲告辭，只見那老兒早具臉湯，又具齋飯。齋罷，方才起身。三藏上馬，行者引路。不覺飢餐渴飲，夜宿曉行，又值初冬時候。但見那：

霜凋紅葉千林瘦，嶺上幾株松柏秀。未開梅蕊散香幽，暖短晝，小春候，菊殘荷盡山茶茂。寒橋古樹爭枝鬥，曲澗涓涓泉水溜。淡雲欲雪滿天浮，朔風驟，牽衣袖，向晚寒威人怎受？

註

※11 苫：圍、覆蓋。

※12 華宗：同姓的人相互稱為「華宗」。

◎17. 此心塵垢可知。(周評)

229

師徒們正走多時，忽見路旁唿哨一聲，闖出六個人來，各執長鎗短劍、利刃強弓，大吒一聲道：「那和尚！那裏走！趕早留下馬匹，放下行李，饒你性命過去！」諕得那三藏魂飛魄散，跌下馬來，不能言語。行者用手扶起道：「師父放心，沒些兒事，這都是送衣服送盤纏與我們的。」三藏道：「悟空，你想有些耳閉？他說教我們留馬匹、行李，你倒問他要甚麼衣服、盤纏？」行者道：「你管守著衣服、行李、馬匹，待老孫與他爭持一場，看是何如。」三藏道：「好手不敵雙拳，雙拳不如四手。他那裏六條大漢，你這般小小的一個人兒，怎麼敢與他爭持？」

行者的膽量原大，那容分說，走上前來，叉手當胸，對那六個人施禮道：「列位有甚麼緣故，阻我貧僧的去路？」那人道：「我等是剪徑的大王，行好心的山主，大名久播，你量不知。早早的留下東西，放你過去；若道半個『不』字，教你碎屍粉骨！」行者道：「我也是祖傳的大王，積年的山主，卻不曾聞得列位有甚大名。」那人道：「你是不知，我說與你聽：一個喚作眼看喜，一個喚作耳聽怒，一個喚作鼻嗅愛，一個喚作舌嘗思，一個喚作意見欲，一個喚作身本憂。」◎18悟空笑道：「原來是六個毛賊※13！你卻不認得我這

◆行者伸手去耳朵裏拔出一根繡花針兒，迎風一幌，卻是一條鐵棒，拿在手中道：「不要走！也讓老孫打一棍兒試試手！」諕得這六個賊四散逃走。（古版畫，選自李卓吾批評本《西遊記》）

出家人是你的主人公，你倒來攔路。把那打劫的珍寶拿出來，我與你作七分兒均分，饒了你罷！」那賊聞言，喜的喜，怒的怒，愛的愛，思的思，憂的憂，欲的欲，一齊上前亂嚷道：「這和尚無禮！你的東西全然沒有，轉來和我等要分東西！」他輪鎗舞劍，一擁前來，照行者劈頭亂砍，乒乒乓乓，砍有七八十下。悟空停立中間，只當不知。那賊道：「好和尚！真箇的頭硬！」行者笑道：「將就看得過罷了！你們也打得手困了，卻該老孫取出個針兒來耍耍。」那賊道：「這和尚是一個行針灸的郎中變的。我們又無病症，說甚麼動針的話！」行者伸手去耳朵裏拔出一根繡花針兒，迎風一幌，卻是一條鐵棒，足有碗來粗細，拿在手中道：「不要走！也讓老孫打一棍兒試試手！」諕得這六個賊四散逃走，被他拽開步，團團趕上，一個個盡皆打死。◎19剝了他的衣服，奪了他的盤纏，笑吟吟走將來道：「師父請行，那賊已被老孫剝了。」三藏道：「你十分撞禍！他雖是剪徑的強徒，就是拿到官司，也不該死罪。你縱有手段，只可退他去便了，怎麼就都打死？這卻是無故傷人的性命，如何做得和尚？出家人『掃地恐傷螻蟻命，愛惜飛蛾紗罩燈』。你怎麼不分皂白，一頓打死？全無一點慈悲好善之心！早還是山野中無人查考；若到城市，倘有人一時沖撞了你，你也行兇，執著棍子亂打傷人，我可做得白客※14，怎能脫身？」悟空道：「師父，我若不打死他，他卻要打死你哩。」三藏道：「我這出家人，寧死決不敢行兇。我就死，也只是一身，你卻殺了他六人，如何理說？此事若告到官，就是你老子做官，也說不過去。」行者道：「不

※13 六個毛賊：雙關語，參見本回注釋2。
※14 白客：清白無辜的人。

◎18. 六根總不離身，七情總不離憂。不曰身本樂，而曰身本憂者，此身被七情纏擾，安得有樂。（周評）
◎19. 世人心都要殺六賊者，只是沒手段。（李評）

瞞師父說，我老孫五百年前，據花果山稱王為怪的時節，也不知打死多少人；假似你說這般到官，倒也得些狀告是※15。」三藏道：「只因你沒收沒管，暴橫人間，欺天誑上，才受這五百年前之難。今既入了沙門，若是還像當時行兇，一味傷生，去不得西天，做不得和尚！忒惡！忒惡！」

原來這猴子一生受不得人氣，他見三藏只管絮絮叨叨※16，按不住心頭火發◎20道：「你既是這等說我做不得和尚，上不得西天，不必恁般絮聒惡我，我回去便了！」那三藏卻不曾答應，他就使一個性子，將身一縱，說一聲：「老孫去也！」三藏急抬頭，早已不見。只聞得呼的一聲，回東而去。撇得那長老孤孤零零，點頭自嘆，悲怨不已，道：「這廝這等不受教誨！我但說他幾句，他怎麼就無影無形的徑回去了？罷，罷，罷！也是我命裏不該招徒弟，進人口！如今欲尋他無處尋，欲叫他叫不應。去來，去來！」正是捨身拚命歸西去，莫倚旁人自主張。

那長老只得收拾行李，捎※17在馬上，也不騎馬，一隻手拄著錫杖，一隻手揪著韁繩，淒淒涼涼，往西前進。行不多時，只見山路前面有一個年高的老母，捧一件綿衣，綿衣上有一頂花帽。三藏見他來得至近，慌忙牽馬立於右側讓行。那老母問道：「你是那裏來的長老，孤孤恓恓獨行於此？」三藏道：「弟子乃東土大唐奉聖旨往西天拜活佛求真經者。」老母道：「西方佛乃大雷音寺天竺國界，此去有十萬八千里路。你這等單人獨馬，又無個伴侶，又無個徒弟，你如何去得！」三藏道：「弟子日前收得一個徒弟，他性潑兇

◆海龍王出巡圖壁畫，圖中龜兵蝦將前呼後擁，派頭十足。

頑，是我說了他幾句，他不受教，遂渺然而去也。」老母道：「我有這一領綿布直裰，一頂嵌金花帽，原是我兒子用的。他只做了三日和尚，不幸命短身亡。我才去他寺裏，哭了一場，辭了他師父，將這兩件衣帽拿來，做個憶念。長老呵，你既有徒弟，我把這衣帽送了你罷。」三藏道：「承老母盛賜，但只是我徒弟已走了，不敢領受。」老母道：「他那廂去了？」三藏道：「我聽得呼的一聲，他回東去了。」老母道：「東邊不遠就是我家，想必往我家去了。我那裏還有一篇咒兒，喚作『定心真言』，◎21又名作『緊箍兒咒』。你可暗暗的念熟，牢記心頭，再莫泄漏一人知道。我去趕上他，叫他還來跟你，你卻將此衣帽與他穿戴。他若不服你使喚，你就默念此咒，他再不敢行兇，也再不敢去了。」三藏聞言，低頭拜謝。那老母化一道金光，回東而去。三藏情知是觀音菩薩授此真言，急忙撮土焚香，望東懇懇禮拜。拜罷，收了衣帽，藏在包袱中間，卻坐於路旁，誦習那「定心真言」。來回念了幾遍，念得爛熟，牢記心胸不題。

卻說那悟空別了師父，一觔斗雲，逕轉東洋大海。按住雲頭，分開水道，逕至水晶宮前。早驚動龍王出來迎接。接至宮裏坐下，禮畢，龍王道：「近聞得大聖難滿，失賀！想必是重整仙山，復歸古洞矣。」悟空道：「我也有此心性，只是又做了和尚了。」龍王道：「做甚和尚？」行者道：「我虧了南海菩薩勸善，教我正果，隨東土

評
點

◎20.只心頭火發，便思背馳而去，所以欲收放心，必須滅卻邪火。（周評）
◎21.明明說出宗旨矣，此一篇之咒，可與五行山頂六金字同功。（周評）

唐僧上西方拜佛，皈依沙門，又喚為行者了。」龍王道：「這等真是可賀，可賀！這才叫作改邪歸正，懲創善心。既如此，怎麼不西去，復東回何也？」行者笑道：「那是唐僧不識人性。有幾個毛賊剪徑，是我將他打死，唐僧就緒叨叨，說了我若干的不是。你想老孫可是受得悶氣的？是我撇了他，欲回本山，故此先來望你一望，求鍾茶吃。」龍王道：「承降！承降！」當時龍子龍孫即捧香茶來獻。

茶畢，行者回頭一看，見後壁上掛著一幅「圯橋進履」的畫兒。行者道：「這是甚麼景致？」龍王道：「大聖在先，此事在後，故你不認得。這叫作『圯橋三進履』。」行者道：「怎的是『三進履』？」龍王道：「此仙乃是黃石公，此子乃是漢世張良。石公坐在圯橋上，忽然失履於橋下，遂喚張良取來。此子即忙取來，跪獻於前。如此三度，張良略無一毫倨傲怠慢之心，石公遂愛他勤謹，夜授天書，著他扶漢。後果然運籌帷幄之中，決勝千里之外。太平後，棄職歸山，從赤松子遊，悟成仙道。大聖，你若不保唐僧，不盡勤勞，不受教誨，到底是個妖仙，休想得成正果。」悟空聞言，沉吟半晌不語。龍王道：「大聖自當裁處，不可圖自在，誤了前程。」悟空道：「莫多話，老孫還去保他便了。」

◎22龍王欣喜道：「既如此，不敢久留，請大聖早發慈悲，莫要疏久了你師父。」行者見他催促請行，急聳身出離海藏。正走，卻遇著南海菩薩。駕著雲，別了龍王。菩薩道：「孫悟空，你怎麼不受教誨，不保唐僧，來此處何幹？」慌得個行者在雲端裏施禮道：「向蒙菩薩善言，果有唐朝僧到，揭了壓帖，救了我

命，跟他做了徒弟。他卻怪我兇頑，我才閃了他一閃，如今就去保他也。」菩薩道：「趁早去，莫錯過了念頭。」言畢各回。

這行者須臾間看見唐僧在路旁悶坐，他上前道：「師父！怎麼不走路？還在此做甚？」三藏抬頭道：「你往那裏去來？教我行又不敢行，動又不敢動，只管在此等你。」行者道：「我往東洋大海老龍王家討茶吃吃。」三藏道：「徒弟呵，出家人不要說謊。你離了我，沒多一個時辰，就說到龍王家吃茶？」行者笑道：「不瞞師父說，我會駕觔斗雲，一個觔斗有十萬八千里路，故此得即去即來。」三藏道：「我略略的言語重了些兒，你就怪我，使個性子丟了我去。像你這有本事的，討得茶吃；像我這去不得的，只管在此忍餓。你也過意不去呀！」行者道：「師父，你若餓了，我便去與你化些齋吃。」三藏道：「不用化齋。我那包袱裏還有些乾糧，是劉太保母親送的，你去拿鉢盂尋些水來，等我吃些兒走路罷。」

行者去解開包袱，在那包裹中間，見有幾個粗麵燒餅，拿出來遞與師父。又見那光豔豔的一領綿布直裰，一頂嵌金花帽。行者道：「這衣帽是東土帶來的？」三藏就順口兒答應道：「是我小時穿戴的。這帽子若戴了，不用教經，就會念經；這衣服若穿了，不用演禮，就會行禮。」行者道：「好師父，把與我穿戴了罷。」三藏道：「只怕長短不一，你若穿得，就穿了罷。」行者遂脫下舊白布直裰，將綿布直裰穿上，也就是比量著身體裁的一般，把帽兒戴上。三藏見他戴上帽子，就不吃乾糧，卻默默的念那《緊箍咒》一遍。行

◎22.真正有根器人，自然一撥便轉。（周評）

235

者叫道：「頭疼！頭疼！」那師父不住的又念了幾遍，把個行者疼得打滾，抓破了嵌金的花帽。三藏又恐怕扯斷金箍，住了口不念。不念時，他就不痛了。伸手去頭上摸摸，似一條金線兒模樣，緊緊的勒在上面，◎23取不下，揪不斷，已此生了根了。他就耳裏取出針兒來，插入箍裏，往外亂捎。三藏又恐怕他捎斷了，口中又念起來，他依舊生疼，疼得豎蜻蜓，翻觔斗，耳紅面赤，眼脹身麻。那師父見他這等，又不忍不捨，復住了口，他的頭又不疼了。行者道：「我這頭，原來是師父咒我的。」三藏道：「我念得是《緊箍經》，何曾咒你？」行者道：「你再念念看。」三藏真箇又念，行者真箇又疼，只教：「莫念！莫念！念動我就疼了！這是怎麼說？」三藏道：「你今番可聽我教誨了？」行者道：「聽教了！」「你再可無禮了？」行者道：「不敢了！」

他口裏雖然答應，心上還懷不善，把那針兒幌一幌，碗來粗細，望唐僧就欲下手。慌得長老口中又念了兩三遍。這猴子跌倒在地，丟了鐵棒，不能舉手，只教：「師父！我曉得了！再莫念！再莫念！」三藏道：「你怎麼欺心，就敢打我？」行者道：「我不曾敢打。我問師父，你這法兒是誰教你的？」三藏道：「是適間一個老母傳授我的。」行者大怒道：「不消講了，這個老母，坐定是那個觀世音！他怎麼那等害我！等我上南海打他去！」三藏道：「此法既是他授與我，他必然先曉得了。你若尋他，他念起來，你卻不是死了？」行者見說得有理，真箇不敢動身，只得回心，跪下哀告道：「師父！這是他奈何我的法兒，我隨你西去。我也不去惹他，你也莫當常言，只管念誦。我願保你，再無退悔

◆山西水晶宮壁畫：水晶宮裏的龍王和他的文武百官。（fotoe提供）

236

回分解。

之意了。」三藏道：「既如此，伏侍我上馬去也。」那行者才死心塌地，抖擻精神，◎24束一束綿布直裰，扣背馬匹，收拾行李，奔西而進。畢竟這一去，後面又有甚話說，且聽下

請問今世人還是打死六賊的？還是六賊打死的？又批：「心猿歸正，六賊無踪。」八個字已分明說出，人亦容易明白。但篇中尚多隱語，人當著眼。不然，何異痴人說夢，卻不辜負了作者苦心？今特一拈出，讀者須自領略：「是你的主人公。」「你的東西全然沒有，轉來和我等要分東西。」「我若不打死他，他卻要打死你。」「莫倚傍（旁）人自主張。」「東邊不遠就是我家，想必往我家去了。」「這才叫作改邪歸正。」「不可圖自在誤了前程。」「趕早去，莫錯過了念頭。」「再無退悔之意了。」此等言語，著眼，著眼。方不枉讀了《西遊記》也。（李評）

悟一子曰：開首一詞，本紫陽真人原文，字字車尼，切須熟玩。其「知之須會無心決」一句，明指不可執心之奧旨也。蓋精一之妙，自虛空中來，不是心，不是佛，乃無相之真如，無體之真相；始始於攢簇，終終於渾忘；無始無始，萬劫不壞者也。若上窮修心，總有伯欽之大力，亦僅可免于虎口，安能超出界外哉？然此事難知，故詞內兩以「知」字示人，謂能知得，方能行得也。「伯欽在兩界山，見那猴求救，道：「不知真假何如？」那猴道：「是真！決不敢盧謬！」即世尊所云「我今爲汝保任此事，決定成就」之意。絕頂揭起六字，猴精果然出穴，別有玄旨，非筆所能荊惟知人心之不可不滅，道心之不可不生，滅人心，生道心，使是修道起腳。故救出心猴，而即別名「行者」，知之眞而行之之始也。（陳評節錄）

✦三藏又恐怕悟空捎斷了，口中又念起來。悟空依舊生痛，痛得豎蜻蜓，翻觔斗，耳紅面赤，眼脹身麻。（朱寶榮繪）

◎23.棒上有金箍，頭上復有金箍，此金乃火中眞金，所以愈煉愈堅。（周評）

◎24.到此才算得心猿規正，危乎！微乎！（周評）

蛇盤山諸神暗佑　鷹愁澗意馬收繮

卻說行者伏侍唐僧西進，行經數日，正是那臘月寒天，朔風凜凜，滑凍凌凌，去的是些懸崖峭壁崎嶇路，疊嶺層巒險峻山。三藏在馬上，遙聞唿喇唿喇水聲聒耳，回頭叫：「悟空，是那裏水響？」行者道：「我記得此處叫作蛇盤山◎1鷹愁澗，想必是澗裏水響◎2。」說不了，馬到澗邊，三藏勒繮觀看。

但見：

　　涓涓寒脈穿雲過，湛湛清波映日紅。

　　千仞浪飛噴碎玉，一泓水響吼清風。

　　聲搖夜雨聞幽谷，彩發朝霞眩太空。

　　流歸萬頃煙波去，鷗鷺相忘沒釣逢。

師徒兩個正然看處，只見那澗當中響一聲，鑽出一條龍來，推波掀浪，攛出崖山，就搶長老。慌得個行者丟了行李，把師父抱下馬來，回頭便走。那條龍就趕不上，把他的白馬連鞍轡一口吞下肚去，◎3依然伏水潛踪。行者把師父送在那高阜上坐了，卻來牽馬挑擔，止存得一擔行李，不見了馬匹。他將行李擔送到師父面前道：「師父，那孽龍也不見踪影，

◆《新說西遊記圖像》描繪第十五回精采場景：那龍聽得有人叫罵索馬，急縱身躍浪翻波，跳將上來道：「是那個敢在這裏海口傷吾？」行者見了他，大咤一聲：「休走！還我馬來！」輪著棍，劈頭就打。（古版畫，選自《新說西遊記圖像》）

238

只是驚走我的馬了。」三藏道：「徒弟呵，卻怎生尋得馬著麼？」行者道：「放心，放心。等我去看來。」

他打個唿哨，跳在空中；火眼金睛，用手搭涼篷，四下裏觀看，更不見馬的蹤跡。按落雲頭，報道：「師父，我們的馬斷乎是那龍吃了，四下裏再看不見。」三藏道：「徒弟呀，那廝能有多大口，卻將那匹大馬連鞍轡都吃了？想是驚張溜韁，走在那山凹之中。你再仔細看看。」行者道：「你也不知我的本事。◎4我這雙眼，白日裏常看一千里路的吉凶。◎5像那千里之內，蜻蜓兒展翅，我也看見，何期那匹大馬，我就不見？」三藏道：「既是他吃了，我如何前進？可憐呵！這萬水千山，怎生走得！」說著話，淚如雨落。行者見他哭將起來，他那裏忍得住暴燥，發聲喊道：「師父，莫要這等膿包形麼！你坐著，坐著！等老孫去尋著那廝，教他還我馬匹便了！」三藏卻才扯住道：「徒弟呀，你那裏去尋他？只怕他暗地裏攛將出來，卻不又連我都害了？那時節人馬兩亡，怎生是好！」行者聞得這話，越加嗔怒，就叫喊如雷道：「你忒不濟，不濟！文要馬騎，又不放我去。似這般看著行李，坐到老罷！」◎6

哏哏的吆喝，正難息怒，只聽得空中有人言語，叫道：「孫大聖莫惱，唐御弟休哭。我等是觀音菩薩差來的一路神祇，特來暗中保取經者。」那長老聞言，慌忙禮拜。行者道：「你等是那幾個？可報名來，我好點卯。」眾神道：「我等是六丁六甲、五方揭諦、四值功曹、一十八位護教伽藍，各各輪流值日聽候。」行者道：「今日先從誰起？」眾揭

評點

◎1.恍惚記憶便是知字的神氣，意字的口角。蛇，喻意也。盤，則似有不進之意，是說不誠。（張評）
◎2.倒怕是心裏的意動。想必便是不知的口氣。（張評）
◎3.藏者，存真去妄；妄者，去真者自來矣。（張評）
◎4.欲寫有知先說不知，是從反面落筆。（張評）
◎5.此《南華經》所謂心有睫也。（周評）
◎6.世間亦有看著行李坐到老者，如守財奴者是也。（周評）

◆浙江普陀山風光。普陀山是《西遊記》中落伽山的原型。（嚴向群／fotoe提供）

諦道：「丁甲、功曹、伽藍輪次，我五方揭諦，惟金頭揭諦晝夜不離左右。」行者道：

「既如此，不當值者且退，留下六丁神將與日值功曹和眾揭諦保守著我師父。等老孫尋那澗中的孽龍，教他還我馬來。」眾神遵令。三藏才放下心，坐在石崖之上，◎7分付行者仔細。行者道：「只管寬心。」好猴王，束一束綿布直裰，撩起虎皮裙子，揝※1著金箍鐵棒，抖擻精神，徑臨澗壑，半雲半霧的，在那水面上高叫道：「潑泥鰍，還我馬來！還我馬來！」

卻說那龍吃了三藏的白馬，伏在那澗底中間，潛靈養性。只聽得有人叫罵索馬，他按不住心中火發，急縱身躍浪翻波，跳將上來道：「是那個敢在這裏海口※2傷吾？」行者見了他，大咤一聲：「休走！還我馬來！」輪著棍，劈頭就打。那條龍張牙舞爪來抓。他兩個

在澗邊前這一場賭鬥，果是驍雄。但見那：

龍舒利爪，猴舉金箍。那個鬚垂白玉線，這個眼幌赤金燈。那個是迷爺娘的業子，這個是欺天將的妖精。他兩個都因有難遭磨折，今要成功各顯能。

來來往往，戰罷多時，那條龍力軟筋麻，不能抵敵；打一個轉身，又攛於水內，深潛澗底，再不出頭。被猴王罵詈※3不絕，他也只推耳聾。◎8

行者沒及奈何，只得回見三藏道：「師父，這個怪被老孫罵將出來，他與我賭鬥多時，怯戰而走，只躲在水中間，再不出來了。」三藏道：「不知端的可是他吃了我馬？」行者道：「你看你說的話！不是他吃了，他還肯出來招聲，與老孫犯對※4？」三藏道：「你前日打虎時，曾說有降龍伏虎的手段，今日如何便不能降他？」◎9原來那猴子吃不得人急※5，他見三藏搶白※6了他這一句，他就發起神威道：「不要說，不要說！等我與他再見個上下！」

這猴王拽開步，跳到澗邊，使出那翻江攪海的神通，把一條鷹愁陡澗徹底澄清的水，攪得似那九曲黃河泛漲的波。那孽龍在於深澗中，坐臥不寧，心中思想道：「這才是福無

註

※1 攛：音鑽，古同「攛」，抓、握。
※2 海口：誇嘴，說話沒有顧忌、隨便亂說。
※3 詈：音立，責罵。
※4 犯對：猶作對。
※5 急：刺激、激將。
※6 搶白：怪罪、呵責。

◎7.石即實也，以喻誠字。(張評)
◎8.龍以角聽，其耳本聾，故「聾」字從「龍」。(周評)
◎9.此知不至，此意如何得誠？(張評)

雙降，禍不單行。我才脫了天條死難不上一年，在此隨緣度日，又撞著這般個潑魔，他來害我！」你看他越思越惱，受不得屈氣，咬著牙，跳將出去罵道：「你是那裏來的潑魔，這等欺我！」行者道：「你莫管我那裏不那裏，你只還了馬，我就饒你性命！」那龍道：「你的馬是我吞下肚去，如何吐得出來！不還你，便待怎的！」行者道：「不還馬時看棍！只打殺你，償了我馬的性命便罷！」他兩個又在那山崖下苦鬥。鬥不數合，小龍委實難搪※7，將身一幌，變作一條水蛇兒，鑽入草科※8中去了。

猴王拿著棍，趕上前來，撥草尋蛇，那裏得些影響？急得他三尸神咋※9，七竅烟生，念了一聲「唵」字咒語※10，即喚出當坊土地、本處山神，一齊來跪下道：「山神、土地來見。」行者道：「伸過孤拐※11來，各打五棍見面，與老孫散散心！」二神叩頭哀告道：「望大聖方便，容小神訴告。」行者道：「你說甚麼？」二神道：「大聖一向久困，小神不知幾時出來，所以不曾接得，萬望恕罪。」行者道：「既如此，我且不打你。我問你：鷹愁澗裏，是那方來的怪龍？他怎麼搶了我師父的白馬吃了？」二神道：「大聖自來不曾

○10

◆行者道：「你等是那幾個？可報名來，我好點卯。」衆神道：「我等是六丁六甲、五方揭諦、四值功曹、一十八位護教伽藍，各各輪流值日聽候。」（古版畫，選自李卓吾批評本《西遊記》）

242

有師父，原來是個不伏天不伏地混元上真，如何得有甚麼師父的馬來？」行者道：「你等是也不知。我只為那誑上的勾當，整受了這五百年的苦難。今蒙觀音菩薩勸善，著唐朝駕下真僧救出我來，教我跟他做徒弟，往西天去拜佛求經。因路過此處，失了我師父的白馬。」二神道：「原來是如此。這澗中自來無邪，只是深陡寬闊，水光徹底澄清，鴉鵲不敢飛過；因水清照見自己的形影，便認作同群之鳥，往往身擲於水內，故名『鷹愁陡澗』。只是向年間，觀音菩薩因為尋訪取經人去，救了一條玉龍，送他在此，教他等候那取經人，不許為非作歹；他只是飢了時，上岸來撲些獐鹿食用。不知他怎麼無知，今日沖撞了大聖。」行者道：「先一次，他還與老孫侮手※12，後一次，是老孫叫罵，他再不出。因此使了一個翻江攪海的法兒，攪混了他澗水，他就攛將上來，還要爭持。不知老孫的棍重，他遮架不住，就變作一條水蛇，鑽在草裏。我趕來尋他，卻無踪跡。」土地道：「大聖不知。這條澗千萬個孔竅相通，◎11故此這波瀾深遠。想是此間也有一孔，他鑽將下去也。也不須大聖發怒，在此找尋；要擒此物，只消請將觀世

※7 難搪：難以招架。

※8 草科：草窠、草堆。

※9 三尸神咋：道教的三尸神：尸者，神主之意。道教認為人體有上中下三個丹田，各有一神在其內，統稱「三尸」。據說，三尸均姓彭，上尸名踞，中尸名蹞，下尸名蹻。咋：音炸，意為發火、發怒。

※10 「唵」字咒語：梵語蓮花珠的譯音，佛教的六字真言。神魔小說中認為「唵」字咒語有攝伏並發號施令的作用，因此書中行者多次用此咒拘召山神、土地。

※11 孤拐：指腳踝骨。

※12 侮手：交手。

◎10. 可謂能龍能蛇。（周評）
◎11. 千思萬想莫非一意如何不通？（張評）

◆村頭的文塔，高三層，分別供奉土地神、文昌帝君和魁星君。廣東佛山三水樂平鎮大旗頭村。（張國聲／fotoe提供）

音來，自然伏了。」

行者見說，喚山神、土地同來見了三藏，具言前事。三藏道：「若要去請菩薩，幾時才得回來？我貧僧飢寒怎忍！」說不了，只聽得暗空中有金頭揭諦叫道：「大聖，你不須動身，小神去請菩薩來也。」行者大喜，道聲：「有累，有累！快行，快行！」那揭諦急縱雲頭，徑上南海。行者分付山神、土地守護師父，日值功曹去尋齋供，他又去澗邊巡繞不題。

卻說金頭揭諦一駕雲，早到了南海。按祥光，直至落伽山紫竹林中，托那金甲諸天與木叉惠岸轉達，得見菩薩。菩薩道：「汝來何幹？」揭諦道：「唐僧在蛇盤山鷹愁陡澗失了馬，急得孫大聖進退兩難。及問本處土神，說是菩薩送在那裏的孽龍吞了。那大聖著小神來告請菩薩降這孽龍，還他馬匹。」菩薩聞言道：「這廝本是西海敖閏之子。他為縱火燒了殿上明珠，他父告他忤逆，天庭上犯了死罪；是我親見玉帝，討他下來，教他與唐僧做個腳力。他怎麼反吃了唐僧的馬？這等說，

等我去來。」那菩薩降蓮臺，徑離仙洞，與揭諦駕著祥光，過了南海而來。有詩為證，詩曰：

佛說蜜多※13三藏經，菩薩揚善滿長城。
摩訶妙語通天地，般若真言救鬼靈。
致使金蟬重脫殼，故令玄奘再修行。
只因路阻鷹愁澗，龍子歸真化馬形。

那菩薩與揭諦，不多時到了蛇盤山，卻在那半空裏留住祥雲，低頭觀看。只見孫行者正在澗邊叫罵，菩薩著揭諦喚他來。那揭諦按落雲頭，不經由三藏，直至澗邊，對行者道：「菩薩來也。」行者聞得，急縱雲跳到空中，對他大叫道：「你這個七佛之師，慈悲的教主！你怎麼生方法兒害我！」菩薩道：「我把你這個大膽的馬流※14，◎12村愚的赤尻！我倒再三盡意，度得個取經人來，叮嚀教他救你性命，你怎麼不來謝我活命之恩，反來與我嚷鬧？」行者道：「你弄得我好哩！你既放我出來，讓我逍遙自在耍子便了。你前日在海上迎著我，傷了我幾句，教我來盡心竭力，伏侍唐僧便罷了；你怎麼送他一頂花帽，哄我戴在頭上受苦？把這個箍子長在老孫頭上，又教他念一卷甚麼《緊箍兒咒》，著那老和尚念了又念，教我這頭上疼了又疼，這不是你害我也？」菩薩笑道：「你這猴子，你不

◎12. 意者，原是心之屬，故猴亦馬之流。罵得奇而且趣。(張評)

註

※13 蜜多：梵語譯音，「蜜多」應作波羅蜜多或波羅蜜，達到彼岸的意思。原意為菩薩有廣大的行功，可以從生、死之此岸達到所謂覺悟、不生不滅的彼岸。

※14 馬流：猴子的俗稱。

遵教令，不受正果。若不如此拘繫你，你又誆上欺天，知甚好歹！再似從前撞出禍來，有誰收管？須是得這個魔頭，你才肯入我瑜伽之門路哩！」◎13行者道：「這椿事，作做※15是我的魔頭罷，你怎麼又把那有罪的孽龍，送在此處成精，教他吃了我師父的馬匹？此又是縱放歹人為惡，太不善也！」菩薩道：「那條龍，是我親奏玉帝，討他在此，專為求經人做個腳力。你想那東土來的凡馬，怎歷得這萬水千山？怎到得那靈山佛地？須是得這個龍馬，方才去得。」行者道：「像他這般懼怕老孫，潛躲不出，如之奈何？」菩薩叫揭諦道：「你去澗中叫一聲『敖閏龍王玉龍三太子，你出來，有南海菩薩在此。』他就出來了。」

那揭諦果去澗邊叫了兩遍。那小龍翻波跳浪，跳出水來，變作一個人相，踏了雲頭，到空中對菩薩禮拜道：「向蒙菩薩解脫活命之恩，在此久等，更不聞取經人的音信。」菩薩指著行者道：「這不是取經人的大徒弟？」小龍見了道：「菩薩，這是我的對頭。我昨日腹中飢餒，果然吃了他的馬匹，他倚著有些力量，將我鬥得力怯而回，又罵得我閉門不敢出來。他更不曾提著一個『取經』的字樣。」行者道：「你又不曾問我姓甚名誰，我怎麼就說？」小龍道：「我不曾問你是那裏來的潑魔？你嚷道：『管甚麼那裏不那裏，只還我馬來！』何曾說出半個『唐』字！」菩薩道：「那猴頭專倚自強，那肯稱讚別人？今番前去，還有歸順的哩。若問時，先提起『取經』的字來，卻也不用勞心，自然拱伏。」

行者歡喜領教。菩薩上前，把那小龍的項下明珠摘了，將楊柳枝蘸出甘露，往他身上

拂了一拂，吹口仙氣，喝聲叫：「變！」那龍即變作他原來的馬匹毛片。又將言語分付道：「你須用心了還業障，功成後，超越凡龍，還你個金身正果。」◎14那小龍口啣著橫骨，心心領諾。菩薩教悟空領他去見三藏，「我回海上去也。」行者扯住菩薩不放道：「我不去了！我不去了！西方路這等崎嶇，保這個凡僧，幾時得到？似這等多磨多折，老孫的性命也難全，如何成得甚麼功果！我不去了！我不去了！」菩薩道：「你當年未成人道，且肯盡心修悟；你今日脫了天災，怎麼倒生懶惰？◎15我門中以寂滅成真，須是要信心果正。假若到了那傷身苦磨之處，我許你叫天天應，叫地地靈。十分再到那難脫之際，我也親來救你。你過來，我再贈你一般本事。」菩薩將楊柳葉兒摘下三葉，放在行者的腦後，喝聲：「變！」即變作三根救命的毫毛，教他：「若到那無濟無主的時節，可以隨機應變，救得你急苦之災。」行者聞了這許多好言，才謝了大慈大悲的菩薩。那菩薩香風遶遶，彩霧飄飄，徑轉普陀而去。

這行者才按落雲頭，揪著那龍馬的頂鬃，來見三藏道：「師父，馬有了也。」三藏一見大喜道：「徒弟，這馬怎麼比前反肥盛了些？在何處尋著的？」行者道：「師父，你還做夢哩！卻才是金頭揭諦請了菩薩來，把那澗裏龍化作我們的白馬。其毛片相同，只是少了鞍轡，著老孫揪將來也。」三藏大驚道：「菩薩何在？待我去拜謝他。」行者道：「菩薩此時已到南海，不耐煩矣。」三藏就撮土焚香，望南禮拜。拜罷起身，即與行者收拾前

註

※15 作做：當作、認為、即使、就算的意思。

◎13.要修正果必須堅忍刻苦。此咒非吾心之魔，乃為吾心煉魔者耳。(周評)
◎14.點化之語，出以策勵，無限慈悲。(周評)
◎15.猛下棒喝，想老孫當通身汗透。(周評)

進。行者喝退了山神、土地，分付了揭諦、功曹，卻請師父上馬。三藏道：「那無鞍轡的馬，怎生騎得？且待尋船渡過澗去，再作區處※16。」行者道：「這個師父好不知時務！這個曠野山中，船從何來？這匹馬，他在此久住，必知水勢，就騎著他做個船兒過去罷。」三藏無奈，只得依言，跨了劃馬※17。行者挑著行囊，到了澗邊。

只見那上流頭，有一個漁翁，撐著一個枯木的筏子，順流而下。◎16行者見了，用手招呼道：「那老漁，你來，你來。我是東土取經去的。我師父到此難過，你來渡他一渡。」漁翁聞言，即忙撐攏。行者請師父下了馬，扶持左右。三藏上了筏子，揪上馬匹，安了行李。那老漁撐開筏子，如風似箭，不覺的過了鷹愁陡澗，上了西岸。三藏教行者解開包袱，取出大唐的幾文錢鈔，送與老漁。老漁把筏子一篙撐開道：「不要錢，不要錢。」◎17向中流淌淌茫茫而去。三藏甚不過意，只管合掌稱謝。行者道：「師父休

◆菩薩上前，把那小龍的項下明珠摘了，將楊柳枝蘸出甘露，往他身上拂了一拂，吹口仙氣，喝聲叫：「變！」那龍即變做他原來的馬匹毛片。（朱寶榮繪）

248

致意了。你不認得他？他是此澗裏的水神。不曾來接得我老孫，老孫還要打他哩。只如今免打就罷了他的，怎敢要錢！」那師父也似信不信，只得又跨著劉馬，隨著行者，徑投大路，奔西而去。這正是：廣大真如登彼岸，◎18誠心了性上靈山。

同師前進，不覺的紅日沉西，天光漸晚。但見：

淡雲撩亂，山月昏蒙。滿天霜色生寒，四面風聲透體。孤鳥去時蒼渚闊，落霞明處遠山低。疏林千樹吼，空嶺獨猿啼。長途不見行人跡，萬里歸舟入夜時。

三藏在馬上遙觀，忽見路旁一座莊院。三藏道：「悟空，前面人家可以借宿，明早再行。」行者抬頭看見道：「師父，不是人家莊院。」三藏道：「如何不是？」行者道：「人家莊院，卻沒飛魚穩獸之脊，這斷是個廟宇庵院。」

師徒們說著話，早已到了門首。三藏下了馬，只見那門上有三個大字，乃「里社祠」，遂入門裏。那裏邊有一個老者，項掛著數珠兒，合掌來迎，叫聲：「師父請坐。」

三藏慌忙答禮，上殿去參拜了聖像。那老者即呼童子獻茶。茶罷，三藏問老者道：「此廟何為『里社』？」老者道：「敝處乃西番哈咇國界。這廟後有一莊人家，共發虔心，立此廟宇。里者，乃一鄉里地；社者，乃一社土神。每遇春耕、夏耘、秋收、冬藏之日，各辦三牲花果，來此祭社，以保四時清吉、五穀豐登、六畜茂盛故也。」三藏聞言，點頭誇讚：「正是『離家三里遠，別是一鄉風』。我那裏人家，更無此善。」老者卻問：「師

註

※16 區處：處理安排事宜。

※17 劉馬：指未上鞍具的馬匹。

◎16. 龍馬亦能過河，然何如此筏之妙。（周評）

◎17. 如今做官的倒要錢。（李評）

◎18. 此不過小小彼岸耳，然卻是第一番津筏，不可忽過。（周評）

◆行者按落雲頭,揪著那龍馬的頂鬃,來見三藏道:「師父,馬有了也。」三藏一見大喜道:「徒弟,這馬怎麼比以前反肥盛了些?在何處尋著的?」(古版畫,選自李卓吾批評本《西遊記》)

父仙鄉是何處?」三藏道:「貧僧是東土大唐國奉旨意上西天拜佛求經的。路過寶坊,天色將晚,特投聖祠,告宿一宵,天光即行。」那老者十分歡喜,道了幾聲「失迎」,又叫童子辦飯。三藏吃畢,謝了。行者的眼乖,見他房簷下有一條搭衣的繩子,走將去一把扯斷,將馬腳繫住。那老者笑道:「這馬是那裏偷來的?」行者怒道:「你那老頭子,說話不知高低!我們是拜佛的聖僧,又會偷馬?」老兒笑道:「不是偷的,如何沒有鞍轡繮,卻來扯斷我晒衣的索子?」三藏陪禮道:「這個頑皮,只是性燥。你要拴馬,好生問老人家討條繩子,如何就扯斷他的衣索?」——老先※18休怪,休怪。我這馬,實不瞞你說,不是偷的。昨日東來,至鷹愁陡澗,原有騎的一匹白馬,鞍轡俱全;不期那澗裏有條孽龍在彼成精,他把我的馬,連鞍轡一口吞之。幸虧我徒弟有些本事,又感得觀音菩薩來澗邊擒住那龍,教他就變作我原騎的

白馬，毛片俱同，駄我上西天拜佛。今此過澗，未經一日，卻到了老先的聖祠，還不曾置得鞍轡哩。」那老者道：「師父休怪，我老漢作耍子，誰知你高徒認真。我小時也有幾個村錢，也好騎匹駿馬，只因累歲迍遭[19]，遭喪失火，到此沒了下梢[20]，故充為廟祝，侍奉香火，幸虧這後莊施主家募化度日。我那裏到還有一副鞍轡，是我平日心愛之物，就是這等貧窮，也不曾捨得賣了。才聽老師父之言，菩薩尚且救護神龍，教他化馬駄你，我老漢卻不能少有周濟？明日將那鞍轡取來，願送老師父扣背前去，乞為笑納。」三藏聞言，稱謝不盡。

早又見童子拿出晚齋。齋罷，掌上燈，安了鋪，各各寢歇。

至次早，行者起來道：「師父，那廟祝老兒昨晚許我們鞍轡，問他要，不要饒他。」說未了，只見那老兒果擎著一副鞍轡、襯屜韁籠之類，凡馬上一切用的，無不全備，放在廊下道：「師父，鞍轡奉上。」三藏見了，歡喜領受。教行者拿了，背上馬，看可相稱否。行者走上前，一件件的取起看了，果然是些好物。有詩為證，詩曰：

雕鞍彩幌東銀星，寶凳光飛金線明。

襯屜幾層絨苫疊，牽繮三股紫絲繩。

轡頭皮剪圍花棬，雲扇描金舞獸形。

環嚼叩成磨煉鐵，兩垂蘸水結毛纓。

※18 老先：對年紀大的人的尊稱，猶言老先生。
※19 迍遭：遭，音占。迍遭，遭遇不利、處於困境。
※20 下梢：結局。「沒有下梢」，意思是沒有好結局。

行者心中暗喜，將鞍轡背在馬上，就似量著做的一般。三藏拜謝那老，那老慌忙攙起道：

「惶恐，惶恐！何勞致謝？」那老者也不再留，請三藏上馬。那長老出得門來，攀鞍上馬；行者擔著行李。那老兒復袖中取出一條鞭兒來，卻是皮丁兒寸箚的香藤柄子，虎筋絲穿結的梢兒，在路旁拱手奉上道：「聖僧，我還有一條挽手兒※21，一發送了你罷。」那三藏在馬上接了道：「多承佈施！多承佈施！」

正打問訊，卻早不見了那老兒。及回看那里社祠，是一片光地。只聽得半空中有人言語道：

「聖僧，多簡慢你。我是落伽山山神土地，蒙菩薩差送鞍轡與汝等的。汝等可努力西行，卻莫一時怠慢。」慌得個三藏滾鞍下馬，望空禮拜道：

「弟子肉眼凡胎，不識尊神尊面，望乞恕罪。煩轉達菩薩，深蒙恩佑。」你看他只管朝天磕頭，也不計其數。路旁邊活活的笑倒個孫大聖，上前來扯住唐僧道：「師父，你起來罷。他已去得遠了，聽不見你禱祝，看不見你磕頭。只管拜怎的？」長老道：「徒弟呀，我這等磕頭，你也就不拜他一拜，且立在旁

◆此去行有兩個月，又值早春時候，但見山林錦翠色，草木發青芽；梅英落盡，柳眼初開。師徒們行翫春光，又見太陽西墜。（朱寶榮繪）

邊，只管哂笑，是何道理？」行者道：「你那裏知道，像他這個藏頭露尾的，本該打他一頓；只為看菩薩面上，饒他打盡殺了，他還敢受我老孫之拜？老孫自小兒做好漢，不曉得拜人，就是見了玉皇大帝、太上老君，我也只是唱個喏便罷了。」三藏道：「不當人子！莫說這空頭話！快起來，莫誤了走路。」那師父才起來收拾，投西而去。

此去行有兩個月太平之路，相遇的都是些虜虜、回回，狼蟲虎豹。◎19光陰迅速，又值早春時候。但見山林鋪翠色，草木發青芽；梅英落盡，柳眼初開。師徒們行翫春光，又見太陽西墜。三藏勒馬遙觀，山凹裏有樓臺影影，殿閣沉沉。三藏道：「悟空，你看那裏是甚麼去處？」行者抬頭看了道：「不是殿宇，定是寺院。我們趕起些，那裏借宿去。」三藏道：「也是。」放開龍馬，逕奔前來。畢竟不知此去是甚麼去處，且聽下回分解。

※21 挽手兒：此處指馬鞭。

篇中云：「那猴頭專倚自強，那肯稱讚他人。」這是學者第一個魔頭，讀者亦能著眼否？心猿歸正，意馬收繮此事便有七八分了。（李評）

悟一子曰：「太白真人歌曰：『龍從嫁火裏出，虎向水中生。』就一身之坎離而言，明陰中有陽，陽中有陰，陰陽顛倒之義也。心為離，屬陽，為龍，離中之陰，屬陰，為虎，坎中之陽，則龍也。此謂水火既濟而坎離交媾，內煉工夫，首先下手之要者也。行者同唐僧行到澗邊，見上溜漁翁撐筏而渡。此一有底船渡凡僧，而超凡了性，而登彼岸，誠心了性上靈山。」是了性之彼岸，非了命之彼岸者；末後淩雲渡接引佛撐船以渡，方是無底船渡脫胎，受護法之命。故曰：「菩薩送鞍轡與你的，到里社門投西行，受護法之命，切莫意誤。」說者謂心猿歸正，意馬收繮，誠心了性上靈山。乃僅窺心意之障礙，而未跡性命之堂奧者矣！便是「肉眼凡胎，叩謝不了，誤了多少前程，活活笑倒大聖」也！此等藏頭露尾情節，最易誤人，故曰：「本該打他一頓子。」今分明解說，在亂堆中揀出寶貝，請諸人共拾取，料不吃老孫金箍棒。（陳評節錄）

◎19. 不可無此點綴。（周評）

第十六回

觀音院僧謀寶貝　黑風山怪竊袈裟

卻說他師徒兩個，策馬前來，直至山門首觀看，果然是一座寺院。但見那：

層層殿閣，疊疊廊房。三山門外，巍巍萬道彩雲遮；五福堂前，艷艷千條紅霧遶。兩路松篁，一林檜柏。兩路松篁，無年無紀自清幽；一林檜柏，有色有顏隨傲麗。又見那鐘鼓樓高，浮屠※1塔峻。安禪僧定性，啼樹鳥音閒。寂寞無塵真寂寞，清虛有道果清虛。

詩曰：

上刹祇園隱翠窩，招提勝景賽婆娑。
果然淨土人間少，天下名山僧佔多。

長老下了馬，行者歇了擔，正欲進門，只見那門裏走出一眾僧來。你看他怎生模樣：

頭戴左笄帽，身穿無垢衣。銅環雙墜耳，絹帶束腰圍。草履行來穩，木魚手內提。口中常作念，般若總皈依。

三藏見了，侍立門旁，道個問訊。那和尚連忙答禮，笑道：「失瞻。」問：「是那裏來的？請入方丈獻茶。」三藏道：「我弟子乃東土欽差，上雷音寺拜佛求經。至此處天色將晚，欲借上刹一

◆《新説西遊記圖像》描繪第十六回精采場景：行者拿了辟火罩，按著雲頭，逕到禪堂房脊上，罩住了唐僧與白馬、行李，看那些人放起火來，便順口吹起了一陣風。（古版畫，選自《新説西遊記圖像》）

254

宵。」那和尚道：「請進裏坐，請進裏坐。」三藏方喚行者牽馬進來。那和尚忽見行者相貌，有些害怕，便問：「那牽馬的是個甚麼東西？」三藏道：「悄言，悄言！他的性急，◎1若聽見你說是甚麼東西，他就惱了。——他是我的徒弟。」那和尚打了個寒噤，咬著指頭道：「這般一個醜頭怪腦的，好招他做徒弟？」三藏道：「你看不出來哩，醜自醜，甚是有用。」

那和尚只得同三藏與行者進了山門。山門裏，又見那正殿上書四個大字，是「觀音禪院」。三藏又大喜道：「弟子屢感菩薩聖恩，未及叩謝。今遇禪院，就如見菩薩一般，甚好拜謝。」那和尚聞言，即命道人開了殿門，請三藏朝拜。那行者拴了馬，丟了行李，同三藏上殿。三藏展背舒身，鋪胸納地，望金像叩頭。那和尚便去打鼓，行者就去撞鐘。三藏俯伏臺前，傾心禱祝。祝拜已畢，那和尚住了鼓，行者還只管撞鐘不歇，或緊或慢，撞了許久。那道人道：「拜已畢了，還撞怎麼？」行者方丟了鐘杵，笑道：「你那裏曉得！我這是『做一日和尚撞一日鐘』的。」此時卻驚動那寺裏大小僧人、上下房長老，聽得鐘聲亂響，一齊擁出道：「那個野人在這裏亂敲鐘鼓？」行者跳將出來，咄的一聲道：「是你孫外公撞了耍子的！」那些和尚一見了，諕得跌跌滾滾，都爬在地下道：「雷公爺爺！」行者道：「雷公是我的重孫兒哩！起來，起來，不要怕，我們是東土大唐來的老爺。」眾僧方才禮拜；見了三藏，都才放心不怕。內有本寺院主請道：「老爺們到後方丈

◎1. 心粗氣浮便是不格不致的眞病。(張評)

255

中奉茶。」遂而解韁牽馬，抬了行李，轉過正殿，徑入後房，序了坐次。

那院主獻了茶，又安排齋供。天光尚早，三藏稱謝未畢，只見那後面有兩個小童攙著一個老僧出來。看他怎生打扮：

頭上戴一頂毗盧方帽，貓睛石的寶頂光輝；身上穿一領錦絨褊衫，翡翠毛的金邊幌亮。一對僧鞋攢八寶※2，一根拄杖嵌雲星。滿面皺痕，好似驪山老母※3；一雙昏眼，卻如東海龍君。口不關風因齒落，腰駝背屈為筋攣。

◆青海塔爾寺。（美工圖書社：中國圖片大系提供）

眾僧道：「師祖來了。」三藏躬身施禮迎接道：「老院主，弟子拜揖。」那老僧還了禮，又各敘坐。老僧道：「適間小的們說，東土唐朝來的老爺，我才出來奉見。」三藏道：「輕造寶山，不知好歹，恕罪！恕罪！」老僧道：「不敢！不敢！」因問：「老爺，東土到此，有多少路程？」三藏道：「出長安邊界，有五千餘里；過兩界山，收了一眾小徒，一路來，行過西番哈咇國，經兩個月，又有五六千里，才到了貴處。」老僧道：

「也有萬里之遙了。我弟子虛度一生，山門也不曾出去，誠所謂『坐井觀天』，樗朽※4之輩。」三藏又問：「老院主，高壽幾何？」老僧道：「痴長二百七十歲了。」行者聽見道：「這還是我萬代孫兒哩！」◎2三藏瞅了他一眼道：「謹言！莫要不識高低，沖撞人。」那和尚便問：「老爺，你有多少年紀了？」行者道：「不敢說。」那老僧也只當一句風話，便不介意，也不再回，只叫獻茶。有一個小幸童，拿出一個羊脂玉的盤兒，有三個法藍鑲金的茶鍾；又一童，提一把白銅壺兒，斟了三杯香茶。真箇是色欺榴蕊豔，味勝桂花香。三藏見了，誇愛不盡道：「好物件，好物件！真是美食美器！」那老僧道：「污眼，污眼！老爺乃天朝上國，廣覽奇珍，似這般器具，何足過獎？老爺自上邦來，可有甚麼寶貝，借與弟子一觀？」三藏道：「可憐！我那東土，無甚寶貝；就有時，路程遙遠，也不能帶得。」

行者在旁道：「師父，我前日在包袱裏，曾見那領袈裟，不是件寶貝？拿與他看看如何？」眾僧聽

※2 八寶：又叫「吉祥八消淨」、「吉祥八寶」、「八吉祥」、「八瑞相」等。為佛前供器，一組八件，分別為：法輪、法螺、寶傘、白蓋、蓮花、寶瓶、雙魚、盤長八種吉祥物，貫穿了佛教的基本教理和教義。八寶通常用木、銅、玉、瓷、銀、玻璃等材料製成精美的立體形象，供於佛像前供桌上。

※3 驪山老母：又稱梨山老母，又一說法是女媧，為道教崇奉的女仙。《太平廣記》卷六十三引《集仙傳》記其事。

※4 樗朽：樗，臭椿樹。樗朽，不成材的自謙詞。

◆三藏稱謝未畢，只見一個老僧出來。他頭上戴一頂毗盧方帽，貓睛石的寶頂光輝；身上穿一領錦絨褊衫，翡翠毛的金邊幌亮；躧一對僧鞋攢八寶。（葉雄繪）

◎2.似此村蠢愚頑即活萬載亦何益？（張評）

257

說袈裟，一個個冷笑。行者道：「你笑怎的？」院主道：「老爺才說袈裟是件寶貝，言實可笑。若說袈裟，似我等輩者，不止二三十件；若論我師祖，在此處做了二百五六十年和尚，足有七八百件！」叫：「拿出來看看。」那老和尚也是他一時賣弄，◎3便叫道人開庫房，頭陀抬櫃子，就抬出十二櫃，放在天井中，開了鎖，兩邊設下衣架，四圍牽了繩子，將袈裟一件件抖開掛起，請三藏觀看。果然是滿堂綺繡，四壁綾羅！行者一一觀之，都是些穿花納錦※5、刺繡銷金之物，笑道：「好，好，好！收起，收起！把我們的也取出來看看。」

三藏把行者扯住，悄悄的道：「徒弟，莫要與人鬥富。你我是單身在外，只恐有錯。」行者道：「看看袈裟，有何差錯？」三藏道：「你不曾理會得。古人有云：『珍奇玩好之物，不可使貪婪奸偽之人。』倘若一經入目，必動其心；既動其心，必生其計。汝是個畏禍的，索之而必應其求，可也；不然，則殞身滅命，皆起於此，事不小矣。」◎4行者道：「放心，放心！都在老孫身上！」你看他不由分說，急急的走了去，把個包袱解開，早有霞光迸迸，尚有兩層油紙裹定，去了紙，取出袈裟，抖開時，紅光滿室，彩氣盈庭。眾僧見了，無一個不心歡口贊。真箇好袈裟！上頭有……

千般巧妙明珠墜，萬樣稀奇佛寶攢。上下龍鬚鋪彩綺，兜羅四面錦沿邊。體掛魍魎從此滅，身披魑魅入黃泉。托化天仙親手製，不是真僧不敢穿。

那老和尚見了這般寶貝，果然動了奸心，◎5走上前，對三藏跪下，眼中垂淚道：「我

弟子真是沒緣！」三藏攛起道：「老院師有何話說？」他道：「老爺這件寶貝，方才展開，天色晚了，奈何眼目昏花，不能看得明白，豈不是無緣！」三藏教：「掌上燈來，讓你再看。」那老僧道：「爺爺的寶貝已是光亮，再點了燈，一發幌眼，莫想看得仔細。」◎6行者道：「你要怎的看才好？」老僧道：「老爺若是寬恩放心，教弟子拿到後房，細細的看一夜，明早送還老爺西去，不知尊意何如？」三藏聽說，吃了一驚，埋怨行者道：「都是你！都是你！」行者笑道：「怕他怎的？等我包起來，教他拿了去看，但有疏虞，盡是老孫管整※6。」那三藏阻當不住，他把袈裟遞與老僧道：「憑你看去，只是明早照舊還我，不得損污些須。」老僧喜喜歡歡，著幸童將袈裟拿進去，卻分付眾僧，將前面禪堂掃淨，取兩張藤牀，安設鋪蓋，請二位老爺安歇；一壁廂又教安排明早齋送行，遂而各散。師徒們關了禪堂，睡下不題。

卻說那和尚把袈裟騙到手，拿在後房燈下，對袈裟號啕痛哭，◎7慌得那本寺僧不敢先睡。小幸童也不知為何，卻去報與眾僧道：「公公哭到二更時候，還不歇聲。」有兩個徒孫，是他心愛之人，上前問道：「師公，你哭怎的？」老僧道：「我哭無緣，看不得唐僧寶貝！」小和尚道：「公公年紀高大，發過了。他的袈裟放在你面前，你只消解開看便罷了，何須痛哭？」老僧道：「看的不長久。我今年二百七十歲，空掙了幾百件袈裟，怎麼得有他這一件？怎麼得做個唐僧？」◎8小和尚道：「師公差了。唐僧乃是離鄉背井的一

※5 納綿：一種用穿紗的方法做的刺繡。

※6 營整：方言，包辦、保險。

◎3.翻弄物格，天然奇絕！(張評)

◎4.自是老江湖歷練之語。(周評)

◎5.戒之在得。(李評)

◎6.三藏尚多一領袈裟。(李評)

◎7.曲盡世上老貪之態。(李評)

◎8.既是二百七十歲，縱得此袈裟，能得幾年受享？獨不曰，六十不製衣乎？可爲世情發一大笑。(李評)

個行腳僧，你這等年高，享用也彀了，倒要像他做行腳僧，何也？」老僧道：「我雖是坐家自在，樂乎晚景，卻不得他這袈裟穿穿。若教我穿得一日兒，就死也閉眼，——也是我來陽世間為僧一場。」眾僧道：「好沒正經！你要穿他的，有何難處？我們明日留他住一日，你就穿他一日，留他住十日，你就穿他十日便罷了。何苦這般痛哭？」老僧道：「縱

◆行者把個包袱解開，早有霞光迸迸，尚有兩層油紙裹定，去了紙，取出袈裟！抖開時，紅光滿室，彩氣盈庭。眾僧見了，無一個不心歡口贊。（朱寶榮繪）

然留他住了半載，也只穿得半載，到底也不得氣長。他要去時，只得與他去，怎生留得長遠？」

正說話處，有一個小和尚，名喚廣智，出頭道：「公公，要得長遠也容易。」老僧聞言，就歡喜起來道：「我兒，你有甚麼高見？」廣智道：「那唐僧兩個是走路的人，辛苦之甚，如今已睡著了。我們想幾個有力量的，拿了鎗刀，打開禪堂，將他殺了，把屍首埋在後園，只我一家知道；卻又謀了他的白馬、行囊，卻把那袈裟留下，以為傳家之寶，豈非子孫長久之計耶？」老和尚見說，滿心歡喜，卻才揩了眼淚道：「好，好，好！此計絕妙！」即便收拾鎗刀。

內中又有一個小和尚，名喚廣謀，就是那廣智的師弟，上前來道：「此計不妙。若要殺他，須要看看動靜。那個白臉的似易，那個毛臉的似難；萬一殺他不得，卻不反招己禍？我有一個不動刀鎗之法，不知你尊意如何？」老僧道：「我兒，你有何法？」廣謀道：「依小孫之見，如今喚聚東山大小房頭，每人要乾柴一束，捨了那三間禪堂，◎9放起火來，教他欲走無門，連馬一火焚之。就是山前山後人家看見，只說是他自不小心，走了火，將我禪堂都燒了。那兩個和尚，卻不都燒死？又好掩人耳目。袈裟豈不是我們傳家之寶？」那些和尚聞言，無不歡喜，都道：「強，強，強！此計更妙，更妙！」遂教各房頭搬柴來。唉！這一計，正是弄得個高壽老僧該命盡，觀音禪院化為塵。

◎9.三間禪堂，換一領袈裟，所得便宜處，失便宜也。(李評)

原來他那寺裏有七八十個房頭，大小有二百餘眾；當夜一擁搬柴，把個禪堂前前後後四面圍繞不通，安排放火不題。

卻說三藏師徒，安歇已定。那行者卻是個靈猴，雖然睡下，只是存神煉氣，朦朧著醒眼。忽聽得外面不住的人走，查查的柴響風生。他心疑惑道：「此時夜靜，如何有人行得腳步之聲？莫敢是賊盜，謀害我們的？」他就一骨魯※7跳起，欲要開門出看，又恐驚醒師父。你看他弄個精神，搖身一變，變作一個蜜蜂兒。真箇是：

口甜尾毒，腰細身輕。穿花度柳飛如箭，粘絮尋香似落星。小小微軀能負重，嚶嚶※8薄翅會乘風。卻自檐棱下，鑽出看分明。

行者暗笑道：「果依我師父之言，他要害我們性命，謀我的袈裟，故起這等毒心。我待要拿棍打他呵，可憐又不禁打，一頓棍都打死了，師父又怪我行兇。罷，罷，罷！與他個『順手牽羊，將計就計』，教他住不成罷！」

好行者，一觔斗跳上南天門裏，諕得個龐、劉、苟、畢躬身，馬、趙、溫、關控背，俱道：「不好了，不好了！那鬧天宮的主子又來了！」行者搖著手道：「列位免禮，休

◆ 老僧道：「看的不長久。我今年二百七十歲，空掙了幾百件袈裟，怎麼得有他這一件？怎麼得做個唐僧？」（古版畫，選自李卓吾批評本《西遊記》）

驚。我來尋廣目天王的。」說不了，卻遇天王早到，迎著行者道：「久闊，久闊。前聞得

觀音菩薩來見玉帝，借了四值功曹、六丁六甲並揭諦等，保護唐僧往西天取經去，說你與

他做了徒弟。今日怎麼得閑到此？」行者道：「且休敘闊。唐僧路遇歹人，放火燒他，事

在萬分緊急，特來尋你借『辟火罩兒』，救他一救。快些拿來使使，即刻返上。」天王

道：「你差了，既是歹人放火，只該借水救他，如何要辟火罩？」行者道：「你那裏曉得

就裏※9。借水救之，卻燒不起來，倒相應※10了他；只是借此罩，護住了唐僧無傷，其餘

管他，盡他燒去。快些，快些！此時恐已無及，莫誤了我下邊幹事！」那天王笑道：「這

猴子還是這等起不善之心，只顧了自家，就不管別人。」行者道：「快著，快著！莫要調

嘴，害了大事！」那天王不敢不借，遂將罩兒遞與行者。

行者拿了，按著雲頭，徑到禪堂房脊上，罩住了唐僧與白馬、行李，著意護那袈裟。看那些人放起火來，他轉捻念咒，望巽地上吸

和尚住的方丈房上頭坐，著意護那袈裟。看那些人放起火來，他轉捻念咒，望巽地上吸

一口氣吹將去，一陣風起，把那火轉刮得烘烘亂著。好火，好火！但見：

黑烟漠漠，紅焰騰騰。黑烟漠漠，長空不見一天星；紅焰騰騰，大地有光千里赤。起

初時，灼灼金蛇；次後來，威威血馬。南方三炁逞英雄，回祿※11大神施法力。燥乾柴燒

※7 一骨魯：形容翻身一滾，有時也作「一轂轆」、「一咕碌」。
※8 囂囂：悠閒自得的樣子。《南軒記》「囂然而樂世」。
※9 就裏：底細。
※10 相應：便宜、合算、划得來。
※11 回祿：是火災的代稱。因為遠古的時候祝融以及他的弟弟吳回、兒子陸終相繼擔任火正，掌管地火。因此，人們用回祿（吳回、陸終的合稱）來指代火災。

烈火性，說甚麼燧人鑽木；熟油門前飄彩焰，賽過了老祖開爐。正是那無情火發，怎禁這

有意行兇：不去弭災，反行助虐。風隨火勢，焰飛有千丈餘高；火趁風威，灰迸上九霄雲

外。乒乒乓乓，好便似殘年爆竹；潑潑喇喇，卻就如軍中炮聲。燒得那當場佛像莫能逃，

東院伽藍無處躲。勝如赤壁夜鏖※12兵，賽過阿房宮內火！

這正是星星之火，能燒萬頃之田。須臾間，風狂火盛，把一座觀音院，處處通紅。◎10你看

那眾和尚，搬箱抬籠，搶桌端鍋，滿院裏叫苦連天。◎11孫行者護住了後邊方丈，辟火罩罩

住了前面禪堂，其餘前後火光大發，真箇是：照天紅焰輝煌，透壁金光照耀！

不期火起之時，驚動了一山獸怪。◎12這觀音院正南二十里遠近，◎13有座黑風山，山中

有一個黑風洞，洞中有一個妖精，正在睡醒翻身。只見那窗門透亮，只道是天明。起來看

時，卻是正北下的火光幌亮。妖精大驚道：「呀！這必是觀音院裏失了火！這些和尚好不

小心！我看時，與他救一救來。」好妖精，縱起雲頭，即至烟火之下，果然沖天之火，前

面殿宇皆空，兩廊烟火方灼。他大拽步撞將進去，正呼喚叫取水來，只見那後房無火，房

脊上有一人放風。他卻情知如此，急入裏面看時，見那方丈中間有些霞光彩氣，臺案上有

一個青氈包袱。他解開一看，見是一領錦襴袈裟，乃佛門之異寶。正是財動人心，他也不

救火，他也不叫水，拿著那袈裟，趁鬧打劫，拽回雲步，徑轉東山而去。◎14

那場火只燒到五更天明，方才滅息。你看那眾僧們赤赤精精，啼啼哭哭，都去那灰

內尋銅鐵，撥腐炭，撲金銀。有的在牆筐裏，苫搭窩棚，有的赤壁根頭支鍋造飯；叫冤叫

屈，亂嚷亂鬧不題。

卻說行者取了辟火罩，一觔斗送上南天門，交與廣目天王道：「謝借，謝借！」天王收了道：「大聖至誠了。我正愁你不還我的寶貝，無處尋討，且喜就送來也。」行者道：「老孫可是那當面騙物之人？這叫作『好借好還，再借不難』。」天王道：「許久不面，請到宮少坐一時，何如？」行者道：「老孫比在前不同，爛板凳，高談闊論了；如今保唐僧，不得身閑。容敘！容敘！」急辭別隆雲，又見那太陽星上。徑來到禪堂前，搖身一變，變作個蜜蜂兒，飛將進去，現了本相看時，那師父還沉睡哩。

行者叫道：「師父，天亮了，起來罷。」三藏才醒覺，翻身道：「正是。」穿了衣

註

※12 鏖：音敖，激烈地戰鬥。

◆行者罩住了唐僧與白馬、行李以後，氣憤那些的行為，便吹了一陣風，把那火轉刮得烘烘亂著。（朱寶榮繪）

評點

◎10. 則沒那諸葛孔明，便待要博望燒屯。（周評）
◎11. 妙、妙，此所謂念彼觀音力，還著於本人也。（周評）
◎12. 此轉甚妙，不然文字有何波？（周評）
◎13. 這一轉，亦有生發。（李評）
◎14. 這件袈裟僧偷怪竊，唐僧爲他多了若干事，真是著了袈裟事更多也。（李評）

服，開門出來，忽抬頭，只見些倒壁紅牆，不見了樓臺殿宇。大驚道：「呀！怎麼這殿宇俱無？都是紅牆，何也？」行者道：「你還做夢哩！今夜走了火的。」三藏道：「我怎不知？」行者道：「是老孫護了禪堂，見師父濃睡，不曾驚動。」三藏道：「你有本事護了禪堂，如何就不救別房之火？」行者笑道：「好教師父得知。果然依你昨日之言，他愛上我們的袈裟，算計要燒殺我們。若不是老孫知覺，到如今皆成灰骨矣！」三藏聞言，害怕道：「是他們放的火麼？」行者道：「不是他是誰？」三藏道：「莫不是怠慢了你，你幹的這個勾當？」行者道：「老孫是這等傷懶之人，幹這等不良之事？實實是他家放的。老孫見他心毒，果是不曾與他救火，只是與他略略助些風的。」三藏道：「天那，天那！火起時，只該助水，怎轉助風？」行者道：「你可知古人云：『人沒傷虎心，虎沒傷人意。』他不弄火，我怎肯弄風？」©15三藏道：「袈裟何在？敢莫是燒壞了也？」行者道：「沒事，沒事！燒不壞！那放袈裟的方丈無火。」三藏恨道：「我不管你！但是有些兒傷損，我只把那話兒念念，你就是死了！」行者慌了道：「師父，莫念！莫念！管尋還你袈裟就是了。等我去拿來走路。」三藏就牽著馬，行者挑了擔，出了禪堂，徑往後方丈去。

卻說那些和尚正悲切間，忽的看見他師徒牽馬挑擔而來，諕得一個個魂飛魄散，道：「冤魂索命來了！」行者喝道：「甚麼冤魂索命？快還我袈裟來！」眾僧一齊跪倒叩頭道：「爺爺呀！冤有冤家，債有債主。要索命不干我們事，都是廣謀與老和尚定計害你

的，莫問我們討命。」行者咄的一聲道：「我把你這些該死的畜生！那個問你討甚麼命，只拿袈裟來還我走路！」其間有兩個膽量大的和尚道：「老爺，你們在禪堂裏已燒死了，如今又來討袈裟，端的還是人是鬼？」行者笑道：「這夥孽畜，那裏有甚麼火來？你去前面看看禪堂，再來說話。」眾僧們爬起來，往前觀看，那禪堂外面的門窗槅扇，更不曾燎灼了半分。眾人悚懼，才認得三藏是位神僧，行者是尊護法，一齊上前叩頭道：「我等有眼無珠，不識真人下界！你的袈裟在後面方丈中老師祖處哩。」三藏行過了三五層敗壁破牆，嗟嘆不已。只見方丈果然無火，眾僧搶入裏面，叫道：「公公！唐僧乃是神人，未曾燒死，如今反害了自己家當！趁早拿出袈裟，還他去也。」

原來這老和尚尋不見袈裟，又燒了本寺的房屋，正在萬分煩惱焦燥之處，一聞此言，怎敢答應？因尋思無計，進退無方，拽開步，躬著腰，往那牆上著實撞了一頭，可憐只撞得腦破血流魂魄散，咽喉氣斷染紅沙！有詩為證，詩曰：

堪嘆老衲性愚蒙，枉作人間一壽翁。

欲得袈裟傳遠世，豈知佛寶不凡同！

但將容易為長久，定是蕭條取敗功。

廣智廣謀成甚用？損人利己一場空！◎16

慌得個眾僧哭道：「師公已撞殺了，◎17又不見袈裟，怎生是好？」行者道：「想是汝等盜藏起也！都出來！開具花名手本，等老孫逐一查點！」那上下房的院主，將本寺和尚、頭陀、幸童、道人盡行開具手本二張，大小人等共計二百三十名。行者請師父高坐，他卻

◎15. 說得有理。(周評)
◎16. 天下之為廣智、廣謀者多矣，觀此亦少醒否？(周評)
◎17. 生是個黑人，死是個黑鬼。(張評)

一從頭唱名搜檢，都要解放衣襟，分明點過，更無袈裟。又將那各房頭搬搶出去的箱籠物件，從頭細細尋遍，那裏得有踪跡。三藏心中煩惱，懊恨行者不盡，卻坐在上面念動那咒。行者撲的跌倒在地，抱著頭十分難禁，只教：「莫念，莫念！管尋還了袈裟。」那眾僧見了，一個個戰兢兢的上前跪下勸解，三藏才合口不念。行者一骨魯跳起來，耳朵裏掣出鐵棒，要打那些和尚，被三藏喝住道：「這猴頭！你頭痛還不怕，還要無禮？休動手，且莫傷人！再與我審問一問！」眾僧們磕頭禮拜，哀告三藏道：「老爺饒命！我等委實的不曾看見。這都是那老死鬼的不是。他昨晚看著你的袈裟，只哭到更深時候，看也不曾敢看，思量要圖長久，做個傳家之寶，設計定策，要燒殺老爺。自火起之候，狂風大作，各人只顧救火，搬搶物件，更不知袈裟去向。」

行者大怒，走進方丈屋裏，把那觸死鬼屍首抬出，選剝了細看，渾身更無那件寶貝；就把個方丈掘地三尺，也無踪影。行者忖量半晌，問道：「你這裏可有甚麼妖怪成精麼？」院主道：「老爺不問，莫想得知。我這裏正東南有座黑風山，黑風洞內有一個黑大王，我這老死鬼常與他講道。他便是個妖精，別無甚物。」行者道：「那山離此有多遠近？」院主道：「只有二十里，那望見山頭的就是。」行者笑道：「師父放心，不須講了，一定是那黑怪偷去無疑。」三藏道：「他那廂離此有二十里，如何就斷得是他？」行者道：「你不曾見夜間那火，光騰萬里，亮透三天，且休說二十

◆黑風山上的黑風洞內的黑大王，也就是黑熊怪畫像。（葉雄繪）

里，就是二百里也照見了！坐定是他見火光焜耀，趁著機會，暗暗的來到這裏，看見我們

袈裟是件寶貝，必然趁鬧攙去也。◎18等老孫去尋他一尋。」三藏道：「你去了時，我卻何

倚？」行者道：「這個放心，暗中自有神靈保護，明中等我叫那些和尚伏侍。」即喚眾和

尚過來，道：「汝等著幾個去埋那老鬼，著幾個伏侍我師父，看守我白馬！」眾僧領諾。

行者又道：「汝等莫順口兒答應，等我去了，你就不來奉承。看師父的，要怡顏悅色；養

白馬的，要水草調勻。假有一毫兒差了，照依這個樣棍，與你們看看！」他掣出棍子，照

那火燒的磚牆，撲的一下，把那牆打得粉碎，又震倒了有七八層牆。眾僧見了，個個骨軟

身麻，跪著磕頭滴淚道：「爺爺寬心前去，我等竭力度心供奉老爺，決不敢一毫怠慢。」

好行者，急縱觔斗雲，徑上黑風山，尋找這袈裟。正是那：

金禪求正出京畿，仗錫投西涉翠微。虎豹狼蟲行處有，工商士客見時稀。路逢異國愚

僧妒，全仗齊天大聖威。火發風生禪院廢，黑熊夜盜錦襴衣。

畢竟此去不知袈裟有無，吉凶如何，且聽下回分解。

饒他廣智、廣謀，直異得家破人亡，亦何益！人人如此，可憐！可憐！善乎，篇中之言曰：好個廣智、廣謀，袈裟又不曾燒了，老和尚死了。何益！又有隱語，亦一拈出：「只願了自家就不當別人。」「廣智廣謀成甚用，損人利己一場空。」可謂老婆心急矣。篇中「他不弄火，我怎肯異風？」都是醒世名言，不要尋常看過。「那無情火發。」「星星之火，能燒萬頃之田。」（陳評節錄）

悟一子曰：大道幽深，妙在靜觀密察，具一雙慧眼，莫被幻影空花迷述了真宗實義。此三回，俱爲十九回收伏天蓬而來，乃修眞要旨。仙師恐世人不識，故提綱揭示「覷」字，貫徹三回終始。令人觀始終，不可忽視。如此回明獨修一物之非道，而柔好殺身更不可不知。（李評）

悟元子曰：上回已言修道者須有眞腳力，而後可以得正果。然腳力雖眞，而不知陰陽配合，則孤陰不生，獨陽不長，大道難成。故此回合下二回先寫其假陰假陽相合之假，以證眞陰眞陽相合之眞也。（劉評節錄）

評點

◎18. 就是寶貝要此何益，不是個黑鬼，竟是個瞎鬼。（張評）

第十七回 孫行者大鬧黑風山 觀世音收伏熊羆怪

話說孫行者一觔斗跳將起去，諕得那觀音院大小和尚並頭陀、幸童、道人等一個個朝天禮拜道：「爺爺呀！原來是騰雲駕霧的神聖下界，怪道火不能傷！恨我那個不識人的老剝皮，使心用心，◎今日反害了自己！」三藏道：「列位請起，不須恨了。這去尋著袈裟，萬事皆休；但恐找尋不著，我那徒弟性子有些不好，汝等性命不知如何，恐一人不能脫也。」眾僧聞得此言，一個個提心弔膽，告天許願，只要尋得袈裟，各全性命不題。

卻說孫大聖到空中，把腰兒扭了一扭，早來到黑風山上。住了雲頭，仔細看，果然是座好山。況正值春光時節，但見：

萬壑爭流，千崖競秀。鳥啼人不見，花落樹猶香。雨過天連青壁潤，風來松捲翠屏張。山草發，野花開，懸崖峭嶂；薜蘿生，佳木麗，峻嶺平崗。不遇幽人，那尋樵子？澗邊雙鶴飲，石上野猿狂。

◆《新說西遊記圖像》描繪第十七回精采場景：那怪聞言笑道：「你原來是那鬧天宮的弼馬溫麼？」行者聽見心中大怒，罵道：「你這賊怪！偷了袈裟不還，倒傷老爺！不要走！看棍！」那黑漢側身躲過，綽長鎗，劈手來迎。（古版畫，選自《新說西遊記圖像》）

270

蟲蟲堆螺排黛色，巍巍擁翠弄嵐光。

那行者正觀山景，忽聽得芳草坡前，有人言語。他卻輕步潛踪，閃在那石崖之下，偷睛觀看。原來是三個妖魔，席地而坐：上首的是一條黑漢，◎2左首下是一個白衣秀士，右首下是一個白衣秀士。都在那裏高談闊論。講的是立鼎安爐，搏砂煉汞，白雪黃芽※1，傍門外道。

正說中間，那黑漢笑道：「後日是我母難之日※2，二公可光顧光顧？」白衣秀士道：「年年與大王上壽，今年豈有不來之理？」黑漢道：「我夜來得了一件寶貝，名喚錦襴佛衣，誠然是件玩好之物。我明日就以他為壽，大開筵宴，邀請各山道官，慶賀佛衣，就稱為『佛衣會』如何？」道人笑道：「妙，妙，妙！我明日先來拜壽，後日再來赴宴。」

行者聞得佛衣之言，定以為是他寶貝。他就忍不住怒氣，跳出石崖，雙手舉起金箍棒，高叫道：「我把你這夥賊怪！你偷了我的袈裟，要做甚麼『佛衣會』！趁早兒將來還我！」喝一聲：「休走！」輪起棒，照頭一下，慌得那黑漢化風而逃，◎3拖將過來看處，卻是一條白花蛇怪。◎4索性提起來，摔作五七斷。徑入深山，找尋那個黑漢。轉過尖峰，抹過峻嶺，又見那壁陡崖前，聳出一座洞府。

但見那：

烟霞渺渺，松柏森森。烟霞渺渺采盈門，松柏森森青遶戶。橋踏枯槎木，峰巔繞薜蘿。

註

※1 立鼎安爐、搏砂煉汞、白雪黃芽：道教煉製仙丹的方法。立鼎安爐是安裝火爐，朱砂、汞、鉛，都是材料，汞和白雪都指水銀，黃芽指鉛，古代人認為將化合在一起燒煉成丹，吃了就可以成仙。

※2 母難之日：即是生日。

評點

◎1.著眼。（李評）
◎2.惟於物有未格，故其知有不至，此所以為黑漢也。（張評）
◎3.天下只有白衣秀士沒用了。（李評）
◎4.我道秀士中，竟蛇多龍少。（李評）

烏啼紅蕊來雲壑，鹿踐芳叢上石臺。那門前時催花發，風送花香。臨堤綠柳轉黃鸝，傍岸

天桃翻粉蝶，卻賽蓬萊山下景。

行者到於門首，又見那兩扇石門關得甚緊。門上有一橫石板，明書六個大字，乃「黑

風山黑風洞」，即便輪棒，叫聲：「開門！」那

裏面有把門的小妖開了門，出來問道：「你是何

人，敢來擊吾仙洞？」行者罵道：「你個作死的

孽畜！甚麼個仙洞，敢稱仙洞！『仙』字是你稱

的？快進去報與你那黑漢，教他快送老爺的袈裟

出來，饒你一窩性命！」小妖急急跑到裏面，報

道：「大王！『佛衣會』做不成了，門外有一個

毛臉雷公嘴的和尚，來討袈裟哩！」那黑漢被行

者在芳草坡前趕將來，卻才關了門，坐還未穩，

又聽得那話，心中暗想道：「這廝不知是那裏來

的，這般無禮，他敢嚷上我的門來！」教取披

掛，隨結束了，綽一桿黑纓鎗，走出門來。這行者閃在門外，執著鐵棒，睜睛觀看，只見

那怪果生得兇險：

碗子鐵盔火漆光，烏金鎧甲亮輝煌。皂羅袍罩風兜袖，黑綠絲縧禪※3穗長。

◆那怪聞言，呵呵冷笑道：「你這個潑物！原來昨夜那火就是你放的！你在那方丈屋上，行兇招風，是我把一件袈裟拿來了，你待怎麼！」（古版畫，選自李卓吾批評本《西遊記》）

福建武夷山，天成禪院觀音像。（陳浩／fotoe提供）

※3 揑：音朵，下垂。

手執黑纓鎗一桿，足踏烏皮靴一雙。眼幌金睛如掣電，正是山中黑風王。

行者暗笑道：「這廝真箇如燒窰的一般，築煤的無二。想必是在此處刷炭為生，怎麼這等一身烏黑？」那怪厲聲高叫道：「你是個甚麼和尚，敢在我這裏大膽？」行者執鐵棒，撞至面前，大咤一聲道：「不要閑講！快還你老外公的袈裟來！」那怪道：「你是那寺裏和尚？你的袈裟在那裏失落了，敢來我這裏索取？」行者道：「我的袈裟，在直北觀音院後方丈裏放著；只因那院裏失了火，你這廝趁鬨搶掠盜了來，要做『佛衣會』慶壽，怎敢抵賴？快快還我，饒你性命！若牙迸半個『不』字，我推倒了黑風山，躧平了黑風洞，把你這一洞妖邪都碾為齏粉！」

那怪聞言，呵呵冷笑道：「你這個潑物！昨夜那火就是你放的！◎5 你在那方丈屋上行兇招風，◎6 是我把一件袈裟拿來了，你待怎麼！你是那裏來的？姓名誰？有多大手段，敢那等海口浪言！」行者道：「是

◎5.冤枉，冤枉。（周評）
◎6.呼風是實。（周評）

273

你也認不得你老外公哩！你老外公乃大唐上國駕前御弟三藏法師之徒弟，姓孫，名悟空行者。若問老孫的手段，說出來，教你魂飛魄散，死在眼前！」那怪道：「我不曾會你，有甚麼手段，說來我聽。」行者笑道：「我兒子，你站穩著，仔細聽之！我：

自小神通手段高，隨風變化逞英豪。養性修真熬日月，跳出輪迴把命逃。
一點誠心曾訪道，靈臺山上採藥苗。那山有個老仙長，壽年十萬八千高。
老孫拜他爲師父，指我長生路一條。他說身内有丹藥，外邊採取枉徒勞。
得傳大品天仙訣，若無根本實難熬。回光内照寧心坐，身中日月坎離交。
萬事不思全寡欲，六根清淨體堅牢。返老還童容易得，超凡入聖路非遙。
三年無漏成仙體，不同俗輩受煎熬。十洲三島※4還遊戲，海角天涯轉一遭。
活該三百多餘歲，不得飛升上九霄。下海降龍眞寶貝，才有金箍棒一條。
花果山前爲帥首，水簾洞裏聚群妖。玉皇大帝傳宣詔，封我齊天極品高。
幾番大鬧靈霄殿，數次曾偷王母桃。天兵十萬來降我，層層密密佈鎗刀。
戰退天王歸上界，哪吒負痛領兵逃。顯聖眞君能變化，老孫硬賭跌平交。
道祖觀音同玉帝，南天門上看降妖。卻被老君助一陣，二郎擒我到天曹。
將身綁在降妖柱，即命神兵把首梟。刀砍鎚敲不得壞，又教雷打火來燒。
老孫其實有手段，全然不怕半分毫。送在老君爐裏煉，六丁神火慢煎熬。
日滿開爐我跳出，手持鐵棒繞天跑。縱橫到處無遮擋，三十三天鬧一遭。

我佛如來施法力，五行山壓老孫腰。整整壓該五百載，幸逢三藏出唐朝。

吾今皈正西方去，轉上雷音見玉毫。

你去乾坤四海問一問，我是歷代馳名第一妖！」

那怪聞言笑道：「你原來是那鬧天宮的弼馬溫麼？」行者最惱的是人叫他弼馬溫，聽見這一聲，心中大怒，罵道：「你這賊怪！偷了袈裟不還，倒傷老爺。不要走，看棍！」那黑漢側身躲過，綽長鎗劈手來迎。兩家這場好殺：

如意棒，黑纓鎗，二人洞口逞剛強。分心劈臉刺，著臂照頭傷。這個橫丟陰棍手，那個直拈急三鎗。白虎爬山來探爪，黃龍臥道※5轉身忙。噴彩霧，吐毫光，兩個妖仙不可量：一個是修正齊天聖，一個是成精黑大王。這場山裏相爭處，只為袈裟各不良。

那怪與行者鬥了十數回合，不分勝負。漸漸紅日當午，那黑漢舉鎗架住鐵棒道：「孫行者，我兩個且收兵，等我進了膳來，再與你賭鬥。」行者道：「你這個孽畜教作漢子？好漢子，半日兒就要吃飯？似老孫在山根下，整壓了五百餘年，也未曾嘗些湯水，那裏便餓哩？莫推故，休走！還我袈裟來，方讓你去吃飯！」那怪虛幌一鎗，撤身入洞，關了石門，收回小怪，且安排筵宴，書寫請帖，邀請各山魔王慶會不題。

※4 十洲三島：十洲三島是兩組意義相似的道教仙境名稱。源於戰國秦漢間方士們的「三神山」說。據《史記‧封禪書》等記載，東方燕齊方士傳稱蓬萊、方丈和瀛洲三神山在渤海中。十洲來自東方朔的《十洲記》，認為「八方巨海之中有……十洲」，以中國為核心，列出相關洲、島的方位、範圍及離中國若干萬里。「十洲三島」說大約形成於東晉以後。

※5 黃龍臥道：使鎗弄棍的手法，此段前面的陰棍手、急三鎗、白虎探爪同樣是比喻的說法。

卻說行者攻門不開，也只得回回觀音院。那本寺僧人已葬埋了那老和尚，都在方丈裏伏侍唐僧。早齋已畢，又擺上午齋。正那裏添湯換水，只見行者從空降下，眾僧禮拜，接入方丈，見了三藏。三藏道：「悟空，你來了。袈裟如何？」行者道：「已有了根由。早是※6不曾冤了這些和尚，原來是那黑風山妖怪偷了。老孫去暗暗的尋他，只見他與一個白衣秀士、一個老道人，坐在那芳草坡前講話。也是個不打自招的怪物，他忽然說出道：後日是他母難之日，邀請諸邪來做生日，夜來得了一件錦襴佛衣，要以此為壽，作一大宴，喚作『慶賞佛衣會』。是老孫搶到面前，打了一棍，那黑漢化風而走，道人也不見了，只把個白衣秀士打死，乃是一條白花蛇成精。我又急急趕到他洞口，叫他出來，與他賭鬥。他已承認了是他拿回。戰戲這半日，不分勝負。那怪回洞，卻要吃飯，關了石門，懼戰不出。老孫卻來回看師父，先報此信。已是有了袈裟的下落，不怕他不還我。」

眾僧聞言，合掌的合掌，磕頭的磕頭，都念聲：「南無阿彌陀佛！今日尋著下落，我等方有了性命矣！」行者道：「你且休喜歡暢快，我還未曾到手，師父還未曾出門哩。只等有了袈裟，打發得我師父好好的出門，才是你們的安樂處；若稍有些須不虞，老孫可是好惹的主子！可曾有好茶飯與我師父吃？可曾有好草料喂馬？」眾僧俱滿口答應道：「有，有，有！更不曾一毫有怠慢了老爺。」三藏道：「自你去了這半日，我已吃過了三次茶湯，兩餐齋供了。他俱不曾敢慢我。但只是你還盡心竭力去尋取袈裟回來。」行者道：「莫忙！既有下落，管情※7拿住這廝，還你原物。放心，放心！」

◆那怪聞言，暗道：「我説那長老怎麼今日就來，又來得迅速，果然是他！」
急縱身，拿過鎗來，就刺行者。行者耳朵裏急掣出棍子，現了本相，架住鎗
尖。（朱寶榮繪）

尋
。
正
行
間
，
只
見
一
個
小
怪
，
左
脅
下
夾
著
一
個
花
梨
木
匣
兒
，
從
大
路
而
來
。
行
者
度
他
匣
內
必
有

正
說
處
，
那
上
房
院
主
又
整
治
素
供
，
請
孫
老
爺
吃
齋
。
行
者
卻
吃
了
些
須
，
復
駕
祥
雲
，
又
去
找

甚麼柬札，舉起棒，劈頭一下，可憐不禁打，就打得似個肉餅一般；卻拖在路旁，揭開匣

兒觀看，果然是一封請帖。帖上寫著：

「侍生熊羆頓首拜，啓上大闡金池老上人丹房：◎7屢承佳惠，感激淵深。夜觀回祿之

難，有失救護，諒仙機必無他害。生偶得佛衣一件，欲作雅會，謹具花酌，奉扳清賞。至

期，千乞仙駕過臨一敘，是荷。先二日具。」◎8

行者見了，呵呵大笑道：「那個老剝皮，死得他一毫兒也不虧！他原來與妖精結黨！怪道

他也活了二百七十歲。想是那個妖精，◎9傳他些甚麼服氣的小法兒，故有此壽。◎10老孫還

記得他的模樣，等我就變作那和尚，往他洞裏走走，看我那袈裟放在何處。假若得手，即

便拿回，卻也省力。」

好大聖，念動咒語，迎著風一變，果然就像那老和尚一般，藏了鐵棒，拽開步，徑

來洞口，叫聲：「開門！」那小妖開了門，見是這般模樣，急轉身報道：「大王，金池長

老來了。」那怪大驚道：「剛才差了小的去下簡帖請他，這時候還未到那裏哩，如何他就

來得這等迅速？想是小的不曾撞著他，斷是孫行者呼他來討袈裟的。管事的，可把佛衣藏

了，莫教他看見。」

行者進了前門，但見那天井中，松篁交翠，桃李爭妍，叢叢花發，簇簇蘭香，卻也

是個洞天之處。又見那二門上有一聯對子，寫著：「靜隱深山無俗慮，◎11幽居仙洞樂天

真。」◎12行者暗道：「這廝也是個脫垢離塵，知命的怪物。」◎13入門裏，往前又進，到

評點

◎7.幻筆如此，奇矣！奇矣！（李評）

◎8.既與東土相隔萬里，定然書不同文，何況怪物乎！此帖卻宛然唐風，大奇、大奇。（周評）

◎9.同一熊也，與山君何趨宵壤。（周評）

◎10.服氣小法尚可延年，何況大道。（周評）

◎11.幻筆，妙甚！（李評）

於三層門裏，都是些畫棟雕梁，明窗彩戶。只見那黑漢子，穿的是黑綠紵※8絲祥襖，罩一領鴉青花綾披風，戴一頂烏角軟巾，穿一雙麂皮皂靴；見行者進來，整頓衣巾，降階迎接道：「金池老友，連日欠親。請坐、請坐。」行者以禮相見。見畢而坐，坐定而茶。茶罷，妖精欠身道：「適有小簡奉啟，後日一敘。何老友今日就下顧也？」行者道：「正來進拜，不期路遇華翰※9，見有佛衣雅會，故此急急奔來，願求見見。」那怪笑道：「老友差矣。這袈裟本是唐僧的，他在你處住札，你豈不曾看見，反來就我看看？」行者道：「貧僧借來，因夜晚還不曾展看，不期被大王取來。又被火燒了荒山，失落了家私。那唐僧的徒弟，又有些驍勇，亂忙中，四下裏都尋覓不見。原來是大王的洪福收來，故特來一見。」

正講處，只見有一個巡山的小妖來報道：「大王，禍事了！下請書的小校，被孫行者打死在大路旁邊，他綽著經兒※10，變化作金池長老，來騙佛衣也！」那怪聞言，暗道：「我說那長老怎麼今日就來，又來得迅速，果然是他！」急縱身，拿過鎗來，就刺行者。行者耳朵裏急掣出棍子，現了本相，架住鎗尖，就在他那中廳裏跳出，自天井中鬥到前門外，諕得那洞裏群魔都喪膽，家間老幼盡無魂。這場在山頭好賭鬥，比前番更是不同。好殺：

※8 紵：音住，同「苧」，苧麻纖維織成的布。
※9 華翰：對對方筆墨、書信的尊稱。翰：長而堅硬的羽毛，因為可以製作毛筆，因此借指毛筆和文字、書信等。
※10 綽著經兒：指循著線索，亦作順著給兒、乘著勁兒。

◎12. 不知是何人大筆。(周評)
◎13. 雖有所知，然猶未至。(張評)

那猴王膽大充和尚，這黑漢心靈隱佛衣。語去來機會巧，隨機應變不差池。袈裟欲見無由見，寶貝玄微真妙微。小怪尋山言禍事，老妖發怒顯神威。翻身打出黑風洞，鎗棒爭持辨是非。棒架長鎗聲響亮，鎗迎鐵棒放光輝。悟空變化人間少，妖怪神通世上稀。這個要把佛衣來慶壽，那個不得袈裟肯善歸？這番苦戰難分手，就是活佛臨凡也解不得圍。

他兩個從洞口打上山頭，自山頭殺在雲外，吐霧噴風，飛砂走石，只鬥到紅日沉西，不分勝敗。那怪道：「姓孫的，你且住了手。今日天晚，不好相持。你去，你去！待明早來，與你定個死活。」行者叫道：「兒子莫走！要戰便像個戰的，不可以天晚相推。」看他沒頭沒臉的，只情使棍子打來。這黑漢又化陣清風，轉回本洞，緊閉石門不出。

行者卻無計策奈何，只得也回觀音院裏，按落雲頭，道聲：「師父。」那三藏眼兒巴巴的，正望他哩，忽見到了面前，甚喜；又見他手裏沒有袈裟，又懼。問道：「怎麼這番還不曾有袈裟來？」行者袖中取出個簡帖兒來，遞與三藏道：「師父，那妖物與這死的老剝皮，原是朋友。他著一個小妖送此帖來，還請他去赴佛衣會。是老孫就把那小妖打死，變作那老和尚，進他洞去，騙了一鍾茶吃。欲問他討袈裟看看，他不肯拿出。正坐間，忽被一個甚麼巡山的走了風信，他就與我打將起來。只鬥到這早晚，不分上下。他見天晚，閃回洞去，緊閉石門。老孫無奈，也暫回來。」三藏道：「你手段比他何如？」行者道：「我也硬不多兒，只戰個手平。」三藏才看了簡帖，又遞與那院主道：「你師父敢莫也是妖精麼？」那院主慌忙跪下道：「老爺，我師父是人。只因那黑大王修成人道，常來寺裏

與我師父講經，他傳了我師父些養神服氣之術，故以朋友相稱。」行者道：「這夥和尚沒甚妖氣，他一個個頭圓頂天，足方履地，但比老孫肥胖長大些兒，非妖精也。你看那帖兒上寫著『侍生熊羆』，此物必定是個黑熊成精。」三藏道：「我聞得古人云：『熊與猩猩相類。』都是獸類，他卻怎麼成精？」行者笑道：「老孫是獸類，見做了齊天大聖，與他何異？大抵世間之物，凡有九竅者，皆可以修行成仙。」三藏又道：「你才說他本事與你手平，你卻怎生得勝，取我袈裟回來？」行者道：「莫管，莫管，我有處治。」

正商議間，眾僧擺上晚齋，請他師徒們吃了。三藏教掌燈，仍去前面禪堂安歇。眾僧挨牆倚壁，苫搭窩棚，各各睡下；只把個後方丈讓與那上下院主安身。此時夜靜，但見：

銀河現影，玉宇無塵。滿天星燦爛，一水浪收痕。萬籟聲寧，千山鳥絕。溪邊漁火息，塔上佛燈昏。昨夜閣黎鐘鼓響，今宵一遍哭聲聞。

是夜在禪堂歇宿。那三藏想著袈裟，那裏得穩睡？忽翻身見窗外透白，急起叫道：「悟空，天明了，快尋袈裟去。」行者一骨魯跳將起來，早見眾僧侍立，供奉湯水，行者道：「你等用心伏侍我師父，老孫去也。」三藏下牀，扯住道：「你往那裏去？」行者道：「我想這樁事都是觀音菩薩沒理，他有這個禪院在此，受了這裏人家香火，又容那妖精鄰住。我去南海尋他，與他講一講，教他親來問妖精討袈裟還我。」三藏道：「你這去，幾時回來？」行者道：「時少只在飯罷，時多只在晌午，就成功了。那些和尚，可好伏侍。老孫去也。」說聲去，早已無踪。須臾間，到了南海，停雲觀看，但見：

◆浙江杭州灣洛伽山「海上大臥佛」。頭、頸、胸、腹、足均分明可辨，故有「海上大臥佛」之稱。（劉朔／fotoe 提供）

汪洋海遠，水勢連天。祥光籠宇宙，瑞氣照山川。千層雪浪吼青霄，萬疊烟波滔白晝。

水飛四野，浪滾周遭。水飛四野振轟雷，浪滾周遭鳴霹靂。休言水勢，且看中間。五色朦

朧寶疊山，紅黃紫皂綠和藍。才見觀音真勝境，試看南海落伽山※11。好去處！山峰高聳，

頂透虛空。中間有千樣奇花，百般瑞草。風搖寶樹，日映金蓮。觀音殿，瓦蓋琉璃；潮音

洞，門鋪玳瑁。綠楊影裏語鸚哥，紫竹林中啼孔雀。羅紋石上，護法威嚴；瑪瑙灘前，木

叉雄壯。◎15

這行者觀不盡那異景非常，逕直按雲頭，到竹林之下。早有諸天迎接道：「菩薩前者對眾言

大聖歸善，甚是宣揚。今保唐僧，如何得暇到此？」行者道：「因保唐僧，路逢一事，特

見菩薩，煩為通報。」諸天遂來洞口報知。菩薩喚入，行者遵法而行，至寶蓮臺下拜了。菩

薩問曰：「你來何幹？」行者道：「我師父路遇你的禪院，你受了人間香火，容一個黑熊精

在那裏鄰住，著他偷了我師父袈裟，屢次取討不與，今特來問你要的。」◎16菩薩道：「這

猴子說話，著他偷了你的袈裟，你怎來問我取討？都是你這個孽猴大膽，

將寶貝賣弄，拿與小人看見，既是熊精偷了你的袈裟，你卻又行兇，喚風發火，燒了我的留雲下院，反來我處放刁

※12！」行者見菩薩說出這話，知他曉得過去未來之事，慌忙禮拜道：「菩薩，乞恕弟子之

罪，果是這般這等。但恨那怪物不肯與我袈裟，師父又要念那話兒咒語，老孫忍不得頭疼，

故此來拜煩菩薩。望菩薩慈悲之心，助我去拿那妖精，取衣西進也。」菩薩道：「那怪物有

許多神通，卻也不亞於你。也罷，我看唐僧面上，和你去走一遭。」行者聞言，謝恩再拜。

即請菩薩出門，遂同駕祥雲，早到黑風山，墜落雲頭，依路找洞。

正行處，只見那山坡前走出一個道人，手拿著一個玻璃盤兒，盤內安著兩粒仙丹，往前

正走；被行者撞個滿懷，掣出棒，就照頭一下，打得腦裏漿流出，腔中血迸撺。◎17菩薩大

驚道：「你這個猴子，還是這等放潑！他又不曾偷你袈裟，又不與你相識，又無甚冤仇，

你怎麼就將他打死？」行者道：「菩薩，你認他不得。他是那黑熊精的朋友。今日他先來拜壽，

明日來慶佛衣會，所以我認得。定是今日替那妖去上壽。」菩薩說：「既是這等說來，也

罷。」行者才去把那道人提起來看，卻是一隻蒼狼。旁邊那個盤兒底下卻有字，刻道：「凌

虛子製」。行者見了，笑道：「造化，造化！老孫也是便益，菩薩也是省力。這怪叫作不打

自招，那怪教他今日了劣※13。」菩薩說道：「悟空，這教怎麼說？」行者道：「菩薩，我

悟空有一句話兒，叫作將計就計，不知菩薩可肯依我？」菩薩道：「你說。」行者說道：

「菩薩，你看這盤兒中是兩粒仙丹，便是我們與那妖魔的見面；這盤兒後面刻的四個字，

說『凌虛子製』，便是我們與那妖魔的贄見。菩薩若要依得我時，我好替你作個計較，也就

不須動得干戈，也不須勞得征戰，妖魔眼下遭瘟，佛衣眼下出現；菩薩要不依我時，菩薩

往西，我悟空往東，佛衣只當相送，唐三藏只當落空。」菩薩笑道：「這猴熟嘴！」行者

註

※11 落伽山：《西遊記》中觀音菩薩居住的大山。根據常任之先生考證，落伽山描寫的景物與現今浙江普陀山基本相符，可見作者是以此為原型創作的。

※12 放刁：刁難。

※13 了劣：猶了帳、了結。

◎15. 黑怪不去，皆不觀音之故。（張評）
◎16. 還少一句，「都是你送我師父一領甚麼袈裟」。（周評）
◎17. 玻璃盤幸不跌碎。（周評）

283

道：「不敢，倒是一個計較。」菩薩說：「你這計較怎說？」行者道：「這盤上刻那『凌虛子製』，想這道人就叫作凌虛子。菩薩，你要依我時，可就變作這個道人，我把這丹吃了一粒，變上一粒，略大些兒。菩薩你就捧了這個盤兒、兩粒仙丹，去與那妖上壽，把這丸大些兒的讓與那妖。待那妖一口吞之，老孫便於中取事，他若不肯獻出佛衣，老孫將他肚腸，就也織將一件出來。」

菩薩沒法，只得也點點頭兒。行者笑道：「如何？」爾時菩薩乃以廣大慈悲，無邊法力，億萬化身，以心會意，以意會身，恍惚之間，變作凌虛仙子：

鶴氅仙風颭，飄飄欲步虛。蒼顏松柏老，秀色古今無。

去去還無住，如如自有殊。總來歸一法，只是隔邪軀。

行者看道：「妙啊，妙啊！還是妖精菩薩，還是菩薩妖精？」◎18菩薩笑道：「悟空，菩薩、妖精，總是一念；若論本來，皆屬無有。」◎19行者心下頓悟，轉身卻就變作一粒仙丹：

走盤無不定，圓明未有方。三三勾漏合，六六少翁商。

瓦鑠黃金焰，牟尼白晝光。外邊鉛與汞，未許易論量。

行者變了那顆丹，終是略大些兒。菩薩認定，拿了那個玻璃盤兒，徑到妖洞門口看時，果然是：

崖深岫險，雲生嶺上；柏蒼松翠，風颭林間。崖深岫險，果是妖邪出沒人煙少；柏蒼

松翠，也可真修隱道情多。山有澗，澗有泉，潺潺流水咽鳴琴，便堪洗耳；崖有鹿，林有鶴，幽幽仙籟動間岑，亦可賞心。這孽畜佔了這座山洞，卻是也有些道分。」因此心中已是有個慈悲。

菩薩看了，心中暗喜道：「這孽畜佔了這座山洞，卻是也有些道分。」因此心中已是有個慈悲。

走到洞口，只見守洞小妖，都有些認得，道：「凌虛仙長來了。」一邊傳報，一邊接引。那妖早已迎出二門道：「凌虛，有勞仙駕珍顧，蓬蓽有輝。」菩薩道：「小道敬獻一粒仙丹，敢稱千壽。」他二人拜畢，方才坐定，又敘起他昨日之事。菩薩不答，連忙拿丹盤道：「大王，且見小道鄙意。」覷定一粒大的，推與那妖道：「願大王千壽！」那妖亦推一粒，遞與菩薩道：「願與凌虛子同之。」讓畢，那妖才待要咽，那藥順口兒一直滾下，現了本相，理起四平。◎20那妖滾倒在地。菩薩現相，問妖取了佛衣。行者早已從鼻孔中出去。菩薩又怕那妖無禮，卻把一個箍兒，丟在那妖頭上。那妖起來，提鎗要刺，行者、菩薩早已起在空中。菩薩將真言念起，那怪依舊頭疼，丟了鎗，滿地亂滾。半空裏笑倒個美猴王，平地下滾壞個黑熊怪。

菩薩道：「孽畜！你如今可皈依麼？」那怪滿口道：「心願皈依，只望饒命！」行者恐耽擱了工夫，意欲就打。菩薩急止住道：「休傷他命，我有用他處哩。」行者道：「這樣怪物，不打死他，反留他在何處用哩？」菩薩道：「我那落伽山

後，無人看管，我要帶他去做個守山大神。」行者笑道：「誠然是個救苦慈尊，一靈不損。若是老孫有這樣咒語，就念上他娘千遍！◎21這回兒就有許多黑熊，都教他了帳！」

卻說那怪甦醒多時，公道難禁疼痛，只得跪在地下哀告道：「但饒性命，願皈正果。」菩薩方墜落祥光，又與他摩頂受戒，教他執了長鎗，跟隨左右。那黑熊才一片野心今日定，無窮頑性此時收。菩薩分付道：「悟空，你回去罷。好生伏侍唐僧，以後再休懈惰生事。」行者道：「深感菩薩遠來，弟子還當回送。」菩薩道：「免送。」行者才捧著袈裟，叩頭而別。菩薩亦帶了熊羆，徑回大海。有詩為證，詩曰：

祥光靄靄凝金像，萬道繽紛實可誇。
普濟世人垂憫恤，遍觀法界現金蓮。
今來多為傳經意，此去原無落點瑕。
降怪成真歸大海，空門復得錦袈裟。

畢竟不知向後事情如何，且聽下回分解。

◆黑熊怪疼痛難忍，不得已皈依了菩薩。（古版畫，選自李卓吾批評本《西遊記》）

總批

只為一領袈裟，生出多少事來。古宿云：「著了袈裟事更多。」諒哉！黑熊偷了袈裟作「佛衣大會」，這叫作觀傳衣。一笑，一笑！（李評）

悟一子曰：《參同契》曰：「是非歷髒法，內觀有所思。」言真陰真陽之寶貝，非歷觀五藏、思想索取而可得。前回老僧身居觀音院，思想謀得袈裟，比之內觀其心而用心謀索者。豈知用心謀索，則心火灼熾，將心火自焚，未免大地火坑，非惟水不救火勢，必真寶反陷入下田，如彼黑熊竊去袈裟也。此正誤用心機之害，故篇首道：「恨我那不識人的老剝皮，使心用心，今日反害了自己。」頗為醒露。然捨觀心強致之法，而致力於腎臟，乃襲捧砂煉汞之浮談，龍是傍門外道！此一條黑漢，即下田之妖怪也。道士是其氣，故名「凌虛」；秀士是其質，故穿白衣。稱「佛衣會」者，明僅識其表之名，而未識其中實也。曰「黑風山黑風洞」，狀水宮之氣色；「鐵盒、鳥甲、皂抱、鳥靴」，形坎府之情形，俱修真之旨。惟「他說身內有丹藥，外邊採取枉徒勞」，正專指致力於腎臟煉汞採取者之非法，緊對後篇天蓬之自救為真正本來天然配合也。（陳評節錄）

評點

◎21. 賊猴，你就忘了那話兒咒了麼？（李評）

第十八回 觀音院唐僧脫難 高老莊行者降魔

行者辭了菩薩，◎1按落雲頭，將袈裟掛在香柟樹上，掣出棒來，打入黑風洞裏。那洞裏那得一個小妖？原來是他見菩薩出現，降得那老怪就地打滾，急急都散走了。行者一發行兇，將他那幾層門上都積了乾柴，前前後後一齊發火，把個黑風洞燒作個紅風洞，卻拿了袈裟，駕祥光，轉回直北。

話說那三藏望行者急忙不來，心甚疑惑，不知是請菩薩不至，不知是行者托故而逃。正在那胡猜亂想之中，只見半空中彩霧燦燦，行者忽墜階前，叫道：「師父，袈裟來了。」三藏大喜。眾僧亦無不歡悅道：「好了，好了！我等性命，今日方才得全了。」◎2三藏接了袈裟道：「悟空，你早間去時，原約到飯罷晌午，如何此時日西回？」行者將那請菩薩、施變化降妖的事情，備陳了一遍。三藏聞言，遂設香案，朝南禮拜罷，道：「徒弟呵，既然有了佛衣，可快收拾包裹去也。」行者道：「莫忙，莫忙。今日將晚，不是走路的時候，且待明日早行。」眾僧們一齊跪下道：「孫老爺說得是。一則天晚，二來我等有些願心兒，今幸平安，有了寶貝，待我還了

◆《新說西遊記圖像》描繪第十八回精采場景：好行者抓著豬八戒的耳朵，將其帶到高老莊。（古版畫，選自《新說西遊記圖像》）

願，請老爺散了福※1，明早再送西行。」行者道：「正是，正是。」你看那些和尚，都傾囊倒底，把那火裏搶出的餘資各出所有，整頓了些齋供，燒了些平安無事的紙，念了幾卷消災解厄的經。◎3當晚事畢。

次早方刷扮了馬匹，包裹了行囊出門。眾僧遠送方回。行者引路而去，正是那春融時節。但見那：

草襯玉驄蹄跡軟，柳搖金線露華新。桃杏滿林爭豔麗，薜蘿遠徑放精神。

沙堤日暖鴛鴦睡，山澗花香蛺蝶馴。這般秋去冬殘春過半，不知何年行滿得眞文。

師徒們行了五七日荒路，忽一日天色將晚，遠遠的望見一村人家。三藏道：「悟空，你看那壁廂有座山莊相近，我們去告宿一宵，明日再行何如？」行者道：「且等老孫去看看吉凶，再作區處。」那師父挽住絲韁，這行者定睛觀看，真箇是：

竹籬密密，茅屋重重。參天野樹迎門，曲水溪橋映戶。道旁楊柳綠依依，園內花開香馥馥。此時那夕照沉西，處處山林喧鳥雀；晚煙出爨※2，條條道徑轉牛羊。又見那食飽雞豚眠屋角，醉酣鄰叟唱歌來。◎4

行者看罷，道：「師父請行。定是一村好人家，正可借宿。」那長老催動白馬，早到街衢之口。又見一個少年，頭裹綿布，身穿藍襖，持傘背包，斂褌扎褲，腳踏著一雙三耳草鞋，雄糾糾的出街忙走。行者順手一把扯住道：「那裏去？我問你一個信兒：此間是

註

※1 散福：本意是祭祀後祭肉散給大家，一同享福，這裏是取回袈裟，大家一同歡喜。

※2 爨：音竄，燒火做飯的灶臺。

評
點

◎1.只挽上文知至，便已領得本題明字之脈。(張評)

◎2.性命即明德也，籠起全題，然已伏定下意。(張評)

◎3.籠起下意，並無痕跡。(張評)

◎4.一豚一叟打到高老八戒身。(張評)

甚麼地方？」那個人只管苦掙，口裏嚷道：「我莊上沒人，只是我好問信！」◎5行者陪著笑道：「施主莫惱。與人方便，自己方便。◎6你就與我說說地名何害？我也可解得你的煩惱。」那人掙不脫手，氣得亂跳道：「蹭蹬！蹭蹬！家長的屈氣受不了，又撞著這個光頭，受他的清氣！」行者道：「你有本事劈開我的手，你便就去了也罷。」那人左扭右扭，那裏扭得動，卻似一把鐵鈐拑住一般，氣得他丟了包袱，撇了傘，兩隻手雨點似來抓行者。行者把一隻手扶著行李，一隻手抵住那人，憑他怎麼支吾，只是不能抓著。行者愈加不放，急得爆燥如雷。三藏道：「悟空，你那裏不有人來了？你再問那人就是，只管扯住他怎的？放他去罷。」行者笑道：「師父不知，若是問了別人沒趣，須是問他，才有買賣。」那人被行者扯住不過，只得說出道：「此處乃是烏斯藏國界之地，喚作高老莊。一莊人家有大半姓高，故此喚作高老莊。你放了我去罷。」行者又道：「你這樣行裝，不是個走近路的。你與我說，你要往那裏去，端的所幹何事，我才放你。」

這人無奈，只得以實情告訴道：「我是高太公的家人，名叫高才。◎7我那太公有個老女兒

◆次早方刷扮了馬匹，包裹了行囊出門。衆僧遠送方回。行者引路而去，正是那春融時節。（古版書，選自李卓吾批評本《西遊記》）

290

※3，年方二十歲，更不曾配人，三年前被一個妖精佔了。那妖整做了這三年女婿，我太公

不悅，說道：『女兒招了妖精，不是長法：一則敗壞家門，二則沒個親家來往。』一向要

退這妖精。那妖精那裏肯退，轉把女兒關在他後宅，將有半年，再不放出與家內人相見。

我太公與了我幾兩銀子，教我尋訪法師，拿那妖怪。我這些時不曾住腳，前前後後請了有

三四個人，都是不濟的和尚、膿包的道士，降不得那妖精。剛才罵了我一場，說我不會幹

事，又與了我五錢銀子做盤纏，教我再去請好法師降他。不期撞著你這個紇刺星※4扯住，

◎8誤了我走路，故此裏外受氣，我無奈，才與你叫喊。不想你又有些拿法※5，我掙不過

你，所以說此實情。你放我走罷。」行者道：「你的造化，我有營生，這才是湊四合六※6

的勾當。你也不須遠行，莫要花費了銀子。我們不是那不濟的和尚、膿包的道士，其實有

些手段，慣會拿妖。這正是『一來照顧郎中，二來又醫得眼好』，煩你回去上覆你那家

主，說我們是東土駕下差來的御弟聖僧，往西天拜佛求經者，善能降妖縛怪。」高才道：

「你莫誤了我。我是一肚子氣的人，你若哄了我，沒甚手段，拿不住那妖精，卻不又帶累

我來受氣？」行者道：「管教不誤了你。◎9你引我到你家門首去來。」那人也無計奈何，

真箇提著包袱，拿了傘，轉步回身，領他師徒到於門首道：「二位長老，你且在馬臺上略

※3 老女兒：老人對最小女兒的稱呼，老兒子、老姑娘，就是排行最小的兒子、女兒。

※4 紇刺星：剋星、魔星。

※5 拿法：技巧、辦法。

※6 湊四合六：湊巧，因四加六恰爲「十」。

評點

◎5.就有光景。(周評)

◎6.一語緊接，二意雙關。(張評)

◎7.女婿偏生不才，高老焉得不氣?才者，剋之運也，高而且才，便是剋明的正面。(張評)

◎8.誰知紇刺星倒是恩星，天下事往往如此。(周評)

◎9.心豈是哄人的?人每自誤耳。(張評)

坐坐，等我進去報主人知道。」行者才放了手，落擔牽馬，師徒們坐立門旁等候。

那高才入了大門，逕往中堂上走，可可的撞見高太公。太公罵道：「你那個蠻皮畜生，怎麼不去尋人，又回來做甚？」高才放下包傘道：「上告主人公得知，小人才行出街口，忽撞見兩個和尚：一個騎馬，一個挑擔。他扯住我不放，問我那裏去。我再三不曾與他說及，他纏得沒奈何，不得脫手，遂將主人公的事情，一一說與他知。他卻十分歡喜，要與我們拿那妖怪哩。」高老道：「是那裏來的？」高才道：「他說是東土駕下差來的御弟聖僧，前往西天拜佛求經的。」太公道：「既是遠來的和尚，怕不真有些手段。他如今在那裏？」高才道：「現在門外等候。」

那太公即忙換了衣服，與高才出來迎接，叫聲：「長老。」三藏聽見，急轉身，早已到了面前。那老者戴一頂烏綾巾，穿一領蔥白蜀錦衣，踏一雙糙米皮的犢子靴，繫一條黑綠縧子，出來笑語相迎，便叫：「二位長老，作揖了。」三藏還了禮，行者站著不動。那老者見他相貌兇醜，便就不敢與他作揖。行者道：「怎麼不唱老孫喏？」那老兒有幾分害怕，叫高才道：「你這小廝卻不弄殺我也！家裏現有一個醜頭怪腦的女婿打發不開，怎麼又引這個雷公來害我？」行者道：「老高，你空長了許大年紀，還

◆西藏雅魯藏布江秋色。《西遊記》中的烏斯藏國就是今天的西藏地區。（美工圖書社：中國圖片大系提供）

◆西藏江孜地區民居。高老莊的建築應該就是如此。
（美工圖書社：中國圖片大系提供）

不省事。若專以相貌取人，乾淨※7錯了。我老孫醜自醜，卻有些本事，替你家擒得妖精，捉得鬼魅，拿住你那女婿，還你家女兒，便是好事。何必諄諄以相貌為言！」太公見說，戰兢兢的，只得強打精神，叫聲：「請進。」這行者見請，才牽了白馬，教高才挑著行李，與三藏進去。他也不管好歹，就把馬拴在敞廳柱上，扯過一張退光漆交椅，叫三藏坐下。他又扯過一張椅子，坐在旁邊。那高老道：「這個小長老，倒也家懷※8。」行者道：「你若肯留我住得半年，還家懷哩。」

坐定，高老問道：「適間小价說，二位長老是東土來的？」三藏道：「便是。貧僧奉朝命往西天拜佛求經，因過寶莊，特借一宿，明日早行。」高老道：「二位原是借宿的，怎麼說會拿怪？」行者道：「因是借宿，順便拿幾個妖怪兒耍耍的。動問府上有多少妖怪？」高老道：「天那，還吃得有多少哩！只這一個妖怪女婿，也被他磨慌了！」行者道：「你把那妖怪的始末，有多大手段，從頭兒說說我聽，我好替你拿他。」高老道：「我們這莊上，自古至今，也不曉得有甚麼鬼祟魍魎，邪魔作耗。◎10只是老拙不幸，不曾

註
※7 乾淨：完全、絕對，淮安方言。
※8 家懷：不認生、像在自己家裏一樣。

◎10.此地本明，有何黑處？（張評）

有子，止生三個女兒：大的喚名香蘭，第二的名玉蘭，第三的名翠蘭。那二個從小兒配與本莊人家，止有小的個要招個女婿，指望他與我同家過活，做個養老女婿，撐門抵戶，做活當差。不期三年前，有一個漢子，模樣兒倒也精致，他說是福陵山上人家，姓豬，上無父母，下無兄弟，願與人家做個女婿。我老拙見是這般一個無罣無絆的人，就招了他。一進門時，倒也勤謹：耕田耙地，不用牛具；收割田禾，不用刀杖。昏去明來，其實也好，只是一件，有些兒變嘴臉。」行者道：「怎麼樣變？」高老道：「初來時，是一條黑胖漢，後來就變作一個長嘴大耳朵的獃子，◎11腦後又有一溜鬃毛，身體粗糙怕人，頭臉就像個豬的模樣。一頓要吃三五斗米飯，早間點心，也得百十個燒餅才彀。喜得還吃齋素，若再吃葷酒，便是老拙這家業田產之類，不上半年，就吃個罄淨！」三藏道：「只因他做得，所以吃得。」高老道：「吃還是件小事，他如今又會弄風，雲來霧去，走石飛砂，諕得我一家並左鄰右舍，俱不得安生。又把那翠蘭小女關在後宅子裏，一發半年也不曾見面，更不知死活如何。因此知他是個妖怪，要請個法師與他去退去退。」行者道：「這個何難！老兒你管放心。今夜管情與你拿住，教他寫個退親文書，還你女兒如何？」高老道：「我為招了他不打緊，壞了我多少清名，◎12疏了我多少親眷。但得拿住他，要甚麼文書？就煩與我除了根罷。」行者道：「容易，容易！入夜之時，就見好歹。」

老兒十分歡喜，才教展抹桌椅，擺列齋供。齋罷將晚，老兒問道：「要甚兵器？要

多少人隨？趁早好備。」行者道：「兵器我自有。」老兒道：「二位只是那根錫杖，錫杖

怎麼打得妖精？」行者隨於耳內取出一個繡花針來，捻在手中，迎風幌了一幌，就是碗來

粗細的一根金箍鐵棒，◎13對著高老道：「你看這條棍子，比你家兵器如何？可打得這怪

否？」高老又道：「既有兵器，可要人跟？」行者道：「我不用人，只是要幾個年高有德

的老兒，陪我師父清坐閑敘，我好撇他而去。等我把那妖精拿來，對衆取供，替你除了根

罷。」那老兒即喚家僮，請了幾個親故朋友。一時都到，相見已畢，行者道：「師父，你

放心穩坐。老孫去也。」

你看他撂著鐵棒，扯著高老道：「你引我去後宅子裏妖精的住處看看。」高老遂引

他到後宅門首。行者道：「你去取鑰匙來。」高老道：「你且看看，若是用得鑰匙，卻不

請你了。」行者笑道：「你那老兒年紀雖大，卻不識耍。我把這話兒哄你一哄，你就當

真。」走上前，摸了一摸，原來是銅汁灌的鎖子。狠得他將金箍棒一搗，搗開門扇，裏面

卻黑洞洞的。◎14行者道：「老高，你去叫你女兒一聲，看他可在裏面？」那老兒硬著膽叫

道：「三姐姐！」那女兒認得是他父親的聲音，才少氣無力的應了一聲道：「爹爹，我在

這裏哩。」行者閃金睛，向黑影裏仔細看時，你道他怎生模樣？但見那…

雲鬢亂堆無掠，玉容未洗塵淄。一片蘭心依舊，十分嬌態傾頹。櫻唇全無氣血，腰肢

屈屈偎偎※9。愁懕懕，蛾眉淡；瘦怯怯，語聲低。

※9 屈屈偎偎：形容腰肢軟弱無力。

◎11.「獃子」徽號，卻從乃岳口中贈出。（周評）
◎12.高老亦折去半截。（張評）
◎13.仍用此寶克字便有線。（張評）
◎14.其德不明之至矣。（張評）

◆那妖精哪肯退？轉把女兒關在他後宅，將有半年，再不放出與家內人相見。（孟慶江繪）

他走來看見高老，一把扯住，抱頭大哭。行者道：「且莫哭，且莫哭！我問你，妖怪往那裏去了？」女子道：「不知往那裏去。這些時，天明就去，入夜方來。雲雲霧霧，往回不知何所。因是曉得父親要祛退他，他也常常防備，故此昏來朝去。」行者道：「不消說了。老兒，你帶令愛往前邊宅裏，慢慢的敍闊，讓老孫在此等他。他若不來，你卻莫怪；他若來了，定與你剪草除根。」那老高歡歡喜喜的，把女兒帶將前去。

行者卻弄神通，搖身一變，變得就如那女子一般，獨自個坐在房裏等那妖精。不多時，一陣風來，真箇是走石飛砂。好風：

起初時微微蕩蕩，向後來渺渺茫茫。微微蕩蕩乾坤大，渺渺茫茫無阻礙。
凋花折柳勝撏麻，倒樹摧林如拔菜。
翻江攪海鬼神愁，裂石崩山天地怪。
唧花麋鹿失來蹤，摘果猿猴迷在外。
七層鐵塔侵佛頭，八面幢幡傷寶蓋。

◎15. 必須此中清靜，庶幾此漢不黑。（張評）
◎16. 從此後喁喁兒女語，宛然閨中枕畔問答，堪為絕例。（周評）

金梁玉柱起根搖，房上瓦飛如燕塊。舉樟梢公許放心，開船忙把豬羊賽。

當坊土地棄祠堂，四海龍王朝上拜。海邊撞損夜叉船，長城刮倒半邊塞。

那陣狂風過處，只見半空裏來了一個妖精，果然生得醜陋：黑臉短毛，長喙大耳，穿一領青不青、藍不藍的梭布直裰，繫一條花布手巾。行者暗笑道：「原來是這個買賣！」好行者，卻不迎他，也不問他，且睡在牀上推病，口裏哼哼噴噴※10的不絕。那怪不識真假，走進房，一把摟住，就要親嘴。行者暗笑道：「真箇要來弄老孫哩！」即使個拿法，扯著那怪的長嘴，叫作個小跌，漫頭一料，撲的摜下牀來。那怪爬起來，扶著牀邊道：「姐姐，你怎麼今日有些怪我？想是我來得遲了。」行者道：「不怪，不怪。」那妖道：「既不怪我，怎麼就這等樣小家子，就摟我親嘴？我因今日有些不自在，若每常好時，便起來開門等你了。你可脫了衣服睡是。」那怪不解其意，真箇就去脫衣。行者跳起來，坐在淨桶上。◎15那怪依舊復來牀上摸一把，摸不著人，叫道：「姐姐，你往那裏去了？」行者道：「你先睡，等我出個恭來。」那怪果先解衣服睡罷。◎16那怪道：

行者忽然嘆口氣，道聲：「造化低了！」

※10 哼哼噴噴：哼哼唧唧，形容豬怪的聲音。

◆行者道：「你先睡，等我出個恭來。」那怪果先解衣上牀。行者忽然嘆口氣，道聲：「造化低了！」（朱寶榮繪）

「你惱怎的？造化怎麼得低的？我得到了你家，雖是吃了些茶飯，卻也不曾白吃你的：我也曾替你家掃地通溝，搬磚運瓦，築土打牆，耕田耙地，種麥插秧，創家立業。如今你身上穿的錦，戴的金，四時有花果享用，八節有蔬菜烹煎，你還有那些兒不趁心處？這般短嘆長吁，說甚麼造化低了！」那怪道：「不是這等說。今日我的父母，隔著牆丟磚料瓦的，甚是打我罵我哩。」行者道：「你打罵你怎的？」行者道：「他打罵你怎的？」行者道：「他說我和你做了夫妻，你是他門下一個女婿，全沒些兒禮體。這樣個醜嘴臉的人，又會不得姨夫，又見不得親戚，又不知你雲來霧去的，端的是那裏人家，姓甚名誰，敗壞他清德，玷辱他門風，故此這般打罵，所以煩惱。」那怪道：「我雖是有些兒醜陋，若要俊，卻也不難。我一來時，曾與他講過，他願意方才招我。今日怎麼又說起這話！我家住在福陵山雲棧洞。我以相貌為姓。故姓豬，官名叫作豬剛鬣※11。他若再來問你，你就以此話與他說便了。」

行者暗喜道：「那怪卻也老實，不用動刑，就供得這等明白。既有了地方、姓名，不管怎的也拿住他。」行者道：「他要請法師來拿你哩。」那怪笑道：「睡著，睡著！莫睬他！我有天罡數的變化，九齒的釘鈀，怕甚麼法師、和尚、道士？就是你老子有虔心，請下九天蕩魔祖師下界，我也曾與他做過相識，他也不敢怎的我。」行者道：「他說請一個

◆那怪轉過眼來，看見行者咨牙俫嘴，火眼金睛，磕頭毛臉，慌得手麻腳軟，掙破了衣服，化狂風脫身而去。（古版畫，選自李卓吾批評本《西遊記》）

五百年前大鬧天宮姓孫的齊天大聖，要來拿你哩。」那怪聞得這個名頭，就有三分害怕道：「既是這等說，我去了罷。兩口子做不成了。」行者道：「你怎的就去？」那怪道：「你不知道，那鬧天宮的弼馬溫有些本事，只恐我弄他不過，低了名頭，不像模樣。」他套上衣服，開了門，往外就走。被行者一把扯住，將自己臉上抹了一抹，現出原身，喝道：「好妖怪，那裏走！你抬頭看看我是那個？」那怪轉過眼來，看見行者咨牙俫嘴，火眼金睛，磕頭毛臉，就是個活雷公相似，慌得他手麻腳軟，劃剌的一聲，掙破了衣服，化狂風脫身而去。行者急上前，掣鐵棒，望風打了一下。那怪化萬道火光，逕轉本山而去。◎17行者駕雲，隨後趕來，叫聲：「那裏走！你若上天，我就趕到斗牛宮※12！你若入地，我就追至枉死獄※13！」咦！畢竟不知這一去趕至何方，有何勝敗，且聽下回分解。

總批

真是一對好夫妻，畢竟老婆強似老公。大抵今日天下就有老豬做老公，還有老孫來做老婆降伏他。如何好不怕老婆！行者裝女兒處，尚少描畫：若能設身做出夫妻模樣，更當令人絕倒。（李評）

悟一子曰：老莊之道，一本于《易》。故老子曰：「至陰肅肅，至陽赫赫。」又曰：「屍居而龍見，淵默而雷聲，神動而天隨。」蓋一陰一陽，一動一靜，互為其根，而太極乘乎其中。人能體夫太極，則天關在手，地軸生心，即是仙佛聖人之事也。設有一念之差，則動靜皆失其中，故君子貴慎獨省察。此回特言金木真陰真陽，為丹道之正理，使人知彼我共濟，大小並用之機也。（劉評節錄）

陳評曰：「乘夫蹻以出，蠕動莫不由。」莊子玄牝之門，是謂天地根。」故老子曰：「玄牝之門，是謂天地根。」理，故君子貴慎物致知，而偏陰偏陽，獨修一物，又何能成仙作佛而超凡入聖乎！上二回已批破心腎之假陰假陽，非修仙之本旨矣。（陳評節錄）

◎17.老豬此處卻會化火光，以後西方路上被妖魔拿住時，再不見化火光，何也？（周評）

雲棧洞悟空收八戒　浮屠山玄奘受心經

卻說那怪的火光前走，這大聖的彩霞隨跟。正行處，忽見一座高山，那怪把紅光結聚，現了本相，撞入洞裏，取出一柄九齒釘鈀來戰。行者喝一聲道：「潑怪！你是那裏來的邪魔，怎麼知道我老孫的名號？你有甚麼本事，實實供來，饒你性命！」那怪道：「是你也不知我的手段！上前來站穩著，我說與你聽：我

自小生來心性拙，貪閑愛懶無休歇。
不曾養性與修真，混沌迷心熬日月。
忽然閑裏遇真仙，就把寒溫坐下說。◎1
勸我回心莫墮凡，傷生造下無邊業。
有朝大限※1命終時，八難三途悔不喋。
聽言意轉要修行，聞語心回求妙訣。
有緣立地拜爲師，指示天關並地闕。
得傳九轉大還丹※2，工夫畫夜無時輟。
上至頂門泥九宮，下至腳板湧泉穴。
周流腎水入華池※3，丹田補得溫溫熱。

◆《新說西遊記圖像》描繪第十九回精采場景：八戒對高老唱喏，望丈人好生看待他渾家，若取不成經時還俗照舊做高老女婿。（古版畫，選自《新說西遊記圖像》）

嬰兒姹女※4配陰陽，鉛汞相投分日月。離龍坎虎※5用調和，靈龜吸盡金烏血。

三花聚頂※6得歸根，五氣朝元※7通透徹。功圓行滿卻飛升，天仙對對來迎接。

朗然足下彩雲生，身輕體健朝金闕。

敕封元帥管天河，總督水兵稱憲節。②2只因王母會蟠桃，開宴瑤池邀眾客。

那時酒醉意昏沉，東倒西歪亂撒潑。

見他容貌挾人魂，舊日凡心難得滅。逞雄撞入廣寒宮，風流仙子來相接。

再三再四不依從，東躲西藏心不悅。色膽如天叫似雷，險些震倒天關闕。

糾察靈官奏玉皇，那日吾當命運拙。廣寒圍困不通風，進退無門難得脫。

卻被諸神拿住我，酒在心頭還不怯。押赴靈霄見玉皇，依律問成該處決。

多虧太白李金星，出班俯顋親言說。改刑重責二千鎚，肉綻皮開骨將折。

※1 大限：限，界限。大限，生死的界限。

※2 九轉大還丹：唐代著名的養生家張果，也就是傳說中「八仙」之一的張果老。他在《太上九要心印妙經》把內丹分為三品，每轉各有樞要，九轉成丹，以九轉大還丹為上品。

※3 華池：道指人口中舌頭下面的地方為「華池」。

※4 嬰兒姹女：嬰兒乃道教術語，常和姹女（指汞）相提並論。另外，在煉丹派看來姹女指元神，嬰兒指元精，兩者關係是陰陽配合。因此有下面一大段關於煉丹的論述。丹書上常用「龍呼於虎，虎吸龍精」來描述、實際指形神皆妙：《西遊記》語言與藝術形象初探》

※5 離龍坎虎：形容煉丹過程，抽坎填離的運動過程。丹書上常用「龍呼於虎，虎吸龍精」來描述、實際指肺中金氣同肝中木氣合併，元精和元神交融，人體內陰陽平衡過程。參見唐松波先生《設象比喻形神皆妙：《西遊記》語言與藝術形象初探》

※6 三花聚頂：道教煉丹派認為吃下丹藥以後，要將精氣神煉化後聚於頭頂，最後要歸入腹部。這個過程叫「三花聚頂」。

※7 五氣朝元：道教認為「成道」之時，五行真氣升到頭部（元）並通向全身。

✦四川綿陽羅浮山風景區，《西遊記》人物豬八戒塑像。（黃金國／fotoe提供）

評
點

◎1.未講天命，先說仙命，其明有如此。（張評）

◎2.豬屬亥，亥屬子，乃天門也。故名天河元帥，天之明命如此。（張評）

放生遭貶出天關，福陵山下圖家業。我因有罪錯投胎，俗名喚作豬剛鬣。」

行者聞言道：「你這廝原來是天蓬水神下界，怪道知我老孫名號。你這誑上的弼馬溫，當年撞那禍時，不知帶累我等多少，今日又來此欺人！不要無禮，吃我一鈀！」行者怎肯容情，舉起棒，當頭就打。他兩個在那半山之中，黑夜裏賭鬥。好殺：

行者金睛似閃電，妖魔環眼似銀花。這一個口噴彩霧，那一個氣吐紅霞。氣吐紅霞昏處亮，口噴彩霧夜光華。金箍棒，九齒鈀，兩個英雄實可誇：一個是大聖臨凡世，一個是元帥降天涯。那個因失威儀成怪物，這個幸逃苦難拜僧家。鈀去好似龍伸爪，棒迎渾若鳳穿花。那個道，你破人親事如殺父！這個道，你強姦幼女正該拿！閑言語，亂喧嘩，往來來棒架鈀。看看戰到天將曉，那妖精兩膊覺痠麻。

他兩個自二更時分，直鬥到東方發白。那怪不能迎敵，敗陣而逃，依然又化狂風，徑回洞裏，把門緊閉，再不出頭。行者在這洞門外看有一座石碣，上書「雲棧洞」三字，見那怪不出，天又大明，心卻思量：「恐師父等候，且回去見他一見，再來捉此怪不遲。」隨踏雲，點一點，早到高老莊。

卻說三藏與那諸老談今論古，一夜無眠。正想行者不來，只見天井裏，忽然站下行者。行者收藏鐵棒，整衣上廳，叫道：「師父，我來了。」慌得那諸老一齊下拜，謝道：「多勞！多勞！」三藏問道：「悟空，你去這一夜，拿得妖精在那裏？」行者道：「師

父，那妖不是凡間的邪祟，也不是山間的怪獸。他本是天蓬元帥臨凡，只因錯投了胎，嘴臉像一個野豬模樣，其實靈性尚存。他說以相為姓，喚名豬剛鬣。是老孫從後宅裏揪棒就打，他化一陣狂風走了；被老孫著風一棒，他就化道火光，逕轉他那本山洞裏，取出一柄九齒釘鈀，與老孫戰了一夜。適才天色將明，他怯戰而走，把洞門緊閉不出。老孫還要打開那門，與他見個好歹，恐師父在此疑慮盼望，故先來回個信息。」

說罷，那老高上前跪下道：「長老，沒及奈何，你雖趕得去了，他等你去後復來，卻怎區處？索性累你與我拿住，除了根，才無後患。我老夫不敢怠慢，自有重謝：將這家財田地，憑眾親友寫立文書，與長老平分。只是要剪草除根，莫教壞了我高門清德。」行者笑道：「你這老兒，不知分限。他雖是食腸大，吃了你些茶飯，他與你幹了許多好事。這幾年掙了許多家資，皆是他之力量。他不曾白吃了你東西，問你祛他怎的。據他說，他是一個天神下界，替你把家做活，又未曾害了你家女兒。想這等一個女婿，也門當戶對，不怎麼壞了家聲，辱了行止，當真的留他也罷。」◎4老高道：「長老，雖是不傷風化，但名聲不甚好聽。動不動著人就說：『高家招了一個妖怪女婿！』這句話兒教人怎當？」三藏道：「悟空，你既是與他做了一場，一發與他做個竭絕※9，才見始終。」行者道：「我才試他一試耍子。此去一定拿來與你們看，且莫憂愁。」叫：「老

註

※8 哏：音艮，感嘆詞。表示憤怒、驚嘆等語氣。現代多表達滑稽、可笑。

※9 竭絕：斷絕、了斷。

評點

◎3.不惟命從天來，即罪亦從天降。（張評）

◎4.《西廂》云：恁般好性的女婿，招了者。（張評）

高，你還好生管待我師父，我去也。」

說聲去，就無形無影的，跳到他那山上，來到洞口，一頓鐵棍，把兩扇門打得粉碎。口裏罵道：「那饢※10糠的夯貨，快出來與老孫打麼！」那怪正喘噓噓的睡在洞裏，聽見打得門響，又聽見罵饢糠的夯貨，他卻惱怒難禁，只得拖著鈀，抖擻精神，跑將出來，厲聲罵道：「你這個弼馬溫，著實憊懶！與你有甚相干，你把我大門打破？你且去看看律條，打進大門而入，該個雜犯死罪哩！」行者笑道：「這個獸子！我就打了大門，還有個辨處；像你強佔人家女子，又沒個三媒六證※11，又無些茶紅酒禮※12，該問個真犯斬罪哩！」◎5 行者使棒支住道：「你錯認了！這鈀豈是凡間之物？你且聽我道來：

那怪道：「且休閒講，看老豬這鈀！」◎5

那怪道：「你這鈀可是與高老家做園工築地種菜的？有何好處怕你！」

此是煆煉神冰鐵，磨琢成工光皎潔。老君自己動鈴鎚，熒惑※13親身添炭屑。

五方五帝用心機，六丁六甲費周折。造成九齒玉垂牙，鑄就雙環金墜葉。

身妝六曜排五星，體按四時依八節。短長上下定乾坤，左右陰陽分日月。

六爻神將按天條，八卦星辰依斗列。名為上寶沁金鈀，進與玉皇鎮丹闕。

因我修成大羅仙，為吾養就長生客。敕封元帥號天蓬，欽賜釘鈀為御節。◎6

舉起烈焰並毫光，落下猛風飄瑞雪。天曹神將盡皆驚，地府閻羅心膽怯。

人間那有這般兵，世上更無此等鐵。隨身變化可心懷，任意翻騰依口訣。◎7

相攜數載未曾離，伴我幾年無日別。日食三餐並不丟，夜眠一宿渾無撇。

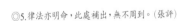
◎5.律法亦明命，此處補出，無不周到。（張評）
◎6.釘鈀轉是欽賜，與龍王海裏騙來的神鐵不同。（周評）
◎7.虧此發明，不然後來變化時，此鈀安放何處？（周評）
◎8.好辭，極寫天尊，不惟命從天來，即人與鈀亦由天而降也。（張評）

304

也曾佩我去赴蟠桃，也曾帶他朝帝闕。皆因仗酒卻行兒，只爲倚強便撒潑。

上天貶我去降凡塵，下世盡我作罪孽。諸般兵刃曾吃人，高莊情喜婚姻結。

這鈀下海掀翻龍鼉窩，上山抓碎虎狼穴。石洞心邪曾吃人，惟有吾當鈀最切。

相持取勝有何難，賭鬥求功不用說。何怕你銅頭鐵腦一身鋼，鈀到魂消神氣泄！」◎8

行者聞言，收了鐵棒道：「獃子不要說嘴！老孫把這頭伸在那裏，你且築一下兒，看

可能魂消氣泄？」那怪真箇舉起鈀，著氣力築將來，撲的一下，鑽起鈀的火焰焰，更不

曾築動一些兒頭皮。諕得他手麻腳軟，道聲：「好頭！好頭！」行者道：「你是也不知。

老孫因爲鬧天宮，偷了仙丹，盜了蟠桃，竊了御酒，被小聖二郎擒住，押在斗牛宮前，衆

天神把老孫斧剁鎚敲，刀砍劍刺，火燒雷打，也不曾損動分毫。又被那太上老君拿了我

去，放在八卦爐中，將神火煅煉，煉作個火眼金睛，銅頭鐵臂。不信，你再築幾下，看看

疼與不疼？」那怪道：「你這猴子，我記得你鬧天宮時，家住在東勝神洲傲來國花果山水

簾洞裏，到如今久不聞名。你怎麼來到這裏，上門子欺我，莫敢是我丈人去那裏請你來

的？」行者道：「你丈人不曾去請我。因是老孫改邪歸正，棄道從僧，保護一個東土大唐

駕下御弟，叫作三藏法師，往西天拜佛求經，路過高莊借宿，那高老兒因話說起，就請我

※10 攮：音囊，拚命地往嘴裏塞食物吃。

※11 三媒六證：三媒：男方媒人、女方媒人和中間媒人；六證：六禮爲證，六禮就是：納采、問名、納吉、納徵、請期、親迎。

※12 茶紅酒禮：古代訂婚時候送的禮叫「下茶」，禮品中有紅的雞蛋以及酒水。

※13 熒惑：火星的別稱，由於火星星紅色，熒熒像火，因此稱之。小說中稱「火德神君」。

救他女兒，拿你這饢糠的夯貨！」

那怪一聞此言，丟了釘鈀，唱個大喏道：「那取經人在那裏？累煩你引見引見。」行者道：「你要見他怎的？」那怪道：「我本是觀世音菩薩勸善，受了他的戒行，這裏持齋把素，教我跟隨那取經人往西天拜佛求經，將功折罪，還得正果。教我等他這幾年，不聞消息。今日既是你與他做了徒弟，何不早說取經之事，只倚兒強，上門打我？」行者道：「你莫詭詐欺心軟※14我，欲為脫身之計。果然是要保護唐僧，略無虛假，你可朝天發誓，我才帶你去見我師父。」那怪撲的跪下，望空似搗碓※15的一般，只管磕頭道：「阿彌陀佛，南無佛，我若不是真心實意，還教我犯了天條，劈屍萬段！」行者見他賭咒發願，道：「既然如此，你點把火來燒了你這住處，我方帶你去。」那怪真箇搬些蘆葦荊棘，點著一把火，將那雲棧洞燒得像個破瓦窰。對行者道：「我今已無掛礙了，你卻引我去罷。」行者道：「你把釘鈀與我拿著。」那怪就把鈀遞與行者。行者又拔了一根毫毛，吹口仙氣，叫：「變！」即變作一條三股麻繩，走過來，把手背綁剪了。那怪真箇倒背著手，憑他怎麼綁縛。卻又揪著耳朵，拉著他，叫：「快走！快走！」那怪道：

◆行者又拔了一根毫毛，吹口仙氣，叫：「變！」即變作一條三股麻繩，走過來，把手背綁剪了。那怪真箇倒背著手，憑他怎麼綁縛。卻又揪著耳朵，拉著他，叫：「快走！快走！」（古版畫，選自李卓吾批評本《西遊記》）

「輕著些兒！你的手重，揪得我耳根子疼。」行者道：「輕不成，顧你不得！常言道：『善豬惡拿。』只等見了我師父，果有真心，方才放你。」他兩個半雲半霧的，徑轉高家莊來。有詩為證，詩曰：

金性剛強能尅木，心猿降得木龍歸。

金從木順皆為一，木戀金仁總發揮。

一主一賓無間隔，三交三合有玄微。

性情並喜貞元聚，同證西方話不違。

頃刻間，到了莊前。行者揪著他的鈀，揪著他的耳道：「你看那廳堂上端坐的是誰？乃吾師也。」那高氏諸親友與老高，忽見行者把那怪背綁揪耳而來，一個個忻然迎到天井中，道聲：「長老，長老！他正是我家的女婿！」那怪走上前，雙膝跪下，背著手，對三藏叩頭，高叫道：「師父，弟子失迎。早知是師父住在我丈人家，◎9我就來拜接，怎麼又受到許多撥折※16？」三藏道：「悟空，你怎麼降得他來拜我？」行者才放了手，拿釘鈀柄兒打著，喝道：「獃子！你說麼！」那怪把菩薩勸善事情，細陳了一遍。

三藏大喜，便叫：「高太公，取個香案用用。」老高即忙抬出香案，望南禮拜道：「多蒙菩薩聖恩！」那幾個老兒也一齊添香禮拜。拜罷，三藏上廳高坐，教悟空放了他繩。行者才把身抖了一抖，收上身來，其縛自解。那怪從新禮拜三藏，

※14 軟：表面柔順，內心懷著詐騙的念頭。
※15 搗碓：碓，音兒，舂米的器具。
※16 撥折：同波折、周折的意思。

◎9,趣極、妙極，獃的如畫，丈人家猶可，若丈母娘家則醜矣。(張評)

◆行者聞言，收了鐵棒道：「獃子不要說嘴！老孫把這頭伸在那裏，你且築一下兒，看可能魂消氣泄？」那
　怪真個舉起鈀，著氣力築將來，更不曾築動一些兒頭皮。（朱寶榮繪）

◆那八戒對高老唱個喏道：「我今日去做和尚了，不及面辭，休怪。丈人呵，你還好生看待我渾家，只怕我們取不成經時，好來還俗，照舊與你做女婿過活。」（朱寶榮繪）

願隨西去。又與行者拜了，以先進者為兄，遂稱行者為師兄。三藏道：「既從吾善果，要做徒弟，我與你起個法名，早晚好呼喚。」他道：「師父，我是菩薩已與我摩頂受戒，起了法名，叫作豬悟能也。」◎10三藏笑道：「好，好！你師兄叫作悟空，你叫作悟能，其實是我法門中的宗派。」悟能道：「師父，我受了菩薩戒行，斷了五

葷三厭※17，在我丈人家持齋把素，更不曾動葷齋罷。」◎12三藏道：「不可，不可！你既是不吃五葷三厭，我再與你起個別名，喚為八戒。」那獃子歡歡喜喜道：「謹遵師命。」因此又叫作豬八戒。

高老見這等去邪歸正，更十分喜悅，遂命家僮安排筵宴，酬謝唐僧。八戒上前扯住老高道：「爺，請我拙荊出來拜見公公、伯伯，如何？」行者笑

※17 五葷三厭：五葷，即「五辛」，指五種辛味蔬菜，包括蔥、蒜、薑、薤、興渠（形似蘿蔔味如蒜）。三厭，道教把雁、狗、烏魚作為不能吃的三種動物，列爲教條；認爲「雁有夫婦之倫，狗有扈主之誼；烏龜有君臣忠敬之心，故不忍食」，參見明代朱國楨所著的《湧幢小品》。

評點

◎10. 豬果悟能則亦何豬之有？不寫明命，卻寫命名亦是傍面。（張評）
◎11. 難道高老女兒是素的？（李評）
◎12. 做了和尚，反要開齋，老獃妙論。（周評）

道：「賢弟，你既入了沙門，做了和尚，從今後，再莫題起那『拙荊』的話說。世間只有個火居道士※18，那裏有個火居的和尚？◎13我們且來敘了坐次，吃頓齋飯，趕早兒往西天走路。」高老兒擺了桌席，請三藏上坐，行者與八戒坐於左右兩旁，高老把素酒開樽，滿斟一杯，奠了天地，然後奉與三藏。三藏道：「不瞞太公說，貧僧是胎裏素，自幼兒不吃葷。」老高道：「因知老師清素，不曾敢動葷。此酒也是素的，請一杯不妨。」三藏道：「也不敢用酒，酒是我僧家第一戒者。」悟空道：「師父，我自持齋，卻不曾斷酒。」三藏道：「既如此，你兄弟們吃些素酒也罷，只是不許醉飲誤事。」遂而他兩個接了頭鍾。各人俱照舊坐下，擺下素齋。說不盡那杯盤之盛，品物之豐。

師徒們宴罷，老高將一紅漆丹盤，拿出二百兩散碎金銀，奉三位長老為途中之費；又將三領綿布褊衫，為上蓋※19之衣。三藏道：「我們是行腳僧，遇莊化飯，逢處求齋，怎敢受金銀財帛？」行者近前，輪開手，抓了一把，叫：「高才，◎14昨日累你引我師父，今日招了一個徒弟，無物謝你，把這些碎金碎銀，權作帶領錢，拿了去買草鞋穿。以後但有妖精，多作成我幾個。」高才接了，叩頭謝賞。老高又道：「師父們既不受金銀，望將這粗衣笑納，聊表寸心。」三藏又道：「我出家人，若受了一絲之賄，千劫難修。只是把席上吃不了的餅果，帶些去做乾糧足矣。」八戒在旁邊道：「師父、師兄，你們不要便罷，我與他家做了這幾年女婿，就是掛腳糧也該三石哩。——丈人呵，我的直裰昨

◎13. 火居和尚遍地皆是。(李評)

◎14. 挽結高才，一筆不漏。(張評)

◎15. 出了黑國，走入明境，此又一天也。(張評)

晚被師兄扯破了，與我一件青錦袈裟；鞋子綻了，與我一雙好新鞋子。」高老聞言，不敢不與，隨買一雙新鞋，將一領褊衫，換下舊時衣物。

那八戒搖搖擺擺，對高老唱個喏道：「上覆丈母、大姨、二姨並姨夫、姑舅諸親：我今日去做和尚了，不及面辭，休怪。丈人呵，你還好生看待我渾家※20，只怕我們取不成經時，好來還俗，照舊與你做女婿過活。」行者喝道：「夯貨，卻莫胡說！」八戒道：「哥呵，不是胡說。只恐一時間有些兒差池，卻不是和尚誤了做，老婆誤了娶，兩下裏都耽擱了？」三藏道：「少題閑話，我們趕早兒去來。」遂此收拾了一擔行李，八戒擔著；背了白馬，三藏騎著；行者肩擔鐵棒，前面引路。一行三眾，辭別高老及眾親友，投西而去。

有詩為證，詩曰：

滿地烟霞樹色高，唐朝佛子苦勞勞。

飢餐一鉢千家飯，寒著千針一衲袍。

意馬胸頭休放蕩，心猿乖劣莫教嚎。

情和性定諸緣合，月滿金華※21是伐毛※22。

三眾進西路途，有個月平穩。行過了烏斯藏界，猛抬頭見一座高山。◎15三藏停鞭勒馬

註

※18 火居道士：指有家室的道士。
※19 上蓋：上身的外衣。
※20 渾家：對老婆、妻子的一種稱呼。
※21 金華：金波羅華的略稱。意思是金色蓮花，形容功行圓滿的境界。
※22 伐毛：伐毛洗髓，脫胎換骨的意思。

道：「悟空、悟能、前面山高，須索仔細，仔細。」八戒道：「沒事。這山喚作浮屠山，山中有一個烏巢禪師在此修行，老豬也曾會他。」三藏道：「他有些甚麼勾當？」八戒道：「他倒也有些道行。他曾勸我跟他修行，我不曾去罷了。」師徒們說著話，不多時，到了山上。好山！但見那：

山南有青松碧檜，山北有綠柳紅桃。鬧聒聒，山禽對語；舞翩翩，仙鶴齊飛。香馥馥，諸花千樣色；青冉冉，雜草萬般奇。澗下有滔滔綠水，崖前有朵朵祥雲。真箇是景致非常幽雅處，寂然不見往來人。

那師父在馬上遙觀，見香檜樹前，有一柴草窩。左邊有麋鹿啣花，右邊有山猴獻果。樹梢頭，有青鸞彩鳳齊鳴，玄鶴錦雞咸集。八戒指道：「那不是烏巢禪師！」三藏縱馬加鞭，直至樹下。

　卻說那禪師見他三眾前來，即便離了巢穴，跳下樹來。三藏下馬奉拜，那禪師用手攙道：「聖僧請起。失迎，失迎。」八戒道：「老禪師，作揖了。」禪師驚問道：「你是福陵山豬剛鬣，怎麼有此大

◆西藏以西的巴基斯坦喀喇崑崙山脈的Ultar Peak峰，海拔7388公尺。唐僧師徒離開高老莊所經過的地方。（張奮泉／fotoe提供）

評點

◎16. 各人有心，各人自證。行者為三藏之心，非烏巢之心，如何認得。（周評）
◎17. 只此二語，銷卻無限躁妄之心。（周評）
◎18. 本要無心，卻轉說多心。所謂佛說多心，即非多心，是名多心。（周評）
◎19. 三九之數。（周評）

緣，得與聖僧同行？」八戒道：「前年蒙觀音菩薩勸善，願隨他做個徒弟。」禪師

大喜道：「好，好，好！」又指定行者，問道：「此位是誰？」行者笑道：「這老

禪怎麼認得他，倒不認得我？」◎16禪師道：「因少識耳。」三藏道：「他是我的大

徒弟孫悟空。」禪師陪笑道：「欠禮，欠禮。」

三藏再拜，請問西天大雷音寺還在那裏。禪師道：「遠哩，遠哩！只是路多

虎豹，難行。」三藏慇懃致意，再問：「路途果有多遠？」禪師道：「路途雖遠，

終須有到之日，◎17卻只是魔障難消。我有《多心經》一卷，◎18凡五十四句，共計

二百七十字。◎19若遇魔障之處，但念此經，自無傷害。」三藏拜伏於地懇求，那禪

師遂口誦傳之。經云：

《摩訶般若波羅蜜多心經》

觀自在菩薩，行深般若波羅蜜多，時照見五蘊皆空，度一切苦厄。舍利子，色

不異空，空不異色；色即是空，空即是色。受想行識，亦復如是。舍利子，是諸法

空相，不生不滅，不垢不淨，不增不減。是故空中無色，無受想行識，無眼耳鼻舌

身意，無色聲香味觸法，無眼界，乃至無意識界，無無明，亦無無明盡。乃至無老

死，亦無老死盡。無苦寂滅道，無智亦無得。以無所得故，菩提薩埵。依般若波羅

蜜多故，心無罣礙；無罣礙故，無有恐怖。遠離顛倒夢想，究竟涅槃，三世諸佛，

依般若波羅蜜多故，得阿耨多羅三藐三菩提。故知般若波羅蜜多，是大神咒，是

◆清高宗乾隆御筆《般若波羅蜜多心經》。《般若波羅蜜多心經》是漢譯佛經之中最短的一部佛經，簡稱《心經》，又稱《多心經》。（乾隆／fotoe提供）

大明咒，是無上咒，是無等等咒，能除一切苦，眞實不虛。故說般若波羅蜜多咒，即說咒曰：『揭諦，揭諦！波羅揭諦！波羅僧揭諦！菩提婆訶！』」

此時唐朝法師本有根源，耳聞一遍《多心經》，即能記憶，至今傳世。此乃修眞之總經，作佛之會門也。

那禪師傳了經文，踏雲光，要上烏巢而去；被三藏又扯住奉告，定要問個西去的路程端的。那禪師笑云：

「道路不難行，試聽我分付。千山千水深，多瘴多魔處。若遇接天崖，放心休恐怖。

行來摩耳巖，側著腳踪步。仔細黑松林，妖狐多截路。精靈滿國城，魔主盈山住。老虎坐琴堂，蒼狼爲主簿。

◎20 獅象盡稱王，虎豹皆作御。野豬挑擔子，水怪前頭遇。多年老石猴，那裏懷嗔怒。你問那相識，他知西去路。」

行者聞言，冷笑道：「我們去，不必問他，問我便了。」三藏還不解其意。

那禪師化作金光，徑上烏巢而去。長

◆那禪師化作金光，徑上烏巢而去。長老往上拜謝，行者心中大怒，舉鐵棒望上亂搗，只見蓮花生萬朵，祥霧護千層。行者縱有攪海翻江力，莫想挽著烏巢一縷藤。（古版畫，選自李卓吾批評本《西遊記》）

老往上拜謝。行者心中大怒，舉鐵棒望上亂搗，只見蓮花生萬朵，祥霧護千層。行者縱有攪海翻江力，莫想挽著烏巢一縷藤。三藏見了，扯住行者道：「悟空，這樣一個菩薩，你搗他窩巢怎的？」行者道：「他罵了我兄弟兩個一場去了。」三藏道：「他講的西天路徑，何嘗罵你？」行者道：「你那裏曉得？他說『野豬挑擔子』，是罵的八戒；『多年老石猴』，是罵的老孫。你怎麼解得此意？」八戒道：「師兄息怒。這禪師也曉得過去未來之事，但看他『水怪前頭遇』這句話，不知驗否？饒他去罷。」行者見蓮花祥霧，近那巢邊，只得請師父上馬，下山往西而去。那一去──

管教清福人間少，致使災魔山裏多。

畢竟不知前程端的如何，且聽下回分解。

總批

遊戲之中，暗傳密諦。學者著意《心經》，方不枉讀《西遊》，一記已也！（李評）

悟一子曰：凡讀書，俱要如此。豈特《西遊》一記而已。自十六回觀音院至此雲棧洞，緒出金木交並，真陰真陽之大作用，方是打開心中之門户，而不落於空亡。故提綱以「悟空收八戒」，「玄奘受《心經》」緊對頂聯，明收得八戒，乃受得《心經》「雲棧」者，上天之車；「浮屠」者，超地之級。下學上達，層次而進，自有為而至於無為之旨也。（陳評節錄）

評點

◎20.二語似不止說西方魔怪？請試思之。（周評）

第二十回 黃風嶺唐僧有難　半山中八戒爭先

偈曰：

法本從心生，還是從心滅。生滅盡由誰，請君自辨別。

既然皆己心，何用別人說？只須下苦功，扭出鐵中血[1]。

絨繩著鼻穿，挽定虛空結。拴在無為樹，不使他顛劣。

莫認賊為子，心法都忘絕。休教他瞞我，一拳先打徹。

現心亦無心，現法法也輟。人牛不見時[2]，碧天光皎潔。秋月一般圓，彼此難分別。⊙[1]

這一篇偈子，乃是玄奘法師悟徹了《多心經》，打開了門戶[3]，那長老常念常存，一點靈光自透。

且說他三眾，在路餐風宿水，帶月披星，早又至夏景炎天。但見那：

花盡蝶無情紋，樹高蟬有聲喧。

野蠶成繭火榴妍，沼內新荷出現。

那日正行時，忽然天晚，又見山路旁邊，有一村舍。三藏道：

◆《新說西遊記圖像》描繪第二十回精采場景：只見那山坡下跳出一隻斑斕猛虎，慌得那三藏坐不穩雕鞍，翻根頭跌下白馬，斜倚在路旁。八戒掣釘鈀，不讓行者走上前，大喝一聲道：「孽畜！那裏走！」趕將去，劈頭就築。（古版畫，選自《新說西遊記圖像》）

✦帖木爾陵的羊皮油畫，烏茲別克的撒馬爾罕。應為當時所經歷地區。（邵風雷／fotoe提供）

「悟空，你看那日落西山藏火鏡，月升東海現冰輪。幸而道旁有一人家，我們且借宿一宵，明日再走。」八戒道：「說得是。我老豬也有些餓了，且到人家化些齋吃，有力氣，好挑行李。」行者道：「這個戀家鬼！你離了家幾日，就生報怨！」八戒道：「哥呵，似不得你這喝風呵烟的人。我從跟了師父這幾日，長忍半肚飢，你可曉得？」三藏聞之道：

「悟能，你若是在家心重呵，不是個出家的了，你還回去罷。」◎2那獸子慌得跪下道：

「師父，你莫聽師兄之言。他有些贓埋人※4。我不曾報怨甚的，他就說我報怨。我是個直腸的痴漢，我說道肚內飢了，好尋個人家化齋，他就罵我是戀家鬼。師父呵，我受了菩薩的戒行，又承師父憐憫，情願要伏侍師父往西天去，誓無退悔——這叫作恨苦修行※5。怎的說不是出家的話！」三藏道：「既是如此，你且起來。」

那獸子縱身跳起，口裏絮絮叨叨的，挑著擔子，只得死心塌地，跟著前來。早到了路旁人家門首，三藏下

註

※1 鐵中血：形容精神集中，要有掙出鐵中血的精神。

※2 人牛不見時：佛教禪宗有《十牛圖》，依牛的顏色、姿態，來表示修行的階段次序。人牛不見時即第八階段人牛俱忘，以喻大乘佛教的「我法俱空」之佛教真理。

※3 打開門戶：指領悟了修道的門徑。

※4 贓埋人：誣賴人。

※5 恨苦修行：恨自己作為一個凡人而痛苦，因此要修行，立志成佛。

評點

◎1.《西遊》中偈頌盡有極玄極妙者，所謂一言半句便通玄，何用丹經千萬篇，豈不信然。（周評）

◎2.志向不定，如何為學，只好令其別轉道路，此是一反。（張評）

馬，行者接了韁繩，八戒歇了行李，都佇立綠蔭之下。三藏拄著九環錫杖，按按藤纏篾織斗篷，先奔門前，只見一老者斜倚竹牀之上，口裏嚶嚶的念佛。◎3三藏不敢高言，慢慢的叫一聲：「施主，問訊了。」那老者一骨魯跳將起來，忙斂衣襟，出門還禮道：「長老，失迎。你自那方來的？到我寒門何故？」三藏道：「貧僧是東土大唐和尚，奉聖旨上雷音寺拜佛求經。適至寶方天晚，意投檀府告借一宵，萬祈方便方便。」那老兒擺手搖頭道：「去不得，西天難取經。要取經，往東天去罷。」◎4三藏口中不語，意下沉吟：「菩薩指道西去，怎麼此老說往東行？東邊那得有經？」覥覥難言，半晌不答。

卻說行者素性兇頑，忍不住，上前高叫道：「那老兒，你這們大年紀，全不曉事。我出家人遠來借宿，就把這厭鈍※6的話虎唬我。十分你家窄狹，沒處睡時，我們在樹底下，好道也坐一夜，◎5不打攪你。」那老者扯住三藏道：「師父，你倒不言語，你那個徒弟，那般拐子臉、別頦※7腮、雷公嘴、紅眼睛的一個癆病魔鬼，怎麼反沖撞我這年老之人！」行者笑道：「你這個老兒，忒也沒眼色！似那俊刮※8些兒的，叫作中看不中吃。想我老孫雖小，頗結實，皮裹一團筋哩。」◎6那老者道：「你想必有些手段。」行者道：「不敢誇言，也將就看得過。」老者道：「你家居何處？因甚事削髮為僧？」行者道：「老孫祖貫東勝神洲海東傲來國花果山水簾洞居住。自小兒學做妖怪，稱名悟空；憑本事，掙了一個齊天大聖。只因不受天祿，大反天宮，惹了一場災愆。如今脫難消災，轉拜沙門，挣了一個正果，保我這唐朝駕下的師父，上西天拜佛走遭。怕甚麼山高路險，水闊波狂！我老孫也捉

得怪，降得魔；伏虎擒龍，踢天弄井※9，都曉得些兒。倘若府上有甚麼丟磚打瓦，鍋叫門開※10，老孫便能安鎮。」

那老兒聽得這篇言語，哈哈笑道：「原來是個撞頭化緣的熟嘴兒和尚。」行者道：「你兒子便是熟嘴！我這些時，只因跟我師父走路辛苦，還懶說話哩。」那老兒道：「若是你不辛苦，不懶說話，好道活活的聒殺我！你既有這樣手段，西方也還去得，去得。你一行幾眾？請至茅舍裏安宿。」三藏道：「多蒙老施主不叱之恩，我一行三眾。」老者道：「那一眾在那裏？」行者指著道：「這老兒眼花，那綠蔭下站的不是？」老兒果然眼花，忽抬頭細看，一見八戒這般嘴臉，就諕得一步一跌，往屋裏亂跑，只叫：「關門！關門！妖怪來了！」◎7行者趕上扯住道：「老兒莫怕，他不是妖怪，是我師弟。」老者戰兢兢的道：「好，好，好！一個醜似一個的和尚！」八戒上前道：「老官兒，你若以相貌取人，乾淨差了。我們醜自醜，卻都有用。」

那老者正在門前與三個和尚相講，只見那莊南邊有兩個少年人，帶著一個老媽媽、三四個小男女，斂衣赤腳，插秧而回。他看見一匹白馬，一擔行李，都在他家門首喧嘩，不知是甚來歷，都一擁上前問道：「做甚麼的？」八戒調過頭來，把耳朵擺了幾擺，長嘴伸了一

※6 厭鈍：掃興、不順意。
※7 別頗：別，癟的同義字。別頗腮就是癟嘴巴、癟腮幫子。
※8 俊刮：俊俏、乾淨。
※9 踢天弄井：指可以上天入地，形容本事特別大。
※10 丟磚打瓦，鍋叫門開：比喻鬧鬼。

◎3.他亦不知，想甚可怪。（張評）
◎4.所以至今有唐三藏東天取經之說。（周評）
◎5.風搖則樹動，只恐此兒亦不久。（張評）
◎6.還是金裏一圍火。（周評）
◎7.是個貪嘴戀家的無定怪。（張評）

伸，嚇得那些人東倒西歪，亂嶄※11亂跌。慌得那三藏滿口招呼道：「莫怕，莫怕！我們不

是歹人，我們是取經的和尚。」那老兒才出了門，攙著媽媽道：「婆婆起來，少要驚恐。

這師父是唐朝來的，只是他徒弟臉嘴醜些」◎8卻也面惡人善。帶男女們家去。」那媽媽才

扯著老兒，二少年領著兒女進去。

三藏卻坐在他們樓裏竹牀之上，埋怨道：「徒弟呀，你兩個相貌既醜，言語又粗，

把這一家兒嚇得七損八傷，都替我身造罪哩！」八戒道：「不瞞師父說，老豬自從跟了

你，這些時俊了許多哩。若像往常在高老莊走時，把嘴朝前一掬，把耳兩頭一擺，常嚇殺

二三十人哩。」行者笑道：「獃子不要亂說，把那醜也收拾起些。」三藏道：「你看

悟空說的話！相貌是生成的，你教他怎麼收拾？」行者道：「把那把子嘴，揣在懷

裏，莫拿出來；把那蒲扇耳，貼在後面，不要搖動。這就是收拾了。」那八戒真箇把

嘴揣了，把耳貼了，拱著頭，立於左右。◎9行者將行李拿入門裏，將白馬拴在椿上。

只見那老兒才引個少年，拿一個板盤兒，托三杯清茶來獻。茶罷，又分付辦齋。那

少年又拿一張有窟窿無漆水的舊桌，端兩條破頭折腳的凳子，放在天井中，請三眾涼處坐

下。三藏方問道：「老施主高姓？」老者道：「在下姓王。」又問：「有幾位令嗣？」道：「有

兩個小兒，三個小孫。」三藏道：「恭喜，恭喜。」又問：「年壽幾何？」道：「痴長

六十一歲。」行者道：「好，好，好！花甲重逢矣。」三藏復問道：「老施主始初說西天

經難取者，何也？」老者道：「經非難取，只是道中艱澀難行。我們這向西去，只有三十

註

里遠近，有一座山，叫作八百里黃風嶺，那山中多有妖怪。故言難取者，此也。若論此位

小長老，說有許多手段，卻也去得。」行者道：「不妨、不妨！有了老孫與我這師弟，任

他是甚麼妖怪，不敢惹我。」

正說處，又見獃兒子拿將飯來，擺在桌上，道聲：「請齋。」三藏就合掌諷起齋經。八

戒早已吞了一碗。長老的幾句經還未了，那獃子又吃夠三碗。行者道：「這個饢糠，好道

湯※12著餓鬼了！」那老王倒也知趣，見他吃得快，道：「這個長老，想著實餓了，快添

飯來。」那獃子真箇食腸大，看他不抬頭，一連就吃有十數碗。三藏、行者俱各吃不上兩

碗，獃子不住，便還吃哩。老王道：「倉卒無殽，不敢苦勸，請再進一筋。」三藏、行者

俱道：「彀了。」八戒道：「老兒滴答甚麼，誰和你發課，說甚麼五爻六爻？有飯只管添

將來就是。」◎10獃子一頓，把他一家子飯都吃得罄盡，還只說才得半飽。◎11卻才收了家

火，在那門樓下，安排了竹牀板鋪睡下。

次日天曉，行者去背馬，八戒去整擔，老王又教媽媽整治些點心湯水管待，三眾方致

謝告行。老者道：「此去倘路間有甚不虞，是必還來茅舍。」行者道：「老兒，莫說哈話

※13。我們出家人，不走回頭路。」遂此策馬挑擔西行。

噫！這一去，果無好路朝西域，定有邪魔降大災。三眾前來，不上半日，果逢一座高

山。說起來，十分險峻。三藏馬到臨崖，斜挑寶鐙觀看，果然那：

※11 蹭：這裏形容行路歪斜的樣子。

※12 湯：碰到。

※13 哈話：蠢話、胡話。

◎8.滿臉灰土，一心塵垢，寫出個不定的樣子。（張評）
◎9.光景如畫，令人欲笑。（周評）
◎10.不志於道卻志於食，此所以為耗子怪也。（張評）
◎11.敘八戒貪饕處，只此一見，以後不言可知。（周評）

高的是山，峻的是嶺；陡的是崖，深的是壑；響的是泉，鮮的是花。那山高不高，頂上接青霄；這澗深不深，底中見地府。山前面，有骨都都※14白雲，屹嶝嶝※15怪石，說不盡千丈萬丈㳠魂崖。崖後有彎彎曲曲藏龍洞，洞中有叮叮噹噹滴水巖。又見些丫丫叉叉帶角鹿，泥泥痴痴看人獐；盤盤曲曲紅鱗蟒，耍耍頑頑白面猿。至晚巴山尋穴虎，帶曉翻波出水龍，登的洞門唿喇喇響。草裏飛禽，撲轆轆起；林中走獸，掬啀啀行。猛然一陣狼蟲過，嚇得人心趷蹬蹬驚。正是那當倒洞當當倒洞，洞當當倒洞當山。青岱染成千丈玉，碧紗籠罩萬堆烟。

那師父緩促銀驄，孫大聖停雲慢步，豬悟能磨擔徐行。正看那山，忽聞得一陣旋風大作，三藏在馬上心驚道：「悟空，風起了！」行者道：「風卻怕他怎的！此乃天家四時之氣，有何懼哉！」三藏道：「此風甚惡，比那天風不同。」行者道：「怎見得不比天風？」三藏道：「你看這風──

巍巍蕩蕩颯飄飄，渺渺茫茫出碧霄。過嶺只聞千樹吼，入林但見萬竿搖。岸邊擺柳連根動，園內吹花帶葉飄。收網漁舟皆緊纜，落蓬客艇盡拋錨。途半征夫迷失路，山中樵子擔難挑。仙果林間猴子散，奇花叢內鹿兒逃。崖前檜柏棵棵倒，澗下松篁葉葉凋。播土揚塵逆逆，翻江攪海濤濤濤。」

八戒上前，一把扯住行者道：「師兄，十分風大！我們且躲一躲兒乾淨。」行者笑道：「兄弟不濟！風大時就躲，倘或親面撞見妖精，怎的是好？」八戒道：「哥呵，你不曾聞

得『避色如避仇，避風如避箭』哩！我們躲一躲，也不虧人。」行者道：「且莫言語，等我把這風抓一把來聞一聞看。」◎12八戒笑道：「師兄又扯空頭謊了，風又好抓得過來聞？就是抓得來，便也鑽了去了。」行者道：「兄弟，你不知道老孫有個『抓風』之法。」◎13

好大聖，讓過風頭，把那風尾抓過來聞了一聞，有些腥氣，道：「果然不是好風！這風的味道不是虎風，定是怪風，斷乎有些蹊蹺。」

說不了，只見那山坡下，剪尾跑蹄，跳出一隻斑斕猛虎，慌得那三藏坐不穩雕鞍，翻根頭跌下白馬，斜倚在路旁，真箇是魂飛魄散。八戒丟了行李，掣釘鈀，不讓行者走上前，大喝一聲道：「孽畜！那裏走！」趕將去，劈頭就築。那隻虎直挺挺站將起來，把那前左爪輪起，摑住自家的胸膛，往下一抓，滑刺的一聲，把個皮剝將下來，站立道旁。你看他怎生惡相！咦，那模樣：

血津津的赤剝身軀，紅娗娗的彎環腿足。火燄燄的兩鬢蓬鬆，硬搠搠的雙眉直豎。白森森的四個鋼牙，光耀耀的一雙金眼。氣昂昂的努力大哮，雄糾糾的屬聲高喊。

喊道：「慢來！慢來！吾黨不是別人，乃是黃風大王部下的前路先鋒。◎14今奉大王嚴命，在山巡邏，要拿幾個凡夫去做案酒。你是那裏來的和尚，敢擅動兵器傷我？」八戒罵道：

「我把你這個孽畜！你是認不得我，我等不是那過路的凡夫，乃東土大唐御弟三藏之弟子，奉旨上西方拜佛求經者。你早早的遠避他方，讓開大路，休驚了我師父，饒你性命；

※14 骨都都：形容雲不斷向外飄散。
※15 屹嶝嶝：形容山石險峻奇絕。

評點

◎12. 不知是貪食，又是戀家。(張評)
◎13. 世上有捕風之人，安得無抓風之法。(周評)
◎14. 鼠大王倒有虎先鋒。從來只聞狐假虎威，不聞虎奉鼠命。(周評)

若似前猖獗，鈀舉處，卻不留情！」

那妖精那容分說，急近步，丟一個架子，望八戒劈臉來抓。這八戒忙閃過，輪鈀就築。那怪手無兵器，回身就走，八戒隨後趕來。那怪到了山坡下亂石叢中，取出兩口赤銅刀，急輪起轉身來迎。兩個在這坡前，一往一來，一衝一撞的賭鬥。那裏孫行者攙起唐僧道：「師父，你莫害怕。且坐住，等老孫去助八戒，打倒那怪好走。」三藏才坐將起來，戰兢兢的，口裏念著《多心經》不題。◎15

那行者掣了鐵棒，喝聲叫：「拿了！」此時八戒抖擻精神，那怪敗下陣去。行者道：「莫饒他！務要趕上！」他兩個輪釘鈀，舉鐵棒，趕下山來。那怪慌了手腳，使個「金蟬脫殼計」，打個滾，現了原身，依然是一隻猛虎。行者與八戒那裏肯捨，趕著那虎，定要除根。那怪見他趕得至近，卻又摳著胸膛，剝下皮來，苦蓋在那臥虎石上，脫真身，化一陣狂風，徑回路口。路口上那師父正念《多心經》，被他一把拿住，駕長風攝將去了。可憐那三藏呵！江流注定多磨蟄，寂滅門中功行難。

那怪把唐僧擒來洞口，按住狂風，對把門的道：「你去報大王說，前路虎先鋒拿了一

◆正看那山，忽聞得一陣旋風大作，三藏在馬上心驚道：「悟空，風起了！」行者道：「風卻怕他怎的！此乃天家四時之氣，有何懼哉！」三藏道：「此風甚惡，比那天風不同。（朱寶榮繪）

個和尚，在門外聽令。」那洞主傳令，教：「拿進來。」那虎先鋒腰插著兩口赤銅刀，雙手捧著唐僧，上前跪下道：「大王，小將不才，蒙鈞令差往山上巡邏，忽遇一個和尚，他是東土大唐駕下御弟三藏法師，上西方拜佛求經，被我擒來奉上，聊具一饌。」那洞主聞得此言，吃了一驚道：「我聞得前者有人傳說：三藏法師乃大唐奉旨意取經的神僧；他手下有一個徒弟，名喚孫行者，神通廣大，智力高強。你怎麼能夠捉得他來？」先鋒道：「他有兩個徒弟：先來的，使一柄九齒釘鈀，他生得嘴長耳大；又一個，使一根金箍鐵棒，他生得火眼金睛。正趕著小將爭持，被小將使一個金蟬脫殼之計，撤身得空，把這和尚拿來，奉獻大王，聊表一餐之敬。」洞主道：「且莫吃他著。」先鋒道：「大王，見食不食，呼為劣蹶※16。」洞主道：「你不曉得，吃了他不打緊，只恐怕他那兩個徒弟上門吵鬧，未為穩便。且把他綁在後園定風樁上，待三五日，他兩個不來攪擾，那時節，一則圖他身子乾淨，二來不動口舌，卻不任我們心意？或煮或蒸，或煎或炒，慢慢的自在受用不遲。」先鋒大喜道：「大王深謀遠慮，說得有理。」教：「小的們，拿了去。」旁邊擁上七八個綁縛手，將唐僧拿去，好便似鷹拿燕雀，索綁繩纏。這的是苦命江流思行者，遭此難神僧想悟能。道聲：「徒弟呵！不知你在那山擒怪，何處降妖，我卻被魔頭拿來，遭此毒害，幾時再得相見？好苦啊！你們若早些兒來，還救得我命；若十分遲了，斷然不能保矣！」一邊嗟嘆，一邊淚落如雨。

註

※16 劣蹶：本指馬不馴順，尥蹶子，此處比喻不吃唐僧，是和自己過不去。

◎15. 此時還不知想甚，可怪。（張評）

卻說那行者、八戒趕那虎下山坡，只見那虎跑倒了，塌伏在崖前。行者舉棒，盡力一下，轉震得自己手疼。八戒復築了一鈀，亦將鈀齒迸起。原來是一張虎皮，蓋著一塊臥虎石。行者大驚道：「不好了！不好了！中了他計也！」八戒道：「中他甚計？」行者道：「這個叫作『金蟬脫殼計』，他將虎皮苫在此，他卻走了。我們且回去看看師父，莫遭毒手。」兩個急急轉來，早已不見了三藏。行者大叫如雷道：「怎的好！師父已被他擒去了！」八戒即便牽著馬，眼中滴淚道：「天那，天那！卻往那裏找尋？」行者抬著頭跳道：「莫哭，莫哭！一哭就挫了銳氣。橫豎想只在此山，我們尋尋去來。」

他兩個果奔入山中，穿崗越嶺，行彀多時，只見那石崖之下，聳出一座洞府。兩人定步觀瞻，果然兇險。但見那：

疊嶂尖峰，迴巒古道。青松翠竹依依，綠柳碧梧冉冉。崖前有怪石雙雙，林內有幽禽對對。澗水遠流沖石壁，山泉細滴漫沙堤。野雲片片，瑤草芊芊。妖狐狡兔亂攛梭，角鹿香獐齊鬥勇。劈崖斜掛萬年藤，深壑半懸千歲柏。奕奕巍巍欺華嶽，落花啼鳥賽天臺。

只見那門上有六個大字，乃「黃風嶺黃風洞」，卻便丁字腳站定，執著棒，高叫道：「妖怪！趁早兒送我師父出來，省得掀翻了你窩巢，躧平了你住處！」

那門上有六個大字，撒放馬匹，不要出頭。等老孫去他門首，與他賭鬥。必須拿住妖精，方才救得師父。」八戒道：「不消分付，請快去。」行者整一整直裰，束一束虎裙，挈了棒，撞至那門前。只見那門上有六個大字，乃「黃風嶺黃風洞」

行者道：「賢弟，你可將行李歇在藏風山凹之間，

那小怪聞言，一個個害怕，戰兢兢的跑入裏面報道：「大王！禍事了！」那黃風怪正坐間，問：「有何事？」小妖道：「洞門外來了一個雷公嘴毛臉的和尚，手持著一根許大※17粗的鐵棒，要他師父哩！」那洞主驚張，即喚虎先鋒道：「我教你去巡山，只該拿些山牛、野彘、肥鹿、胡羊，怎麼拿那唐僧來！卻惹他那徒弟來此鬧吵，怎生區處？」先鋒道：「大王放心穩便，高枕勿憂。小將不才，願帶領五十個小妖校出去，把那甚麼孫行者拿來湊吃。」洞主道：「我這裏除了大小頭目，還有五七百名小校，憑你選擇，領多少去。只要拿住那行者，我們才自自在在吃那和尚一塊肉，情願與你拜為兄弟；但恐拿他不得，反傷了你，那時休得埋怨我也。」

虎怪道：「放心，放心！等我去來。」果然點起五十名精壯小妖，擂鼓搖旗，纏兩口赤銅刀，騰出門來，厲聲高叫道：「你是那裏來的個猴和尚，敢在此間大呼小叫的做甚？」行者罵道：「你這個剝皮的畜生！你弄甚麼脫殼法兒，把我師父攝了，倒轉※18問我做甚！趁早好好送我師父出來，還饒你這個性命！」虎怪道：「你師父是我拿了，要與我大王做頓下飯。你識起倒※19，回去罷！不然，拿住你一齊湊吃，卻不是『買一個又饒一個？』」行

註

※17　許大：很大。
※18　倒轉：反而。
※19　識起倒：識抬舉。

◆虎怪撐持不住，徑往山坡上逃生，卻趕到那藏風山凹之間。正抬頭，八戒在那裏放馬。聽見呼呼聲喊，舉起鈀，刺斜著頭一築。築得九個窟窿鮮血冒，一頭腦髓盡流乾。（古版畫，選自李卓吾批評本《西遊記》）

者聞言，心中大怒，扢迸迸鋼牙錯囓，滴流流火眼睜圓，掣鐵

棒喝道：「你有多大手段，敢說這等大話！休走，看棍！」那

先鋒急持刀按住。這一場果然不善，他兩個各顯威能。好殺：

那怪是個真鵝卵，悟空是個鵝卵石。赤銅刀架美猴王，渾
如壘卵來擊石。鳥鵲怎與鳳凰爭？鶡鴒敢和鷹鷂敵？那怪噴
風灰滿山，悟空吐霧雲迷日。來往不禁三五回，先鋒腰軟全無
力。轉身敗了要逃生，卻被悟空抵死逼。

那虎怪撐持不住，回頭就走。他原來在那洞主面前說了
嘴，不敢回洞，徑往山坡上逃生。行者那裏肯放，執著棒，只
情趕來，呼呼吼吼，喊聲不絕。卻趕到那藏風山凹之間。正抬
頭，見八戒在那裏放馬。八戒忽聽見呼呼聲喊，回頭觀看，乃
是行者趕敗的虎怪，就丟了馬，舉起鈀，刺斜著頭一築。可憐
那先鋒，脫身要跳黃絲網，豈知又遇罩魚人，卻被八戒一鈀，
築得九個窟窿鮮血冒，一頭腦
髓盡流乾。有詩為證，詩曰：

三五年前歸正宗，持齋把素悟真空。
誠心要保唐三藏，初秉沙門立此功。◎16

那獸子一腳躧住他的脊背，兩手輪鈀又築。行者見了，大喜道：「兄弟，正是這等！他

◆行者、八戒趕那虎下山坡，只
　見那虎跑倒了，塌伏在崖前，
　行者舉棒，盡力一打，轉震得
　自己手疼。八戒復築了一鈀，
　亦將鈀齒趌起，原來是一張虎
　皮，蓋著一塊臥虎石。（朱寶
　榮繪）

領了幾十個小妖，敢與老孫賭鬥，被我打敗了，他轉不往洞跑，卻跑來這裏尋死。虧你接著，不然又走了。」八戒道：「弄風攝師父去的可是他？」行者道：「正是，正是。」八戒道：「你可曾問他師父的下落麼？」行者道：「這怪把師父拿在洞裏，要與他甚麼鳥大王做下飯。◎17是老孫惱了，就與他鬥將這裏來，卻著你送了性命。兄弟呵，這個功勞算你的。你可還守著馬與行李，等我把這死怪拖了去，再到那洞口索戰。須是拿得那老妖，方才救得師父。」八戒道：「哥哥說得有理。你去，你去。若是打敗了這老妖，還趕將這裏來，◎18等老豬攔住殺他。」好行者，一隻手提著鐵棒，一隻手拖著死虎，徑至他洞口。正是：

法師有難逢妖怪，情性相和伏亂魔。◎19

畢竟不知此去可降得妖怪，救得唐僧，且聽下回分解。

◎16.心猿初歸，起手殺虎。木母初收，起手亦殺虎。可見金丹入門必從此事做起，未可聽其西山猖狂也。（周評）
◎17.不是鳥大王，倒是鼠大王。（周評）
◎18.這個如何定得，守株待兔，歟得絕妙。（張評）
◎19.金丹妙旨。（周評）

參考書目

1. 《西遊記資料彙編》，朱一玄編，南開大學出版社，二〇〇二年十二月出版。

2. 《西遊記》，人民文學出版社，一九八〇年五月二版。

3. 《李卓吾批評本西遊記》，陳宏、楊波校點，嶽麓書社，二〇〇五年出版。

4. 《西遊記》，（明）華陽洞天主人校，遼海出版社，二〇〇六年出版。

5. 《西遊真詮》一百回，（清）陳士斌注，北京圖書館文獻縮微中心藏本。

6. 《新說西遊記圖像》，吳承恩著，張書紳注，北京中國書店，一九八五年出版。

7. 《西遊證道書》，黃周星、汪象旭注，黃永年、黃壽成點校，中華書局，一九九三年十月出版。

8. 《余國藩論學文選》，余國藩（Anthony C. Yu）著，李奭學編譯，北京三聯書店，二〇〇六年出版。

9. 《李安綱批評西遊記》，李安綱批評，中國社會科學出版社，二〇〇四年出版。

10. 《西遊文化熟語研究》，周麗雅著，內蒙古大學，二〇〇七年出版。

11. 《玄奘西遊記》，錢文忠著，上海書店出版社，二〇〇七年出版。

12. 《金陵世德堂本‧西遊記成書考》，謝文華著，東華大學〔臺灣〕，二〇〇六年出版。

13. 《魯迅、胡適等解讀西遊記》，張慶善、唐風編，遼海出版社，二〇〇二年出版。

14. 《西遊記的秘密》，（日）中野美代子著，王秀文等譯，中華書局，二〇〇二年出版。

15. 《西遊記漫話》，林庚著，北京出版社，二〇〇四年出版。

16. 《西遊記新讀本》，孫遜編，上海古籍出版社，二〇〇四年出版。

17. 《西遊記》李卓吾評本，陳先行、包于飛校點，上海古籍出版社，一九九四年出版。

● 備註：本書以明代金陵世德堂刊本為底本，凡底本可通之處，一般沿用；明顯錯誤之處則參照《李卓吾先生評西遊記》等清刻本訂正，不出校記。

圖片來源

1. 《新說西遊記圖像》，吳承恩著，張書紳注，北京中國書店，一九八五年出版。

2. 《西遊記：李卓吾評本》，吳承恩著，上海古籍出版社，一九九四年出版。

3. 《西遊記版刻圖錄》，江蘇廣陵古籍刻印社，一九九九年出版。（與1、2兩項部分圖片重疊，以前者優先，故不另加註於圖片說明中）

4. 《西遊記人物神怪造像》，葉雄繪，百家出版社，二○○三年出版。

特別感謝本書內頁圖片授權人及授權單位

⊙葉雄，上海崇明人，一九五○年出生。畢業於上海大學美術學院國畫系，現是中國美術家協會會員、中國美術家協會連環畫藝術委員會委員、上海美術家協會理事……等。

他於一九七六年開始從事連環畫、插圖、中國水墨畫創作，其作品在全國藝術大展中連續獲獎。他的水墨畫作品還在日本、韓國、加拿大、臺灣等地參加聯展。其藝術成就被收入中國美術家大辭典、中國文藝傳集、當代中國美術家光碟、世界華人文學藝術界名人錄、世界名人錄……等。重要作品包括：

二○○一年出版《水滸一百零八將》
二○○三年出版《三國演義人物畫傳》
二○○四年出版《紅樓夢人物畫傳》。

個人信箱：yexiong96@163.com

5. 《西遊記》名家彩繪珍藏本，葉雄、孟慶江等繪，上海辭書出版社，二〇〇〇年出版。

⊙孟慶江，浙江溫州人，一九三七年出生。一九六五年畢業於中央美術學院國畫系人物畫專業，師從蔣兆和、葉淺予。歷任出版社專職畫家、《連環畫報》主編、《中國藝術》副主編等，在人民美術社連環畫培訓班擔任十年校長並在中央美術學院從事教學工作三年。兼任中國出版工作者協會連環畫藝委會副主任、北京工筆重彩畫會副會長等職，連任三屆國家圖書獎評委和全國少兒圖書獎評委等。

作品《蔡文姬》、《長恨歌》等曾獲全國大獎，並被中國美術館收藏。其作品整體立意鮮明、題材廣泛、形式多樣、風格寫實並注重濃郁的民族傳統特色，和時代精神相結合，雅俗共賞，深受大眾歡迎。

6. 朱寶榮授權使用內頁繪圖共一百六十張。

⊙朱寶榮，從小酷愛美術，因家庭情況無緣於高等學府深造，引為憾事。二〇〇四年與兩位志趣相投的好友組成心境插畫工作室至今，能夠從事自己喜愛的工作，覺得是一件很幸福的事！

7. 廣州集成圖像有限公司「FOTOE」授權使用部分內頁圖片。（fotoe.com）

8. 中華郵政公司（前台灣郵政公司）授權使用西元一九九七年發行之「中國古典小說郵票──西遊記」四張一套圖片。

9. 富爾特科技股份有限公司影像提供。

10. 「意念圖庫」（意念數位科技股份有限公司）影像提供。

11. 典匠資訊股份有限公司影像提供。

12. 美工圖書社：「中國圖片大系」影像提供。

● 以上所列授權圖片未經許可，不得複製、翻拍、轉載。

國家圖書館出版品預行編目資料

西遊記（一）—齊天大聖／吳承恩原著；張富海編撰
—— 初版.——臺中市：好讀，2009
冊： 公分，——（圖說經典 ；19）

ISBN 978-986-178-122-8（平裝）

857.47 98006383

好讀出版

圖說經典 19

西遊記（一）

【齊天大聖】

原　　著／吳承恩
編　　撰／張富海
總 編 輯／鄧茵茵
責任編輯／林碧瑩
執行編輯／林碧瑩、莊銘桓
美術編輯／藝點創意設計有限公司
封面設計／山今伴頁工作室
行銷企畫／劉恩綺
發 行 所／好讀出版有限公司
　　　　　407台中市西屯區工業30路1號
　　　　　407台中市西屯區大有街13號（編輯部）
TEL: 04-23157795　FAX: 04-23144188
(如對本書編輯或內容有意見，請來電或上網告訴我們)
法律顧問／陳思成律師
總 經 銷／知己圖書股份有限公司
106台北市大安區辛亥路一段30號9樓
TEL: 02-23672044／23672047　FAX: 02-23635741
407台中市西屯區工業30路1號
TEL: 04-23595819　FAX: 04-23595493
E-mail:service@morningstar.com.tw
網路書店：www.morningstar.com.tw
讀者專線：04-23595819#230
郵政劃撥：15060393（知己圖書股份有限公司）
印　　刷／上好印刷股份有限公司
初　　版／西元2009年6月15日
初版二刷／西元2018年12月11日
定　　價／299元
如有破損或裝訂錯誤，請寄回台中市407西屯區工業30路1號更換（好讀倉儲部收）

Published by How-Do Publishing Co., Ltd.
2018 Printed in Taiwan
All rights reserved.
ISBN 978-986-178-122-8
本書內頁部分圖片由廣州集成圖像有限公司「FOTOE」授權使用，其他授權來源於參考書目之後詳列。